LEA STEIN

ALTE SCHULD

Ein Fall für Ida Rabe

Kriminalroman

WILHELM HEYNE VERLAG
MÜNCHEN

Der Verlag behält sich die Verwertung der urheberrechtlich geschützten Inhalte dieses Werkes für Zwecke des Text- und Data-Minings nach § 44b UrhG ausdrücklich vor. Jegliche unbefugte Nutzung ist hiermit ausgeschlossen.

Penguin Random House Verlagsgruppe FSC® N001967

Originalausgabe 01/2024
Copyright © 2024 by Lea Stein
Copyright © 2024 dieser Ausgabe
by Wilhelm Heyne Verlag, München,
in der Penguin Random House Verlagsgruppe GmbH,
Neumarkter Str. 28, 81673 München
Umschlaggestaltung: zero-media.net, München,
unter Verwendung eines Motivs von
© Richard Jenkins Photography,
Alamy Stock Photo (stock imagery), FinePic®, München
Satz: Uhl + Massopust, Aalen
Druck und Bindung: GGP Media GmbH, Pößneck
Printed in Germany
ISBN 978-3-453-42607-8

www.heyne.de

Hamburg, 1948

KÄTHE

Leise gleitet sie in der Dunkelheit von der Holzpritsche, geht auf dem Steinboden in die Hocke. Wartet.
Ratsch.
Die Flamme flackert, dann erlischt sie. So lautlos wie möglich beginnt sie, über den Boden zu krabbeln. Als er das Streichholz angemacht hat, konnte sie sehen, dass er mit dem Rücken zu ihr auf seinem Schemel hockt. Er guckt zur Wand, merkt nicht, dass sie auf ihn zukriecht, aber was, wenn er sie hört? Sie hört sich selbst ja. Ihren Atem und ihr Herz, das ganz schnell klopft. Furchtbar laut in ihren Ohren. Was, wenn er was merkt und sich umdreht?
Ratsch, wieder Flackern, da sitzt er, ein Stück weiter hinten in dem langen, halbrunden Raum, der keine Fenster hat, und lässt seinen dürren Rücken ruckartig nach vorne und wieder zurückschaukeln. Das macht er nur, wenn er die komischen Pillen genommen hat. Dann wird Mister Haha noch unheimlicher als sonst. Manchmal flüstert er traurige Sachen. Dass man erst sterben muss, bevor man in den Himmel kommt, und so, aber dass das Unsinn wär'. Dass nach dem Tod in echt nix Gutes kommt. Dass man nur für immer leidet. Dann wieder greift er nach ihrem Arm und guckt sie mit diesen Augen an, die wie voller Nebel sind.
Solche Angst hat sie. Sie merkt, wie sie ihr den Nacken hochkriecht. Ihr ist eiskalt, und ihr Herz ist voller Ziehen. Nach Mama und sogar Oma manchmal, danach, irgendwo zu sein, wo ihr keiner was tut.

Es wird wieder dunkel. Ihre Knie tun weh. Der Boden ist voll kleiner Steine, die sich in ihre Haut bohren. An den Wänden sind Pritschen, aber Mister Haha schläft nie darin. Es gibt keine Decken, gar nichts, mit dem sie sich zudecken kann. Aber sie weiß sowieso nie, wann Nacht und wann Tag ist; sie schläft aus Erschöpfung ein, und wenn sie aufwacht, ist sie so kalt wie der Boden und die Wände und weint leise in ihre Hand hinein.

Käthe weiß jetzt, dass sie *bedacht* sein muss. Mama sagt das Wort immer, wenn sie glaubt, sie müsse Käthe helfen, sich mit den Schulsachen besser zurechtzufinden. Darauf bedacht, dass er nichts merkt. Dass sie leise ist. Dass sie immer nur ein kleines Stück näher kommt. Und immer in seinem Rücken.

Noch mal zündet er ein Streichholz an. *Ratsch*, macht es, und Käthe sieht die runden Wände, die glänzen von Tropfen, in denen sich die Flamme spiegelt. Was, wenn er ihre Bewegung sieht in der Spiegelung? Sie wagt nicht mehr, sich zu rühren oder auch nur zu atmen. Aber gleich wird alles wieder schwarz, und Mister Haha klopft mit den Fingern auf den Tisch und mit den Füßen auf den Boden, nimmt noch ein Zündholz, *ratsch*, Licht. Langsam dreht er den Kopf, sodass sie seine Nase sieht. Er horcht auf irgendetwas.

Auf sie?

Wie wild klopft ihr Herz, vielleicht zerspringt es gleich. Hört er es? Sie hört es, bummbummbumm, macht es, und immer schneller und schneller, als sie mehr spürt als sieht, dass er den Kopf ganz langsam zu ihr dreht. Spucke tropft aus seinem Mund. Sie hat solche Angst vor ihm, dass sie fest die Lippen zusammenpressen muss, um nicht zu wimmern.

Da wird es wieder dunkel.

Ratsch. Und schon wieder hell.

Noch ein Stück krabbeln.

Ratsch, nicht bewegen. Die Augen zusammenkneifen. An Mama denken und ihr liebes Gesicht. Kaum wird es finster, kriecht Käthe auf allen vieren voran.

Ratsch.

Fast ist sie bei ihm. Bestimmt sieht man ihren Schatten an der Wand, und sie kann an nichts anderes denken, als dass der liebe Gott ihren Schatten bitte wegnehmen muss, weil Mister Haha ihn sonst entdeckt.

»Geld«, flüstert er, »das hast du noch nie gesehen, nie-nie. Neues Geld. Gutes Geld. Amerikanisches Geld. Die Hälfte, das tut sie, die Hälfte gibt sie mir, hörst du, das tut sie. Die Hälfte von einem Riesenbatzen ist immer noch ein Riesenbatzen.« Sie hört, wie er mit der Zunge über seine Lippen fährt. »Und dann heiraten Merle und ich, hörst du, Roswitha?«

Roswitha.

Sie heißt nicht Roswitha. Sie weiß nicht, wer diese Roswitha ist. Und außer ihm und ihr ist hier auch sonst niemand. Vor Angst kann sie kaum atmen. Alles in ihr tut weh, weil sie daran denkt, dass er immer, wenn er so komische Sachen sagt, irgendwann zu weinen anfängt. Und wenn er weint, packt er sie grob beim Arm und reißt sie an sich, und sie riecht seinen Schweiß und diesen scharfen Geruch, der an ihm ist. Dann explodieren in ihr weiße Blitze, alles ist weiß und grell, und sie glaubt, sie muss zerspringen und sterben, weil sie sich so unendlich fürchtet vor ihm.

»Ich heirate Merle«, redet er weiter, *ratsch,* »und dann wird alles gut. Wir sind zusammen. Wir sind alle zusammen, du, Merle, Mutter und der große Vater. Wir sind zusammen. Alles wird gut.«

Das Streichholz erlischt. Sein Gestank dringt in ihre Nase. Er riecht nach Pipi und Schweiß. Sie streckt die Hand aus, ganz langsam. In seiner Jacke, die über dem Schemel hängt, auf dem er sitzt, ist der Schlüssel. Sie berührt den Stoff, streicht vorsichtig darüber, versucht, sich von den Nähten zu den Taschen führen zu lassen. Sie hat die Ohren gespitzt, weiß aber nicht, ob ihr Finger auf dem Stoff wirklich ein Geräusch macht oder ob sie es sich nur einbildet.

Da spürt sie, wie sich Mister Haha kerzengrade aufsetzt. Sie beißt die Zähne zusammen und zieht die Schultern hoch. Es ist dunkel, sie sieht nichts, gar nichts, aber sie merkt, dass er in die Stille reinhorcht und genau wie sie nicht atmet, nur lauscht und sich nicht rührt und dann, direkt neben ihrem linken Ohr –

Ratsch.

Vier Tage zuvor

1
Davidwache, Hamburg-Sankt Pauli

Mittwoch, 9. Juni 1948, 7:28 Uhr

»Ach, verdammter Mist!«, schimpfte Ida Rabe, nachdem sie die letzte Stufe hinabgestolpert war und fast der Länge nach hingeschlagen wäre. Die Treppe, die in den Keller der Davidwache führte, war schmal und halsbrecherisch steil, dazu gab es kaum Licht, stattdessen aber Unmengen von Spinnweben, die nicht mal den Anstand besaßen, sich in den Ecken zu verstecken.

Auf der Suche nach einem Schuldigen an ihrem Beinahesturz sah Ida an sich hinab. Und hatte ihn schon gefunden: Die Sohle ihres linken Schnürstiefels hatte sich aus der Verklebung gelöst. Wie die Zunge eines hechelnden Hundes hing sie von der Vorderkappe herab. Um vorwärtszukommen, würde sie den ganzen Tag mit Storchenschritten umherlaufen müssen. Die Herren in den oberen Stockwerken würden sich bei ihrem Anblick kugelig lachen. Verärgert schnitt Ida eine Grimasse und machte, dass sie weiterkam.

»Du hast nicht zufällig Schusterleim bei dir?«, fragte sie statt einer Begrüßung, als sie die Tür zu ihrem Büro aufstieß. Irgendwie reichte ihr der Tag schon jetzt, dabei war es gerade erst halb acht.

Heide antwortete ihr nicht, sondern blickte konzentriert auf ihr Merkbuch. »Vier Kaninchen«, sagte sie, ohne aufzusehen, und strich sich eine hellblonde Strähne aus der Stirn. Ihr Gesicht glänzte. Seit Tagen schon hing eine Hitzeglocke über der Stadt, die Idas Laune nicht gerade hob. Sie war ein Inselkind, sie liebte eine steife Brise, rasch dahinziehende Wolken und sogar Regen. Temperaturen von fast dreißig Grad, und das im Juni, war nichts, was ihr gefiel.

»Zwei Hühner«, redete Heide weiter, »und nicht zu vergessen: drei Brombeerranken. Kannst du das glauben? Wie schafft man es nur, die alle in einen Sack zu stopfen?«

»Wozu in aller Welt sollte man das tun?«, fragte Ida. Immer noch war sie damit beschäftigt, überhaupt einzutreten. Kein Kinderspiel angesichts des desolaten Schuhs und gleich doppelt so kompliziert, weil der Uniformrock der Weiblichen Polizei schmal war und dazu aus dermaßen festem Stoff, dass man daraus ein wetterfestes Zelt basteln könnte.

»Um sie zu stehlen«, erklärte Heide, »wozu denn sonst?«

»Womöglich gab es zwei Säcke«, erwiderte Ida und zog endlich die Tür hinter sich zu, wobei sie erneut ins Stolpern geriet und beinahe gegen den Schrank krachte, der wie alle Möbelstücke, die im Büro der Weiblichen Polizei an der Reeperbahn zu finden waren, in einem beklagenswerten Zustand war.

Heide hob den Kopf. »Was in aller Welt ist los mit dir? Bist du betrunken?«

»Ha, wovon denn?« Alkohol war ein seltenes Luxusgut – es sei denn, man war bereit, plötzliche Blindheit zu riskieren. Den selbst gebrauten Kartoffelschnaps, den sich die Verzweifelten reinschütteten, bekam man an jeder Ecke. Aber darauf verzichtete sie gern. »Hier.« Sie deutete auf ihren Schuh, von dem die Sohle kraftlos herunterbaumelte. »Der ist wohl hin.« Sie ließ sich auf ihren Stuhl fallen und beugte sich hinab, um den Schaden zu begutachten. Diesen abgelatschten Schuh mit Leim zu reparieren konnte sie gleich vergessen.

Sie brauchte Nägel. Oder neue Schuhe. Die würde sie allerdings stehlen müssen, und das stand einer Polizistin und angehenden Oberbeamtin nun wirklich nicht gut zu Gesicht. Aber neue Schuhe würde sie sich in hundert Jahren nicht leisten können.

Heide beugte sich wieder über ihr Merkbuch und runzelte die Stirn. »Ich wünschte, das wäre unser einziges Problem.«

Ida verschränkte die Beine, um die vermaledeite Sohle nicht sehen zu müssen. Solange sie saß, konnte sie arbeiten. Und wenn sie arbeitete, ging es ihr gut. »Was gab's noch?«

»Ich weiß nicht, ob die Leute nicht allesamt den Verstand verloren haben«, murmelte Heide statt einer Antwort. »Es kommt mir vor, als würden sie nachts nur deswegen ihr Zuhause verlassen, um irgendwem was wegzunehmen. Ganz egal, was! Und wenn es ein einziger abgelatschter Schuh ist!«

»Ich nehme ihn«, sagte Ida trocken. »Wenn es ein linker in Größe 41 ist.«

Heide warf ihr einen genervten Blick zu, wandte sich dann aber wieder den Aufgaben für den heutigen Tag zu. Nachdenklich betrachtete Ida ihre Kollegin, die leise vor sich hin murmelte und sich mit einer müden Geste erneut eine Strähne aus der Stirn zupfte. Blass sah Heide aus, besorgt und müde. Zum ersten Mal, seit sie sich kannten, ähnelte ihre Kollegin nicht einem frisch vom Himmel gehüpften Engel.

»Und es ist nicht nur so, dass jeder seinem Nachbarn die Haare vom Kopf klaut – da sind ja auch noch die anderen Sachen ...«

Interessiert lehnte sich Ida vor. »Welche anderen Sachen?«

Heide klappte ihr Merkbuch zu. Schnippischer, als Ida es von ihr gewohnt war, fragte sie: »Warum sollte es dich interessieren?«

»Weil auch ich hier arbeite«, antwortete Ida verblüfft.

»Ja, aber du bist in vier Tagen weg, dann hocke ich allein da.«

»Du bist sauer«, konstatierte Ida. »Wegen des Lehrgangs?«

»Ich bin nicht sauer.«

Was verdammt sauer klang.

»Stört es dich, dass Miss Watson mich für den Lehrgang vorgeschlagen hat?«, fragte Ida. »Du weißt, dass ich nicht drum gebettelt habe.« Wenn sie vor Aufregung auch kaum mehr schlafen konnte.

Angenommen, ihr Schuh war bis Sonntag wieder in Ordnung, würde sie einen dreimonatigen Oberbeamtenlehrgang in Niedersachsen besuchen, und wenn sie Glück hatte, würde sie eines Tages entweder eine Leitungsposition innerhalb der Weiblichen Polizei einnehmen oder sich zu einer Stelle hocharbeiten, die schon lange zu ihren heimlichen Wünschen gehörte. Allerdings wusste Ida so gut wie jede andere, dass dieser Traum wohl ein Traum bleiben würde. Zwar gab es in keiner anderen Besatzungszone eine uniformierte Weibliche Schutzpolizei. Aber auch in Hamburg durften Frauen diesen besonderen Karriereweg nicht einschlagen, der Ida vorschwebte: den einer Kriminalkommissarin.

Weil Heide laut und verärgert in ihrem Merkbuch zu blättern begann, das sie gerade doch erst ostentativ zugeklappt hatte, hakte Ida nach: »Du hättest es genauso verdient wie ich, das weiß ich doch auch. Aber was erwartest du von mir? Dass ich den Lehrgang absage?« Da Heide darauf nicht antwortete, fügte Ida hinzu: »Oder gibt es etwas anderes, warum du wütend auf mich bist?«

»Ich bin nicht wütend!«

Was, erneut, sehr wütend klang.

Doch wahrscheinlich würde sie die Sache nur schlimmer machen, wenn sie weiterpulte, also machte Ida ein Friedensangebot: »Bis Sonntag sind es vier Tage. Vier Tage, in denen ich dich unterstützen kann. Was hältst du davon, wenn ich bis dahin keinen eigenen Fall mehr übernehme und ausschließlich dir zuarbeite?«

Die Skepsis in Heides Gesicht war unübersehbar.

»Ich assistiere dir nach Leibeskräften!«

»Ach, Ida.« Heide schnaubte. »Du wirbelst Staub auf, wo immer du hingehst, was bedeutet, dass ich andauernd mit einem Ascheeimer und einem Besen hinter dir herrennen und versuchen muss, alles so weit in Ordnung zu bringen, dass kein größerer Schaden entsteht. Und dafür habe ich gerade echt keine Zeit.«

Das saß! Natürlich stimmte es ein klein wenig, ansonsten würden sie die Worte ja nicht so treffen. Ida machte sich öfter unbeliebt als beliebt, aber dafür konnte sie sich auch durchsetzen – und war das nicht genau das, was eine gute Polizistin ausmachte? Außerdem räumte Ida selbst hinter sich auf. Und dass sie mehr Schaden als Nutzen anrichtete, entsprach auch nicht den Tatsachen.

»Es gibt keinen Grund, gemein zu werden«, sagte Ida nach einer Weile, in der sie mit sich gekämpft hatte, auch Heide ein paar Beleidigungen an den Kopf zu werfen.

Verstockt starrte diese auf ihren Schreibtisch. »Entschuldige«, rang sie sich schließlich ab und warf Ida ihr Merkbuch zu. »Seite achtzehn. Jablonski. Gestohlene Kaninchen und Hühner. Dein Fall.«

Reichlich verschnupft notierte sich Ida die Daten in ihr eigenes Merkbuch und warf Heide ihres zurück. Kaninchen. Hühner. Sie konnte sich Gott weiß was Spannenderes vorstellen. Am deprimierendsten daran allerdings war, dass die Chance, den Diebstahl aufzuklären, gegen null ging. In Zeiten wie diesen wurde *alles* geklaut. Und nicht nur das: Menschen wurden umgebracht, weil sie drei Mark in der Tasche hatten oder mit einer fast vollen Zigarettenpackung gesehen worden waren. Niemand scherte sich um zwei, drei Hühner, die den Besitzer wechselten, und die Polizei kam nicht einmal ansatzweise hinterher.

Da ihr nichts Besseres einfiel, rupfte Ida den Schnürsenkel aus den Löchern ihres Schuhs und umwickelte die Sohle damit. So würde sie zumindest vom Fleck kommen.

»Sag mir wenigstens, welche Fälle du auf dem Tisch hast, ich komme mir ja wie eine ungelernte Hilfskraft vor.«

Nach einem übertriebenen Seufzer begann Heide herunterzubeten, was sich in der vergangenen Nacht ereignet hatte.

»… dann gab es noch die üblichen Streitereien und Schlägereien, Prügel für die Ehefrau, Prügel für den Ehemann und tausend andere Sachen. Die Kaninchen, Hühner und Brombeerranken, um die du dich kümmern sollst, wurden übrigens in Hamm gestohlen. Das heißt, es ist eine ganz schöne Strecke von hier. Damit bist du bis Sonntag beschäftigt. Ich mache den Rest.«

Ida wollte gerade anmerken, dass sie durchaus auch noch für das eine oder andere Zeit finden würde, da wurde sie durch ein leises Klopfen unterbrochen.

»Ja?«, rief Ida.

Nach kurzem Zögern wurde die Klinke heruntergedrückt. Die Tür öffnete sich zwei, drei Zentimeter, aber niemand trat ein. Kurz hatte Ida die Hoffnung, dass es sich um ihre Vertretung handeln könnte, die Polizeimeister Hildesund ihnen versprochen hatte, wobei diese besser ein bisschen Mut zusammensammeln und forscher auftreten sollte. Da allerdings nichts weiter geschah, stand Ida auf. Den Fuß mit dem kaputten Schuh in der Luft, hüpfte sie zur Tür. Hinter dem Spalt schwebte der Geruch von Kernseife durch den Kellergang.

Sie schaltete das Licht ein und entdeckte zwei Frauen, die auf den ersten Blick wie Schwestern wirkten. Die eine, wohl zehn Jahre ältere, war dunkelblond, zierlich, auf unauffällige Weise hübsch. Ihre Begleiterin sah aus wie gerade von der Leinwand gestiegen: fast schon überirdisch schön mit ihren gleichmäßigen Zügen, einer hohen Stirn, graublauen, leicht schräg stehenden Augen und dem hübsch geschwungenen Mund. Sie war ungeschminkt, was den Eindruck noch verstärkte, und trug ein hochgeschlossenes graues Kleid mit Ärmeln, die bis über die Handgelenke fielen, und das scheinbar sagen wollte: Ich bin niemand Besonderes, guckt woandershin.

»Guten Tag«, sagte Ida. »Kann ich Ihnen helfen?«

»Wir suchen Fräulein Rabe oder Fräulein Brasch.« Das hatte die Ältere der beiden gesagt, die Ida auf Mitte dreißig schätzte. Ihr Kleid wirkte billig, aber nicht ganz so züchtig. Beim näheren Hinsehen fragte sich Ida, wie sie nur darauf gekommen war, dass die beiden Schwestern sein könnten. Die Ältere hatte etwas Mausgraues an sich, wirkte aber sympathisch und offen.

»Sie haben Glück, Sie haben sowohl Fräulein Brasch gefunden als auch mich. Ida Rabe.« Sie streckte die Hand aus, und die Ältere nahm sie.

»Karen Metzger, hallo.«

»Kommen Sie doch rein.«

Doch die Jüngere rührte sich nicht von der Stelle, sondern

starrte wie hypnotisiert durch den Türspalt. Verdenken konnte Ida es ihr nicht. Das Kellerbüro lud kaum zum Verweilen ein: düster, wie es war, mit seinem winzigen Fenster und den monströsen Möbeln.

»Und Sie sind?«, wandte sich Ida an sie.

Fräulein Metzger gab ihrer Begleitung einen Stups, woraufhin diese aus ihrer Trance zu erwachen schien.

»Vera Pape«, sagte sie mit wohlklingender dunkler Stimme.

»Wir können natürlich gern hier im Flur über Ihr Anliegen sprechen.« Ida warf einen kurzen Blick zu Heide, die mit unbeteiligter Miene an ihrem Tisch saß. »Allerdings hätten wir dort drin mehr Privatsphäre.«

Angesichts des Aussehens von Fräulein Pape konnte sie sich gut vorstellen, dass die Kollegen von oben mit riesigen Ohren an der Tür zur Kellertreppe klebten. Die normale Klientel der Davidwache war weit weniger attraktiv. Zudem gab es die zahlreichen Kurzzeitbewohner der Zellen, deren schwere Metalltüren rechts und links von dem Gang abgingen, der zum Büro der Weiblichen Polizei führte. Die Jungs im Innern konnten Fräulein Metzger und Fräulein Pape zwar nicht sehen, doch es war auffällig, wie mucksmäuschenstill sie allesamt waren.

Fräulein Metzger tat einen Schritt ins Innere, zögerte aber, weil sich Fräulein Pape weiterhin nicht von der Stelle rührte.

»Vera«, sagte sie leise. »Willst du den Damen nicht sagen, was du uns erzählt hast?«

Die Jüngere schien sie nicht gehört zu haben. Stand sie unter Drogen oder war alkoholisiert? Ida nahm in der Luft nicht den üblichen Fuselgeruch wahr, auch wirkten Fräulein Papes Pupillen weder erweitert noch stecknadelkopfklein.

Fragend blickte Ida zu Karen Metzger, die einen leisen Seufzer ausstieß, und sagte: »Wir möchten Ihre Zeit nicht stehlen, aber meine Freundin wurde belästigt.«

Ida streckte die Hand aus, um Fräulein Pape behutsam am Arm zu fassen, was diese zusammenzucken und einen Satz zurücktun ließ. Die junge Frau flüsterte etwas, das Ida nicht verstand. Ihre Lippen bewegten sich, ihren Blick hielt sie starr auf ihre Freundin gerichtet.

»Er wird dich nicht umbringen, Vera«, sagte Karen Metzger ernst. »Das war nur Gerede.«

Augenblicklich war Ida hellwach, ihr Schuh und der Ärger über Heide waren vergessen. »Wer ist *er*, Fräulein Pape? Fräulein Metzger? Von wem sprechen Sie?«

Vera Papes Lippen bewegten sich weiter, doch kein Laut kam aus ihrem Mund. Endlich schien sie in die Gegenwart zurückzukehren.

»Es war eine dumme Idee hierherzukommen«, flüsterte sie. »Man sagt mir nach, ich würde mir zu viel einbilden.«

»Dass sich eine Frau Dinge, die man ihr androht oder angetan hat, bloß einbildet, klingt in meinen Ohren nach der Erfindung eines Mannes«, kommentierte Ida das knapp. »Mir wäre es wirklich lieb, wenn Sie mich in mein Büro begleiten würden. Und dann erzählen Sie, was passiert ist.«

Endlich gab sich Vera Pape geschlagen. Nachdem Ida die Tür hinter ihr ins Schloss gedrückt hatte, zeigte sie auf ihren Stuhl, entschuldigte sich, dass es nur den einen gab, fügte hinzu, dass die anderen Möbel besser nicht berührt werden sollten, da sie sonst umfielen, und zückte ihr Merkbuch.

»Schießen Sie los. Und lassen Sie kein Detail aus, auch wenn es Ihnen unwichtig erscheint.«

Fräulein Pape war diejenige, die Platz genommen hatte. Sie

schloss die Augen, um sich zu sammeln, als Ida der Gedanke durchfuhr, ihr schon einmal begegnet zu sein. Unsinn, sagte sie sich, wahrscheinlich rührte der Eindruck daher, dass Vera Pape aussah wie eine Kinoschönheit.

Endlich begann sie zu sprechen. »Ich habe einen Spaziergang gemacht. Zu den Ruinen am Fischmarkt runter und dann am Wasser entlang. Plötzlich hatte ich dieses ungute Gefühl …« Sie fasste sich in den Nacken, als liefe ihr ein Schauder hinab. »Ich habe mich immer wieder umgedreht, aber da war niemand. Zuerst wollte ich weitergehen, dann habe ich doch entschieden umzukehren. Diese Gegend ist ziemlich einsam.«

Das Gebiet hinter den zerbombten Überbleibseln der Fischmarkthallen war selbst bei Tag wie ausgestorben. Es wunderte Ida, dass jemand auf die Idee kam, dort spazieren zu gehen. Wobei – der Weg ins schönere Övelgönne führte dort entlang, an der Elbe.

Als habe Fräulein Pape ihre Gedanken gelesen, erklärte sie: »Ich mag die Ruhe da. Niemand kümmert sich um einen, man muss nicht Guten Tag sagen.« Sie zuckte mit den Schultern und blickte auf ihre Hände hinab, die verkrampft in ihrem Schoß lagen. »Ich bin also umgekehrt und kam mir dabei ziemlich albern vor. Doch ich war noch nicht weit gekommen, als ich jemanden entdeckte. Er war plötzlich einfach da, obwohl ich mich doch umgesehen hatte.« Sie schluckte. »Ich bin mir nicht sicher, ob er sich versteckt hat. Jedenfalls kam er auf mich zu, ließ mich dabei nicht aus den Augen, und ich … Ich stand nur da. Wie angewurzelt. Und sah zu, wie er auf mich zulief und mich anstarrte, mit diesem … mit diesem unheimlichen Blick.«

»Und da hat er zu Ihnen gesagt, er bringt Sie um?«

Verwundert blickte Fräulein Pape zu ihr auf. »Er hat gar nichts gesagt. Das war ja so unheimlich.«

Jetzt war Ida gänzlich verwirrt. »Und wann hat er Ihr Leben bedroht?«

»Wie? Nein. Nein! Sie haben mich falsch verstanden.«

Karen Metzger sprang helfend ein. »Der Mann, der Vera belästigt hat, war ein anderer.«

»Dann wäre es hilfreich, wenn Sie beide Vorfälle schildern.«

»Ich möchte ... nein ...« Vera Pape starrte sie flehend an. »Das war nicht so gemeint, wirklich. Ich möchte nur etwas zu dem Mann sagen, der mir gestern gefolgt ist.«

Heide hob den Blick. Sie hatte also die ganze Zeit über zugehört.

»Gestern war das?«, wiederholte Ida. Sie konnten kaum davon ausgehen, dass der Mann noch heute irgendwo am Elbstrand herumstand. Warum hatte Vera Pape es erst heute gemeldet? Vor allem aber schien ihr mehr als suspekt, eine Morddrohung als etwas Dahergesagtes abzutun.

»Er folgte Ihnen«, wiederholte Ida, ohne sich ihre Gedanken anmerken zu lassen. »Was geschah dann?«

»Es war dieser Blick. Er sah mich an, als wäre er ... als wäre er der Tod persönlich. Nach einer Weile«, fuhr Fräulein Pape leise fort, »bin ich aus meiner Starre erwacht und ging an ihm vorbei. Nach Hause. Ich habe es nicht gewagt, mich umzusehen.«

»Gar nicht?«, grätschte Heide dazwischen. »Ich meine, immerhin an der nächstgrößeren Straße würde man sich doch umgucken, oder nicht? Sie hätten dort jemanden um Hilfe bitten können.«

»Ja, sicher, aber ... Ich hatte solche Angst und wollte nur fort. Außerdem helfen die Menschen nicht. Es stimmt nicht, dass eine Frau Unterstützung bekommt, wenn sie darum bittet. Ein Mann vielleicht. Eine Frau nicht.« Um das zu unterstreichen, schüttelte sie mit trauriger Miene den Kopf.

Als Ida der Begleitung der jungen Frau einen Blick zuwarf, bemerkte sie deren Frustration. Hier ging doch etwas ganz anderes vor sich, oder täuschte sie sich? Und welcher Mann machte Vera Pape wirklich Angst, war es tatsächlich der vom Elbstrand? Sie nahm sich vor, Fräulein Metzger unauffällig beiseitezunehmen, doch bevor sie dieser Überlegung Taten folgen lassen konnte, sagte Heide: »Es ist so, Fräulein Pape. Solange der Kerl Sie weder bedrohte noch Ihnen etwas antat, hat er nichts Strafbares getan. Wegen eines unheimlichen Blickes kann man niemanden anzeigen, und das ist auch gut so. Manche Menschen sehen unheimlich aus, sind es aber nicht, ich denke, das wissen Sie selbst. Wieso also sind Sie hergekommen? Sie müssen schon deutlicher werden, damit die Polizei Sie beschützt.«

»Die Polizei mich beschützen?« Fräulein Papes Stimme wurde schrill. »Glauben Sie, dass ich deswegen hergekommen bin?«

»Und wieso *dann*, Fräulein Pape? Um zu schnacken?«, ließ sich Heide vernehmen.

»Heide!«, explodierte Ida, doch da war es schon zu spät.

Mit eckigen Bewegungen stand Vera Pape auf. »Lass uns gehen, Karen. Die Damen glauben mir nicht. Ich weiß ja auch kaum mehr, wie er aussah.« Mit gequälter Miene ging sie auf die Tür zu. »Es war dumm herzukommen!«

»Warten Sie!« Ida versuchte, vor ihr an der Tür zu sein, hatte aber erneut ihren kaputten Schuh vergessen. Daher rief sie ihr in den Flur nach: »Fräulein Pape, bitte!«

Aber da war die junge Frau schon auf der Treppe und eilte die

Stufen hinauf. Mit einem entschuldigenden, aber zugleich vorwurfsvollen Nicken ging Karen Metzger ihr hinterher.

»Du hättest dich feinfühliger verhalten können«, schimpfte Ida, als sie an ihren Platz zurückkehrte.

»Ach ja? Die Leute haben doch allesamt den Verstand verloren. Das war hanebüchener Unsinn! Hast du nicht gehört, dass sie ihn nicht mal beschreiben konnte? Als hätten wir nicht Dringenderes zu tun, als nach einem Mann zu suchen, den es gar nicht gibt.«

»Du weißt so gut wie ich, was Angst bewirken kann. Manche Erinnerungen sind wie ausgelöscht, nur um eine Weile später mit aller Macht zurückzukommen.«

»Aber wenn der Kerl so beängstigend war, wie sie ihn darstellen wollte, hätte sie gestern herkommen müssen. Außerdem hat sie selbst gesagt, dass sie nicht mal angenommen hat, dass wir ihr glauben würden. Aus gutem Grund! Weil sie kein einziges wahres Wort gesagt hat, darum!«

Idas schlechte Laune kehrte in Siebenmeilenstiefeln zurück. Sie wollte Heide gerade entgegenschleudern, dass man manchmal etwas genauer hinsehen musste, doch bevor sie den Mund aufmachen konnte, erklangen polternde Schritte aus dem Flur und Sekunden später steckte ihr Kollege Johann Meyerlich den rotblonden Schopf durch die Tür.

»Moin, die Damen!«

Über Heides Wangen zog ein lachsfarbener Schimmer, der Ida dazu veranlasste, gedanklich die Hände in die Luft zu werfen. Diese beiden! Seit Heides erstem Tag auf der Wache war Meyerlich bis zu den Haarwurzeln in sie verschossen, und Ida war sich sicher, dass dieses Gefühl auf Gegenseitigkeit beruhte. Trotzdem hatten die beiden es noch nicht mal geschafft, sich zu einer Tasse Muckefuck zu verabreden.

Idiotisch. Allerdings musste auch Ida zugeben, nicht gerade eine Expertin in Liebesdingen zu sein. Obwohl sie sich dagegen wehrte, wanderten ihre Gedanken zu Ares Konstantinos und ihrem Streit, den sie vor zwei Wochen gehabt hatten. Seither waren sie einander nicht wieder über den Weg gelaufen, was eigentlich eine Kunst war. Immerhin führte ihre Arbeit sie regelmäßig zueinander. Vor allem aber fanden normalerweise beide ständig Gründe, der oder dem anderen einen Besuch abzustatten. Und sie gingen zusammen spazieren. Sie waren beide in dieser Hinsicht passioniert, stapften bei Wind und Wetter durch die Gegend, und wenn man es zu zweit tun konnte, umso besser!

Jetzt musste sie allein herumlaufen. Viel schlimmer aber war, dass sie ihn zum Schluss ihres Streites angefahren hatte, er solle nie wieder unaufgefordert bei ihr hereinplatzen. Und Ares hielt sich daran.

»Meyerlich«, sagte Ida und schluckte ihre Wut auf Heide fürs Erste hinunter, »du kommst gerade recht.«

Der Polizeimeisteranwärter hatte Mühe, seinen Blick von Heide zu lösen. Schließlich aber sah er Ida an und grinste.

»Na, wo drückt'n der Schuh?«

»Kannst du hellsehen? Es sind tatsächlich meine Schuhe, na ja, eigentlich nur einer. Du bist nicht zufällig im Besitz von Schusternägeln?«

»'türlich.«

Das wunderte sie nicht im Mindesten. Meyerlich war eine kleine Wundertüte. Er half, wo immer er konnte, und das Erstaunliche war: Meist war er dazu tatsächlich in der Lage.

»Ich bring gleich alles runter. Sohle ab?«

Ida nickte.

»Aber vorher muss ich den Damen noch was vertellen. Hab das junge Ding gesehen grad. Die war bei euch, wie?«

»Ja.« Wahrscheinlich sprach er von Fräulein Pape. Fräulein Metzger, die bei den Männern sicher weniger Punkte sammeln konnte, musste ihm entfallen sein, dachte Ida mit einem Hauch von Ärger.

Meyerlich runzelte die Stirn, grinste aber gleichzeitig über das gesamte Gesicht. »Is hier bestens bekannt. Als so 'ne Art Hippeltitsch.«

Mit der flachen Hand schlug Heide auf ihren Schreibtisch. »Wusste ich es doch.« Triumphierend starrte sie Ida an, die nur die Schultern zucken konnte.

»Hippeltitsch? Was in aller Welt soll das sein?«

»Na, der Holzbengel mit der Nase, die wächst, wenn er lücht.« Verwundert schüttelte Meyerlich den Kopf. »Den kennste gar nich'? Der aus einem Holzscheit geschni…«

Ungeduldig unterbrach sie ihn. »Jetzt mal Klartext, Kollege. Fräulein Pape hast du schon mal gesehen?«

»Und ob! Er wackelte mit dem Kopf. »War vor zwo Jahren oder so öfter hier. Ärger mit ihrem Kerl. Hat sie geschlagen. Oder so hat sie's jedenfalls behauptet. Konnte aber nie nachgewiesen werden, ne? Keine blauen Flecken oder Schwellungen zu sehen, nirgends. Und da hat der Verlobte dann Anzeige gegen sie erstattet wegen Verleumdung. Kann man ja auch nachvollziehen, nech?«

Heide nickte erhaben, was nichts anderes bedeuten sollte als: *Hab ich's dir nicht gesagt?*

»Also …«, sagte Meyerlich und blickte sehnsüchtig zu Heide, die sich daranmachte, geschäftig in ihrem Notizbuch herumzuradieren. Immer noch herrschte Papiermangel. Heide allerdings übertrieb es mit der Sparsamkeit.

»Und was ist daraus geworden?«, fragte Ida missgestimmt. Der Gedanke, dass Vera Pape Heide und sie belogen haben sollte, passte ihr nicht. Aber warum sollte sie sich die Mühe machen? Außerdem hatte sich Ida bislang immer auf ihr Bauchgefühl verlassen können. Und das sagte ihr eindeutig, dass etwas an der Sache dran war.

Fragte sich nur, was.

»Aus der Verleumdung?« Meyerlich zuckte mit den Schultern. »Wurd' zu den Akten gelegt irgendwann.«

»Der Verlobte hat es nicht weiterverfolgt?«

»Nee. Was weiß ich, die ham sich bestimmt wieder angefreundet oder so.«

»Und umgekehrt hat auch Fräulein Pape nie wieder etwas gemeldet?«

»Nö. Aber das, na ja, das is dann vielleicht auch kein Wunder.« Zuvor schien es Meyerlich nicht eingefallen zu sein, jetzt hingegen schon: Verlegen begann er, mit dem Schuhabsatz zu trippeln. »Also, man kann wohl nech so unbedingt sagen, dass man ihr hier geglaubt hat, nech? Also, vielleicht wollte sie dann auch nech mehr herkommen, weil, der Kollege hat sie nech grade mit Samthandschuhen angefasst.«

Das erklärte Vera Papes Einstellung gegenüber der Polizei. Ida tat ihr Möglichstes, den Kollegen eisig in Grund und Boden zu starren. Meyerlich wurde immer kleiner.

»Und trotzdem kommst du hier runter und erzählst erst mal, dass sie eine Lügnerin ist?« Wütend stützte sie die Hände in die Seiten.

»Na, also, so genau hab ich das aber nech gesacht!«

»Doch.«

»Na ja, also …«

»Welcher Kollege war mit dem Fall betraut?«

»Dura.«

»Kenne ich nicht.«

»War zum Schluss seiner Dienstzeit.«

»Berentet?«

»Na ja, also, eher nech. Du weißt, was ich meine.«

O ja, das wusste Ida durchaus. Die Briten hatten eine Zeit lang gründlich aussortiert. Wer unter den Nationalsozialisten die Karriereleiter erklommen hatte, sollte bei der Polizei nichts mehr zu suchen haben. Ida war ihnen höchst dankbar dafür, konnte sich leider jedoch immer häufiger des Eindrucks nicht erwehren, dass die Gründlichkeit irgendwann nachgelassen hatte – und dass über manche Kollegen eine schützende Hand gehalten worden war. Hildesund würde ihr da gleich einfallen, auch wenn es nur eine Ahnung war.

»Er wurde entlassen«, folgerte sie.

»Jau.«

»Danke, Johann«, sagte Ida. Sie war immer noch sauer, allerdings hielt dieses Gefühl ihrem Kollegen gegenüber nie lange an. Er war einfach zu nett, man musste ihm alles verzeihen. »Soll ich wegen der Schusternägel doch lieber mit hochkommen?«

»Nee, nee, ich hol sie.« Mit einem weiteren liebestrunkenen Blick auf Heide wandte er sich um und verschwand.

»Ich glaube ihr«, sagte Ida. »Jetzt, nachdem ich von ihrer Vergangenheit weiß, sogar mehr als vorher.« Vor allem aber machte sie sich Vorwürfe, den beiden Frauen nicht auf den Zahn gefühlt zu haben.

»Tu mir den Gefallen«, sagte Heide aufgesetzt nonchalant, »und kümmere dich auch um den Fall, den ich dir gegeben habe.

Mit den Karnickeln.« Damit wandte sie sich wieder ihrer Arbeit zu und ignorierte Ida.

Vielleicht war es nur gut, dass Ida am Sonntag für drei Monate verschwinden würde. Hier war es derzeit nur schwer auszuhalten.

*

Eine halbe Stunde später brachen Ida und Heide zu ihrem täglichen Streifgang über den Schwarzen Markt auf. Keine von ihnen sprach, genauer gesagt herrschte eisiges Schweigen. Im blanken Gegensatz dazu brannte schon jetzt, am frühen Vormittag, die Sonne auf die umliegenden Ruinen.

Selbst drei Jahre nach Kriegsende häufte sich in den Höfen noch der Schutt aus halb zusammengestürzten Häusern. Immer wieder las man die mit Farbe aufgepinselten Worte »Betreten verboten – Lebensgefahr« auf den Fassaden, woran sich natürlich keine Seele hielt. Wenn man nirgends einen Platz zum Schlafen fand und selbst die Heilsarmee kein Eckchen mehr anbieten konnte, kümmerte man sich um solche Warnungen nicht. Wie häufig hatte Ida davon gehört oder mit ansehen müssen, wie unter dem Schutt Tote geborgen worden waren. Manches Stockwerk hielt und hielt und stürzte dann plötzlich einfach ein.

Nachdem Meyerlich ihren Schuh repariert hatte und die beiden Kolleginnen endlich ihr Büro verlassen wollten, war Idas Laune noch weiter in den Keller gerauscht. Wer sonst könnte daran schuld sein als Polizeimeister Hildesund, der sie im Flur abgefangen hatte?

»Wir haben Ersatz für Sie, wertes Fräulein Rabe.« Ihr Vorgesetzter hatte über das ganze zerfurchte Gesicht gestrahlt.

Im ersten Augenblick war Ida erleichtert gewesen. Immerhin gab es jetzt einen Grund weniger, wieso Heide wütend auf sie sein konnte.

Dann allerdings hatte Hildesund weitergeredet: »Unser armes Fräulein Brasch kann schließlich nicht drei Monate allein Dienst tun. Man kann doch keinem Weibsbild zumuten, darauf zu verzichten, sich über Schönheitstipps auszutauschen, haha.« Er hatte Heide zugezwinkert, und Ida hatte schockiert bemerkt, dass Heide zurückgezwinkert hatte.

Gezwinkert! Dabei konnte Heide ihn doch so wenig leiden, wie Ida es tat.

»Sie kennen die Kollegin bereits. Erinnern Sie sich an Fräulein Pfeiffer von der Wache am Hauptbahnhof? Ich habe sie herbeordert. Sie wird am Montag anfangen.«

Ausgerechnet Kollegin Pfeiffer! Seit Ida ihr vor einem Jahr zum ersten Mal begegnet war, hegte sie tiefen Groll gegen sie. Die würde also an Idas Schreibtisch sitzen, sich um Idas Leute kümmern – um Frauen und Kinder, die immer wieder in Schwierigkeiten gerieten oder verprügelt wurden von Eltern, Ehemännern, Zuhältern. Ida mochte sich kaum vorstellen, wie die kaltherzige Pfeiffer damit umging.

Nachdem sie in die Talstraße eingebogen waren, wo reges Treiben herrschte, wurde Ida vor dem rot geklinkerten Haus der Heilsarmee, das wie durch ein kleines Wunder von den Bomben nicht zerstört worden war, langsamer. Sie zeigte mit dem Kinn darauf und sagte: »Ich frage mich, wieso jemand wie Fräulein Pfeiffer zur Polizei gegangen ist. Sie hasst Menschen. Nicht dass sie so großherzig sein müsste wie die da. Aber etwas Mitgefühl wäre schon angebracht, findest du nicht?«

Heide antwortete nicht, sondern musterte scheinbar interessiert eine Gruppe junger Männer, die bei ihrem Anblick verstummten und wie Ameisen in unterschiedliche Richtung wegströmten. Wie der Rest der Straße wirkten sie armselig und halb verhungert.

»Willst du überhaupt nicht mehr mit mir reden?«, fragte Ida ungeduldig, weil Heide sie nach wie vor ignorierte.

»Lass mich, Ida. Freu dich drauf, dass du den Sommer im hübschen Niedersachsen verbringen kannst, warmes Essen bekommst, was lernst und abends am Lagerfeuer sitzen darfst, während ich hier die Stellung halte. Und mich mit Hühnerdieben herumschlage, prügelnden Vätern und Müttern und Frauen, die Gespenster sehen.«

»Wenn du damit auf Fräulein Pape anspielen willst, solltest du …«

Mit verkniffener Miene schoss Heide zu ihr herum. »Können wir deine letzten Tage hier nicht einigermaßen über die Bühne bekommen? Dann ersetzt dich Fräulein Pfeiffer, und ich werde mich schon mit ihr zusammenraufen. Schließlich ist mir das auch bei dir gelungen.«

Peng. Wieder ordentlich einen vor den Latz bekommen, schon zum zweiten Mal heute.

»Danke«, sagte Ida spöttisch, weil ihr einfach nichts Besseres einfallen wollte. Traurig gestand sie sich ein, dass es wohl doch so war, wie sie geglaubt hatte: Für Freundschaften taugte sie einfach nicht. Sauer war sie allerdings auch. Am liebsten würde sie schon morgen nach Niedersachsen aufbrechen!

Inzwischen hatten sie die Schmuckstraße erreicht, in der sich bis vor wenigen Jahren ein chinesisches Lokal an das andere gedrängt hatte. Zeitungen hatten von Hamburgs *China Town* gesprochen; dem hatten die Nationalsozialisten jedoch ein brutales Ende gesetzt, indem sie sämtliche Bewohner entweder außer Landes verwiesen oder ermordet hatten.

Ihr Zorn auf Heide verblasste angesichts dessen. Jetzt war von der damals so exotisch wirkenden Umgebung nichts als Verfall übrig geblieben. Ida ließ den Blick über eine weitere Gruppe Männer gleiten, die sich gar nicht erst die Mühe machten, die Mäntel wieder zuzuklappen, in deren Innenfutter alles verstaut war, was sie zum Kauf oder Tausch anboten. Sie flüsterten bloß etwas leiser, als sich die Polizistinnen näherten.

»Moin, Moin, die Damen, na, alles schick?«

»Guten Morgen, Tibbes.« Dankbar, sie aus ihren düsteren Gedanken gerissen zu haben, nickte Ida dem Alten zu, der kaum mehr Zähne im Mund hatte und so gebückt lief, als suche er auf dem Pflaster etwas. In seinen abgerissenen Kleidern und mit dem verhärmten Gesicht schien er zu Sankt Pauli zu gehören wie die Reeperbahn und jene Etablissements, die als einzige nie pleitegingen. Tatsächlich aber stammte er gar nicht aus Hamburg. Davon hatte er ihr eines Winterabends erzählt, an dem er sich auf der Wache aufgewärmt hatte, obwohl dort auch nur spärlich geheizt werden konnte. Er war Nordfriese, genau wie sie. Das verband, selbst wenn sie von einer Insel stammte und er vom Festland.

»Wann kommtn nu dat neue Geld, die Damen, Sie wissen dat doch bestimmt? Will auch was abham, ich hoff nur, die vergessen mich nich'.«

Seit Wochen vermeldeten die Zeitungen, dass das Datum der Geldvergabe aus Sicherheitsgründen geheim bleiben musste. Das Einzige, was sicher zu sein schien, war, dass nur die Trizone mitmachen würde – also die von Frankreich, Großbritannien und Amerika besetzten Teile Deutschlands. Neues Geld für eine neue Regierung, denn auch die stand bevor, wie die Zeitungen vermeldet hatten. Nach langem Ringen hatte auch Frankreich zugestimmt, dass die drei westlichen Zonen zu einem Weststaat zusammengeführt werden sollten. Was mit dem Osten geschah, dem von der UdSSR besetzten Gebiet, wusste Ida hingegen nicht.

»Niemand wird Sie vergessen«, sagte Heide, die sich augenscheinlich etwas am Riemen riss.

Ob sie mehr Details kannte als Ida? Vielleicht durch ihren Vater, Oberkommissar Brasch. Irgendwer musste das Ganze schließlich organisieren und durchführen. Die Verbündeten würden kaum mit Flugzeugen über das Land fliegen und die frisch gedruckten Scheine einfach raussegeln lassen.

Ida klopfte Tibbes auf die Schulter, der ihr ein zahnloses Lächeln schenkte und weiterschlappte. Während sie kehrtmachte, um die Runde auf der anderen Straßenseite fortzusetzen, kam Ida ein seltsamer Gedanke: Sie würde ihn vermissen, während sie beim Lehrgang war. Ihn und die ganze Mischpoke hier, das verlotterte Sankt Pauli und ja, Heide auch.

Als sie sich zu ihrer Kollegin umdrehte, die mit stoischer Miene, die Hände hinter dem Rücken verschränkt, in genau abgemessen wirkendem Abstand zu ihr ging, verfing sich Idas Blick im Dunkel eines ehemaligen Hauseingangs. Irgendwer stand dort und gab ein Geräusch von sich, das einem ängstlichen Wimmern glich.

Ohne ein Wort der Erklärung setzte sich Ida in Bewegung. Falls sich jemand in dem Gebäude an der Ecke zur Reeperbahn häuslich einrichten wollte, würde sie ihn enttäuschen müssen. Es war viel zu gefährlich. Doch sie hatte das ehemals herrschaftliche Bauwerk, von dem nur noch die Fassade stand, kaum erreicht, da schoss ein Kind an ihr vorbei auf die Straße. Der

Gesichtsausdruck des Jungen ließ sie hinter ihm herstürzen. Er sah aus, als habe er den Teufel gesehen.

Wendig war er und schnell, doch Ida hatte die längeren Beine. Dummerweise geriet sie schon nach wenigen Schritten ins Stolpern und stellte bei einem Blick nach unten fest, dass sich die Sohle ihres Schuhs schon wieder zu lösen begann. Egal! Weiter ging es, quer über die Reeperbahn, während sie hinter sich Heide etwas rufen hörte. Im letzten Augenblick, bevor der Kleine in der Silbersacktwiete verschwinden konnte, bekam sie ihn am Kragen zu fassen.

»Hiergeblieben. Und halt gefälligst still!« Stoßweise atmend versuchte sie, den zappligen Jungen am Schlafittchen festzuhalten und gleichzeitig seinen Tritten auszuweichen. »Hör sofort damit auf!«

Aus weit aufgerissenen Augen starrte er sie an. Dreckkrusten umrahmten seinen Mund und bildeten an seinem dürren Hals schwarze Ringe. Er war kalkweiß im Gesicht, auf seiner Wange prangte blutiger Schorf. Furchtsam begann seine Unterlippe zu beben, doch noch bevor Ida darauf reagieren konnte, begann er wieder, zu zappeln und um sich zu treten. Beim dritten Versuch gelang es ihr schließlich, den Arm um seinen schmalen Oberkörper zu schlingen.

»Ruhig jetzt!«

Das Zappeln wurde weniger.

»Wieso hast du es so eilig?«

Er stieß ein Wimmern aus. »Lass mich los, Frau Wachtmeisterin, bidde, lass mich los.«

Probeweise ließ sie etwas lockerer, um ihm ins Gesicht zu sehen. Dann zeigte sie mit dem Kopf in Richtung Talstraße. »Erst wenn du mir sagst, was da los war.«

Er presste die Lippen aufeinander, so fest, dass sich seine Kieferknochen unter der schuppigen Haut abzeichneten. Er war strohblond, das Haar seit Längerem nicht mehr geschnitten.

»Wie heißt du?«

»Ichwardasnich'!«

»Komischer Name.«

»Was ist denn los?«, wollte Heide wissen, als sie mit verärgerter Miene angelaufen kam.

Mit einem Mal begann der Junge zu schluchzen. »Ich war das nich'!«

Ida wagte nicht, ihn loszulassen, beugte sich aber so weit zu ihm hinunter, dass sie mit ihrer Nasenspitze fast seine berührte. »Was warst du nicht?«

Er zeigte vage nach hinten. Seine zahnstocherdünnen Beine zitterten, und er zappelte weiter, bis Ida ihn nicht mehr halten konnte.

»Hilf mir doch!«, herrschte sie Heide an, die tatenlos dabeigestanden hatte und dem Kleinen jetzt mit hochgezogener Augenbraue nachsah, wie er die Silbersacktwiete runter in Richtung Hafen raste. Verärgert musste sich Ida eingestehen, dass die herabhängende Sohle keine weitere Verfolgungsjagd mitmachen würde.

»Was in aller Welt wolltest du überhaupt von ihm?«

»Er hat etwas gesehen.«

Verständnislos schüttelte Heide den Kopf. »Und was?«

»Das finde ich jetzt raus.«

Damit rauschte Ida davon. Hinter sich hörte sie ihre Kollegin genervt aufstöhnen, aber das war ihr egal. Sie hatte keine Lust mehr, sich für Heides schlechte Stimmung verantwortlich fühlen zu müssen – schließlich hatte sie sowieso keinen Einfluss darauf.

Ohne sich noch einmal umzusehen, steuerte sie das Haus mit der Nummer 1 an. Es stand an der Ecke Reeperbahn und Talstraße, und der Begriff *Haus* war wirklich eine schamlose Übertreibung. Nur noch die Mauer stand, und statt einer Tür klaffte ein großes, bis zum Boden reichendes Loch in der Mitte, rechts und links davon zwei etwas kleinere, in denen früher die Fenster gewesen waren und durch die man nun auf Schuttberge starren konnte. Neben dem einstigen Eingang hingen nach wie vor die blau-weißen Reklameschilder der Bavaria-Sankt-Pauli-Brauerei. Wenn man den Blick anhob, sah man durch die Fensteröffnungen keine Stockwerke, keine Decken, nur den Himmel. Bis zum Bombenregen hatte sich das Gebäude über drei Etagen erstreckt, mit dem legendären Hamburger Lokal *Zur neuen Welt* im Erdgeschoss.

Die Kinder liebten es, auf den Trümmerbergen, die davon übrig geblieben waren, Schlitten zu fahren. Was eine gefährliche Angelegenheit war. Nicht nur ragten hier und dort scharfe oder spitze Gegenstände heraus, auch fanden sich immer wieder Handgranaten oder Panzerfäuste darin. Wie viele von ihnen dadurch ihre Hände, Beine oder ihr Leben verloren hatten, war kaum mehr zu zählen. Denkbar, dass der Junge auf dem Hosenboden den Steinhang hinuntergeschlittert war. Aber was hatte ihm solche Angst eingejagt?

»Ida, wir müssen zur Wache zurück«, ertönte hinter ihr Heides Stimme. »Und ich habe das Gefühl, dass du dir nur deswegen noch mehr Ärger einhandeln willst, weil du dich am Sonntag sowieso verabschiedest.«

In einem kühlen Ton, der Ida selbst überraschte, sagte sie: »Denk, was du denken willst. Und sag Hildesund gerne, er kann mich hier abholen, wenn ihn das Bedürfnis überkommt, mich anzubrüllen.«

Damit wandte sie sich um und trat unter dem Türbogen in den schuttübersäten Hof. Obwohl sich ihr ein Anblick der Zerstörung bot, wie ihn nur ein Krieg anrichten konnte, überkam sie ein Gefühl der Ruhe und des Friedens. Die Geräusche des Schwarzen Markts waren nur gedämpft zu hören. Die Luft roch nach Erde und alten, feuchten Gemäuern. Staubpartikel schwebten durch das Sonnenlicht, das wegen des fehlenden Dachs bis ins Erdgeschoss fiel.

Auf den ersten Blick war nichts weiter zu entdecken als ein Berg von dunkelroten Ziegelsteinen, die langsam mit Efeu und Moos zuwucherten. In den beiden ersten Nachkriegswintern war jeder einzelne von ihnen tausendfach umgedreht worden, darauf würde sie wetten. Angesichts des Hungers und der Kälte hatten die Leute alles an sich gerafft, was Wärme oder Nährgehalt versprach oder eingetauscht werden konnte. Mittlerweile war ganz Sankt Pauli abgegrast.

Weil ihr nichts ins Auge fiel, machte sie sich daran, den Schuttberg zu erklimmen. Wieder und wieder rutschte sie ab und fluchte unterdrückt vor sich hin, während Heide, die ihr, statt zur Wache zurückzukehren, gefolgt war, mit verschränkten Armen und bitterböser Miene unten stand.

»Er hat bestimmt nur eine Ratte gesehen, Ida«, rief sie nach einer Weile. Immerhin klang sie ein wenig versöhnlicher. »Lass uns zurückgehen. Wir sind sowieso spät dran.«

»Eine Ratte sieht man jeden Tag. Wer sollte davor Schiss haben? Du hast sein Gesicht nicht gesehen. Er hatte Todesangst.« Außerdem, dachte sie, würde der Junge eine Ratte wohl eher fangen und braten. Manchmal war eine sogenannte Kanalforelle besser als gar nichts im Magen. Ida wusste, wovon sie sprach.

Staub kratzte ihr im Hals und ließ sie husten. Ihre Hände schmerzten vom Klettern, einer ihrer Finger blutete. Und natürlich hing nun fast die komplette Schuhsohle herunter, und zahlreiche spitze Steinchen stachen ihr in den Fuß. Irgendwann musste sie einsehen, dass sie kaum noch vorwärtskam.

»Na gut«, murrte sie schließlich. Sie setzte an, den Schutthügel runterzuschlittern, als ihr war, als habe sie in der Drehung aus dem Augenwinkel etwas entdeckt. Aber nein – als sie erneut in die Richtung sah, entdeckte sie nur Steine, Trümmer.

Ida begann die Abfahrt – mit dem rechten Fuß voran seitlich hinab und weit schneller, als ihr lieb war. Nach halber Strecke bremste sie unvermittelt ab. Seit wann gab sie so schnell auf? Nur, weil Heide unten stand und vor Ungeduld fast ihre Nägel abkaute?

»Ida? Och, nee!«

Doch sie hatte sich schon wieder umgedreht und begann ungeachtet Heides Murren aufs Neue emporzuklettern. Diesmal hielt sie sich weiter links. Und tatsächlich: Dort war wirklich etwas, das nicht ins Bild passte ... etwas Helles, das aus dem Schutt herausragte und eine seltsame Form hatte ...

Ida legte einen Zahn zu. Auf allen vieren kroch sie aufwärts und schürfte sich die Knie auf. Als sie näher kam, begriff sie, dass sie richtig gesehen hatte. Sonnenlicht fiel auf einen menschlichen Fuß und eine zerschundene Wade, an deren kalkweißer Haut Blut klebte. Das Knie, das andere Bein, der Leib, der Kopf waren unter Steinen verborgen. Atemlos rutschte Ida nach vorn, dorthin, wo sich ein schmaler Spalt zwischen den Trümmern auftat, und begann hektisch, die Steine beiseite zu schieben.

»Heide!«, schrie sie. »Hol Hilfe. Hier liegt jemand!«

Fieberhaft arbeitete sie sich vor, bis sie das zerschundene

Gesicht einer Frau freilegte. Es war von dichtem, staubverklebtem Haar umrahmt und voller Schwellungen, grün, blau und verschorft; die Augen und der Mund kaum auszumachen.

Ida beugte sich hinunter und hielt ihr Ohr an die Lippen. Erleichtert stellte sie fest, dass die Frau noch atmete. Seltsam, dachte sie, als sie sich wieder aufrichtete. Es wirkte, als sei das Haus zusammengestürzt. Unmöglich. 1943 war Hamburg in Schutt und Asche gelegt worden, das war fünf Jahre her. Aber was war sonst geschehen? Hatte jemand die Frau unter dem Schutt vergraben?

Weil sie nicht wagte, den reglosen Körper zu bewegen, ließ Ida nur ihren Blick über die reglos daliegende Gestalt wandern. Die Frau machte einen ausgemergelten Eindruck, wirkte verhärmt, ihr Alter ließ sich kaum schätzen. Wo die Haut nicht mit Blutergüssen übersät war, besaß sie einen gelblich ungesunden Ton. Die Handgelenke waren so dünn, dass Ida ihre Finger hätte darumlegen können, ihre Nase mit Sicherheit mehrfach gebrochen. Sie trug einen abgetragenen Herrenmantel aus hellbraunem Stoff, der ihr bis zu den Knöcheln reichte, eine Bluse darunter, die unterhalb des Nabels verknotet war. Der geblümte Rock starrte vor Schmutz. Ihre Beine in den heruntergerollten Strümpfen waren ebenfalls grün und blau geschlagen.

Vorsichtig begann Ida, die Manteltaschen zu durchsuchen. Eine durchfeuchtete Zigarette, zwei Knöpfe, sonst nichts. Sie sah sich um. Auf dem Schuttberg war es unmöglich zu erkennen, ob es einen Kampf gegeben oder jemand einen leblosen Körper hinter sich hergeschleift hatte.

Auf dem Schwarzen Markt, keine zehn Meter entfernt, ging das Leben weiter. Mit halbem Ohr horchte Ida auf die schnarrenden »Zucker, Kartoffeln, Tafelsilber«-Angebote und schlurfenden Schritte der Passanten. Wo blieb Heide samt Verstärkung? In der gesamten Stadt gab es nur sieben neue Krankenwagen, hatte Ares ihr erzählt. Die fünfzig alten waren Schrottlauben auf Rädern, die Gefährte, die die Briten aushilfsweise beisteuerten, auch nicht tauglicher. Endlich: Sie hörte Bremsen quietschen und gleich darauf Heides Stimme.

»Hier kommt Hilfe!«

Mit einem gurgelnden Geräusch versuchte die Frau, den Kopf zu drehen. Ihre Hand war eisig. Ida strich darüber, ängstlich, noch mehr kaputt zu machen.

»Wer hat Ihnen das angetan?«

Die Lider der Verletzten flatterten, erneut keuchte sie. Sie murmelte etwas, doch es ging im Knattern eines auf der Reeperbahn vorbeifahrenden Autos unter. Ida stieß einen unterdrückten Fluch aus.

Währenddessen versuchten zwei Männer, den Schuttberg zu besteigen, und schrien sich dabei hilfreiche Kommandos zu.

»M… mmmm… mmm…«

Ida musste an sich halten, ihr Ohr nicht an den Mund der Verletzten zu pressen.

»Ich bin Polizistin. Ich helfe Ihnen.«

»Mmm…«

»Ich bin Ida Rabe«, sagte sie. »Von der Davidwache. Verstehen Sie mich?«

Hilflos musste sie zusehen, wie das Bewusstsein der Verletzten schwand. Ida stand auf, wartete, bis die Männer die Frau vorsichtig den Hügel hinunterzutragen begannen, dann folgte sie ihnen.

»Wir müssen die Nachbarn befragen«, sagte Heide, als sie Ida auf sich zukommen sah.

»Mach du das. Ich schließe mich dir später an.« Ida ignorierte Heides angesäuerte Miene und eilte davon. Auf dem Schwarzen Markt war es still geworden. Niemandem war verborgen geblieben, dass eine leblose Frau aus den Ruinen getragen worden war. Der Schreck aber währte nicht lange. Es galt, Geschäfte zu machen, und Geschäfte waren wichtiger als alles andere.

*

Wenn es auf Sankt Pauli Ärger gab, war eine nie weit: Marlise. Was also lag näher, als schnurstracks zu ihr zu marschieren – zu einem der beiden Bunker an der Feldstraße, wo die Kiezkönigin nach wie vor residierte? Als die unförmigen Bauwerke auf dem Heiligengeistfeld in Idas Blickfeld gerieten, überkam sie dasselbe Gefühl wie stets: Sie musste gegen die alberne Heimeligkeit ankämpfen, die sie, wann immer sie auf den Eingang zusteuerte, überkam. Wie konnte ein Ort, der so grauslich war – stockfinster, eiskalt, voll schlimmer Gerüche und nervtötender Geräusche –, derart viel Sehnsucht in ihr auslösen? »Die Strippenzieherin von Sankt Pauli«, murmelte sie in sich hinein, »ist jedenfalls kein geeigneter Ersatz für Eltern, die dich nicht geliebt haben, Ida.«

Sie blieb stehen und ballte die Fäuste, lockerte sie wieder. Dann ließ sie den Oberkörper nach vorn klappen und berührte mit den Fingerspitzen den sonnenbeschienenen Boden. Sie musste sich darauf konzentrieren, was sie von Marlise wollte, denn wer so dumm war, ohne Agenda aufzukreuzen, den wickelte die Bunkerkönigin in Nullkommanichts ein. Und es gab nur wenig, das so effektiv Idas Gedanken klärte wie Gymnastik.

Selbst wenn Marlise nichts mit dem Überfall auf die Frau

zu tun hatte – sie musste wissen, wer sie war. Marlise kannte jeden, der auf Sankt Pauli lebte oder seiner Arbeit nachging, die Großen und die Kleinen, nichts entging ihren Augen oder aber denen ihrer Mitstreiter, zu denen auch Ida einst gehört hatte. Anhand der Kleidung der Verletzten folgerte Ida, dass es sich bei ihr um eine Prostituierte handelte. War sie eines von Marlises Mädchen? Oder arbeitete sie für die Leute, die in den vergangenen Monaten nach Hamburg geströmt waren – trotz der immer noch geltenden Zuzugssperre? Zwielichtige Gestalten hatten sich an Regelungen wie diese noch nie gehalten; und zwielichtig waren sie, die die Oberhand über den Kiez erlangen wollten.

Schon seit Beginn des Jahres unterbanden die russischen Besatzer immer mal wieder den Verkehr zwischen den Westsektoren und Westberlin. Wem gefiel das noch weniger als der normalen Bevölkerung und dem Militär der Franzosen, USA und Großbritannien? Den Westberliner Kriminellen, die langsam, aber sicher die Nase voll hatten. Sie packten, was sie hatten, und reisten nach Frankfurt und München aus, vor allem aber kamen sie nach Hamburg, ins sagenumwobene Sankt Pauli. Anfangs hatten Ida und ihre Kollegen die Sache für überschaubar gehalten, aber es schien sich etwas anzubahnen. Eine Verschiebung der Macht. Sie nahm an, dass Marlise von den Neuankömmlingen nicht sonderlich begeistert war. Aber auch in der Davidwache herrschte nicht gerade helle Freude. Alte, ungeschriebene Gesetze wurden nicht mehr eingehalten. Immer brutaler ging es zu. Außerdem rottete sich da eine Gruppe zusammen, die aus lauter Unbekannten bestand. Schwer einschätzbar, es gab keinen Verbindungsmann, niemanden wie Werner, Marlises rechte Hand, dem Meyerlich und Konsorten hin und wieder eine Zigarette spendierten und das zu hören bekamen, was Marlise gern polizeilich verbreitet sah.

Was also, wenn die Verletzte zwischen die Fronten geraten war, überlegte Ida, die Fingerspitzen immer noch auf dem warmen Stein zu ihren Füßen. Der Kiez, das wurde ihr immer wieder klar, war klein. Wer hier ernsthaft zu Schaden kam, wurde entweder als lebendige Warnung an andere eingesetzt oder hatte sich etwas bei denen zuschulden kommen lassen, denen man lieber aus dem Weg ging. Langsam richtete sie sich auf, wartete, bis das Blut aus ihrem Kopf abwärtssackte, dann betrat sie den Bunker.

Im Innern der Notbehausung, die man nach jahrelanger Nutzung eigentlich kaum mehr so nennen konnte, atmete Ida den vertrauten Geruch von Schweiß, Blut und Tränen ein. Ja, wer hier eine gewisse Zeit lebte, der wusste, wie Tränen rochen: nach Salz und Schmerz und feuchter Erde. Sie stieg die Wendeltreppe hinauf, die sie so häufig emporgegangen war, und glaubte, das Gemäuer selbst atmen zu hören. Wo so viele Menschen in vollkommener Dunkelheit auf engstem Raum lebten, ging etwas von ihnen in die Wände und den Boden über. Der Treppenaufgang hatte genug Licht, tagsüber zumindest, und als hätten sich die Bewohner damit abgefunden, von nun an als Kellerasseln ihr Dasein zu fristen, so hielten sie sich hier nicht auf. Stattdessen saßen sie in ihren kleinen Kabuffs, die durch löchrige Decken, Tücher und mottenzerfressene Teppiche voneinander abgetrennt waren.

Entschlossen öffnete Ida die schwere Tür und trat in das stinkende Dunkel, schaltete ihre Taschenlampe ein und beleuchtete den schmalen Gang vor sich. Ein paar Schritte später machte ihre Entschlossenheit Erstaunen Platz. Bestenfalls noch jede fünfte oder sechste Kammer entlang der Wolldeckenallee war bewohnt. Da Miss Watson sie nicht länger zu Kontrollen herbeorderte, hatte sich Ida das letzte Mal zu Jahresende hier herumgetrieben. Da war noch jedes provisorische Zimmer belegt gewesen, manchmal doppelt mit Leuten, von denen die einen in der Tag- und die anderen in Nachtschicht arbeiteten. Die Stille, die ihr jetzt an die Ohren drang, wirkte befremdlich.

Als sie um die Ecke bog und Marlises durch ein rosa-weiß kariertes Tuch markiertes Refugium ansteuerte, ermahnte sie sich erneut, Ruhe zu bewahren. Marlise wusste genau, wie sie Ida aus der Reserve locken konnte. Aber heute nicht!

»Marlise«, sagte sie statt einer Begrüßung, nachdem sie den Stofffetzen beiseitegeschlagen hatte und eingetreten war. »Wie geht's?«

Marlise zuckte nicht mit der Wimper. Sie saß vor ihrem hüfthohen Spiegel und betrachtete sich eingehend. Nirgends hielt sie sich lieber auf als vor ihrem Spiegelbild, das sie studierte wie ein seltenes Insekt.

»Idachen«, sagte sie in flachem Ton, ohne sich ihr zuzuwenden. »Lange nicht gesehen.«

»Verletzte Frau«, legte Ida los, »zwischen dreißig und vierzig. Rötlich braunes Haar, etwa schulterlang, leicht gewellt. Brauner Herrenmantel, geblümter Rock, Bluse unter dem Nabel verknotet. Kommt dir das bekannt vor?«

Statt auf die Frage zu antworten, sagte Marlise, immer noch ohne den Kopf zu wenden und Ida anzusehen: »Spieglein, Spieglein an der Wand, kommt da die Schlauste im ganzen Land?«

»Talstraße Ecke Reeperbahn. Abgelegt auf einem Haufen Trümmern. Mir ist sie bislang nicht untergekommen. Hat sie für dich gearbeitet?«

»Und warum genau bist du der Meinung, ich würde dir davon erzählen, selbst wenn es so wäre?«

»Sie hat deinen Namen genannt«, log Ida.

Marlise schnaubte, griff nach ihrer Bürste und ließ sie mit kräftigen Strichen über ihr Haar gleiten. Vor langer Zeit hatte sie mal behauptet, nie wieder eine Schere an ihre eigentlich schwarze Pracht zu lassen. Doch von den blondierten Spitzen, die sie im vergangenen Jahr zur Schau gestellt hatte, war nichts mehr zu sehen. »Ach, Idachen, hör schon auf mit deinen Schmeicheleien. Vielleicht ist es dir noch nicht aufgefallen, aber nicht alles, was auf dem Kiez passiert, passiert wegen mir.«

Irritiert verschränkte Ida die Arme. Hatte die Bunkerkönigin gerade eine Schwäche eingestanden?

»Also, was willst du?«, fragte Marlise. »Kannst du deine Aufgaben nicht allein erledigen, sondern musst herkommen und mich fragen? Was gehst du auch zur Polente? Bei mir wär's leichter gewesen. Aber mit leicht tut sich Ida ja schwer.«

Darauf antwortete Ida nicht, sondern blickte sich um. Marlises kleines Reich sah aus wie immer: so aufgeräumt, als wären die Ecken mit der Zahnbürste gescheuert worden. Selbst die Luft roch anders als im Rest des Bunkers. Angenehm, nach Kaffee und Marlises Lieblingsparfum, dessen Flasche beinahe leer war. Zusammen mit ein paar anderen Schätzen stand sie in einem schmalen Regal aus Ebenholz. Ein Teeservice aus Meißner Porzellan gab es da noch, an das sich nicht mal ein Meisterdieb heranwagen würde aus Furcht vor der Bunkerkönigin, und ein Schmuckkästchen, das mit weinrotem Samt ausgeschlagen war. In ihm bewahrte Marlise ihren Verlobungsring auf und hin und wieder ein paar Zähne, die sie den Leuten ausgeschlagen hatte. Sie brächten Glück.

»Jeder braucht einen Talisman. Aber eigentlich bist du meiner, nicht wahr, Idachen?«

Bei der Erinnerung hatte Ida Mühe, nicht die alte Wut in sich aufwallen zu lassen, die sie immer überkam, wenn Marlise sie an ihre gemeinsame Zeit erinnerte. »Es stimmt also«, sagte sie und stellte erleichtert fest, dass ihre Stimme ruhig und fest klang. »Dein Thron wankt. Und der Bunker hier ist nicht mehr dein Bollwerk. Du weißt nicht mehr, was draußen vor sich geht, wie?«

Marlises Blick, mit dem sie nun Ida im Spiegel musterte, flackerte. Diese eindrucksvolle Frau, deren Schönheit mit den Jahren rauer und ja, brutaler geworden war, aber nie verblasste, kämpfte mit sich, Ida nicht ins Gesicht zu springen.

»Findest du das nicht beunruhigend?«

»Raus«, sagte Marlise mit tonloser Stimme. »Hau ab, du elende Kuh! Wie siehst du eigentlich aus? Bist du unter die Stadtstreicher gegangen?«

Das bezog sich wohl auf Idas Schuh, der wirklich wieder einen erbärmlichen Eindruck machte. Doch auch davon abgesehen wirkte sie ramponiert. Die Strümpfe zerrissen, die Knie aufgeschabt. Trotzdem rieb sich Ida innerlich die Hände. So weit hatte sie Marlise noch nie gehabt! Es fühlte sich gut an, aber auch verwirrend, zumal man bei Marlise nie sicher sein konnte, ob sie nicht doch nur ihr Spiel trieb, mit Ida als Schachfigur, die glaubte, aus eigener Kraft Zug um Zug zu tun, ohne zu bemerken, dass Marlise sie fest zwischen Zeigefinger und Daumen hielt …

Tatsächlich zauberte die Bunkerkönigin plötzlich ein honigsüßes Lächeln auf ihr Gesicht und drehte ihrem Spiegelbild halb die Schulter zu. »Die Zeit vergeht, und allmählich wird alles wahr, was man erlogen hatte.«

»Was soll das heißen?«, erkundigte sich Ida gelangweilt.

»Marcel Proust hat das gesagt. Aber den kennst du nicht, wie? Hast auf deinem Amrumer Hof nie von den großen Denkern gehört, den Künstlern und Feingeistern, hä, Bauerntochter? Da gab's nix als Schafe und Schilf.«

»Jetzt raus damit, Marlise, ich hab nicht den ganzen Tag Zeit. Wer ist die Frau?«

»Frag sie doch selbst. Oder warte, geht das nicht? Ist es etwa tot, das arme Ding?«

Ohne die Miene zu verziehen, sah Ida sie an. Da war etwas ... Ein kurzes Flackern nur ... Ein Zucken in Marlises Gesicht, das schon wieder verschwunden war.

»Jetzt willst du nicht reden, Rabe. Bist du stumm geworden, oder was?«

Ida trat an die Bunkerkönigin heran. Sie sah die Falten rund um die tragischen schwarzen Augen, die verklebten Wimpern, die ungeschickt nachgezogenen Brauen, wo Marlises Hand ausgerutscht sein musste. Ein kleiner Knick, der ihrem Gesicht Ähnlichkeit mit einer Clownsmaske verlieh. Sie nickte und glaubte, etwas in Marlises Augen zu entdecken, das sie noch nachdenklicher werden ließ.

»Wie heißt noch mal das Flittchen, mit dem du zusammenarbeitest?«, stieß Marlise schließlich hervor. Sie kniff die Augen zusammen, starrte Ida jetzt herausfordernd an. Ein Lächeln glitt über ihr Gesicht. »Heide, ja, Brasch?«

Ida wusste es besser, als darauf zu antworten, und konzentrierte sich darauf, ihrer ehemaligen Mentorin drohend in die Augen zu starren.

»Hübsches Ding.« Marlises Grinsen wurde breiter. »Bisschen hohl in der Birne. Aber sie und ich, wir kommen ganz gut miteinander aus.«

Jetzt begann es doch in Ida zu brodeln. Ohne ein Wort des Abschieds drehte sie sich um und humpelte hinaus. Vor Marlises Kabuff hob sie die Hand, auch wenn sie die Anwesenheit von Marlises Beschützer, der immer irgendwo Wache hielt, mehr ahnte, als dass sie ihn im Dunkeln erkennen konnte.

»Mach's gut, Werner.«

Er antwortete nicht, aber sie hörte das leise Zischen, als er auf den Boden spuckte.

Dann war sie draußen, füllte ihre Lungen mit der leidlich frischen Luft und versuchte, sich einzureden, auf Marlises Worte nicht das Geringste zu geben. Trotzdem nagte es in ihr, und eine dünne Stimme in ihrem Kopf flüsterte: »Aufpassen, Ida. Weißt du eigentlich, wem du trauen kannst?«

MARLISE

»WERNER!«

Mit immerhin einem Hauch Zufriedenheit stellte sie fest, dass es in der Wolldeckenallee noch mucksmäuschenstiller wurde. Wenn die Königin rief, wurde gekuscht. Wenigstens hier, dachte sie und starrte Werner fuchsteufelswild an, als er Gewehr bei Fuß reinstürmte.

»Ja, Chefin?«

»Was latscht die Rabe hier ungehindert rein?«

»Ich dachte …«, begann er zu stottern, doch bevor er den Satz vollenden konnte, klappte er den Mund wieder zu. »'tschuldigung, Chefin. Hab nich' aufgepasst.«

Seit wann passte Werner nicht auf? Das hatte es nie zuvor gegeben, und genau diese Tatsache machte sie gleich noch wütender. Er hatte gefälligst die Augen aufzusperren, selbst im Schlaf. Sie schnappte sich seinen speckigen Kragen und riss ihn an sich heran. Er war klein und drahtig, trotzdem ein guter Kämpfer, obwohl er mehr Jahre auf dem Buckel hatte als ihre anderen Gefolgsleute. Immerhin stammelte er keine weiteren Entschuldigungen, so was konnte sie nicht leiden, sondern ertrug es mit Fassung, dass sie ihren Fingernagel in seine Schläfe bohrte, nah, sehr nah an seinem Augenwinkel. »Denken. Nicht träumen, klar?«

»Klar, Chefin«, sagte er heiser.

»Noch mal so was, und du kommst in den Genuss der Dienstagabende.«

Die Dienstagabende. Klang irgendwie nett, oder? Wieder mal beglückwünschte sie sich zu der Namensgebung. Das hatte was von Treffen unter alten Genossen, von 'nem rauchumnebelten Kartenspiel oder bierseligem Schnacken, auch wenn das Bier nur Plörre war und wie Brennnesseljauche stank. Weiter entfernt von solchen Vorstellungen konnte es aber kaum sein. Die Dienstagabende waren wild und blutig, und niemand redete, der nicht explizit dazu aufgefordert wurde. Im ganzen Bunker herrschte angespannte Stille, wie im Theater, kurz bevor sich der Vorhang hob. Dann und wann zerriss ein Stöhnen die Stille. Kein Stöhnen der Freude, um das klarzustellen. Stattdessen klang es, als wenn man jemandem in aller Ruhe und Behaglichkeit einen Fingernagel nach dem anderen rauszog. Was exakt das war, was dienstagabends hier geschah. Es wurde abgerechnet.

Die ganz abgebrühten Bunkerbewohner schlossen sogar Wetten ab. So was wie: *Der Dridde heute packts nich'*. Oder: *Wenn die Lütte wiederkommt, die das letzte Mal so gekreischt hat, komm ich selber rum mit 'ner Pfanne und hau sie ihr, peng, übern Dös.*

»Wo ist Köhler?«, zischte sie.

»Unterwegs.«

»Ach was.« Sie setzte dies zuckersüße Lächeln auf, das jeder hier kannte. Es bedeutete, dass sie in Schlägerlaune war. Ruckartig zog sie den Finger, der immer noch an seiner Schläfe lag, zur Nasenspitze. Der Nagel war spitz gefeilt und hinterließ einen Striemen, aus dem hellrotes But perlte.

»Hol ihn mir. Ich hab ein Wörtchen mit dem Würstchen zu reden.«

Wetten, Werner hatte keinen Schimmer, wo Köhler steckte? Verdammt noch mal! Er hatte ihn im Auge behalten sollen! Sie traute schließlich niemandem, auch Köhler nicht. Ihr hatte nur gefallen, welche Ideen der Junge hatte. So ein dürrer Hansel war es, auf den ersten Blick machte er nicht die Bohne her. Aber als er ihr von seinem Plan erzählte, wurden ihr zwei Sachen klar. Erstens: Alleine würde er das nie durchziehen. Dazu war er im Kopp viel zu wuschig, hopste durch die Gegend und laberte, bis ihm fast die Zunge abfiel. Und zweitens: Blöd war der Plan nicht. Genauer gesagt sogar ziemlich gut.

»Was stehst du hier noch rum?«, herrschte sie Werner an. »Soll ich mir die andere Hälfte deiner Visage etwa auch noch vornehmen?«

Er machte, dass er wegkam, und Marlise ließ sich auf ihr Bett sinken. Es gab ein zufriedenes Quietschen von sich, zufrieden war sie aber überhaupt nicht. Sie könnte sich die Haare ausreißen vor Wut, aber wenn sie das tat, was blieb dann noch von ihrer Schönheit? Sie war eitel, ja, aber nicht blind, und als sie sich so im Spiegel betrachtete, fiel ihr auf, dass sie alt, verdammt alt geworden war. Was für eine Frau ein Drama war, für jede Frau und überall, aber ganz besonders hier, auf dem Kiez. Ein alter Sack mit feistem Bierbauch und Doppelkinn konnte einen auf Gangsterboss machen wie aus diesem Film, *Scarface*. Aber sie, was hatte sie für ein Vorbild? Keins, verflucht noch mal!

»Dann musst du halt selbst eines sein«, sagte sie zu sich selbst. Ein Gedanke, der ihr immerhin ein kleines Lächeln abrang. Um sich unsterblich zu machen, brauchte sie Köhler. Aber um brauchbar zu sein, musste er in Schach gehalten werden. Und um in Schach gehalten zu werden, musste der blöde Werner ihn erst mal finden.

Warum war Ida hier angetanzt? War die Ische etwa nicht hinüber? Saß die in diesem Augenblick in der Davidwache und plapperte? Quatsch, dann hätte Ida doch nie und nimmer so bekloppte Fragen gestellt. Außerdem war es doch wohl so, dass Marlise nichts zu befürchten hatte.

Aber Ärger, in jeder vermaledeiten Form, konnte sie derzeit nicht gebrauchen.

2
Talstraße, Hamburg-Sankt Pauli

Mittwoch, 9. Juni 1948, 11:13 Uhr

Zurück an der Ecke zur Reeperbahn, wo die Verletzte in den Trümmern gelegen hatte, hörte Ida durch das offene Flurfenster Heides Stimme, deren Klang bis auf die Straße getragen wurde. Sie war jetzt wie leer gefegt, die Geschäfte wurden ausnahmsweise woanders weitergeführt. Doch von ihren Kollegen wimmelte es nicht gerade. Eine zusammengeschlagene Prostituierte war eben Sache der Weiblichen Polizei, da brach man sich keinen Zacken aus der Krone.

»*Eine Frau, schwer verletzt. Ja, in den Trümmern. Haben Sie etwas gesehen oder gehört, das damit in Zusammenhang stehen könnte?*«

Entschlossen schob Ida die Erinnerung an Marlises Worte aus ihren Gedanken. Sie durfte sich davon nicht kirre machen lassen! Das wäre doch genau, was die Bunkerkönigin sich wünschte.

»*Geräusche eines Kampfs vielleicht, in der Nacht, oder hat jemand geschrien?*«

Sie betrat das neben der Ruine gelegene Gebäude und ging zu Heide, der gerade die Tür vor der Nase zugeschlagen wurde.

»Sehr auskunftsfreudig«, bemerkte Heide bitter. »Und was hast du herausgefunden? Wo hast du dich überhaupt herumgetrieben?«

»Ich habe rumgefragt, ob jemand weiß, wer die Frau ist«, bog Ida die Wahrheit zurecht. Nicht nur hatte Marlise eben durchscheinen lassen, Heide zu kennen, ziemlich gut sogar, was Ida ihr allerdings nicht abnahm. Aber Ida selbst hatte Heide nie von ihrer Vergangenheit an der Seite der Bunkerkönigin erzählt. Heute erschien ihr kaum der richtige Zeitpunkt, damit herauszurücken.

»Und? Hast du was rausgefunden?«

»Nein.«

Mit spöttischem Blick nahm Heide ihre Worte zur Kenntnis. Um den Streit nicht gleich wieder eskalieren zu lassen, zeigte Ida zur Treppe. »Soll ich die oberen Stockwerke abklappern?«

»Tu, was du nicht lassen kannst.«

»Dann tue ich das mal«, sagte Ida zu sich selbst und machte sich an den Aufstieg. Dabei schlappte ihre Fußsohle träge hinterher, was sie jedoch kaum bemerkte. In Gedanken war sie nach wie vor bei Marlise.

Ida war ihr lange genug nahe gewesen, um zu wissen, worauf deren Macht fußte. Der Schwarze Markt wurde von Marlises Leuten kontrolliert, indem sie den Verkäufern einen Teil des Gewinns abknöpften. Das Hauptgeschäft aber war ein anderes: die Beschaffung der Ware, die zu horrenden Preisen verhökert wurde. Marlises Leute klauten im großen Stil. Einbrüche, vor allem in Lagerhallen, hin und wieder aber auch in die Villen rund um die Außenalster, wo es immer noch etwas zu finden gab. Und sie fälschten Lebensmittelkarten.

Aber wenn der Schwarze Markt versandete … Wenn die Leute dank der Währungsreform mit Geldnoten im Portemonnaie ein Geschäft betreten und einen Butterblock für drei Deutsche Mark erstehen konnten, statt wie jetzt 230 Reichsmark dafür bezahlen zu müssen … Wenn niemand mehr eine Lebensmittelkarte benötigte … Was wurde dann aus der Bunkerkönigin?

Marlise hatte heute anders gewirkt als sonst. Müde, schlecht gelaunt, knurrig. Vor allem aber war da dies Flackern in ihrem Blick gewesen, als Marlise zu ahnen begann, dass die Verletzte womöglich nicht tot war.

Hatte sie damit zu tun? Und sollte Ida ihre Ahnungen doch mit Heide teilen? Als sie vor einer schleimgrün gestrichenen Tür im dritten Stock ankam, traf sie eine Entscheidung. Sowohl ihre gemeinsame Vergangenheit als auch ihren Besuch im Bunker würde sie vorerst geheim halten. Sicher war sicher.

Ida klopfte. Die Tür schwang auf, und ein rot geädertes Gesicht mit Knollennase, das alles andere als sympathisch oder auch nur aufgeschlossen wirkte, wurde herausgestreckt.

»Was los?«, bellte der Mann, dessen fleckiges Unterhemd aus der Hose hing. Er war barfuß, die Zehennägel leuchteten schwarz und waren lang wie Vogelkrallen. Aus der Wohnung zog der Geruch von Zigarettenrauch, Urin und verkochtem Kohl.

»Ida Rabe, Davidwache. Haben Sie in der vergangenen Nacht etwas Auffälliges gehört? Gebrüll, einen Streit?«

Aus blutunterlaufenen Augen glotzte er sie an, dann verzog sich sein Gesicht zu einem müden Grinsen. »Wenn ich jedes Mal die Udels rufe, weil hier einer schreit, hätt ich 'ne Menge zu tun.« Damit trat er zurück und gab der Tür einen Stoß.

»Ach so?«, murmelte sie. Na, der konnte was erleben! Sie klopfte erneut, lauter diesmal. Als er öffnete, polterte Ida wutentbrannt los, bevor er auch nur den kleinsten Mucks von sich geben konnte. »Wenn direkt vor Ihrer Nase eine Frau so brutal zusammengeschlagen wird, dass man sie nicht wiedererkennt, genau dann ist der richtige Zeitpunkt dafür, die Polizei zu rufen, Freundchen!«

»Und woher soll ich wissen, wann eine zusammengeschlagen wird und wann se nur 'n bisschen Spaß hat?«

Ida trat so nahe an ihn heran, dass sie jede Pore auf seiner Nase sah. Glücklicherweise war sie zu wütend, als dass ihr von dem Gestank, der nicht nur aus der Wohnung quoll, sondern auch von ihm ausging, schlecht werden konnte.

»Eine Frau, die Spaß hat, hört sich anders an als eine, die halb zu Tode geprügelt wird«, zischte sie.

Ungerührt zuckte er mit den Schultern.

»Also: Schreie gehört? Oder einen Mann was brüllen hören? Jemanden gesehen? Hat irgendetwas in den vergangenen Stunden darauf hingedeutet, dass es einem Menschen schlecht geht?«

»Geht doch allen hundeelend, noch nich' gemerkt?«

»Ja oder nein?« Sie hatte die Augen zu Schlitzen verengt und starrte ihn drohend an.

Langsam schien zu ihm durchzudringen, dass er besser damit anfangen sollte, auf ihre Fragen zu antworten, andernfalls stünde sie heute Abend noch mit einem Fuß in seiner Tür. »Da war was gestern Abend. Da hat wer rumgeschrien, 'ne Olle, würd' ich sagen, aber manchmal klingen auch die Jungs so, nech, glockenhell fast, wenn se die Büxn voll ham …«

»Wann etwa war das?«

»Na, ich hab geschlafen.«

»Und wie sehen Ihre Schlafgewohnheiten aus?« Es kostete Ida einiges an Mühe, die Information nicht aus ihm rauszuschütteln.

»Na ja, normalerweise …«

»War es eher Mitternacht, als Sie den Schrei hörten, oder später?«

»Es war hell.«

»Also am frühen Morgen? Sagten Sie nicht eben ...«

»Na ja, könnte auch Abend gewesen sein. Ich brauche viel Schlaf. Muss 'ne Menge nachdenken.« Grinsend klopfte er sich an seinen Schädel. »Da braucht das Köpfchen auch viel Ruhe.«

»Hört sich in meinen Ohren ziemlich hohl an.« Sie beugte sich vor, schob den Mann ins Innere seiner Wohnung zurück und zog die Tür ins Schloss. Verdammt noch mal, konnte nicht einer einfach nur antworten? Und klar genug in der Birne sein, um den Abend und den Morgen auseinanderzuhalten?

»Bist du weitergekommen?«, rief sie Heide zu, als sie wenig später auf die Straße trat.

Heide schüttelte den Kopf. Sie sah todmüde aus. »Nein.«

»Ich habe immerhin etwas: Entweder gestern Abend oder aber heute Morgen hat einer der Anwohner einen Schrei gehört.«

»Genauer hat er es nicht sagen können?«

Ida schüttelte den Kopf. »Ich werde dem blonden Otto einen Besuch abstatten. Wenn einer weiß, was auf dem Kiez vor sich geht, dann er.«

»Danke für deine Hilfe, Ida«, sagte Heide spitz. »Du bleibst bei den Kaninchen und Hühnern. Der Fall hier und alles, was sonst auf Sankt Pauli passiert, kommt zu mir.«

Zu ihr – oder zu Marlise? Bevor sie damit herausplatzen konnte, biss sich Ida auf die Zunge. Verdammt noch mal, schärfte sie sich ein, Heide hatte mit der Bunkerkönigin nichts am Wickel!

»Seit wann entscheidest du, was wer übernimmt?«, fragte sie dennoch reichlich schnippisch.

»Solange Miss Watson in England ist …«

»Sie ist in England?« Wieso wusste Ida davon nichts?

»In London, ja. Und solange das so ist, wurde die Verteilung der Aufgaben mir überlassen.«

»Von wem, wenn ich fragen dürfte?«

»Von Polizeimeister Hildesund.« Heide warf den Kopf in den Nacken und stolzierte davon.

Um Fassung ringend blickte Ida ihr nach. Was wurde hier gespielt? Stand sie auf dem Abstellgleis? Wie war es dazu gekommen?

Bis vor wenigen Wochen war doch noch alles in bester Ordnung gewesen. Natürlich stritten Heide und sie sich hin und wieder, immerhin hockten sie den lieben langen Tag aufeinander. Doch insgesamt war ihr Verhältnis gut, das hatte sie bisher jedenfalls angenommen.

Und was in aller Welt hatte es damit auf sich, dass Heide nicht mehr gegen Hildesund austeilte? Langsam kam es Ida vor, als wäre rein gar nichts so, wie sie angenommen hatte, und der Gedanke gefiel ihr gar nicht.

*

Erschrocken riss Ida den Kopf hoch und sah sich um. Ein Krachen hatte sie aus dem Schlaf gerissen. Zu ihrer Überraschung befand sie sich allerdings nicht auf der durchgelegenen Matratze in ihrer Zimmerhälfte in der Margaretenstraße, sondern auf ihrem Schreibtischstuhl im Büro. Der Schreibtisch jedoch war nicht da, wo er sich sonst befand, sondern lag zu ihren Füßen auf dem Boden.

Was den Lärm erklärte. Der Tisch, dem das vierte Bein

fehlte, war von Anfang an eine wackelige Angelegenheit gewesen. Man musste vorsichtig sein beim Tippen, so viel Zartgefühl durfte man von den Frolleins im Keller wohl erwarten. Zu ihrer eigenen Überraschung hatte Ida es ein ganzes Jahr lang geschafft, einigermaßen zartfühlend mit dem Möbelstück umzugehen. Aber heute, an diesem Donnerstagvormittag nach einer weiteren Nacht der bösen Träume, musste sie eingeschlummert und irgendwann nach vorn gekippt sein. Das hatte ausgereicht, um die schwere Holzplatte samt allem, was draufstand, zum Einsturz zu bringen.

Glück gehabt, dass ihre Füße nicht zermalmt waren. Die Schreibmaschine jedenfalls war weniger glimpflich davongekommen. In Einzelteile zerlegt lag sie um die Platte herum auf dem Boden.

So was war ihr noch nie passiert, dabei waren durchwachte Nächte, deren Minuten einfach nicht vergehen wollten, kaum etwas Neues für sie. Und zusammengerissen hatte sie sich tags darauf immer. Mit Bewegungen, deren Unbeholfenheit von ihrer Müdigkeit herrührte, machte sich Ida ans Aufräumen. Dabei schimpfte sie leise vor sich hin. Der gestrige Tag war ebenso ärgerlich zu Ende gegangen, wie er begonnen hatte. So hatten sich Heide und sie erneut gestritten, denn Heide hatte weiterhin nichts hören wollen von Idas Angebot, auf dem Nachhauseweg beim blonden Otto vorbeizugehen. Letztlich hatte sich Ida gefügt und war nachmittags mit der S-Bahn nach Hamm gefahren. Zu ihrem Ärger allerdings umsonst. Herr Jablonski, der die Kaninchen und Hühner als gestohlen gemeldet hatte, war nicht anzutreffen gewesen. An der wackligen Tür seiner Behelfshütte, die am Rand des Parks mit bester Aussicht auf die Sievekingsallee stand, auf der ununterbrochen die Trümmerbahn das Gestein der Innenstadtruinen stadtauswärts transportierte, hatte Ida eine Nachricht hinterlassen und war anschließend schlecht gelaunt nach Hause gegangen.

Während sie jetzt die Einzelteile der *Olympia Progress* zusammensammelte, wanderten ihre Gedanken erneut zu der verletzten Frau aus der Talstraße, der Heide gerade einen Krankenhausbesuch abstattete. Ob sie das Bewusstsein wiedererlangt hatte? Ida wäre zu gern dabei.

»Entschuldigung«, erklang eine leise Frauenstimme von der Tür her.

Erschrocken riss Ida den Kopf hoch. »Fräulein Pape!«

»Komme ich ungelegen?« Verunsichert blickte die junge Frau in der hochgeschlossenen Bluse, deren Ärmel noch ihre Hände bedeckten, und dem langen Rock auf den zusammengekrachten Schreibtisch und dann zu Ida, die sich erhob, in der einen Hand die Umschalttaste ihrer Schreibmaschine, in der anderen die Farbbandspule.

»Aber nein. Mir ist nur ein Missgeschick passiert.«

»Soll ich Ihnen helfen?«

»Es geht schon, vielen Dank.«

Fräulein Pape war viel zu zierlich, um sie das halbe Gewicht der Schreibtischplatte tragen zu lassen, sie würde sich ja das Kreuz brechen. Daher bot sie Fräulein Pape Heides Platz an. »Ist Ihnen noch etwas eingefallen?«

»Ich … Nun … Nein.« Sie senkte die Lider, und erneut war Ida überrascht von der Klarheit ihrer Züge. Bei ihrer gestrigen Begegnung hatte sie den Leberfleck nicht bemerkt, der unterhalb ihres Mundes saß; er unterstrich die kühle Schönheit noch.

»Aber der Mann, von dem ich Ihnen erzählt habe. Er war wieder da.«

»So wie vorgestern? Sie waren also wieder spazieren?«

»Nein. Er war in meiner Wohnung.«

Ida traute ihren Ohren kaum. Um Fräulein Pape nicht das Gefühl zu vermitteln, an ihren Worten zu zweifeln, fragte sie betont nüchtern: »Der Mann, der Sie vorgestern auf unangenehme Weise angestarrt hat, war heute in Ihrer Wohnung? Nicht davor, sondern darin?«

Fräulein Pape nickte. »Ich war in meinem Zimmer, und als ich durstig wurde, ging ich in die Küche. Dort stand er. Neben dem Herd.«

»Hat er Sie angegriffen?«

»Nein.« Die Antwort war zögerlich gekommen.

»Bitte, schildern Sie mir die Begegnung in jeder Einzelheit. Was genau ist passiert?« Sie fischte ihr Merkbuch vom Boden und klappte es auf. »Und wann hat sich die Sache zugetragen?«

»Ich weiß nicht. Vor einer halben Stunde vielleicht …«

Alarmiert hob Ida den Kopf. »Befindet er sich noch in Ihrer Wohnung?«

»Nein. Er ging, nachdem er mich wieder eine Weile angesehen hatte.« Vera Pape umklammerte ihre Handtasche, als befände sich etwas Lebensrettendes darin. »Vorher hat er noch die Hand ausgestreckt. Nach mir, aber nicht so, als würde er mich packen wollen, verstehen Sie?«

»Sondern?«

»Eher …« Vera Pape überlegte. Immer noch sah sie mitgenommen aus, blasser als gestern, ihre Hände zitterten. »Eher, als wolle er mich sanft berühren.«

Das notierte Ida, auch wenn sie sich fragte, ob sich Vera Pape nicht getäuscht hatte.

»Außerdem sprach er mich mit *Merle* an.«

»Was, nehme ich an, nicht Ihr zweiter Vorname ist?«

Vera Pape schüttelte den Kopf. Mit einem Schauder fügte sie hinzu: »Er sagte, dass wir bald heiraten.«

»Heiraten?«, wiederholte Ida erstaunt.

Vera Pape nickte. »Im ersten Augenblick hat mich das erleichtert.«

»Warum?«

Scheu sah Fräulein Pape zu ihr hinauf und senkte dann beschämt wieder den Blick. »Ach, nichts.«

Sie verschwieg etwas. Hatte der Mann sie doch angefasst? Ida kannte ausreichend Fälle, in denen Frauen vergewaltigt worden waren und die Erinnerung daran verdrängten, bis sie selbst glaubten, der Überfall habe nie stattgefunden. Oder das Erlebte verschwiegen, aus Angst, dass ihnen keiner glaubte. Doch wieso war Vera Pape dann erneut hergekommen?

»Ich hatte gehofft, Sie könnten mich nach Hause begleiten.«

»Natürlich«, sagte Ida und griff nach ihrer Jacke. »Aber ich muss wissen, was Sie sich von mir erhoffen. Ich kann nicht bei Ihnen bleiben und Wache halten.«

»Das habe ich nicht erwartet. Aber wenn Sie … wenn man Sie sieht, mit mir zusammen, im Hof, dann verhindert das vielleicht …«

Ida verstand, was sie sagen wollte. Natürlich hatte es eine abschreckende Wirkung, wenn Vera Pape von ihr begleitet wurde – wie lange allerdings, stand auf einem anderen Blatt. Normalerweise verhielt es sich doch so: Kaum war die Polizei verschwunden, hüpften die Ganoven aus ihren dunklen Ecken.

»Mit *man* meinen Sie den Kerl, der heute in Ihrer Küche stand? Oder könnte Ihr früherer Verlobter dahinterstecken, Fräulein Pape? Um Ihnen Angst einzujagen?«

Fräulein Papes Kopf schoss in die Höhe, und sie starrte Ida erschüttert an.

»Ihr früherer Verlobter Herr Lindemann. Sie haben sich vor rund zwei Jahren an die Polizei gewandt, weil er Sie geschlagen hat.«

»Mir war nicht klar, dass Sie davon wissen.« Vera Papes Stimme klang angespannt. »Ich möchte nur, dass Sie mich nach Hause begleiten. Ist das möglich?«

»Selbstverständlich. Aber Sie müssen mir reinen Wein einschenken, andernfalls weiß ich nicht, womit wir es hier zu tun haben. Könnte Ihr früherer Verlobter Ihnen jemand auf den Hals hetzen, um Sie zu ängstigen?«

»Ist nicht jeder dazu fähig, etwas Gemeines zu tun, etwas, das einen vollkommen überrascht?«, fragte Vera Pape leise.

Was blieb Ida anderes, als dem zuzustimmen?

Oben stand ausgerechnet Kollege Meyerlich am Tresen und zwinkerte Ida verschwörerisch zu, als er sie mit Fräulein Pape vorbeigehen sah. Ida nickte förmlich und war schon fast aus der Tür, als er ihr hinterherrief: »Schuh noch ma' repariert?«

»Ja. Danke der Nachfrage.«

Ihr Nachbar Heinrich war so gut gewesen. Der rundliche Mann aus dem Stockwerk über ihrem hatte sich als treuer Freund entpuppt, der zudem handwerklich erfreulich geschickt war.

»Dann isses ja gut.«

»Ja«, wiederholte Ida und folgte Vera Pape auf die Straße.

Die Junisonne blendete so sehr, dass sie kaum die Stufen unter sich erkennen konnte. Sicherheitshalber hielt sie sich an der Wand fest und fragte sich im nächsten Atemzug, ob der Oberbeamtenlehrgang nicht zumindest aus dem Grund zur richtigen Zeit kam, weil sie anscheinend dringend eine Pause benötigte. Nachts schlief sie kaum, stattdessen kreisten ihre Gedanken um Fälle, aber auch um Persönliches. Und nun war sie tagsüber sogar eingenickt. Das durfte kein zweites Mal passieren, schärfte sie sich ein, während sie an Fräulein Papes Seite die Reeperbahn überquerte, auf der zu dieser Tageszeit schläfrige Ruhe herrschte. Viel länger als fünf Minuten würden sie nicht benötigen, um zu Fuß zu der Adresse zu gelangen, die Fräulein Pape ihr genannt hatte. Die Kieler Straße verband zwei Parallelstraßen der Reeperbahn miteinander und befand sich fast in Blicknähe des Heiligengeistfelds.

Dort angekommen führte Fräulein Pape sie in einen schmalen, gepflasterten Hof, der von zwei Gebäudereihen begrenzt war. Die grau verputzten Häuser vermittelten einen gedrungenen Eindruck; zwischen den gegenüberliegenden Fenstern hätte man eine Wäscheschnur spannen können, so nahe standen sie einander. In der Mitte kämpfte sich eine knorrige Linde wacker dem Licht entgegen und brachte etwas Freundlichkeit in die triste Umgebung.

Im beengt wirkenden Treppenhaus ratschte Ida fast mit dem Scheitel an der Decke entlang, derart niedrig war es. In der dritten Etage angekommen, öffnete Fräulein Pape die Tür. Ida beugte sich hinab, um das Türblatt und den Schlosskasten zu untersuchen. Nichts ließ darauf schließen, dass sich jemand daran zu schaffen gemacht hatte. Das Eisen wirkte abgenutzt, war aber nicht aufgebrochen worden.

»Wir sperren nie ab, wenn wir zu Hause sind«, erklärte Fräulein Pape entschuldigend. »Das ist wohl ein Fehler.«

»Jeder, den ich kenne, und damit schließe ich mich ein, lässt seine Tür offen. Sie haben nichts falsch gemacht.«

Als Vera Pape angespannt lächelte, rätselte Ida wieder, warum sie ihr so bekannt vorkam. Meyerlich hatte von einem Zeitraum vor rund zwei Jahren gesprochen, als Vera Pape Anzeige gegen ihren ehemaligen Verlobten erstattet hatte, was weit vor Idas erstem Tag auf der Davidwache lag.

Aus dem Treppenhaus traten sie in eine winzige Diele, die in verblichenem Taupe tapeziert war. Zwei weitere Türen gingen von ihr ab, eine war geschlossen, die andere stand offen und führte in ein größeres Zimmer.

»Bitte, dort entlang.«

Der Raum war fast ein Spiegelbild von Idas Zimmer in der Margaretenstraße: Ein Vorhang trennte zwei Schlafbereiche voneinander ab. Aus dem vorderen konnte man nach draußen sehen, in einen weiteren, noch dunkleren Hinterhof. Ida prüfte, ob man von außen hereinsteigen konnte, was allerdings überflüssig war, da die Wohnungstür ohnehin den ganzen Tag offen stand. Und auch wenn die Stockwerke niedrig waren, müsste man ziemlich artistisch sein, um an der verputzten Wand hinaufzuklettern.

In der Küche warfen die Blätter der Linde tanzende Schatten auf den abgetretenen Dielenboden, der kaffeebraun gestrichen war. Dadurch wirkte der Raum düster, aber die Farbe passte immerhin zum Mobiliar, das sich an der linken Wand aneinanderreihte und ebenso dunkel war. Am hinteren Ende des schlauchartigen Raums befand sich das Fenster, davor ein winziger halbrunder Tisch.

»Da stand er.« Fräulein Pape zeigte auf die Stelle zwischen dem Herd und der Küchentür.

»Sie kamen also durch diese Tür herein, und er befand sich schon an der Stelle?«

Fräulein Pape nickte.

»Schlafen Sie dort?« Ida zeigte hinter sich auf den geteilten Raum. Vera Pape schüttelte den Kopf.

»Mein Schlafzimmer geht von der Diele ab. Gleich neben der Wohnungstür.«

»Und Sie sagten, Sie hielten sich darin auf, bevor Sie in die Küche gingen.«

»Das tat ich, ja.«

Ida deutete auf einen der drei Stühle, die dicht gedrängt um den winzigen Tisch standen. »Darf ich?«

»Natürlich, bitte.«

Nachdem sich Ida gesetzt hatte, legte sie ihr Merkbuch auf dem Tisch vor sich ab. »Erzählen Sie mir von Ihrem früheren Verlobten.«

»Warum?«, fragte Fräulein Pape verängstigt und sank Ida schräg gegenüber auf den anderen Stuhl. »Wieso sollte er etwas damit zu tun haben?«

»Ich möchte mir nur mein eigenes Bild machen, das ist alles. Es macht mich stutzig, dass der Einbrecher nicht zuerst die Tür zu Ihrem Zimmer geöffnet hat, sondern geradewegs in die Küche gegangen ist und sich exakt dort hingestellt hat ...« Sie zeigte neben den uralten gusseisernen Herd, über dem ein paar Pfannen baumelten, die selten verwendet wurden, so verstaubt, wie sie waren. »Also genau in die Ecke, die man beim Betreten des Raums am schlechtesten einsehen kann. Dort hat er auf Sie gewartet.«

»Ich verstehe immer noch nicht ...«

»Er muss die Wohnung kennen. Das könnte mehrere Gründe haben. Erstens: Er war schon einmal hier.«

»Aber ich sagte Ihnen doch, ich habe ihn vorgestern das erste Mal gesehen.«

Ida hob die Hand. »Vielleicht als Bekannter einer Ihrer Mitbewohnerinnen.«

»Nein! Fräulein Metzger war es doch, die mich gedrängt hat, mich an Sie zu wenden.«

»Sie wohnen mit Fräulein Metzger zusammen?«

»Ja. Mit ihr und Fräulein Bruns. Aber vielleicht haben Sie recht. Möglicherweise war er schon einmal hier, vielleicht hat er etwas gebracht. Ein Lieferjunge. Fräulein Bruns ist Putzmacherin, sie hat viele Bestellungen. Wer weiß …« Ihre Stimme verlor sich.

Auffällig, dass sie sich mit einem Mal so sehr mit der Theorie anfreundete.

»Die andere Möglichkeit wäre: Der Mann war zuvor nicht hier, kennt allerdings den Schnitt Ihrer Wohnung. Und eine Erklärung dafür könnte sein, dass Herr Lindemann sie ihm beschrieben hat. Sie lebten schon hier, als Sie mit ihm verlobt waren, oder?«

Vera Pape nickte. Sie presste die Lippen zusammen.

»Haben Sie je wieder von ihm gehört, nachdem die Verlobung gelöst wurde?«

Fräulein Pape brauchte ein wenig zu lange. »Nein.«

Sie log. Wieso? Als Ida sich über ihr Merkbuch beugte, Vera aber dabei aus den Augenwinkeln musterte, fiel ihr auf, dass die junge Frau immer wieder ängstlich zum Fenster sah.

»Haben damals Sie oder Herr Lindemann die Verlobung gelöst?«

»Ich weiß wirklich nicht, wieso Sie auf Oliver herumreiten müssen. Ich möchte nicht über ihn sprechen. Bitte«, fügte sie flehend hinzu.

Ida beschloss, sie vom Haken zu lassen. Aber etwas kam ihr seltsam vor, eindeutig.

»Ist Ihnen in letzter Zeit noch etwas aufgefallen, das Ihnen Angst gemacht hat, von dem Kerl einmal abgesehen?«

»Nein.« Wieder: zu zögerlich.

»Wie soll ich Ihnen helfen, wenn Sie mir nur einen Teil der Wahrheit erzählen?«, fragte Ida.

»Ich lüge Sie nicht an!«

Erneut beobachtete Ida, wie Vera Papes Blick in Richtung Hof huschte.

»Würde es Ihnen etwas ausmachen, wenn wir den Moment, als Sie ihn entdeckt haben, noch mal zusammen durchgehen?«, folgte Ida einem Impuls. »Ich stelle mich neben den Herd, und Sie gehen in Ihr Zimmer und kommen dann in die Küche.«

Fräulein Pape verließ den Raum. Als Ida die Zimmertür zuklappen hörte, setzte sie sich blitzschnell auf den Stuhl, auf dem Vera zuvor gesessen hatte. Von hier aus sah man in den Hof, von dem sie kaum etwas erkennen konnte, bloß ein paar Zweige der Linde und eine kleine Stelle Pflaster samt dahinterliegender, efeuüberwucherter Wand des Hauses gegenüber. Langsam ließ sie ihren Blick daran emporgleiten. Drei Fenster waren von dieser Stelle aus zu sehen, die über die erste bis zur dritten Etage verteilt waren. Ob die Wohnungen in dem Gebäude spiegelverkehrt angelegt worden waren, sodass man aus Fräulein Papes Küche ebenfalls in drei Küchen blickte?

Hinter den schmutzigen Scheiben allerdings war nichts zu erkennen.

»Darf ich?«, rief Vera Pape leise.

Ida war entgangen, dass die junge Frau ihre Zimmertür geöffnet hatte. Sie sprang auf und eilte zu der Stelle zwischen Herd und Küchenschrank.

»Ja, kommen Sie rein!«

Vera gab sich Mühe, alles täuschend echt nachzustellen: wie sie eintrat, dabei den Blick nicht hob, sondern in Gedanken versunken zum Tisch ging, sinnierend hinaussah, sich dann umwandte und in gespieltem Erschrecken den Mund öffnete, jedoch stumm blieb.

Ida nickte. »Das machen Sie sehr gut. Danke.«

»Hilft es Ihnen?«

»Ja.« Gelogen. Ida hatte nur herausfinden wollen, warum Fräulein Pape so ängstlich aus dem Fenster blickte. Schlauer aber war sie jetzt auch nicht. »Gestern sagten Sie, Sie könnten sich nur schwer an ihn erinnern. Das ist nichts, weswegen man sich schämen muss. Aber hat sich daran heute etwas geändert?«

Fräulein Pape nickte. »Vielleicht, weil er diesmal hier war. Ich weiß jedenfalls, dass er dünn war. Die Schultern hat er nach vorn gerollt. Ängstlich sah es nicht aus, aber irgendwie, als würde er den Kopf dazwischenziehen. Sich da verstecken.«

»Fällt Ihnen noch etwas ein? Die Haarfarbe?«

»Ein dunkles Blond.«

»Können Sie mir etwas über seine Kleidung erzählen?«

»Er trug …« Sie zuckte die Schultern. »Nichts Außergewöhnliches. Eine zerrissene Hose, glaube ich. Das Hemd war schmutzig und zerknittert.«

»Sonderlich gepflegt wirkte er also nicht.«

»Nein, gar nicht! Und er hatte so eine Narbe.«

»Eine Narbe? Wo?«

»Im Gesicht. Hier.« Sie deutete auf ihre linke Wange.

»Können Sie die noch genauer beschreiben? War sie breit, dick, schwulstig?«

»Nee, eher so was Dünnes. Was die Studenten haben.«

»Ein Schmiss.«

Eifrig nickte Vera Pape. Interessiert notierte sich Ida auch dieses Detail. Wenn der Kerl so jung gewesen war, wie Vera behauptete, irrte sie sich womöglich, dass er das Zeichen einer schlagenden Verbindung trug. Mensuren waren vor Kriegsbeginn verboten worden, allerdings war Ida zu Ohren gekommen, dass manche Burschenschaften heimlich weitergefochten hatten. Doch auch damit war 45 Schluss gewesen. Die Alliierten hatten einen Großteil der Korporationen aufgelöst. Allerdings gab es Ausnahmen, und vielleicht gehörte der Kerl ausgerechnet einer solchen Ausnahme an.

»Machte er den Eindruck, aus eher wohlhabenden Verhältnissen zu stammen? Ich meine, wenn er studiert hat ...« Nach dem, was Fräulein Pape berichtet hatte, hatte sie sich ein anderes Bild von ihm gemacht.

»Wie?« Verblüfft schüttelte Vera Pape den Kopf. »Nein. Also, heutzutage weiß man das ja manchmal nicht so genau ... Aber der Gedanke ist mir nicht gekommen. Dass er reich wäre oder so.«

»Zu guter Letzt würde ich gern Ihr Zimmer sehen. Wenn es Ihnen nichts ausmacht.«

Zögernd führte Fräulein Pape Ida in einen Raum, der den Namen kaum verdiente. Ida war keinen Luxus gewohnt, hätte die Kammer aber für einen Besenschrank gehalten, würde Fräulein Pape, nachdem sie am Lichtschalter gedreht hatte, nicht auf eine aufgerollte Strohmatratze deuten. Das Bettzeug lag ordentlich gefaltet daneben. Ein Fenster gab es nicht. Bis auf die Matratze war die Kammer leer, was bedeutete, dass Vera Pape hierin nur schlafen oder aber auf der Strohrolle sitzen konnte. Nicht einmal ein Buch lag herum oder ein Foto, irgendetwas, an dem man sich erfreuen konnte.

»Wann kommen Ihre Mitbewohnerinnen von der Arbeit zurück?«

»Heute Abend.«

Ida nickte. »Dann fragen Sie sie nach Lieferjungen, ja? Und vergessen Sie fürs Erste nicht: Schließen Sie nach mir ab.«

Im Hof ließ Ida noch einmal den Blick die gegenüberliegende Hauswand emporwandern. Was fürchtete die junge Frau? Doch ihren früheren Verlobten?

*

Zurück auf der Davidwache, enterte sie – wie immer ohne großes Höflichkeitsgeplänkel – Meyerlichs Büro, der seinen Platz am Tresen des Wachraums mit Hondratschek getauscht hatte. Wie ebenfalls immer lief Kollege Meyerlich bei ihrem Anblick rosafarben an. Ida war allerdings klug genug, es nicht ihrer eigenen Anwesenheit zuzuschreiben, sondern schlicht dem Fakt, dass er an Heide dachte, wann immer er Ida sah.

»Vera Pape. Was haben wir über sie und ihren früheren Verlobten?«

»Aha!«

»Spar dir dein verfrühtes Triumphgefühl, werter Kollege. Mich interessiert der Kerl, nicht die Frau.«

Verblüfft starrte er sie an, kam ihrer Bitte aber nach. Ein schmaler Aktenordner mit ganzen vier Blättern darin war alles, was zu dem Fall gesammelt worden war. Die darauffolgenden Minuten verbrachte Ida lesend auf seiner Tischplatte sitzend, während Meyerlich, auf den Fußsohlen wippend, am Fenster stand und in den Himmel blickte.

Die Akten sprachen eine eindeutige Sprache. Oliver Lindemann konnte nicht die kleinste Verfehlung nachgewiesen werden – wobei sich Ida die Frage stellte, ob es überhaupt versucht worden war. Vera Pape wiederum wurde von Wachtmeister Dura, der ihre Anzeige aufgenommen hatte, als eitel und hysterisch beschrieben.

»Dura«, sagte Ida zerstreut und hob den Kopf. »Was war noch mal mit ihm?«

»Die Briten haben ihn vor die Tür gesetzt.«

»Ach ja, stimmt.« Ida klappte die Akte zu, nachdem sie sich Lindemanns Anschrift notiert hatte. Nobel, nobel, dachte sie. Wie kam es, dass er als einer von wenigen in Pöseldorf leben durfte? Sämtliche Jugendstilvillen und luxuriösen Wohnungen rund um die Außenalster waren von den Briten beschlagnahmt worden. Wer von den früheren Bewohnern dort noch ein und aus ging, tat das als Klavierlehrer der englischen Kinder oder weil er als Hausmeister eine Stelle gefunden hatte.

»Was macht dieser Lindemann beruflich?«

»Keinen Schimmer. Steht das nich' drinne?«

Ida schüttelte den Kopf.

»Hast du ihn je zu Gesicht bekommen?«

Meyerlich kratzte sich am Kopf. »Nee, glaub nich'. Kann mich jedenfalls nicht dran erinnern. Nur sie hab ich mehrmals gesehen, und da kannste dir ja denken, was die Jungs hier gekichert ham.«

Angesäuert runzelte Ida die Stirn. »Ja, es ist doch immer wieder amüsant, wenn eine Frau misshandelt wird.«

»Das meinte ich nich'!« Seine Wangen nahmen jetzt einen karmesinroten Farbton an. »Ich meinte, also, weil sie doch so hübsch ist und so.«

Ida hatte darauf keine Antwort mehr parat, es reichte ihr mit den Herren Kollegen, auch wenn Meyerlich ein netter Kerl war. »Was mich allerdings wundert«, fügte sie hinzu und tippte auf den Ordner, »ist, dass hier so wenig zu seiner Person verzeichnet ist. Nur sein Name und die Anschrift. Kein Geburtsdatum, kein Beruf. Das ist doch seltsam. Und wieso wurde die Sache ausgerechnet von Dura bearbeitet?«

»Was meinst du damit?«

»Na, Misshandlungen an Frauen sind Sache der Weiblichen Polizei. Es gab damals schon zwei Kolleginnen hier, soweit ich weiß.«

»Ja, nu ... Ich weiß das nich' so genau, aber die hatten damit nie zu tun.«

»Sie waren überhaupt nicht involviert?«

Er schüttelte den Kopf.

»Findest du das nicht verwunderlich?«

»Also, na ja, jetzt wo du's sagst ...«

»Noch was anderes: ein dürrer junger Kerl, dunkelblond, hält sich ein bisschen und hat einen Schmiss auf der linken Wange – kommt dir das bekannt vor?«

»'n Schmiss? Bei 'nem Jungchen? Das is ja ma' was. Ich dachte, das machen die heutzutage nech mehr.«

»Dir fällt also niemand ein«, kürzte Ida die Sache ab.

»Nö, Ida, tut mir leid.«

Von der Kellertreppe her waren Schritte zu hören, Sekunden später riss Heide die Tür auf.

»Moin!«, rief Meyerlich und klang gleichzeitig erfreut und wie jemand, der alles daransetzte, bloß keinen erfreuten Eindruck zu erwecken.

Heide aber schien ihn gar nicht wahrzunehmen. »Was ist passiert?«, fragte sie Ida, und ihre Stimme klang derart besorgt, dass

Ida ihren gesamten Ärger über ihre Kollegen für eine Sekunde vergaß.

»Was? Wo?«, fragte sie alarmiert.

»Hattest du eine Schlägerei?«

»Ich?« Wovon redete Heide nur? Sah Ida etwa aus, als hätte sie ein paar Schwinger eingesteckt?

»Da unten herrscht ein Chaos, als hätte sich dort jemand geprügelt.«

Jetzt ging ihr ein Licht auf. »Ach, der Schreibtisch. Der ist in sich zusammengefallen.«

Strafend, wenn auch zumindest ein Fünkchen erleichtert, schüttelte Heide den Kopf. »Hast du dich etwa draufgesetzt? Du weißt doch, dass er …«

»Das ist doch egal«, sagte Ida, packte ihre Kollegin am Arm und bugsierte sie vor sich her durch den Flur auf die Kellertreppe zu. »Danke, Meyerlich«, rief sie über die Schulter und schloss die Tür. »Wie geht es ihr?«

»Wem?«

»Der Verletzten.«

»Ach so.« Heides Miene verdüsterte sich schlagartig. »Der Arzt ist sich nicht sicher, wie sehr ihr Gehirn in Mitleidenschaft gezogen wurde. Sie hat eine Menge harter Schläge am Kopf abbekommen. Und er … Nun … Er hat angedeutet, dass sie … Womöglich kommt sie nicht mehr zu Bewusstsein.«

Die Stille, die sich über den schmalen, schwach beleuchteten Flur senkte, kam Ida wie dichter, kalter Nebel vor. Sie spürte, dass ihr Herz schneller schlug, spürte, wie sich ihr Speichel im Mund sammelte, wie ein dumpf pochender Schmerz in ihre Schläfen einzog und sich etwas um ihren Magen krampfte.

»Und wenn sie nicht mehr zu Bewusstsein kommt?«

»Dann stirbt sie.« Abrupt wandte sich Heide ab und setzte den Weg in ihr Büro fort. »Was stellst du denn für Fragen, Ida?«

Es war immer schwer. Und es würde immer schwer bleiben: jemanden zu sehen, der Opfer solcher Brutalität wurde und starb. Im Krankenhausbett. Oder irgendwo in der Pampa. Zu Hause. Im Kreis der Töchter, Söhne, Freundinnen oder aber allein in der Gosse. Und sie als Polizistinnen konnten nur zusehen.

»Warst du schon beim blonden Otto?«, fragte sie Heides Hinterkopf, während sie hinter ihr die Treppe hinunterging.

Gleich wieder pampig zischte Heide: »Wieso?«

»Weil es niemand Besseren gibt, um Informationen über Leute zu bekommen, die aus welchen Gründen auch immer nichts über sich preisgeben. Ich weiß gar nicht, wieso ich dir das erzählen muss, du weißt es doch so gut wie ich.«

»Sag mir nicht, wie ich meine Arbeit machen soll, ja?«, fuhr Heide sie über ihre Schulter hinweg an.

Ida biss die Zähne zusammen, um nicht mindestens so unhöflich zurückzuschnauzen. Wieso nahm sie ihr plötzlich alles krumm, worüber sie vorher gelacht hätte – den Schreibtisch zum Beispiel? Und da sie schon mal dabei war, Heide etwas vorzuwerfen: Es wäre dumm, nicht die Kneipe des blonden Otto aufzusuchen, die nur ein paar Minuten von der Davidwache entfernt lag. Ihr Wirt, Otto, betrieb eine Art informelles Einwohnermeldeamt. Wenn man ausreichend konsumierte, war er auch bereit, mit der einen oder anderen Adresse rauszurücken. Außerdem war der Ort Treffpunkt all jener, die halbseiden als ihr prägnantestes Charaktermerkmal angeben würden. Wenn man also etwas über Leute erfahren wollte, die entweder auf dem Kiez ihrer Arbeit nachgingen oder aber Ärger machten, war man dort an der richtigen Stelle.

Allerdings gab es Angenehmeres, als einen Abend am verrauchten Tresen zu stehen und Seemännern in Plauderlaune auszuweichen, deren Finger auf Wanderschaft gingen, kaum bekamen sie ein weibliches Wesen zu sehen.

»Was ist denn nun mit dem Tisch passiert?«, fragte Heide, als sie sich die Bescherung von Neuem ansah.

»Ich bin drauf eingeschlafen. Du verpetzt mich hoffentlich nicht.«

»Hab ich dich je verpetzt?«, fauchte Heide.

»Nein.« Himmel noch mal. »Nein, das hast du nicht getan.«

»Also war es nur so dahergesagt, ja? Genau wie, dass du dich um die Hühner und Kaninchen kümmerst? Nur weil der Alte arm ist, heißt das nicht, dass wir ihm nicht dieselbe Aufmerksamkeit schenken sollten wie allen anderen.«

Zorn loderte in Ida hoch. »Jetzt reicht es! Willst du mir etwa vorwerfen, dass ich mir unsere *Kundschaft* danach aussuche, ob sie vermögend ist? Bin ich deiner Meinung nach eine Verkäuferin?«

»Es gibt überhaupt keinen Grund, auf Verkäufer herabzuschauen.«

Ida fehlten die Worte. War das Heides neueste Lieblingstätigkeit: ihr jedes Wort im Mund zu verdrehen? Kopfschüttelnd grabschte sie nach ihrer Uniformjacke.

»Wo willst du hin?«, fragte Heide. Vielleicht erkannte sie langsam, was für einen Unsinn sie geredet hatte. Aber Ida war noch zu wütend, um sich mit einer Entschuldigung zufriedenzugeben. Einer Entschuldigung, die im Übrigen auch gar nicht kam, denn als sie ohne eine Antwort aus der Tür trat, rief ihr Heide nur nach: »Vergiss nicht, heute Abend deinen Bericht über das Kleinvieh einzureichen.«

»Jaja«, äffte Ida sie leise nach und stürmte auf die Treppe zu.

KÄTHE

Mister Haha hat die erste und die zweite Tür hinter sich abgesperrt, das hat sie gehört. Jetzt sitzt sie im Dunkeln, hört nur das Tropfen von irgendwas. Sie kann nicht mehr weinen. Innen drin ist ihr so kalt. Als wenn es auf ihr Herz geschneit hätte. Ihre Tränen wären Eiszapfen.

Ob Oma weint, ein bisschen, wegen ihr? Aber Oma kann nicht weinen. Schreien kann sie, und wenn sie hier wäre, sie würde Mister Haha anbrüllen und ihm mit dem Teppichklopfer was auf den Hinterkopf geben. Weil er sie kirre machen würde mit seinem Kippeln und Hibbeln und Leise-vor-sich-hin-Murmeln.

Sie fühlt sich allein. Das ist eigentlich was, was sie kennt. Sie kann ja machen, was sie zu Hause immer gemacht hat: ihre Fußspitzen Kaffeeklatsch halten lassen. Die anderen Kinder haben sie gehänselt, weil ihre Beine krumm sind und die Fußspitzen nach innen verdreht, sodass sich die Zehen bei jedem schlurfenden Schritt begegnen. Aber hier sind keine anderen Kinder. Deswegen stellt sie sich vor, wie sich ihre Zehen zuwinken. Sie guckt runter, auch wenn sie die beiden im Dunkeln nicht erkennen kann.

»Na, Moin, du«, sagt der rechte zum linken, »wie geht dir datt heude?«

»Watt mutt, datt mutt«, antwortet der linke und verzieht schlecht gelaunt das runzlige Gesicht.

Sie guckt wieder hoch. Sie hat was rasseln gehört, oder hat sie sich das nur eingebildet? Ist sie vielleicht doch gar nicht allein? Sitzt Mister Haha an seinem winzigen Tisch und hat sich zu ihr umgedreht und starrt sie an, und sie merkt es nicht, weil es um sie herum so finster ist? Der Gedanke ist so unheimlich, dass ihr was Komisches den Rücken runterläuft. Kalt fühlt es sich an und kribbelig wie viele Ameisen.

Sie kneift die Augen zusammen, ganz fest, zieht die Beine an und legt ihre Stirn auf die Knie. Er hat sie wieder so doll gehauen. Und dann geweint und gesagt, es tut ihm leid. Dass er das nie, nie wieder tut, aber auch das hat er schon vorher gesagt und ihr dann so wehgetan.

In der Erinnerung ist es schöner als hier. Also denkt sie dran, wie sie durch den Park läuft auf dem Weg zu Oma und Opa. Vorbei an den verlausten Hütten, wo so viele Leute wohnen. Sie geht zwischen den dürren Sträuchern hindurch, und der Kies knirscht unter ihren Sohlen. Sie mag das Geräusch. Es klingt wie eine freundliche Melodie.

Mister Haha ist dabei. Er hält sich abseits vom Weg, weil da ja die Menschen wohnen, in Zelten und Hütten mit Löchern so groß, dass Käthe ihren Kopf reinstecken kann. Niemand bemerkt sie. Sie ist wie ein Geist. Schwebt durch die Zelte und Hütten und hört zu, obwohl sie nicht zuhören darf, sieht Dinge, die die Leute lieber verstecken wollen.

Wie zu Hause auch, wenn sie mal nicht nur in ihrem Kopf ist, sondern wirklich irgendwo, mit zwei Beinen und zwei Armen und allem Drum und Dran, unterm Tisch.

»Lauschte schon wieder, freches Gör?«, ruft Oma dann böse, weil sie der Nachbarin gerade geklagt hat, wie schlecht die Welt ist und wie undankbar ihre Tochter, und nicht will, dass Käthe da ist, die frisst ihr nämlich die Haare vom Kopp: »Mit der Lütten isses besonders schlimm. Immer hat se Hunger und sieht trotzdem aus wie 'n Spargeltarzan. Wer soll datt betahlen? So ein undankbares Biest«, murmelt sie dann, und jetzt ist nicht mehr von Käthe die Rede, sondern von Mama, was noch schlimmer ist. »Bringt uns das Gör und macht sich 'n feinen Lenz. Lässt sich aushalten. Oder hat's wenigstens versucht, aber der Kerl, der is jetzt über alle Berge. Na, wen wundert's?«

Als Mama sie bei Oma und Opa abgegeben hat, sagte Mama was, und daran muss Käthe jetzt denken: »Es kann sein, dass ich bald eine Zeit lang wegmuss.«

Sie hat es so gesagt, als wäre es nicht weiter schlimm, aber Käthe hat die Tränen in ihren Augen gesehen. Jetzt fragt sich Käthe: Hat sie was verwechselt? Hat Mama gesagt: »Es kann sein, dass *du* eine Zeit lang wegmusst«? Aber sie kann doch noch Mamas Stimme in ihrem Kopf hören. Und hätte Käthe dann nicht gefragt: Wohin?

Oder hätte sie das so oder so fragen sollen?

Unter ihrem Po ist es kalt. Der Boden ist nass und löchrig, sie spürt es, wenn sie mit dem Finger darüberfährt. Die Luft schmeckt wie Pfützenwasser. Und nach dem Kaninchen, das sie gestern essen musste. »Sonst musst du hungern«, hat Mister Haha gesagt, also hat sie reingebissen und dabei geweint.

Sie will keine so süßen Tiere in ihrem Bauch haben. Auf ihrer Zunge hat sie sogar das Fell gespürt und musste aufpassen, es nicht rauszuwürgen. »Ich hab noch mehr«, hat er gesagt und sah so froh aus, dass ihr noch schlechter wurde. »Drei leckere Karnickel. Und zwo Hühner. Schmeckt dir, ne?«

Etwas krabbelt über ihre Hand. Sie zuckt zusammen, ein bisschen nur, dann aber ist sie froh. Vielleicht ist es der Käfer, den sie früher auf dem Nachhauseweg von der Schule getroffen hat. Oder Paul. Paul, der Regenwurm, der bei Oma im Blumentopf wohnt.

»Paul?«, flüstert sie.

Aber der Regenwurm hat noch nie geantwortet und tut es auch jetzt nicht.

»Falls du Oma siehst«, sie spricht noch leiser, weil sie für einen schrecklichen, angsterfüllten Moment wieder nicht sicher ist, ob Mister Haha nicht doch da ist und aus seinen Nebelaugen im Dunkeln in ihre Richtung starrt, »sag ihr, wo ich bin, ja? Oder sag es Opa.«

Opa vergisst zwar alles, was man ihm erzählt, aber dafür mag er seine Käthe viel lieber, als Oma es tut. Und weil Oma immer wieder meckert, was für ein unnützes Kind sie doch ist, ist sich Käthe nicht ganz sicher, ob Oma auf einen Regenwurm hören würde, auch wenn er Paul heißt. »Sag Opa, ich bin unter der Erde. Irgendwo beim Park.«

Das Krabbeln hat aufgehört. Bestimmt war es nicht Paul, denn Regenwürmer haben keine Beine, und Käthe hat viele kleine Beine auf ihrer Haut gespürt. Vielleicht war es eine Schabe. Aber vielleicht kennt diese Schabe die anderen Schaben, die bei Oma und Opa wohnen und mit denen Käthe morgens spricht, wenn die beiden noch schlafen und Käthe an die Kante ihrer Pritsche kriecht und den Kopf so weit nach unten fallen lässt, dass ihr Haar über den Küchenfußboden fegt. Dann flüstert sie ihnen zu, die in den dunklen Ecken und Winkeln leben, und die Schaben flüstern unhörbar zurück.

Aber jetzt sind sie weg, alle, die sie gerade eben besucht haben. Sie weint, merkt sie und beißt sich doll auf die Lippe, um nicht zu schluchzen. Was hat Mama damit gemeint, dass eine von ihnen eine Weile wegmuss? Und wann kommt wer auch immer wieder? Oder muss Käthe hierbleiben?

Weil sie wieder etwas zu hören glaubt, saugt sie alle Luft in sich ein und macht sich winzig, die Knie angezogen und umklammert, den Kopf, so gut es geht, dazwischen. Wie lange ist sie schon hier? Weint Mama? Weint sie um ihre kleine Käthe, die sie doch lieb hat?

Jetzt kommt wirklich wer, und es ist Mister Haha, der aufschließt und aufschließt und aufschließt und dann wieder, als er drin ist, absperrt und absperrt und absperrt. Dann steht er da und zündet ein Streichholz an. Sie spürt das Licht mehr, als dass sie es sieht, und auch seine Augen, deren Blicke sich in sie hineinbohren.

»Weißt du noch?« Er geht zu dem Tisch. Das Streichholz flackert und erlischt, und er zündet das nächste an und damit die Kerze auf dem Tisch. »Weißt du noch, früher, Roswitha?«

Weil er gemeine Sachen mit ihr gemacht hat, als sie ihm sagte, dass ihr Name nicht Roswitha ist, nickt sie. Sie zittert. So sehr, dass ihr die Zähne klappern, und das darf er nicht hören. Käthe stopft sich die Hand dazwischen und hofft, er guckt nicht wieder zu ihr her.

»Weißt du noch, die Maulbeeren?«

Käthe weiß nichts von Maulbären. Nicht mal, was das überhaupt ist.

»Nein«, sagt sie verzagt. Ihre Stimme klingt dünn und zittert.

»Aber wie kannst du sie vergessen haben? So saftig. Und so süß!«

Immer wenn er das Weißt-du-noch-Spiel mit ihr spielt, wird sie ganz aufgeregt, aber von der grässlichen Sorte, wo man nicht mehr richtig schlucken kann und einem schlecht wird. Dann muss sie aufpassen auf das, was sie sagt, oder ob sie nickt oder den Kopf schüttelt. Am besten ist es, so zu tun, als wäre alles möglich. So eine Mittelsache zwischen Ja und Nein. Denn nie, nicht ein Mal bisher, hat sie gewusst, von was er geredet hat. So als ob alles aus ihrem Kopf gefegt worden wäre, sehr ordentlich, mit einem Besen, der zaubern kann.

Wie kommt es, dass er so viel von früher weiß, sie aber überhaupt nichts? Das war gleich so, als er das erste Mal mit ihr geredet hat, aber es wird immer häufiger.

»Weißt du noch der Hügel, von dem wir die Purzelbäume runter gemacht haben? Alles voller Gänseblümchen. Du hast dir einen Haarkranz geflochten.«

Käthe kann keinen Purzelbaum, dazu sind ihre Beine zu dünn und krumm, und ihre Füße gucken doch so komisch nach innen. Sie traut sich überhaupt nie etwas anderes, als zu gehen.

»Und weißt du noch das Schloss?«

War sie früher mal eine Prinzessin? Wann war das, und wieso erinnert sie sich nicht daran?

Sein Blick zuckt von rechts nach links, als würde er dort Schatten sehen. »Und weißt du noch, was ich dir versprochen habe?«

Käthe nickt, unendlich erleichtert, sich endlich mal an etwas zu erinnern.

»Ja«, piepst sie.

»Freust du dich drauf?«

Nun weiß sie nicht recht, was sie darauf antworten soll. Sie soll nicht lügen. Aber wenn sie ihm die Wahrheit sagt, wird er böse auf sie sein. Die Wahrheit ist nämlich, dass sie ja nicht Roswitha heißt und Merle nicht kennt und das mit dem Heiraten verwirrend findet, immer noch.

Die Sache ist außerdem: Die Erwachsenen lügen andauernd. Mama, wenn sie sagt, sie wird Käthe bald wieder abholen von Oma und Opa, »*versprochen, versprochen, wird nicht gebrochen*«, und dass sie sich ganz doll drauf freut, ihre Kleine wiederzusehen. Kam sie?

Nein.

Und alle anderen Erwachsenen, die lügen auch.

»Hast du irgendwem von mir erzählt?« Seine Stimme klingt noch gemeiner als sonst, und jetzt sieht es aus, als hätte er Feuer in den Augen: »Roswitha?«

»Nein«, presst sie heraus.

»Wirklich nicht?«

»Nee.« Ihre Stimme ist so kieksig wie beim Üben fürs Kirchenspiel. Da haben die anderen Kinder gelacht und sie nachgeäfft.

Er murmelt was und dreht ihr den Rücken zu, aber ganz plötzlich wirbelt er herum, und Käthe muss die Luft anhalten, um nicht vor Schreck zu schreien.

»Wieso seid ihr weggegangen?«, fragt er und guckt furchtbar gemein. »Warum habt ihr mich dagelassen? Sie kann nicht so lieb sein, wenn sie so was tut!«

Verwirrt starrt Käthe ihn an. Sie zieht die Schultern immer weiter hoch und hat Angst, schreckliche Angst, weil er so böse aussieht.

Sie hat ihn doch erst vor ein paar Tagen kennengelernt, nicht? Als er an der Ecke hinter dem Park auf sie gewartet hatte, da, wo sonst keiner langgeht. Er hat gestrahlt, das weiß sie noch, und mit den Füßen getrippelt und gescharrt vor Aufregung. Sie hat hochgeguckt, weil er doch so viel größer als sie ist, und sich gefragt, warum er sie so komisch ansieht.

Seine Haut sieht aus wie die von dicken weißen Maden. Und andauernd ruckelt er mit den Füßen oder stülpt die Lippen nach vorne, dann sehen sie wie Schnecken aus ohne Haus. Er macht komische Geräusche oder rennt eben einfach die ganze Zeit rum, weil er keine Minute still sitzen kann.

Da hat er also gestanden, und sie ist sich sicher, dass sie ihn vorher nicht gekannt hat. Was also meint er damit, dass Mama und sie weggegangen sind?

»Warum habt ihr mich alleine gelassen? Warum? Alleine, alleine …«

Immer näher kommt er. Sie riecht ihn, und ihr wird schlecht, aber sie spürt, dass sie das nicht zeigen darf. Aus weit aufgerissenen Augen starrt sie ihn an.

»Sag die Wahrheit, Roswitha!«

Er ist groß und dürr, das war er ja schon von Anfang an, aber es kommt Käthe so vor, als wäre er in der Zeit, die sie zusammen hier sind, gewachsen und noch dünner geworden. Wie ein Riese ragt er auf und muss den Kopf einziehen, weil er sonst an die runde Decke stößt.

»Wo ist dein Arm?«

Starr vor Furcht guckt sie an sich herunter. Wo ist ihr Arm? Natürlich an ihr dran!

»Zeig ihn mir, zeig ihn mir!«

Sie kann nicht anders, als ihre Hände hinter dem Rücken zu verschränken. Was ist mit ihren Armen? Was will er damit tun?

Seine Nebelaugen sind uralt.

Er schüttelt sie. Die Kerze flackert. Sie spürt seine kalten, dürren Finger an ihrem Hals, und er drückt langsam zu, während er sie anstarrt, und murmelt: »Merle, Merle, meine Merle, Perle, Perle, meine Perle. Wo wart ihr, als ich euch suchte? Einfach weggegangen seid ihr, einfach weg.«

Käthe kann nicht mehr atmen. Alles um sie herum wird kalt.

3
Eppendorfer Marktplatz, Hamburg-Eppendorf

Donnerstag, 10. Juni 1948, 14:07 Uhr

»Die olle Kamelle?«

Den ehemaligen Hauptpolizisten Dura aufzusuchen, war etwas, das sich Ida gern für einen Tag aufgehoben hätte, an dem sie richtig Dampf ablassen musste. Aber sie wollte vorankommen im Fall Vera Pape. Und schließlich war sie nicht nach Eppendorf gefahren, um dem Polizisten außer Dienst die Hölle heißzumachen. Sie war hier, um so viele Informationen über Oliver Lindemann aus ihm herauszuholen wie möglich. So saß sie ihm in einer kleinen Erdgeschosswohnung gegenüber und versuchte, den aufdringlichen Zwiebelgeruch zu ignorieren, der von dem Teller aufstieg, der zwischen Dura und ihr auf dem Tisch stand. Die gesamte Wohnung roch danach und sah ziemlich verlottert aus. Wie es aussah, besaß der Mann so viel Geschirr, dass er nicht mehr abspülen musste.

»Die Angelegenheit ist erst zwei Jahre her«, korrigierte sie ihn. »Zu meiner Überraschung habe ich keinerlei Informationen über den Mann aus den Akten erfahren außer seiner Wohnadresse.«

»Jau.« Der Kerl, glatzköpfig mit zwei Haaren, die ihm aus dem oberen Drittel der Stirn sprossen, um die vierzig und mit der Gesichtsfarbe eines Achtzigjährigen, machte sich einen Spaß daraus, mit den Augenbrauen zu wackeln. Vielleicht, um von seinen unvorteilhaften Vorderzähnen abzulenken, die groß und vorstehend waren und sich immer wieder über die schmale Unterlippe schoben.

»Ich wüsste gern, wieso«, sagte Ida freundlich. Dura war todsicher einer, dem man Honig ums Maul schmieren musste, um etwas aus ihm herauszubekommen.

»Und ich wüsste gern, wieso so 'n fesches Ding nicht einfach Lindemann selbst fragt. Er hätt' sicher nix dagegen einzuwenden. Mag Frauen, soviel ich weiß, sehr sogar.« Wissend zwinkerte ihr Dura zu.

Mit unbewegter Miene guckte Ida ihn an, was ihn nach einer knappen Minute dazu verleitete, verlegen auf seinem Stuhl herumzurutschen und sich ausgiebig zu räuspern.

»Gut, gut«, er hob die Hände, als hätte er nicht das Mindeste zu verbergen, »Tommy. Einer von den Wichtigen. Einer von denen, wo man oben Sorge trägt, dass nix an dem kleben bleibt. Klärt das Ihre Fragen?«

Irgendwie gelang es Ida, sich ihre Überraschung nicht anmerken zu lassen. Der Kerl war *Brite?* Lindemann – der Name sah zumindest geschrieben deutsch aus, Oliver auch, aber wenn man beides englisch aussprach …

»Verstehe ich Sie richtig, dass die Angelegenheit gar nicht innerhalb der deutschen Polizei geregelt wurde?«

Er kräuselte die Nase und sah dabei aus wie ein missgünstiges Eichhörnchen. »Anfangs schon. Und dann eben nicht mehr. Was denken Sie denn? Und können Sie sich nebenbei auch gleich vorstellen, wie erfreut ich war, zwei Monate später meine Entlassungspapiere rübergeschoben zu bekommen? Ich sach Ihnen was: Das hatte nix mit früher zu tun. Das haben die nur behauptet. Ich und die NSDAP …«

»Sie waren nicht Mitglied?«

»Doch. Aber alle waren Mitglieder!«

Das entsprach nicht der Wahrheit, das wusste er so gut wie Ida.

»Sie nehmen also an, man hat Sie wegen Lindemann geschasst? Aber wieso hätten die Briten das tun sollen? Waren sie nicht dankbar, dass Sie dabei geholfen haben, die Sache fein säuberlich unter den Teppich zu kehren?«

Missgestimmt schoben sich seine Vorderzähne über die Lippe. Aus zusammengekniffenen Augen starrte er sie an. »Teppich? Wer hat was von Teppich gesagt?«

»Klartext, Dura: Hat Lindemann Vera Pape verprügelt, ja oder nein?«

»Seh ich aus, als wär' ich dabei gewesen?«

»Sah Fräulein Pape so aus, als wäre sie verprügelt worden?«

»Verheult sah sie aus! Weibsbild halt! Aber das Spiel kennen wir doch: tun, als würde einen 'n Atemzug umwerfen, ach, ich bin so schwaaach«, er verstellte die Stimme, »helfen Sie mir, Herr Wachtmeister, ich kann doch sonst nichts tuuun.«

Am liebsten hätte Ida ihn einen Kopf kürzer gemacht. Stattdessen behielt sie ihre aufgesetzte Freundlichkeit fürs Erste bei. »Aber Sie fielen nicht darauf rein?« Sie hasste es, sich bei Leuten wie Dura einzuschleimen. Aber wenn sie ihm die Meinung geigte, half sie Vera Pape damit bestimmt nicht.

Er plusterte sich auf. »Ich doch nicht! Ich durchschau so was.«

»Sehr gut. Und dann meldete sich die *Special Branch* bei Ihnen?

Oder haben Sie selbst die Initiative ergriffen, um den Briten gegenüber Ihre Pflicht zu tun?«

Wieder einmal erstaunte Ida, wie naiv manche Menschen waren. Dura schien von ihrer stoischen Freundlichkeit nicht im Mindesten überrascht.

»Letzteres!« Er wischte über seinen Hemdkragen, als befreie er ihn von Staub. Tatsächlich war da nicht viel zu retten. Hautfett und Schweiß hatten dunkle Ränder auf dem verblichenen Braun hinterlassen. »Guten Willen wollte ich zeigen. Ja, hat mich weit gebracht.« Verbittert schüttelte er den Kopf.

»Ich bin mir sicher, dass man Ihre Bemühungen zu schätzen weiß, auch wenn das vielleicht nicht gezeigt wurde. Die Engländer sind manchmal etwas undurchsichtig.«

»Allerdings!«

»Ich kenne auch ein paar Pappenheimer. Man weiß nie, woran man da ist, insbesondere bei den Herren ganz weit oben.«

Er nickte, dann schüttelte er erneut den Kopf. »Dabei hab ich genau das in den Bericht geschrieben, was sie mir gesagt hatten.« Ida gab ein missbilligendes Tz von sich, was seiner Entrüstung noch mehr Zunder gab. »Dass die Kleine nicht weiß, wovon sie redet! Dass sie ihm nur übel mitspielen will!«

Ida nickte und bewahrte mit größter Mühe ihre neutrale Miene. Hatte er schon wieder vergessen, dass er angeblich nicht dabei geholfen hatte, etwas unter den Teppich zu kehren? Der Mann hatte nicht viel mehr Verstand als die Zwiebelreste auf seinem Frühstückstisch.

»'ne Beförderung mit Schleife hätt' ich dafür kriegen sollen! Stattdessen hab ich angeblich 'ne Nazivergangenheit. Ich! Ich hab nix gegen Ausländer und Juden! Aber Angst hatten die, das kann ich Ihnen sagen. Angst, dass ich noch irgendwann mal die

Wahrheit sach. Oder dass ich versuch, keine Ahnung, dass ich versuch, den zu erpressen!«

Ida nickte, neutrale Miene, interessierter Blick, hach, sie hätte Schauspielerin werden sollen!

»Weil, der hätte Ärger kriegen sollen, hätt' er! Hat das Mädel ganz schön hart rangenommen. Nicht dass ich da grundsätzlich was gegen hätte ...« Ihm fiel ein, dass er einer Frau gegenübersaß, und sein schmieriges Grinsen verschwand so schnell, wie es gekommen war. »Was ich sagen wollte: Der hat ihr ordentlich zugesetzt. Grün und blau war sie. Aber immer da, wo man's auf den ersten Blick nich' sehen konnte.«

»Und Sie fanden es in Ordnung, das nicht zu erwähnen«, sagte sie mit vor Sarkasmus triefender Stimme. »Wo käme man denn da hin, wenn Sie einer Frau, die Sie um Hilfe bittet, diese Bitte auch erfüllen würden.«

Er blähte die Backen, während er ihre Worte sacken ließ. Scheinbar fielen sie nicht besonders tief, denn er zuckte mit den Schultern. »Ich befolg die Regeln. Und wenn mir 'n Herr von da oben sagt, ich soll das und das in meinen Bericht schreiben, dann schreib ich eben das in meinen Bericht.«

Verdammter Dura!

»Aber wieso kommen Sie eigentlich jetzt drauf? Ganz schön spät, wenn ich das ma' so sagen darf.«

»Neue Spuren«, sagte sie und stand auf.

»Gehen Sie schon?«

»Ja. Mit Ihnen halte ich es keine Sekunde länger aus.«

Verdattert sah er ihr nach, und Ida, die heilfroh war, in wenigen Sekunden wieder an der frischen Luft zu sein, raus aus der Melange aus Zwiebel- und Schweißgeruch, Selbstbeweihräucherung und Ignoranz, überlegte es sich anders. Als sie im

Türrahmen haltmachte, sagte sie: »Sie sind ein Idiot. Und wäre das nicht schlimm genug, sind Sie auch noch ein wehleidiger Mistkerl. Sie sollten sich schämen. Ihr Rückgrat ist aus Pudding.«

*

Nachdem sie Duras beengte, schmutzige Wohnung verlassen hatte, war Ida mit der U-Bahn nach Barmbek gefahren und dort in die S-Bahn umgestiegen. Jetzt ging sie auf die Hütte im Hammer Park zu, in der Herr Jablonski wohnte, jener, der zwei Hühner und vier Kaninchen als gestohlen gemeldet hatte.

»Na, da sind Se ja«, begrüßte er sie.

»Ich war schon mal hier.«

»Weiß ich.« Er zuckte entschuldigend mit den Schultern. »Hab Ihren Zettel gefunden. Aber jetzt gibt's hier ja nix mehr zu bewachen, wo doch alles geklaut worden ist. Da kann ich also genauso gut durch die Gegend spazieren, den lieben langen Tag.« Er klang betrübt, was Ida nur zu gut nachempfinden konnte. Das kleine Stück Grün neben seinem Bretterverschlag sah ziemlich zerrupft aus. Offenbar hatte der Dieb tatsächlich nicht einmal eine Brombeerranke übrig gelassen.

»Hab immer aufgepasst. Den lieben langen Tag. Und dann bin ich einmal eingeschlafen … So tief, da hätte es blitzen und donnern können … Und da kommt der und klaut alles. Alles!« Traurig schüttelte Jablonski den Kopf. »Und, was wollen Se nu alles Großartiges unternehmen, um meine Hühner und Karniggels zurückzubringen?«

Sollte sie lügen? Das verdiente Herr Jablonski nicht. »Die Chancen, Ihre Tiere zurückzubekommen, stehen gleich null.

Es tut mir leid. Ich würde Ihnen gern etwas anderes sagen, aber was würde es Ihnen nutzen?«

Enttäuschung flackerte in seinen blassgrauen Augen auf. Er war ein alter, hutzliger Mann, der aussah, als brauche er am Tag nicht viel mehr als eine Zigarette, um zu überleben. Dann stieß er einen Seufzer aus. »So ehrlich kenn ich die Polente ja gar nich'.« Verschämt rieb er sich zwei Tränen von den Wangen. »Aber wenigstens sagen Se mir die Wahrheit.«

Bedauernd sah Ida ihn an. »Trotzdem würde ich mir gern aufschreiben, falls Ihnen etwas aufgefallen ist – vielleicht jemand, der hier rumgeschlichen ist?«

»Hier schleichen doch alle rum!« Wütend zeigte er zu den notdürftig zusammengezimmerten Hütten hinüber, die keinen Steinwurf von seiner entfernt lagen. »Und ständig wechseln die Bewohner. Wen du heute kennst, haste morgen aus den Augen verloren.«

Nachdem sich Ida dennoch notiert hatte, was er ihr sagen konnte, klapperte sie die zusammengeschusterten Unterkünfte ab, die teils nur aus drei nebeneinandergelegten Bohlen bestanden und ohne Wände auskamen. Wie sie feststellte, hausten mehrköpfige Familien in ihnen. Idas vorsichtige Hoffnungen wurden schnell zerschlagen: Niemand hatte den Karnickelklau bemerkt. Hier hatten die Leute ganz andere Sorgen: vor allen Dingen schreiende, jammernde oder fröhlich vor sich hin plappernde Kleinkinder. In dem ganzen Trubel, der hier herrschte, hätte man es nicht einmal bemerkt, wenn ein Dieb Jablonskis komplette Hütte geklaut hätte.

Sie kehrte zu dem alten Mann zurück und verabschiedete sich. Eine Frage aber stellte sie ihm noch: »Wieso sind Sie eigentlich zu uns gekommen? In der Griesstraße ist das nächste Polizeirevier, keine fünf Minuten von hier.«

Er spuckte aus. »Wenn schon Polente, dann Davidwache.«
Auch gut.

*

Idas Schreibtisch lag nach wie vor am Boden, also setzte sie sich an Heides verwaisten Platz, zog ein Papier in die Maschine und überlegte genau, was sie schreiben wollte, denn ein Tippfehler würde Hildesund Feuer spucken lassen. Ein neues Blatt zu verwenden, kam ebenfalls nicht infrage. Sie konnten froh über jede der kostbaren Seiten sein, die der Polizeimeister herausrückte – stets unter großem Tamtam.

Wenig später hatte sie ihren Bericht über Jablonski und seine gestohlenen Kaninchen verfasst. Vorsorglich überflog sie ihn ein weiteres Mal, dann bereitete sie sich auf das nächste unangenehme Gespräch des heutigen Tages vor. Sie stieg in den zweiten Stock und klopfte an die Holztür, an der ein glänzendes Messingschild hing. Wahrscheinlich polierte er es jeden Morgen aufs Neue, der alte Angeber ... Sie klopfte erneut und verzog angesichts von Hildesunds jovial trompetetem »Hereinspaziert!« das Gesicht.

»Ah, das Fräulein Rabe! Sie kommen mir gerade recht.«

Sie hasste es, wenn man vor »Fräulein« den Artikel setzte. Wenn sie ihn *das Herrlein* nennen würde, was würde dann wohl geschehen?

»Hier ist der Bericht zum Fall Jablonski«, sagte sie kühl.

Das Eckbüro ihres Vorgesetzten, in dessen Mitte der Schreibtisch stand, war groß und wirkte, wenn man sich Hildesund wegdachte, freundlich. Gelbes Nachmittagslicht brach durch zwei der drei Fenster auf die gebohnerten Dielen herab und ließ den süßlichen Rauch tanzen, der aus Hildesunds Pfeife aufstieg. Er saß, ein kleiner, dünner Mann auf einem zu groß wirkenden Stuhl, offensichtlich darauf bedacht, sich trotz Idas 1,82 Meter überlegen zu fühlen. Süffisant grinste er. »Was, Verehrteste, lese ich wohl gerade mit größtem Interesse?«

»*Meine erste Fibel*?«

Schlagartig erstarb das Grinsen. Er wirkte krank, schoss es Ida durch den Kopf. Die Gesichtshaut fahl, seine Augen ohne jeden Glanz. Silbrige Stoppeln sprossen um seinen schmalen Mund. Die ganze mickrige Gestalt war wie in Schatten eingehüllt, auch wenn es hier so luftig und licht war.

»Vera Pape«, donnerte er nach einer Weile oder versuchte zumindest zu donnern. Tatsächlich klang seine Stimme zittrig. »Auch wenn Sie mich darüber augenscheinlich nicht in Kenntnis setzen wollten.«

Ida hatte Mühe, Ruhe zu bewahren. Sie hatte Vera Papes Besuch auf der Davidwache nirgends vermerkt, wieso auch? Schließlich war bislang keine Anzeige erstattet worden. Also musste es einer der Wachhabenden notiert und Hildesund freudestrahlend überbracht haben. Um Fleißbienchen zu sammeln, nahm sie wütend an. Oder um ihr zu schaden?

»Was ist mit ihr, Polizeimeister Hildesund?«, fragte sie, nachdem sie sich wieder einigermaßen gefangen hatte.

»Treffen Sie sich in Ihrer Freizeit mit ihr zur Sabbelstunde! Wenn sie noch einmal auf der Wache aufkreuzt, verhafte ich sie.«

Sabbeln. Wie Ida dieses Wort hasste! Keiner sabbelte so viel wie Meyerlich und die anderen männlichen Kollegen, wenn sie Dienst im Wachraum hatten. Gab es darüber Beschwerden? Natürlich nicht. Aber wenn eine Frau zu Heide und Ida kam, sabbelten sie.

»Und aus welchem Grund wollen Sie Fräulein Pape verhaften, wenn ich fragen darf?«

»Irreführung der Justiz«, sagte Hildesund und überkreuzte unter seinem Tisch die Beine. »So darf man es nennen, was die junge Dame hier versucht.«

»Dürfte ich erfahren, wer Ihnen von dem Besuch Vera Papes erzählt hat? Nur damit ich dem aufgeweckten Kollegen weiterhin Bericht erstatten und ihm Arbeit ersparen kann.«

Hildesund blinzelte nicht, als er, die Lippen wütend kräuselnd, schnauzte: »Das geht Sie verdammt noch mal nichts an, Rabe!«

Sie schenkte ihm ein Ist-mir-doch-schnurz-Lächeln, das Wirkung zeigte: Wutentbrannt bleckte der Polizeimeister die gelblichen Zähne, während er nach dem Papier griff, das sie ihm hinhielt. Dann wedelte er mit der rechten Hand, um ihr zu zeigen, dass sie sein Büro verlassen solle. In dem Augenblick, in dem sie die Finger nach dem Türknauf ausstreckte, ertönte ein Klopfen.

»Ja?«, schrie Hildesund fast.

Der Kopf, der sich durch den Türspalt schob, gehörte zu Idas Überraschung Heide. Sie hatte angenommen, ihre Kollegin habe schon Feierabend gemacht.

»Auf Sie habe ich gewartet«, tönte Hildesund in Idas Rücken. »Herein mit Ihnen, herein, meine Liebe.«

Meine Liebe?

Wortlos trat Ida an Heide vorbei in den Flur. Bevor sich die Tür schloss, sah Ida noch, wie Hildesund ihrer Kollegin kameradschaftlich die Schulter tätschelte. Verdattert blieb Ida vor der geschlossenen Tür stehen und fragte sich, was in aller Welt hier gespielt wurde. Bis vor Kurzem hatten Heide und sie sich regelmäßig gemeinsam über ihren Vorgesetzten lustig gemacht.

Heide mochte ihn so wenig, wie es Ida tat – kein Wunder, war er doch ein arroganter, menschenverachtender Mistkerl. Und plötzlich war Heide seine beste Freundin und liebste Untergebene?

Undeutliches Murmeln drang durch das Holz. Ida spitzte die Ohren, doch sosehr sie auch den Atem anhielt, um etwas aufzuschnappen, es war vergeblich. Kopfschüttelnd ging sie auf die Treppe zu. Sie kam nicht mehr gegen das Gefühl an, dass sich hier etwas zusammenbraute …

*

Um Atem ringend schreckte Ida auf. Ihr Herz raste. Orientierungslos sah sie sich im dunklen Zimmer um, bis ihr klar wurde, dass sie zu Hause war. Zu Hause, wo hinter dem Raumteilervorhang ihre Mitbewohnerin Fräulein Heinze schnarchte. Wo Ida nicht – wie in dem Traum, den sie gerade gehabt hatte – wie angewurzelt in der Zimmermitte stand, unfähig, sich zu rühren, weil Abscheu, blanker Hass und das Wissen durch ihren Kopf glitten, dass jeden Augenblick die Kinder hereinkommen könnten. Um das Schreckliche, Unvorstellbare zu sehen, das Ida sah, und das konnte sie nicht zulassen …

»Es war nur ein Traum«, wisperte sie lautlos. Ein Traum, der immer regelmäßiger kam, nun schon die dritte Nacht in Folge. Die Sache war doch vor langer Zeit passiert. Vor beinahe drei Jahren. Wieso kehrte die schreckliche Erinnerung nun zu ihr zurück – und wieso so drängend?

Der Wecker neben ihrer Matratze, ein rostiges, ohrenbetäubend laut tickendes grün-weiß-schwarzes Ding aus zerkratztem Metall, zeigte drei Uhr. Dumpf hörte sie ihr Herz klopfen und starrte angestrengt in die Dunkelheit. Immer noch grauste es ihr bei der Erinnerung an ihren Traum, heute aber war er auf neue Weise erschreckend gewesen. Sie schüttelte den Kopf, um die Bilder loszuwerden, kniff die Augen zusammen und massierte sich die Nasenwurzel.

Piet … Ihr Kollege, wenn man es so nennen konnte. Aber auch ein Freund. Sie hatte ihn ins Herz geschlossen, was Marlise nicht entgangen war. Witze hatte die Bunkerkönigin darüber gerissen. À la: »Warum lässt du dich eigentlich nicht mit dem Dickerchen ein?«

Doch Ida hatte Karl. Piet und sie waren nur Freunde gewesen. Was ausgereicht hatte. Für die Bunkerkönigin jedenfalls.

Ida rappelte sich auf, schlich über den noch vom Tag erwärmten Dielenboden und stellte sich ans Fenster, wo sie die Stirn an die Scheibe lehnte. Verlassen und leer lag die Margaretenstraße da. In besseren Zeiten streiften unten nachts Füchse, Katzen und Igel umher. Jetzt, da der Hunger immer noch in allen Bäuchen grummelte, da nach wie vor kein Ende abzusehen war, auch wenn die Zeitungen vorsichtig frohlockten und mit mysteriösen Andeutungen um sich warfen, dass das Leben bald wieder besser würde, gab es keinen Fuchs und keine Katze mehr in Hamburg. Igel vielleicht, aber selbst die waren bestimmt auf manchem Spieß gelandet.

Vom allgegenwärtigen Hunger glitten ihre Gedanken erneut zu Marlise, doch wie durch ein Wunder gelang es ihr, alles, was in ihr rumorte – der Traum vor allem, aber auch Ares und ihren Zwist mit Heide –, beiseitezuschieben. Sobald sie über die Arbeit nachdachte, beruhigte sich ihr Herz. Die Angst verzog sich, der Boden unter ihren Füßen wurde wieder fest. Marlise im heutigen Kontext, darum ging es. Nicht um ihre damaligen Taten.

Was bedeutete die Währungsreform für die Bunkerkönigin? Und wann war es endlich so weit, wann kam das neue Geld? Diesen Monat schon? Ob Miss Watsons London-Besuch damit zusammenhing? Eine alte Währung zu ersetzen war nichts, was en passant geschah: ein Scheinchen hier, eine Münze dort. Ganz im Gegenteil, es musste ein immenser logistischer Aufwand sein, der koordiniert werden musste, und das wiederum lag mit ziemlicher Sicherheit nicht in bundesdeutscher Hand, sondern in jener der westlichen Besatzer. Und was geschah mit der alten Reichsmark? Wurde sie in die Elbe gekippt? Verbrannt? Was kam danach? Würde die Not tatsächlich ein Ende haben?

Bei Idas Besuch hatte Marlise unruhig gewirkt; weniger wie die Königin des Schwarzen Marktes als wie eine Getriebene. Aber Marlise musste einen Plan B haben.

Nur welchen?

Etwas sagte Ida, dass sie nicht schlecht daran täte, die Bunkerkönigin im Blick zu behalten. Dumm nur, dass sie ausgerechnet jetzt die Stadt verließ. Sie spürte doch, dass etwas in der Luft lag. Und sie, sie würde wegfahren, während die Dinge in Hamburg ihren Gang gingen, ganz ohne ihr Zutun. Sie schüttelte den Kopf und stieß einen Seufzer aus, nur um gleich darauf erschrocken den Kopf zu drehen. Aber Fräulein Heinze schlummerte in Seelenruhe, zumindest hörte Ida gleichmäßige Atemzüge von der anderen Seite des Vorhangs.

Wenn sie nur jemanden hätte, mit dem sie reden könnte ... Nicht Fräulein Heinze, denn auch wenn sie das Zimmer miteinander teilten, gab es ansonsten keine weitere Gemeinsamkeit. Fräulein Heinze liebte es, mit ihren Freundinnen über Frisuren und Lippenstiftfarben zu reden. In ihrem Beisein fühlte sich Ida wie ein alter, knorriger Ast, mürbe geworden von all den Jahren und zugleich immer irgendwie quer in der Gegend herumliegend, sodass alle Welt darüberstolperte. Was ein etwas seltsames Bild von sich selbst war, wie sie zugeben musste.

Wieder schlich sich Ares Konstantinos in ihre Gedanken. Warum war es auch zwischen ihnen beiden plötzlich so schwer? Und was genau hatte den Gerichtsmediziner so verletzt, dass er sich seither wirklich nicht mehr bei ihr blicken ließ?

Sie hatten am Ufer der Außenalster zusammengesessen und geschwatzt, und Ares hatte irgendwann damit begonnen, ihr seine griechischen Lieblingsgerichte zu beschreiben, was natürlich eine Frechheit war, wenn beiden allein bei dem Gedanken der Magen knurrte. Trotzdem hatte sie es genossen, ihm zuzuhören, weil er eine schöne, warme Stimme hatte und keiner dieser Männer war, die redeten und redeten, bis man fast einschlief. Stattdessen sah er sie immer wieder an, und seine Augen blitzten, als er fragte: »Was war die absurdeste Mahlzeit, die du je zu dir genommen hast?«, oder: »Ist dir klar, dass wir alle am besten Ameisen essen sollten? Es gibt sie in rauen Mengen, guck nur hinter dich, trotzdem kommt keine Menschenseele auf den Gedanken. Komisch, nicht?«

»Sie sind einfach zu klein«, antwortete Ida. »Man wäre ja Stunden damit beschäftigt, eine halbwegs nahrhafte Portion zusammenzusuchen. Aber um deine erste Frage zu beantworten: Einmal habe ich einen gezuckerten Maikäfer gegessen. Für meine Eltern war das eine normale Süßigkeit, sie kannten es aus ihrer Kindheit. Entweder hat meine Mutter etwas falsch gemacht, oder aber der Maikäfer war krank. Er war schrecklich bitter.«

Ares brach in so lautes Gelächter aus, dass ein vorbeispazierendes Pärchen vor Schreck einen Satz machte. Dummerweise fiel Ida im Anschluss Karls Erzählung von vergorenem Fisch ein, einer schwedischen Spezialität, und noch dümmer war es, dass sie davon berichtete. Während sie sprach, sah sie schon, dass Ares' Miene immer verschlossener wurde. Danach wurde er einsilbig. Um wie aus dem Nichts die große Fragestunde zu beginnen. Was empfand sie für Karl? Wieso sprach sie immer wieder von ihm? Irgendwann verlor Ares die Fassung, was gar nicht zu ihm passte. »Ida, verflucht noch mal, liebst du ihn noch oder nicht?«

Wütend hatte sie mit Nein geantwortet. Und war dann aufgesprungen und losgestürmt und hatte gerufen: »Wag es ja nicht, je wieder bei mir reinzuplatzen!«

Und jetzt? Jetzt vermisste sie ihn!

Nachdem sie kurz darüber nachgesonnen hatte, dass sie alles vergeigte, was mit Freundschaft zu tun hatte, fiel ihr jemand ein, der bisher immer ein offenes Ohr für sie gehabt hatte. Heinrich! Heinrich, dessen Wohnung schräg über ihrer ein unerschöpflicher Quell von Dingen war, nach denen sich die Leute in diesen Zeiten sehnten. Plätzchen (sogar mit Schokoguss!), Kaffee, Tee. Vor ein paar Monaten hatte er ihr sogar einen Herrenschlafanzug geschenkt. »So können Sie auch, wenn Sie wieder mal kein Auge zubekommen«, hatte er hinzugesetzt, »bei mir klopfen, verehrte Nachbarin. Sie sind mir noch eine Sitzung schuldig.«

Ob Heinrich um diese Uhrzeit noch wach war? Barfuß schlich sie zur Wohnungstür, bevor sie sie jedoch hinter sich zuzog, fiel ihr ein, dass sie ihren Mantel samt Schlüssel nicht dabeihatte. Also noch einmal an der leise schnarchenden Fräulein Heinze vorbei, den Schlüssel holen und zurück ins muffig riechende Treppenhaus eine Etage hinauf.

Um kurz vor halb vier in der Frühe nahm sie in Heinrichs

Wohnzimmer Platz. Keine normale Besuchszeit, aber Heinrich war ja auch kein normaler Nachbar. Auf den ersten Blick wirkte er alles andere als Vertrauen erweckend. Sein massiges Gesicht schien beim Reden in alle möglichen Richtungen zu verrutschen und hatte dennoch etwas Starres an sich, etwas Wächsernes, das Ida bei ihren ersten Begegnungen argwöhnisch gemacht hatte. Mittlerweile aber wusste sie viel von ihm. Zum Beispiel, dass er zwei Jahre lang Insasse des KZ Buchenwald gewesen war, eine Zeit, über die er verständlicherweise ungern sprach. Den rosa Winkel allerdings, den hatte er ihr gezeigt, jenen dreieckigen Stoffaufnäher, den er als Homosexueller unter dem Regime hatte tragen müssen.

»Wieso haben Sie ihn aufgehoben?«, hatte sich Ida erkundigt, aber keine Antwort erhalten. Eine Woche später jedoch hatte er gesagt: »Es ist gut, sich zu erinnern. Andernfalls wird man hinterrücks von dem überfallen, was man nicht erinnern will.«

Als sie damals hatte nachsetzen wollen, hatte er die Hand gehoben. »Lassen wir es dabei, Fräulein Rabe. Vergessen Sie nicht, was Ihr Beruf ist.«

»Ich würde nie ...«

»Ich weiß. Dennoch, Fräulein Rabe, ich würde gern den Schleier des Schweigens drüberlegen.«

Sie war Polizistin, er homosexuell und verstieß somit gegen das Sittengesetz. Dass sie davon wusste und ihn nicht meldete, würde sie bei ihren Vorgesetzten in arge Erklärungsnot bringen.

Also nicht darüber reden. Vergessen. Etwas, was man in diesem Land doch zur Genüge gelernt hatte, in den letzten drei Jahren, aber auch davor.

Nun, da sie im flackernden Schein eines Kerzenleuchters in seinem Wohnzimmer saß, fragte sie sich, ob er manchmal bereute, sie eingeweiht zu haben. Wie hatte er überhaupt so viel Vertrauen aufbringen können nach dem, was ihm angetan worden war?

Nun, das war eine Frage, die sie ihm stellen konnte.

»Allgemein gesprochen«, fügte sie hinzu, weil er auch jetzt zu einer abwehrenden Geste ansetzte. »Vielleicht ist es wie mit der Ebbe und der Flut? Zunächst ist dort nichts als Angst, dann aber weicht sie langsam, das Vertrauen kehrt zurück, bis ...«

»Die Flut zurückkehrt? Weil man wieder betrogen wurde, meinen Sie?«

Ida überlegte eine Weile, dann nickte sie.

Er zuckte mit den Schultern. »Sagen Sie es mir, Fräulein Rabe. Können *Sie* denn schon wieder vertrauen?«

Idas Kopf wurde leer. Ein Mechanismus, der öfter ausgelöst wurde. Nebel, nichts als Nebel, der, als er sich legte, Figuren aus ihrer Vergangenheit freilegte: Karl, ihre große Liebe, den sie überstürzt verlassen hatte und der nun wieder Pfarrer in Schweden war, seinem Heimatland. Und vorher Marlise, die Ida zu einem Zeitpunkt unter ihre Fittiche genommen hatte, als Ida sich wertloser gefühlt hatte als der Dreck unter anderer Leute Schuhen. Noch jetzt spürte sie die Kälte, von der sie durchdrungen gewesen war, die damit verstrickte Hoffnungslosigkeit und lähmende Furcht, die sich auf alles gelegt hatte. Damals, mitten im Krieg, war ihr, als schwimme sie als Einzige in einem riesigen Eismeer – niemanden gab es, der mit ihr sprach, der sie ansah, der menschliche Wärme ausstrahlte. Marlise aber war wie von einem inneren Feuer erleuchtet gewesen. Sie hatte Ida Geld in die Hand gedrückt, sich später noch einmal umgedreht und gesagt: »Wenn Sie möchten, kommen Sie mit mir.«

Und Ida war mitgegangen ...

Aufmerksam blickte Heinrich sie an, dann senkte er den Kopf. Nur ein leises Kratzen war zu hören, während er seine Bleistiftmine über das Papier flitzen ließ. Immer noch verfolgte er die seltsame Idee, eine Puppe nach Ida zu gestalten. Als sie ihn das erste Mal besucht hatte, war ihr der Anblick beinahe surreal erschienen. Die Puppen, die die Flurregale bevölkerten, waren eindeutig mit Liebe und extremer Detailgenauigkeit gefertigt, dabei aber zum größten Teil hässlich wie die Nacht. Glatzköpfig, unrasiert, mit unmöglicher Frisur oder schief grinsend.

Tatsächlich stellten sie durchweg lebende oder historische Personen dar. Den Ersten Bürgermeister der Stadt Hamburg zum Beispiel, Sportgrößen wie Max Schmeling, auch Al Capone und Hans Fallada hatte Heinrich schon kopiert. Aber Ida als Puppe? Befremdlich.

»Was haben Sie auf dem Herzen, Fräulein Rabe? Sie wirken erschöpft.«

»Sie wissen, dass ich über meine Arbeit nicht reden darf.«

»Selbstverständlich.«

»Ich nenne keine Namen.«

»Das verstehe ich, und Namen interessieren mich auch nicht.«

»Habe ich Ihnen erzählt, dass ich kommende Woche für drei Monate verreise?« Sie wartete seine Antwort nicht ab. »Jetzt habe ich erfahren, wer mich für diesen Zeitraum vertreten wird: ein Scheusal von einer Frau.« Ida fummelte am obersten Knopf ihres Schlafanzugs herum, weil sie das Gefühl hatte, keine Luft mehr zu bekommen. »Bei einer Razzia am Bahnhof vor einem Jahr, bei der wir den Leuten alles abnehmen mussten, was sie sich mühselig über die zurückliegenden Tage zusammengesammelt hatten, hat sie einer der armen Frauen etwas zugesteckt. Und bevor Sie fragen: nicht aus Großherzigkeit, sondern weil sie es ihr dann wieder abnehmen und sie verhaften konnte. *So ein Mensch ist Fräulein Pfeiffer. Und jetzt habe ich doch ihren Namen genannt.«* Sie seufzte.

»Macht nichts. Ich kenne niemanden, in dieser Stadt jedenfalls. In London oder Berlin wäre es etwas anderes. Aber Sie könnten halb Hamburg beim Namen nennen, ohne dass ich damit ein Gesicht verbinden würde.« Er lächelte und blickte sie aus seinen kleinen, warmen Augen freundlich an. »Und nun treibt Sie das schlechte Gewissen, Ihre Kollegin in derart üblen Händen zu wissen, so vor sich her, dass Sie nicht schlafen können?«

»Ja und nein. Ich konnte auch schon in den Nächten zuvor nicht schlafen.«

»Und wieso nicht?«

Ida stockte. Nie zuvor hatte sie jemandem von ihrem wiederkehrenden Traum erzählt. Sie war nicht einmal auf die Idee gekommen, denn daran rühren hieß, an ihrer Vergangenheit zu rühren und ein Licht auf Dinge zu werfen, die sie für immer im Schatten halten wollte.

»Erzählen Sie.«

Ida senkte den Blick, so fiel es ihr leichter, von den aufkommenden Bildern nicht überwältigt zu werden. Und auch nicht vom Schrecken und der Angst, die sie auslösten. »Ich träume von einem Mann, den ich früher einmal gekannt habe. Er war eine Art ...« Sie zögerte. »Eine Art Kollege. Aber eigentlich viel mehr ein Freund. Wir haben auf einem Gebiet zusammengearbeitet, das, na ja ...« Darüber durfte sie nicht sprechen, mit niemandem. »Ich fand ihn.« Sie schluckte, und ihr wurde speiübel. »Besser gesagt wurde ich zu ihm bestellt. Ich hatte anderes zu tun an diesem Tag und war überrascht, dorthin beordert zu werden ...« Ihre Stimme klang monoton. Sie sah die Straße vor sich, in der Piet gewohnt hatte, nicht weit vom Bahnhof Altona entfernt. Eine kleine, leicht gewundene Kopfsteinpflastergasse, von niedrigen, freundlich wirkenden Häusern gesäumt. Marlise hatte sie geschickt, und als Ida, erhitzt von ihren schnellen Schritten, bei der Nummer sieben ankam, war sie erstaunt, die Bunkerkönigin höchstpersönlich dort zu sehen.

»Im Traum kehre ich immer wieder zurück. Ich sehe das dunkle, schmale Treppenhaus vor mir und die Stelle an der Tür, an der die verschiedenen Farbschichten abgeplatzt sind, weil jeder dort klopfte. Ich sehe meine Hand, die sich auf den Knauf legt und ihn dreht, und wie sich die Tür auftut. Ich spüre, im Traum, wie mein Herz schlägt. Dass ... eine Person hinter mir steht. Ich spüre ihren Atem in meinem Nacken. Ich sehe ihn, wie er von der Decke hängt. Die Zunge, die geschwollen aussieht und blau und aus seinem geöffneten ...« Sie schüttelte den Kopf und kniff die Augen zusammen, um die Bilder zu vertreiben, doch sie verließen sie nicht. »Verzeihen Sie. Das wollen Sie gewiss nicht hören.«

»Reden Sie nur. Ich war nicht dabei. Für mich ist es nicht so schlimm wie für Sie.«

»Ich habe das Seil durchtrennt«, sprach Ida leise weiter. »Und ihn aus dem Raum geschleift. Als ich seine Kinder auf der Treppe hörte, bin ich runtergerannt und habe sie fortgeschickt.«

»Und Ihre, ähm, Begleitung?«

Traurig sah Ida ihn an. »Die Person hat getan, was sie immer tat.« Erneut brach ihre Stimme, und sie hatte Schwierigkeiten, nicht in das tiefe, kalte, dunkle Loch zu stürzen, das sich immer dann vor ihren Füßen auftat, wenn sie sich daran erinnerte. Mit Mühe richtete sie sich auf und begegnete Heinrichs Blick. Sie konnte Marlises Worte nicht laut wiederholen, in ihrem Kopf aber hallten sie wider, ein ums andere Mal.

Ich habe es für dich getan, Ida. Damit du begreifst, dass du mich nicht verlassen kannst.

In jener Zeit war sie schon mit Karl zusammen gewesen. Schon allein, weil er Pfarrer war, hatte er nicht gutheißen können, was Marlise und Ida zusammen getrieben hatten: Drogengeschäfte, Schutzgelderpressung, auch wenn sich Ida am Rand hielt und von Marlise nie an die Front geschickt worden war.

Marlise hatte spitzgekriegt, dass Karl Ida herauszuwinden versuchte. Dass er davon redete, mit ihr nach Schweden zurückzukehren, eine Pfarrei dort zu übernehmen, irgendwo bei Linköping, in der tiefsten skandinavischen Ödnis, in der Marlise sie nie und nimmer aufstöbern würde. Als der Krieg dann zu Ende war, hatte es eine Zeit gegeben, wo überall Menschen herumgeirrt waren … Planlos und Schutz suchend, während die Siegermächte alle Hände voll damit zu tun gehabt hatten, die Ströme irgendwohin zu leiten. Es wäre vielleicht nicht gerade ein Leichtes gewesen, in dieser Zeit nach Schweden zu gehen, aber nicht unmöglich, zumal Karl ja von dort stammte.

»Die Person«, sagte Ida langsam, »wusste, dass ich drauf und dran war, mich aus dem Staub zu machen. Den Kollegen aufzuknüpfen – oder es ihren Männern zu befehlen –, war ihr Weg, mir zu zeigen, dass ich mir die Sache noch einmal durch den Kopf gehen lassen sollte.«

Interessiert sah Heinrich sie an. Eine Weile blieb es still, dann sagte er: »Sie sind aber gegangen. Auf gewisse Weise zumindest, oder nicht?«

»Doch. Ja. Ich bin gegangen.« Und das war das Seltsame, das, was Ida sich immer noch nicht erklären konnte: Soweit sie es beurteilen konnte, hatte Marlise damals geblufft! Sie hatte nie vorgehabt, Ida über die Klinge springen zu lassen. Anders konnte sich Ida es nicht erklären, dass die Bunkerkönigin, obwohl sie mehr als nur eine Gelegenheit dazu bekommen hatte, nicht freudig zugegriffen hatte.

Mit Piet aber hatte Marlise ernst gemacht. Würde sie es wieder tun? Piet an der Decke baumeln zu sehen war furchtbar, es war der schlimmste Anblick in Idas Leben. Aber in dieser Nacht, die noch nicht ganz herum war, hatte Piet im Traum nicht wie Piet ausgesehen, sondern wie Ares.

Unauffällig, damit Heinrich es nicht sah, wischte sie sich eine Träne aus dem Auge. Ihr Hals war wie zugeschnürt, und sie war froh, dass er weder sprach noch sie etwas fragte. Die Furcht, Marlise könnte Ares etwas antun, weil sie bemerkte, dass er eine immer größere und immer rätselhaftere Rolle in ihrem Leben spielte, war schlicht absurd. Er war Gerichtsmediziner, ein schwerer, großer Mann, der in Amerika gelebt hatte, der den gesamten Polizeiapparat der Hansestadt persönlich kannte und auch die höherrangigen Briten. Nie würde sich Marlise an ihm vergreifen! Trotzdem fühlte Ida dieselbe Angst in sich lauern wie die, die sie um Karl gehabt hatte. Getrennt hatten sie sich aus anderen Gründen, dennoch war mit dem Ende ihrer Beziehung eine Last von Idas Herzen gefallen. Immerhin musste sie sich nicht länger ängstigen, ihn tot aufzufinden.

Wie sie gehört hatte, war er zu Weihnachten 47 wieder in sein Heimatland gereist und hatte dort eine Stelle als Landpfarrer angenommen, irgendwo im Norden, wo es sommers nie dunkel wurde. Außer Reichweite und sicher.

Die wiederkehrenden Träume von Piet und nun auch von Ares, der an seiner Stelle am Strick hing – geschah das, weil tief in ihr etwas lauerte, das sie unter keinen Umständen zu sich durchdringen lassen wollte? Träume verzerrten die Wirklichkeit, sie waren niemals nur ein Abbild. Stieß sie Ares von sich, so wie sie damals Karl von sich gestoßen hatte? Aber seit wann empfand sie mehr als Freude darüber, mit Ares zu plaudern, durch die Gegend zu laufen, über ihre Arbeit zu fachsimpeln? Seit wann verspürte sie diese ... diese tiefe Sehnsucht?

Es wollte Ida nicht in den Kopf, wie andere Frauen mit ihren Gefühlen umgingen. Sie schienen ein Begleitbuch mitbekommen zu haben. »So drücke ich mich auf eine Weise aus, die andere Leute verstehen.« Ida hatte dieses Heft nie zu Gesicht bekommen, und wann immer sie versuchte, jemandem ihre komplizierte Innenwelt näherzubringen, starrte sie in ratlose Gesichter. Oder verärgerte die Menschen, ausgerechnet die, die ihr viel bedeuteten.

Also sagte sie lieber nichts. Zumal sie sich häufig genug selbst nicht verstand!

Um sich von diesen verwirrenden Gedanken abzulenken, sagte sie: »Da gibt es noch diese Frau, die vor zwei Tagen in mein Büro kam. Sie gibt mir Rätsel auf. Möchten Sie davon hören?«

Da Heinrich nickte, begann sie, von Vera Pape zu erzählen.

»Sie sind sich sicher, dass sie nicht lügt«, sagte Heinrich, nachdem er aufmerksam gelauscht hatte, »denn sonst würden Sie nicht nachts um vier hier sitzen und mir davon erzählen.«

Ida stieß einen Seufzer aus. Wenn Heinrich wüsste, wie wenig sie sich noch auf ihr Gefühl zu verlassen wagte!

»Sie haben mehr Mumm als alle anderen«, redete er weiter. »Wenn sich alle darin einig sind, über eine Person zu richten, dann seien Sie verdammt noch mal die, die dabei nicht mitmacht. Denn von der anderen Sorte«, er senkte den Blick wieder auf den Block auf seinen Knien, und ein Schatten glitt über sein Gesicht, »haben wir mehr als genug in diesem Land.«

*

Ruckartig setzte sie sich auf. In der Wohnung war es viel zu still. Normalerweise erwachte sie, wenn nicht vom Schrillen des Weckers, von Fräulein Heinzes hartnäckigem Husten, dem Schlurfen ihrer Schritte auf dem Dielenboden oder den Stimmen von ihr und ihrer Vermieterin. Beim Blick auf die laut tickende Uhr warf Ida die Decke von sich und sprang auf. Fast halb neun! Vor mehr als einer Stunde hätte sie auf der Davidwache sein sollen.

»Mist, Mist, Mist, Mist, Mist«, zischte sie, während sie sich die Bluse zuknöpfte, den Fuß im Rock verhedderte, ihn aber schließlich anbekam und in ihre Schuhe schlüpfte. Wann war sie eigentlich in ihre Wohnung zurückgekehrt? Sie musste im Halbschlaf gewesen sein, denn ihre Erinnerung war mehr als vernebelt. Und warum hatte der Wecker nicht geklingelt?

Im Bad, einem schmalen Schlauch mit einem winzigen Fenster, hielt sie das Gesicht unter den Wasserhahn und versuchte, ihr Haar zu bändigen, indem sie mit der flachen Hand ein paarmal darüberstrich.

Zwölf Minuten später erreichte sie erhitzt die Reeperbahn. Sie hatte sich, ohne Fräulein Heinze zu fragen, deren Drahtesel geborgt, ein bei jedem Tritt grässlich quietschendes Ding, das so viel zu wiegen schien wie ein Panzer. Auf halber Strecke hatte sie sich gefragt, ob sie zu Fuß nicht schneller gewesen wäre, aber es ließ sich nicht mehr ändern. Ein paar Schritte vor ihr, bemerkte sie jetzt, war jemand ebenso eilig wie sie unterwegs. Der Mann steuerte die Davidwache an, riss die Tür auf und verschwand im Innern. Ida brauchte länger, um vom Rad zu steigen und es so gegen die Hauswand zu lehnen, dass es hoffentlich nicht weiter auffiel. Sie nahm sich vor, erst einmal Heide wegen ihres Zuspätkommens zu beruhigen, um dann zurückzukehren und einen besseren Platz für das Fahrrad zu finden.

Noch bevor sie den Wachraum betrat, hörte sie schon die aufgeregte Stimme des Mannes.

»Sie müssen mitkommen! Ich sach Ihnen, da … da …«

»Jau?«, erklang die freundlich-gelangweilte Stimme von Meyerlich.

»Da hockt einer, der … Da hockt er, und er is' tot!«

Nun hatte auch Ida den Wachtresen erreicht und sah den Mann vor Meyerlich wilde Grimassen schneiden. Er war käseweiß im Gesicht, hatte die Augen furchtvoll aufgerissen und drückte sich die flache Hand auf den Bauch, als sei ihm übel.

Meyerlich war aufgestanden. Keine Hektik, strahlte er aus, man wollte die Leute ja nicht noch zusätzlich in Panik versetzen. Zumal in dem Viertel rund um die Reeperbahn andauernd Tote gemeldet wurden, die sich schlicht als besoffen entpuppten.

»Und wo hockt der Mann?«

»Inner, äh, inner Kieler Straße.«

Aufregung prickelte durch Ida. Die Straße, in der Vera Pape lebte …

»Hausnummer?«, erkundigte sich Meyerlich und trat rückwärts in den Durchgang zu den Wachräumen, rief etwas Unverständliches über die Schulter und kehrte zurück. Aus den hinten liegenden Zimmern drang das Geräusch von hastig zurückgeschobenen Stuhlbeinen, dann von Schritten.

»Neunundzwanzig. Im Hof davor.«

Den Rest hörte Ida nicht mehr. Sie hatte auf dem Absatz kehrtgemacht und schoss die Treppe hinunter, sprang auf das Rad und trat in die Pedale, als wäre der Teufel hinter ihr her. Betend, dass ihre Sohle hielt, hüpfte sie kurze Zeit später vor der Tordurchfahrt zu dem Hinterhof, in dem das gedrungen wirkende Wohnhaus Vera Papes stand, vom Rad und eilte hindurch. Im Hof roch es nach Urin, durchmischt mit dem schwachen Geruch von Seifenlauge. Das Pflaster wirkte schwarz, kein noch so schmaler Strahl Sonnenlicht fiel darauf, und die Häuser zu beiden Seiten erschienen Ida nun noch beklemmender als bei ihrem ersten Besuch. Eine eigentümliche Stille herrschte, auch wenn Ida davon abgesehen nichts Auffälliges wahrnahm.

Verärgert sah sie sich um. Hatte der Kerl sie zum Narren gehalten?

Doch dann entdeckte sie jemanden. Hinter der Linde, die sich trotzig dem Himmel entgegenarbeitete, umrahmt von an die Hauswand gelehntem Unrat, mit dem nicht einmal mehr die Kreativsten unter den Ärmsten noch etwas anzufangen wussten, blitzte etwas auf, und Idas Herzschlag setzte für einen Augenblick aus. Halb verschlungen mit dem Efeu, das die Wand hinaufwuchs, saß jemand an die Hauswand gelehnt. Seine Beine waren ausgestreckt, der Kopf nach vorn auf die Brust gesunken. Beim Näherkommen machte Ida ihn als einen Mann aus, dessen dunkelgrünes Jackett fast dieselbe Farbe wie die Pflanzenranken hatte. Ihr erster Impuls war, hinzurennen, doch etwas hielt sie zurück.

In fünf Meter Abstand stand sie da und versuchte, einen Hinweis darauf zu finden, ob der Mann lebte oder tot war. Sein Brustkorb hob und senkte sich nicht, auch als sie ihn ansprach, erhielt sie keine Reaktion.

Dunkles, leicht gewelltes Haar fiel ihm ins nach unten gewandte Gesicht, auch das durchwebt von Efeuranken, die sich den Hals hinabzogen und in seinem Jackett verschwanden. Es war ein Bild von seltsamer, grausamer Schönheit: so als sei er Teil des Gebäudes und seines Bewuchses geworden, ein Mensch und eine Mauer, für immer vereint.

Als sie ihren Blick nach unten wandern ließ und seine Hand sah, nur die eine, die andere steckte in einer Jacketttasche, atmete sie erschrocken ein und tat einen großen Schritt zurück. Die Haut war feuerrot und von gelblichen Blasen bedeckt.

Was konnte das sein? Gift? Verbrennungen? Ihr schossen die Worte ihres Vaters durch den Kopf, mit denen er ihr einst anschaulich seine Erinnerungen an den Ersten Großen Krieg geschildert hatte. Dass neben den Granaten, Maschinengewehren und Flammenwerfern Gas benutzt worden sei: »*Nix als Zucken un' Krampf un' Kotzen, als wollt' er sich von innen nach außen stülpen. Un' die Haut voll Blasen.*«

Plötzlich ging ein Zittern durch den eben noch reglos wirkenden Körper des Mannes vor ihr. Es verschwand so rasch, wie es gekommen war.

Leise fragte sie: »Hallo? Sie?«

Wieder ging ein heftiges Zucken durch den Mann, und er stieß ein heiseres, lang gezogenes Stöhnen aus, das ihr durch Mark und Bein ging. Langsam wandte er ihr das Gesicht zu. Blass war es und schreckerstarrt, auch hier die Haut feuerrot verfärbt und mit Blasen besprenkelt, die Augen weit aufgerissen. Sein Kinn klappte herunter. Blind blickte er ins Nichts, und Stille wehte wie eine sanfte Wolke heran.

Er war tot.

Jetzt nichts überstürzen. Es gab Senfgas, auch Lost genannt,

Phosgen, Sarin … Mehr Arten kannte sie nicht, und sie hatte keine Ahnung, welche Wirkung sie besaßen und wie lange sie wirkten. Doch sie beschloss, auf Nummer sicher zu gehen.

»An alle Hausbewohner«, brüllte sie, so laut sie konnte. »Raus! Verlassen Sie Ihre Wohnungen!«

Hildesund würde ihr den Kopf abreißen. In diesem Fall vielleicht nicht mal zu Unrecht. Hieß es nicht immer, dass man die Leute nicht ängstigen sollte? Aber ihr blieb nicht die Zeit, jede Wohnung einzeln abzuklappern.

Schon verließen die Ersten mit erschrockenen Gesichtern die Gebäude. Ida stand breitbeinig da, die Arme ausgebreitet, bereit, jeden zurückzustoßen, der sich dem Toten näherte. Da hörte sie das hastige Klappern von Schuhen. Die Kollegen hatten sich Zeit gelassen.

Meyerlichs roter Schopf war als erster erkennbar. Mit angespannter Miene hastete er durch die Torschurchfahrt auf sie zu. Ida streckte die Hand aus, um ihm zu signalisieren, nicht näher zu kommen, was ihn verwirrt langsamer werden ließ. Hinter ihm tauchte im Hausschatten eine große Gestalt auf, deren wirres dunkles Haar nur einem gehören konnte: Ares Konstantinos. Idas Herz tat einen fast schmerzhaften Ruckler. Sie hatte nicht damit gerechnet, dass er gleich mit Meyerlich anrücken würde. Etwas verknotete sich in ihrer Magengegend, und ihr Herz begann, dumpf zu klopfen, als das Bild aus ihrem Traum in ihre Erinnerung zurückkehrte. Sie schob es beiseite, indem sie Ares kurz in die Augen sah, der unmerklich nickte. Jetzt war nicht der Moment für Gefühle, ob Zorn oder Verbitterung und Angst, das schien ihm ebenso klar zu sein wie ihr.

»Gelbliche Blasen auf der rot verfärbten Haut«, sagte sie zu beiden, nachdem sie sichergestellt hatte, dass sich niemand mehr im Hof aufhielt. »Könnte Giftgas sein.«

Meyerlichs Augen weiteten sich vor Schreck. Ares hingegen schien nicht einmal im Ansatz beklommen. Er nickte Ida zu, als sei eine solche Nachricht das Natürlichste der Welt, und sagte: »Du weißt, was du zu tun hast.«

Und das tat sie.

Sie wies Meyerlich an, sich das rechts liegende Haus vorzunehmen, um sicherzustellen, dass sich niemand mehr im Innern befand. Sie selbst nahm sich das linke vor, in dem auch Vera Pape lebte.

»Ida«, hörte sie Ares rufen. Er hatte aus einiger Entfernung auf den Toten geblickt und drehte sich nun zu ihr um. »Warte!« Damit eilte er auf die Straße zu. Wie so häufig staunte sie über seine Behändigkeit. Immerhin war er, wenn auch nicht dick, so doch ein breiter, großer Mann. Mit riesigen Schritten ging er davon, seine Jackettschöße flatterten, seine schwarzen Locken standen in alle Richtungen ab. Innerhalb von Sekunden kehrte er wieder zurück, um ihr eine Gasmaske zu übergeben, setzte sich selbst eine auf und brachte die dritte, die an seinem Handgelenk baumelte, zu Meyerlich.

Woher er sie so plötzlich genommen hatte, war ihr schleierhaft. Fremd klang ihr Atem unter der Maske, so als hole jemand anderes an ihrer Stelle Luft, und sie hatte Schwierigkeiten, das Gleichgewicht zu bewahren, das durch das Aufsetzen seltsamerweise durcheinandergeriet.

An eine Tür nach der anderen klopfte sie, doch nirgends öffnete jemand, bis sie das obere Stockwerk erreichte. Sie pochte zunächst an der gegenüberliegenden Tür Vera Papes, hinter der es still blieb, dann wandte sie sich um, aber noch bevor sie die

Hand heben konnte, blickte sie in Fräulein Papes Gesicht, das leichenblass war.

»Sie müssen Ihre Wohnung verlassen«, sagte Ida. Zu ihrer eigenen Überraschung klang ihr Tonfall sachlich, was wenig nutzte. Zu spät war ihr eingefallen, dass Menschen mit Gasmasken auf den Gesichtern selten beruhigend wirkten. Womöglich erkannte Vera Pape sie nicht einmal.

Auch wenn Ares davon nicht viel halten würde, fummelte sie die Maske hinunter. »Ich bin es. Ich bin Ida Rabe, Polizistin von der Davidwache.«

Immer noch starr vor Schreck, blickte Fräulein Pape sie an. Ida griff nach ihrem Arm. Die junge Frau zuckte zusammen, als sie Idas Wärme durch den verblichenen Blusenstoff hindurch spürte. Ida fühlte die Kälte von Fräulein Papes Haut, die darunter hervorstehenden Schulterknochen. Aus dem Hof drangen Rufe. Ida schenkte ihnen keine Beachtung. Vera sah aus, als habe sie den Teufel höchstpersönlich gesehen.

»Ich ... ich kann nicht«, stammelte sie. »Ich kann nicht da runtergehen.«

»Fräulein Pape«, sagte Ida mahnend, »Sie müssen mich auf die Straße begleiten.«

»Das ist Oliver, nicht wahr?«

Im ersten Moment konnte sich Ida keinen Reim auf ihre Worte machen. Dann fragte sie: »Oliver Lindemann? Ihr früherer Verlobter?«

Mit kalkweißem Gesicht, die Augen nach wie vor aufgerissen, nickte Vera Pape.

»Kommen Sie.« Sanft drückte Ida sie in den Flur ihrer Wohnung zurück.

Die Küche wollte sie lieber meiden – mit bestem Blick auf

den Toten –, daher öffnete sie die Tür zu der kleinen, fensterlosen Kammer.

»Wir unterhalten uns hier drin.«

Fräulein Pape zitterte, als sie sich die Hand an den Mund führte und sie stumm darauflegte, als wolle sie etwas sagen, dürfe aber nicht. Tränen kullerten ihre Wangen hinunter.

»Haben Sie Ihren früheren Verlobten Oliver Lindemann im Hof gesehen?«

Ein lautes Hämmern gegen die Tür verschluckte ihre letzten Worte. Da das Klopfen nicht nachließ, marschierte Ida zur Tür. Es gab zahlreiche Gesichter, in die sie lieber gestarrt hätte. Leider stand jedoch Polizeimeister Hildesund vor ihr, den sie auch unter der Gasmaske sofort erkannte.

»Raus hier«, knurrte er dumpf. »Habe ich das Türschild richtig gelesen, und da steht Pape?«

»Sie haben«, sagte Ida ruhig. »Aber sehen Sie mir es bitte nach, ich muss mich kurz mit Fräulein Pape allein unterhalten.«

»Nachsehen werde ich ausgerechnet Ihnen nicht das Mindeste! Raus mit Ihnen beiden, sonst lasse ich Sie verhaften!«

In der Zeit, die ihr blieb, bis er sie am Arm packen würde, um sie nach unten zu zerren, tat sie einen Schritt zurück, überlegte nur einen Bruchteil einer Sekunde und schloss die Tür. Und da sie wusste, dass sie von außen zu öffnen war, wenn man nicht abschloss, tat sie genau dies. Der Schlüssel drehte sich laut rasselnd im Schloss, und sie glaubte, Hildesund vor Empörung platzen zu hören.

»Fräulein Pape«, sagte sie, als sie, das erneute Hämmern ignorierend, zu ihr zurückkehrte. »Reden Sie mit mir! Sind Sie sich sicher, dass der Mann, der dort unten liegt, Oliver Lindemann ist?«

»Ich … Ich …«, schluchzte Fräulein Pape, die Hildesund auf der anderen Seite der Wohnungstür gar nicht wahrzunehmen schien, der voll Wut heisere Beschimpfungen ausstieß. Ein ohrenbetäubender Knall ließ sie jedoch zusammenzucken. Mit einem dumpfen Krachen schlug die Wohnungstür zu Boden. Sprachlos vor Empörung trat Ida in die Diele, fand dort jedoch nicht Hildesund vor, sondern Meyerlich, der sie entschuldigend angrinste.

»Die Drecksarbeit überlässt er natürlich Ihnen«, zischte sie und hielt vergeblich nach ihrem Vorgesetzten Ausschau, der sich gewiss weiter unten in Sicherheit vor ihr gebracht hatte. »So ein Feigling!«

»Tut mir leid, junge Frau«, nuschelte Meyerlich.

Erst jetzt fiel Ida auf, dass er seine Gasmaske nicht trug.

»Ist die Luft wieder rein?«, fragte sie daher und meinte es wortwörtlich. »Handelt es sich nicht um Giftgas?«

»Doktor Konstantinos hat Entwarnung gegeben.«

Das erleichterte Ida immerhin ein bisschen. Als sie sich zu Fräulein Papes Schlafraum umwandte, sah sie die junge Frau schon in der Tür stehen. »Bin ich verhaftet?«

Verblüfft starrte Meyerlich erst sie, dann Ida an.

»Nein«, sagte Ida zu ihr. »Aber Sie kommen dennoch bitte mit mir.«

»Ich bin also doch verhaftet.«

»Hören Sie, Fräulein Pape, ich muss Sie befragen, das ja. Aber verhaftet sind Sie nicht.«

Fräulein Pape schloss die Augen, schien in sich hineinzublicken, dann nickte sie langsam, sah Ida wieder an. Und dann rannte sie los.

MARLISE

Wie zwei Offiziersgarden standen Werner und Köhler Spalier. Rechts und links der Tür, die in der Tapete kaum zu erkennen war, eigentlich nur ein Spalt, von dem man wissen musste, dass er da war. Hundsnervös waren beide, das konnte ein Blinder mit einem Krückstock sehen.

Das gefiel Marlise. Sie mochte es, von Leuten umgeben zu sein, die bei jedem Geräusch zusammenzuckten. Die waren wach, vor allem aber hatten sie Angst, und Angst war eine wertvolle Währung.

Fragend guckte sie in Richtung unsichtbare Tür. »Da drin?«
Werner nickte.

Von dem Raum, der sich hinter der Wand auftun sollte – besser gesagt darunter –, hatte Marlise gehört. Natürlich hatte sie dem blöden Gerede keinen Glauben geschenkt. Die meisten Kerle auf Sankt Pauli quatschten Blödsinn, sobald sie wach wurden. Wenn einer daherkam und damit angab, wie er im Krieg die braunen Schweine vermöbelt hatte, sollte man ihm einen Klaps geben und sich vom Acker machen. Alles Idioten, einer wie der andere.

Es gab den Keller aber doch. Auch wenn darin nicht die braunen Schweine verkloppt wurden, sondern es andersrum gewesen war. Hier, wo sie stand, hatte die NSDAP ihre Parteizentrale gehabt. Hier könnte Marlises Zukunft sein. Im Bunker ging es nicht mehr weiter. Die Leute, die noch da waren, hatten plötzlich ihre rechtschaffene Seite entdeckt. Erst gestern war einer gekommen, der hatte was von Beschwerde gemurmelt.

Beschwerde!

So albern es war, Marlise kämpfte damit. Sie kämpfte damit, dass sie ihn nicht ohne großes Federlesen einen Kopf kürzer gemacht hatte. Verdient hätte er es! Wollte sich beschweren! Worüber? Über das Blut, sagte er. Und die Schreie. Ja, was willst du denn machen, wenn den Leuten was wehtut? Willst du in 'nem Schlachthof verlangen, die Kühe sollen ihr Maul halten?

Vor allem aber: Wo in aller Welt wollte der sich denn beschweren, der Hohlkopf?

Marlise war stinksauer. Vor allem, nachdem Werner ihr erzählt hatte, dass er auch von anderen was in die Richtung gehört hatte. Am meisten aber ärgerte sie, dass sie was drauf gab. Sie. Die Bunkerkönigin. So weit war es mit ihr gekommen, dass sie sich nach anderer Leute Launen richtete.

Verflixte Scheiße noch mal!

Aber dann hatte Köhler von dem Loch hier erzählt. Hatte gesagt: Keiner hört einen. Hat für die Nazis funktioniert. Funktioniert auch für dich.

Sie guckte sich um. Das hier war der Laden. Der Tarnladen. Früher natürlich hatte er besser funktioniert, als es noch Sachen zu kaufen gab. Jetzt standen bloß noch Regale rum, die Bretter leer, auf dem Boden Müll von Leuten, die in den letzten drei Jahren hier gehaust hatten.

Als sie ihm zunickte, öffnete Werner die Tür. Es quietschte und knarrte, so viel zur Unauffälligkeit, aber dem konnte man mit Öl abhelfen. In der braunen Tapete voller Stockflecken tat sich ein Loch auf, kaum höher als Marlises Bauchnabel. Dahinter führten grob in den Stein gehauene Treppen in die Dunkelheit hinab.

Marlise nickte wieder, diesmal anerkennend und in Köhlers

Richtung. Sie wusste, dass es Werner wie sonst was wurmte, dass Köhler was angeschleppt hatte und Werner nicht. Mit diesem Nicken bedeutete sie ihm: Glaubst du, du hast es verdient, die Nummer zwei zu sein? Oder steht hier schon dein Nachfolger bereit und scharrt mit den Füßen?

Außerdem war sie es leid, dass er sie andauernd vor dem Neuen warnen wollte. Klar, Köhler hatte Mist gebaut, und das nicht zu knapp, weswegen sie noch ein Hühnchen mit ihm rupfen würde. Aber nicht jetzt. Außerdem: Was bitte hatte Werner zu entscheiden? Sie war die Königin.

Nur um ihn noch mehr zu ärgern, fragte sie: »Hast du das hier etwa entdeckt?«

Geschlagen schüttelte Werner den Kopf.

»Der Neue war's«, wisperte sie ihm ins Ohr. »Das schmale Bürschchen da, das unter Garantie noch nicht mal Haare am Sack hat.«

Köhler hatte sie bestimmt gehört. Doch nicht mal das drang zu ihm durch. Wie immer hibbelte er nervös mit dem Fuß und den Händen, blinzelte alle zwei Sekunden, aber bekam den Mund nicht auf, bestimmt, weil seine Lippen trocken waren wie Wüstensand. Sie kannte den Kram doch, den er sich alle naslang reinpfiff. Sie wusste, was das mit den Leuten machte.

Die Steintreppe führte runter in ein schwarzes Loch, aus dem der Geruch von Muff und Blut raufwaberte. Das feine Geflecht an unterirdischen Gängen unter Sankt Pauli kannte Marlise wie ihre Westentasche. Trotzdem verspürte sie einen Anflug von Unwillen, ihren Fuß auf eine der Stufen zu setzen. Wegen der Nazis? Wurde sie auf ihre alten Tage etwa gefühlsduselig?

Der Gedanke war lästig, sie hatte keine Lust, sich weiter damit zu befassen. »Eins zu null für das Jungchen«, flüsterte sie Werner zu und grinste hämisch. Weiter, immer weitermachen, damit hielt man die Leute an ihren Plätzen. Sie drehte sich um. »Köhler!«

Was für ein Milchbubi. Schaffte es nicht mal zusammenzuzucken. Völlig weggetreten sah er aus. Blasse, eingefallene Wangen. Spärlicher Flaum auf der Oberlippe. Dünne, schuppige Lippen und Augen, die an Moore erinnerten – feuchte, warme Moore, in die man nicht mal den Zeh steckte, wenn man auch nur halbwegs bei Verstand war. Und dann diese lächerliche Narbe. Als würde dem wer abkaufen, dass er mal 'ne Universität von innen gesehen hatte!

»Da unten wurden die Leute abgeschlachtet?«

Mit einem Blick, der durch sie durchfloss, hob er den Kopf. So unbeteiligt, dass sie ihm am liebsten mit der Messerspitze ein Muster in die andere Wange geschnitten hätte, um eine Reaktion zu provozieren. Aber er hatte diesen Keller ausfindig gemacht, diesen Keller, von dem alle anderen immer nur verstohlen gemunkelt hatten.

»Mhm?«

»Und da unten hört einen keiner?«

»Mhmhm.« Und dann zuckte etwas Helles über sein Gesicht, so als habe ihm jemand ins Gesicht geleuchtet: »Ich hab sie gefunden.«

Marlise starrte ihn an. »Wen?«

»Ich hab sie gefunden. Merle. Ich hab Merle gefunden.«

Marlise musste sich nicht zu Werner umdrehen, um zu wissen, was er dachte: *Da hast du es, Bunkerkönigin! Der Typ ist irre. Aber viel schlimmer ist, dass er dir Ärger machen wird, ich sag's dir, Marlise!*

»Kenn ich nicht«, grummelte Marlise. »Interessiert mich auch nicht. Mach deine Arbeit, verdammt noch mal!«

Wieder guckte er durch sie hindurch. Verdammter seliger Gesichtsausdruck, hatte der nicht mehr alle Tassen im Schrank? Sie wollten die Nummer des Jahrhunderts durchziehen, und er faselte was von einer Merle?

»Bekomm dich in den Griff«, sagte sie heiser und starrte ihm aus nächster Nähe in die Augen. »Du hast mir von dem Geld erzählt, den neuen, glänzenden, nach nix und wieder nix riechenden Scheinen, die noch keiner mit seinen Fettfingern angefasst hat, oder etwa nicht? Ein riesiger Haufen Scheine, ordentlich gestapelt, sauber. Keine Reichsmark. Nee, Deutsche Mark. *Todsichere Sache*, das waren deine Worte, Köhler. *Du* bist mit der Idee zu *mir* gekommen. Du wolltest es beschaffen. Also: Beschaff es mir!!«

Immer noch glotzte er durch sie durch. Sah aus, als schwebe er auf 'ner Wolke weit oben.

»Wenn du's nicht hinkriegst«, zischte sie, »probier ich mal ein paar Foltermethoden an dir aus, kapiert? Glaub ja nicht, dass ich auch nur eine Sekunde zögere, dich in ein Rad einzuflechten.«

Nicht die leiseste Reaktion. Der Typ sollte im Zirkus auftreten. Aber viel würde er da nicht mehr zu bieten haben, nachdem sie mit ihm fertig war.

»Weißt du überhaupt noch, *was* wir besprochen haben?«

Es dauerte eine Ewigkeit, aber irgendwann sagte er: »Ja.«

»Was hast du dann noch hier zu suchen? Und wenn ich dich das nächste Mal rufen lasse, komm verdammt noch mal mit einem Ergebnis, klar?«

So ein Mist, dass der Junge sich alles reinpfiff, was auch nur im Entferntesten an eine Chemikalie erinnerte. Köhler würde sogar die Seifenlauge trinken, mit der Werner im Bunker den Boden scheuerte. Sie wusste genau, dass auf so wen kein Verlass war. Aber wer, wenn nicht diese Pappnase, hätte die Sache einfädeln können? Er arbeitete für den Irren, der sich am liebsten jeden Tag einmal durchs Bordell prügeln würde, wenn ihn jemand ließe. Scheißkerl, schlimmer als Köhler, als Bübchen, als alle hier.

Und gerade dieser Scheißkerl würde sie zum großen Geld führen. Denn Marlise war es leid, sich immer öfter zu fühlen wie ein lausiger Kleinganove, der bei jedem Schritt ängstlich über seine Schulter guckte. Sie hatte keine Lust mehr auf die Brösel, die sie vom Boden auflas, wenn stattdessen eine vor Sahne und Zucker nur so triefende Torte zu haben war.

Köhler musste liefern.

Nach einer Weile nickte er. Idiot.

Sie zog den Kopf ein, trat in die modrig riechende Dunkelheit. Schmal war die Treppe. Schatten zerflossen vor ihren Füßen, und etwas von der Größe einer runzligen Mohrrübe huschte zwischen zwei Ziegelspalte, einen zwei Finger langen Schwanz hinter sich herziehend. Selbst den Ratten ging es dreckig. Verfluchte Stadt. Verfluchtes Land.

Während ihre Schritte von den Wänden widerhallten, dachte sie daran zurück, was ihr Onkel gesagt hatte: »Genieß den Krieg, der Frieden wird schlimm genug.«

Was auf jetzt gemünzt bedeutete: Genieß die Armut, die Not und das Leid, denn wenn sie alle erst wieder zu fressen haben, so viel sie wollen, wird das Leben noch viel härter für dich … Grimmig nahm Marlise die letzte Stufe und stand in einem eisigen, dunklen Gewölbe.

Ihr Onkel war es auch, der sie zu sich genommen hatte, nachdem ihr Vater gestorben war. Die Mutter über alle Berge, kaum hatte sie sich vom Kindsbett erhoben. Onkel Baldur, der ihr über das schöne schwarze Haar strich und sagte: »Was für ein gutes Mädchen du doch bist.«

Mit gerunzelter Stirn sah Marlise sich unten um. Sie wollte nicht an früher denken, aber vielleicht war es dieser Ort, der sie erinnern ließ. Die Kälte. Eine andere Kälte, eine andere Dunkelheit als im Feldstraßenbunker. Und auch wenn sie es nicht wollte, auch wenn sie sich mit Händen und Füßen dagegen wehrte und ihre Gedanken anschrie: »Bleibt weg, ihr verdammten Dinger«, kamen sie. Unweigerlich. Setzten sich in ihrem Kopf fest, schickten ihr Bilder, Bilder von früher, und Marlise hörte, wie jemand die Zähne so fest zusammenbiss, dass es knirschte, und dieser Jemand war sie.

Fast genauso sah es im Keller unter ihrer Schule aus, wo auf gebogenen Regalen Gläser mit getrockneten Brennnesseln standen für den Uniformstoff und Teeersatz aus Maulbeerblättern. Der Erste Große Krieg, der damals nur der Große Krieg genannt wurde, weil kein Dummkopf darauf gekommen wäre, dass es so was noch mal geben würde. Jeden Morgen musste eine Schülerin nach unten gehen und die Inventarliste abhaken. Musste die schmale Kellertreppe runter und sich durch die Dunkelheit tasten. Petroleum war knapp. Wenn Marlise an der Reihe war, wisperte sie sich leise zu, was ihr Onkel immer sagte: »Du bist gut. Du bist gut. Du bist gut.«

Durch die dicken Steinwände hörte man die Soldaten ächzen und keuchen, man roch den Eiter ihrer Wunden, die Scheiße, Schweiß und Blut. Vierzehn war sie. Dreizehn, als der Große Krieg ausbrach, aber die Klassenräume wurden erst ein Jahr später zu Lazaretten gemacht. Vom ersten Tag an hatte sie ihr Kriegstagebuch geführt und in ihrer kringeligen Mädchenschrift Hohelieder auf den Kaiser reingemalt. Die patriotischen Lieder trällerte niemand aus ihrer Klasse mit so glockenheller Stimme wie sie. Ganz vorne durfte sie stehen, wenn für die Verwundeten gebetet wurde, und immer wieder ließ ihre Lehrerin Marlise von Bett zu Bett gehen und den Soldaten Trost schenken.

Du bist gut, Marlise. Du bist gut.

Im Keller aber sah niemand, wie gut sie war. Hier hatte sie Angst.

Ja, sie. Marlise.

Da war es, als würden in den Schatten Leute lauern, Männer mit hohlen Wangen und nichts als Gier in den Augen. Sie guckte sich um, entdeckte niemanden. Aber bevor sie aufatmen konnte, hörte sie, als sie bei der abgeschlossenen Kiste mit dem Schmuck der Schülerinnen ankam – freiwillig gespendet für das Wohl des Vaterlandes –, ein Schlurfen im Gang. Sie zog den Kopf ein. Stand stocksteif da, heilfroh, dass es im Keller finster war. Näher kam es, immer näher. Ein röchelnder Husten. Als sie sich umdrehte, starrte sie in ein schmutziges, hageres Gesicht, das wie ein Totenkopf aussah. Aus seinen Augen quoll die Kälte des Schlachtfeldes. Er leckte sich die vertrockneten Lippen.

Ich bin gut, dachte Marlise. Ich bin gut. Ich bin gut.

Es tat weh. Schrecklich weh. So sehr, dass sie beschloss, nichts mehr zu fühlen. Nie wieder.

Ich bin gut, dachte sie, während sie nach oben wankte, sich in einem Winkel des Raums, der früher einmal die Küche gewesen war und jetzt als Operationsraum diente, wusch. Ich bin gut. Ich bin gut.

Und jetzt stand sie wieder in einem Keller. Kalt, wie sie zu sein gelernt hatte. Sie presste alles in sich, das sie an früher erinnerte, so fest zusammen, dass es zu klein wurde, um noch bemerkt zu werden.

»Ihr müsst sauber machen!«

Neben ihr erschien Werner, der eine Kerze in der Hand hielt. Sie brauchte kein Licht, mittlerweile sah sie im Finstern wie eine Katze. Jahre im Bunker zahlten sich eben aus. Die Wände waren schwarz von Ruß. Am Boden sammelten sich die Überbleibsel der Nazischläger: ein Häuflein ausgeschlagener Zähne. Hübsch ordentlich zusammengefegt. Marlise rollte die Augen. So waren die: voller Hass, der ihnen aus den Augen lief, aber sauber und akkurat.

Total bescheuert.

Fenster gab es nicht. Eine Luke bloß, mit einem Brett darüber. Sonst nichts als dicke Mauern, Kälte und etwas, das in Marlises Ohren wie ein Wimmern klang, aber nur der Wind war, der von der Treppe runterkroch.

Fragend sah Werner sie an. Marlise nickte.

Ein guter Ort. Wie gemacht für ihre Pläne.

4

Davidwache, Hamburg-Sankt Pauli

Freitag, 11. Juni 1948, 12:03 Uhr

Weit war Vera Pape nicht gekommen, trotzdem hatte Ida alle Kraft in ihre Beine stecken müssen, um die zierliche Frau einzuholen. Kurz vor dem Paulinenplatz konnte sie ihr die Schließkette anlegen.

»Warum, Vera? Was ist passiert?«

Aber die junge Frau antwortete ihr nicht. Wenige Minuten später verließ Ida wutentbrannt die Davidwache. Oberkommissar Brasch hatte ihr die junge Frau fast aus den Händen gerissen.

»Wo bringen Sie sie hin?«

»Was geht's Sie an?«

Damit war Vera Pape, die verängstigt und verwirrt aussah, in den Wagen der Kriminalpolizei verfrachtet worden. Ida hatte kurz darüber nachgedacht, mit Heide zu reden, die Idee aber verworfen. Stattdessen eilte sie in die Kieler Straße zurück, um Fräulein Heinzes Rad abzuholen, das wie durch ein Wunder noch dort war. So wie sämtliche Anwohner und Nachbarn, vielleicht sogar ganz Sankt Pauli. Alle drängten sich um die Hofeinfahrt, in der zwei verschüchtert aussehende Polizisten Wache standen.

»Haben Sie nix Besseres zu tun?«, fragte Ida unwirsch in die Menge.

»Nö!«, lautete die Antwort. »Was gibt's 'n hier zu sehen?«

Darauf antwortete Ida nicht. Sie war froh, dass nicht schon die ersten Zeitungsreporter herumflitzten und sich Gott weiß was aus den Fingern sogen. Von ihr aus durfte das Areal daher gern noch ein wenig geräumt bleiben, wenn Ares ja auch Entwarnung gegeben hatte. Im Hof kroch nur die Nachhut der Kriminalpolizei auf den Knien herum; vom Gerichtsmediziner sah sie kein Härchen mehr.

Mit aller Kraft trat Ida wenig später in die Pedale. Sie radelte durch die zerbombte Neustadt und steuerte auf die Außenalster zu. Als sie den Dammtor-Bahnhof erreichte, musste sie einen unfreiwilligen Halt einlegen. Dutzende Militärfahrzeuge brausten dicht an dicht an ihr vorüber. Was war eigentlich heute in der Stadt los?

Beim Versuch, die Straße zu überqueren, wurde sie von den Fahrern ignoriert. Irgendwann reichte es ihr, nirgends eine Lücke zu entdecken. Todesmutig schob sie das Rad auf die Fahrbahn, wurde empört angehupt, aber immerhin hielt der Wagen neben ihr mit quietschenden Bremsen, und der Fahrer brüllte etwas auf Englisch, was sie dazu veranlasste, ihm fröhlich zuzuwinken. Auf der anderen Straßenseite wirkte die Stadt plötzlich unversehrt. Keine Krater, keine Ruinen. Dafür Villen, die sich in hellem Weiß von den sie umgebenden parkähnlichen Gärten abhoben.

Doch wer genauer hinsah, bemerkte, dass es der Krieg doch hierhergeschafft hatte: Unter Bäumen und in abseitigen Ecken versteckten sich provisorische Hütten; zerlumpt aussehende Kinder standen bis zu den Knien im Alsterwasser und versuchten, mit den Händen zu fischen, Erwachsene duckten sich bei Idas Anblick und starrten sie angsterfüllt an.

Das Haus, in dem sich Lindemanns Wohnung befand, war einfach zu erkennen. Drei britische Jeeps parkten davor, und es herrschte ein Gewusel, das für das noble Viertel ungewöhnlich war. Vera Pape hatte also die Wahrheit gesagt: Der Tote war Oliver Lindemann. Und Ida kam viel zu spät. Verdammt!

Was jetzt? Fest stand, dass sie die nachtschwarz lackierte Haustür nicht so einfach durchschreiten und die Nachbarn mit Fragen löchern konnte. Oberkommissar Brasch würde ihr den Kopf abreißen. Eine Straßenecke weiter aber entdeckte sie niemanden mehr, der nach Militär oder Polizei aussah. Also beschloss sie, dort anzufangen. Doch sie wurde nur misstrauisch beäugt. Niemand wollte je von einem Herrn Lindemann gehört haben, weder seine Landsleute noch deren Personal. Acht Häuser von dem der Lindemanns entfernt schwanden ihre Hoffnungen, auf diesem Weg etwas Nennenswertes zu erfahren, als ihr eine ältere, distinguiert aussehende Dame öffnete.

»Mr. Lindemann, ja, der ist mir ein Begriff.« Misstrauisch beäugte sie Ida von Kopf bis Fuß. Sie war winzig, wusste aber geschickt den gesamten Türrahmen auszufüllen, indem sie ihren Gehstock diagonal vor sich aufstützte. »Leider, muss ich hinzufügen. Ein Mistkerl, da Sie schon danach fragen.«

Kurz erheitert, fragte Ida: »Was können Sie mir über ihn erzählen?«

»Diese Frage ist schrecklich ungenau, junge Dame, das kann ich nicht gutheißen. Ich kann Ihnen aber verraten, dass er wahrlich kein netter Zeitgenosse ist und verhaftet gehört. Haben Sie das vor?«

»Nein«, antwortete Ida ehrlich und unterschlug, dass es auch gar nicht mehr möglich war. »Gibt es noch mehr, was Sie über ihn sagen können?«

»Viel mehr, als dass mir die Fast-Mrs.-Lindemann besser gefiel, nicht, nein. Sind Sie damit zufrieden, junge Frau?«

Unschlüssig, was die Dame damit meinte, schüttelte Ida den Kopf. »Die Fast-Mrs.-Lindemann?«

»Na, das junge Ding, das zuerst mit ihm verlobt war, bevor er sich mit der jetzigen Mrs. Lindemann verlobte, die mir nicht sonderlich zusagt. Sie ist das weibliche Pendant zu einem Mistkerl. Wie nennt man das, können Sie mir da weiterhelfen?«

Das konnte Ida dummerweise nicht. »Sprechen Sie von Fräulein Pape?«

Schlagartig hellte sich das faltige Gesicht auf. »Ja, von Vera. Alle haben sich das Maul über sie zerrissen, aber ich sag Ihnen was: Die hat was dahinter«, sie tippte sich an die Stirn, »solche Frauen mag ich. Ihr Ersatz ist zu etepetete für meinen Geschmack, und was das Dachstübchen angeht, na, da weiß ich nicht so recht, was drinsteckt. Aber sie ist Britin, ich spreche kein Englisch, unser Verständnis füreinander ist somit relativ gering.«

Ida konnte ihr Glück kaum fassen. »Wie gut kennen Sie Vera Pape?«

»Glücklicherweise besser als Mr. Lindemann. Wenn Sie mich vor die Wahl stellen würden, ob ich lieber ein Tässchen Tee mit ihm oder dem Teufel trinken würde, würde ich mich für Letzteren entscheiden. Was ist mit Ihnen?«

»Ob ich mit dem Teufel Tee trinken möchte?«

»Oder mit mir. Kommen Sie herein. Ich habe gerade Wasser auf den Herd gestellt.«

Wenig später saßen sie einander in einem bescheidenen Raum gegenüber, der zugleich zum Schlafen und Kochen diente. Er war vollgestopft mit Möbeln, die weit mehr Platz bräuchten und zum Teil mitten im Zimmer standen. Die Erklärung dafür bekam Ida nachgeliefert: Die Dame, die sich als Dorothea Riedel vorstellte, hatte mitsamt ihrem Mann und allerlei Dienstboten bis Kriegsende in der herrschaftlichen Wohnung nach vorn hinaus gelebt. Als die Briten kamen und in ihr Haus zogen, war sie in die Kammer des Mädchens umquartiert worden. Ihr Mann, sagte sie, war kurz zuvor verstorben.

Ida setzte sich auf einen Klavierhocker, hielt ihre dampfende Teetasse umklammert und schärfte sich ein, sie unter gar keinen Umständen auf dem Deckel des Steinway-Flügels vor sich abzustellen. Frau Riedel hatte ihr gegenüber auf einem riesigen Schaukelstuhl Platz genommen und schwang knarrend vor und zurück.

»Die wollten die ganzen Sachen für sich haben.« Frau Riedels Augen waren Idas Blick gefolgt, zärtlich betrachtete sie das schwarz lackierte Musikinstrument. »Aber ich habe den Mut, den ich in den zurückliegenden siebzig Jahren nicht gebraucht habe, weil mein Mann immer alles für mich erledigte, zusammengenommen und gesagt: Ohne mein Klavier gehe ich nirgendwo hin. Und so wurde dann gleich alles hereingeschleppt. Zusammen mit mir. Aber Sie interessieren sich doch nicht für mein Leben. Wieso möchten Sie etwas über die Lindemanns wissen, und warum flitzen da draußen so viele Männer herum, die aussehen, als hätten sie seit Wochen nur Zitronen gegessen? Ich spreche gern in Bildern, ich hoffe, Sie verzeihen.«

»Vor allem würde ich gern mit Ihnen über Fräulein Pape reden. Wie kommt es, dass Sie sie kennen?«

»Sehen Sie, ich mag Kinder. Ich hatte nie selbst welche. Das betrübt mich immer noch.«

»So jung ist Fräulein Pape doch aber gar nicht, dass sie ...«

Frau Riedels helles Lachen unterbrach sie. »Nein. Natürlich nicht! Ich rede von Käthe.«

»Käthe?«

»Fräulein Papes Tochter!«

Aus Mangel an Alternativen stellte Ida den Becher auf dem Boden zu ihren Füßen ab, da ihr sein gesamter Inhalt fast auf den Uniformrock geschwappt wäre. Von einer Tochter hörte sie zum ersten Mal!

»Die Kleine ist eine ganz Süße«, sprach Frau Riedel versonnen lächelnd weiter. »Und weil doch Herr Lindemann zumindest anderer Leute Kinder nicht mag, kam sie häufig her zu mir.«

»Um Verwechslungen auszuschließen: Können Sie mir Fräulein Pape beschreiben?«

»Natürlich.« In knappen Sätzen skizzierte Frau Riedel ein Bild, das exakt auf Vera Pape zutraf.

»Wissen Sie, wo sich das Mädchen befindet?«

Erstaunt sah Frau Riedel sie an. »Na, zu Hause, nehme ich an, falls sie nicht noch in der Schule ist.«

»Welche besucht sie?«

»Oh, das … Das weiß ich nicht. Aber warum fragen Sie? Ist etwas … passiert?« Ängstlich beugte sie sich vor.

»Nein«, log Ida. »Ich bin vor allem wegen Mr. Lindemann hier.«

Mit einem Hauch Misstrauen kniff die alte Dame die Augen zusammen. »Das sagten Sie anfangs. Aber warum reden wir dennoch mehr über Vera als über ihn?«

Gut beobachtet. »Möchten Sie bei der Polizei anfangen?«, scherzte Ida. »Wir können Menschen wie Sie gut gebrauchen.«

»Ich war Lehrerin, junge Frau, versuchen Sie also nicht, mir Honig ums Maul zu schmieren, das funktioniert nicht. Wie geht es Vera? Ist alles in Ordnung?«

»Alles ist in Ordnung, ihr geht es gut.« Was vorn und hinten nicht stimmte. »Aber Sie haben recht, wir sprechen mehr über Vera. Aus dem Grund, weil ich ihr helfen will. Um das zu tun, benötige ich allerdings mehr Informationen. Wie haben Sie Vera und das Mädchen kennengelernt? Die Verlobung wurde ja schon vor zwei Jahren gelöst.«

»Kennengelernt habe ich sie, weil Käthe eines Abends laut weinend dort unten herumlief. Auf der Straße, verstehen Sie? Es war kalt und dunkel, ich saß hier und hörte ein Kind schluchzen. Da geht man doch nachsehen, oder nicht? Immerzu lief sie auf und ab, nur in einem dünnen Kleidchen, weil sie vergessen hatte, ihren Mantel überzuziehen. Ihre Nase blutete. Nicht weil sie jemand geschlagen hätte, sondern … nun … das passiert bei Kindern wohl hin und wieder. Sie war bei Mr. Lindemann zu Hause, erzählte sie mir, und hätte schlafen sollen, als sie Nasenbluten bekam. Sie dachte sich, dass Mr. Lindemann wütend würde, wenn seine Möbel blutverschmiert wären, deswegen war sie auf die Straße gelaufen. Sie war allein, weil Herr Lindemann und Vera Pape einen Klub besuchten und das Personal schon Feierabend hatte. So ging ich mit Käthe in die Wohnung zurück. Sie hatte die Tür offen stehen lassen. Ich kümmerte mich um die Kleine, legte sie schlafen und blieb dort, bis die Mutter nach Hause kam.«

Ida nickte nachdenklich. Immer noch hingen ihre Gedanken an dem Umstand, dass Vera Pape ihre Tochter mit keinem Wort erwähnt hatte. Was sie erneut zu der Frage führte, ob Fräulein Pape ihr noch mehr verschwiegen hatte.

»Herr Lindemann war fuchsteufelswild, dass jemand Fremdes in seinem Wohnzimmer saß, noch dazu im Dunkeln. Ich habe beiden einen Schrecken eingejagt, ganz unbeabsichtigt. Ja, so freundete ich mich zuerst mit Käthe an. Sie ist ein besonderes Mädchen. Ein stilles Kind, wissen Sie.« Frau Riedel schloss halb die Augen und lächelte. »Ich hatte immer den Eindruck, sie sei zufrieden damit, am Rand zu sitzen und zuzuhören. Sie hat Fantasiefreunde. Ameisen, Spinnen, eigentlich sind das ja gar keine Fantasiewesen, doch sie bildet sich eben ein, mit ihnen sprechen zu können. Sie gibt ihnen Namen.«

Auch Ida lächelte. Sie konnte sich gut daran erinnern, in ihrer Kindheit Ähnliches getan zu haben.

»So habe ich Vera kennengelernt. Sie kam häufig, wenn sie fertig war mit ihrem, nun, Besuch bei Herrn Lindemann, und saß hier, froh, nehme ich an, jemanden gefunden zu haben, der nicht ständig an ihr oder ihrer Tochter herumkrittelte.«

»Inwiefern krittelte er an den beiden herum?«

»Oh, er sagte immer sehr gemeine Dinge. Sowohl über die Kleine, nun, *vor allem* über die Kleine. Aber auch über seine Verlobte. Ich habe nie verstanden, wieso sie ihn heiraten wollte«, sprach Frau Riedel weiter. Sie schaukelte kräftiger. Das Knarren des Schaukelstuhls rief ein flüchtiges wohliges Gefühl in Ida hervor. Ein Geräusch, das sie an die seltenen schönen Momente zu Hause auf Amrum denken ließ, wenn nur ihr Vater und sie beisammensaßen und kein Wort wechselten, während sein Stuhl knarzte. »Aber als sie dann einmal blau und grün geschlagen herkam und versuchte, sich ihren Hut so vor das Gesicht zu halten, dass es mir nicht auffiele, oh, ich sage Ihnen, da habe ich ein ganz schönes Theater veranstaltet. Ich habe sie gewarnt. Ich sagte ihr, wenn er es einmal macht, wird er es wieder tun. Aber sie wollte nicht auf mich hören.«

»Und was geschah dann?«

»Dann hat er es so häufig wiederholt, bis es kaum *nicht* mehr vorkam. Aber das hätte sie wahrscheinlich immer noch nicht zur Polizei getrieben, egal, wie häufig ich sie zu überreden versuchte. Ich habe ihr angedroht, das selbst zu übernehmen. Ihn hatte ich schon zur Rede gestellt, aber das Resultat war nicht erfreulich. Leider. Und nun flehte sie mich an, ihn nicht zu melden. Ich würde ihr Leben zerstören.« Erschrocken stoppte sie das Geschaukel, indem sie den Fuß auf den Boden stellte. »Hat der Hund nun doch versucht, seinen Worten Taten folgen zu lassen?«

»Welchen Worten?« Ida erhielt keine Antwort, daher wiederholte sie ihre Frage und suchte dabei in Frau Riedels Gesicht nach versteckten Hinweisen. »Welchen Worten, Frau Riedel?«

»Er hat gedroht, sie zu töten«, sagte Frau Riedel mit Grabesstimme. »Ich habe es nicht selbst gehört, damit meine ich allerdings nur, dass ich nicht anwesend war, als er das zu ihr sagte. Aber ich habe ihr geglaubt. Sie und die Kleine würde er vom Erdboden verschwinden lassen, so hat er es ausgedrückt.«

Ida nickte und kritzelte so schnell in ihr Merkbuch, wie sie konnte. Kein Wunder, dass Vera Pape so große Angst hatte. Was, wenn der fremde Mann in ihrer Küche doch von Lindemann geschickt worden war?

Leider machte dies jedoch nur deutlicher, dass Vera Pape von Oliver Lindemanns Tod profitierte. Tot konnte er niemandem schaden, weder ihrer Tochter noch ihr.

»Wann war das, erinnern Sie sich?«

»Vor zwei Jahren etwa. Kurz bevor sie ihn endgültig verließ.«

»Dennoch hielt Fräulein Pape die Androhung nicht zurück. Sie meldete es bei der Polizei.«

»Ich habe auf sie eingeredet, bis mir der Mund fusselig wurde! Und irgendwann glaubte sie mir. Sie hoffte, dass sie dort Hilfe bekäme und Oliver keine Gefahr mehr darstellen würde. Ja. Pustekuchen.«

Bedrückt nickte Ida. »Ich weiß. Es lief nicht gut.«

In Gedanken versunken nahm Frau Riedel das Schaukeln wieder auf. »Vera war verängstigt damals. Sie sprach davon, mit Käthe fortzugehen, aber wohin? Sie kennt ja niemanden außerhalb von Hamburg, und wenn Sie mich fragen: Einer wie Lindemann findet heraus, wo man steckt, wenn er es nur wirklich will. Sie blieb also an seiner Seite, auch wenn ein Blinder gesehen hätte, wie unglücklich sie war. Sie wurde fast durchsichtig, wenn Sie verstehen, was ich damit meine. Dabei ist sie so eine hübsche Frau. Ja, und dann, eines Tages, da fasste sie einen Entschluss. Sie hielt den Kopf oben, den Hals gereckt, bat mich, auf Käthe achtzugeben, und dann ging sie zu ihm in die Wohnung und löste die Verlobung. Ich wüsste wirklich gern, was ihr letztlich den Mut dazu gegeben hat …«

»Wie gefiel Mr. Lindemann diese Entscheidung?«

Ein schmerzliches Zucken glitt über Frau Riedels Gesicht. »Grün und blau schlug er sie, so schlimm wie noch nie. Es war schrecklich.«

Die arme Vera Pape. Und nun lag der Mann, der sie so furchtbar behandelt hatte, in ihrem Hof.

»War Vera danach noch einmal hier? Bei Ihnen oder Herrn Lindemann?«

»Vor drei Tagen hätte ich Ihnen gesagt: nicht ein einziges Mal.«

Ruckartig sah Ida auf. »Und was antworten Sie heute?«

»Doch. Das war sie.«

»Und wann?«

Frau Riedels Blick flog zu der alten Standuhr, deren Pendel unablässig hin und her schwang. »Vor, tja, ich würde sagen, fast auf die Minute genau vierundzwanzig Stunden.«

*

Vor dem Haus mit der Jugendstilfassade, in dem Frau Riedel lebte, stand Ida sicher fünf Minuten still. Währenddessen rasten ihre Gedanken durch den Kopf, und das, was sie fabrizierten, gefiel ihr ganz und gar nicht. Sie sollte keine Präferenz haben – nicht insgeheim hoffen, dass Vera Pape unschuldig war, und doch tat sie es. Sie tat es eindeutig.

»Verdammt!«

Um sich nicht zu ausgiebig den sich immer schneller kreiselnden Gedankenströmen hinzugeben, wandte sie sich in Richtung Mittelweg, drehte dann aber auf dem Absatz wieder um. Sie musste mit Ares sprechen, auch wenn er womöglich nicht erfreut darüber wäre.

Auf dem Hinweg war sie daran vorbeigekommen: am neuen Sitz der Gerichtsmedizin, über den sich Ares wütend ausgelassen hatte. Bei dem Gebäude handelte es sich um den früheren Wohnsitz einer wohlhabenden jüdischen Familie, der noch vor Kriegsbeginn von der Stadt »gekauft« worden war – was in Wahrheit bedeutete, dass sie sich das Haus gegen den Willen der Familie unter den Nagel gerissen hatte. »*Schön* ist es da, sehr schön«, hatte Ares gemurmelt. »Was der Grund dafür ist, dass dort die Reichsstatthalterei unterkam. Samt Reichsstatthalter. Der sich einen Bunker mitten in den Garten baute. Aber das ist nicht das Schlimmste.« Zornig hatte er den Kopf geschüttelt. »Erst haben sie den Leuten alles weggenommen und dann jeden Pfennig, der eigentlich den Erben gehört, so oft umgedreht, bis er zu Staub zerfallen ist.«

»Und wieso seid ihr jetzt da?«

»Weil die Neue Rabenstraße nicht mehr taugt. Frag mich nicht, wieso genau. Gehört der Kirche. Interessiert mich auch nicht. Aber mich *würde* es interessieren, wieso die Kirche ihr

Hab und Gut wiederkriegt, die Juden aber nicht. Das wäre doch durchaus eine polizeiliche Untersuchung wert, oder etwa nicht?«

»Du weißt genau, dass ich als Schutzpolizistin zu so etwas keine ...«

»Jaja«, hatte er sie missgelaunt unterbrochen. »Klar, niemand will in diesem Land je zu irgendwas befugt sein, wenn es um Dinge geht, die ihn nicht betreffen.«

»Ares ...«

Wütend hatte er abgewunken. Ida hatte gewusst, dass sein Zorn nicht ihr galt, dennoch hatte es ihr zu denken gegeben. Hatte er nicht etwa recht damit? Alle waren so beschäftigt damit zu überleben, dass kaum Zeit blieb, sich mit dem zu befassen, was jeder Einzelne von ihnen in den Kriegsjahren verbrochen hatte. Und sei es nur, indem sie nichts getan hatten.

Nach ein paar Schritten in Richtung Außenalster machte sie vor einem weißen Gebäude halt. Es sah nobel aus und unpassend für den Sitz der Gerichtsmedizin. Eingebettet zwischen schmucken Villen rechts und links, dem glitzernden Wasser und ein paar niedrigen Bäumen, von einem Kiesweg umgeben, der zu einem Spaziergang einlud, wirkte das Gebäude nicht, als sei in der Nähe je auch nur ein Bombensplitter gelandet. Dafür hatten die Armen alles abbekommen – in Hamm, Billwerder und Rothenburgsort am schlimmsten. Das Ziel der Bomben waren die Arbeiterviertel und die Infrastruktur gewesen.

Als sie darauf zuging, schwante ihr, dass sie nicht richtig war. »Hotel« stand auf einem in die Erde gehauenen Schild. Vor dem Haus parkten ausschließlich Militärfahrzeuge. Ida bezweifelte, dass sich die Briten ihre Unterkunft mit Leichen teilen wollten.

Ares hatte gesagt, dass sich das neue Institut für Gerichtsmedizin gegenüber einer kleinen Ansammlung von Behelfsheimen befinde, die sich auf der anderen Seite des Harvestehuder Wegs zur Alster hin erstreckten. Erst auf den zweiten Blick entdeckte sie ein weiteres Gebäude, das zu dem Ensemble gehörte und wenn auch weniger elegant, so dennoch imposant wirkte. Der dunkle Anstrich verlieh dem Bau Düsternis, doch der Himmel spiegelte sich in den zahlreichen Sprossenfenstern. Wolken schoben sich über dunkles Glas.

Ida straffte die Schultern, als sie die drei Stufen empor nahm, die zu einer doppelflügeligen Holztür führten. Wie würde Ares ihr wohl begegnen? Sie wusste ja selbst nicht einmal, wie sie sich ihm gegenüber verhalten sollte.

»Zu Herrn Konstantinos?«, fragte sie den Erstbesten, der ihr über den Weg lief, ein Student mit so sorgfältig gezogenem Scheitel, als habe er ein Lineal verwendet.

»Im Keller, junge Frau.«

Ida ließ sein strahlendes Lächeln mit einem wütenden Blick ersterben und ging auf die Treppe zu, wurde jedoch von einer warmen Stimme zurückgehalten.

»Ich sehe schon, du hinterlässt auch hier nichts als verzweifelte Seelen.« Ares, der hinter ihr auftauchte, grinste, doch sein Lächeln sah müde aus. Auch funkelten seine dunklen Augen nicht wie sonst, wenn er sie sah. Es wirkte, als würde ihm eine ganze Liste an Leuten einfallen, die er lieber vor sich hätte. Das verletzte sie, doch statt sich etwas anmerken zu lassen, zuckte sie nur mit den Schultern. Damit kam sie immer gut durchs Leben: den Schein wahren. Bloß nicht zeigen, wie sie sich fühlte. Weil sie eine solche Angst vor allem hatte, was damit zusammenhing.

»Ich muss zugeben, du bist sogar noch schneller hier, als ich erwartet habe«, riss er sie aus ihren Gedanken. »Aber ich muss dich enttäuschen, ich kann nichts zu dem Toten sagen. Er ist nämlich nicht zu mir gebracht worden.«

»Ich dachte mir schon, dass die Briten die Leiche einkassieren«, sagte sie und war froh, dass ihre Stimme sachlich und nüchtern klang. »Du weißt, wer er ist?«

»Irgendein hohes Tier, so wie es aussieht.«

Sie nickte. »Aber nicht nur das. Hast du die Frau gesehen, der ich in der Kieler Straße hinterhergerannt bin? Sie war mit ihm verlobt, die Verbindung wurde allerdings schon vor zwei Jahren gelöst. Leider hat sie allen Grund, glücklich darüber zu sein, dass er nicht mehr unter den Lebenden weilt.«

Mit hochgezogenen Augenbrauen musterte Ares sie. Sein Blick war lang und düster. Ida glaubte, Enttäuschung darin zu lesen, und ihre Schultern verhärteten sich. Diesen Blick kannte sie zu gut von zu Hause, wo ihre Mutter dafür sorgte, dass sich jeder – selbst Besucher zum Kaffee – so fühlte, als sei sein Leben nichts als eine Aneinanderreihung von Fehlschlägen und fruchtlosen Anstrengungen.

»Also, was hast du auf dem Herzen?«, fragte er nach einer Weile, die Hände in den Taschen seines zerbeulten Kittels. Es brach ihr das Herz, wie mutlos er klang. So als erwarte er gar nicht, dass sie etwas anderes hergebracht haben könnte als ihre Arbeit. Er rang sich ein Zwinkern ab: »Oder möchtest du nur ein paar Gläser Elefantenbohnen abstauben, bist du deswegen hier?«

Sie schüttelte den Kopf und zwang sich zu lächeln. »So wie du aussiehst, hat dir deine Verwandtschaft ohnehin länger keine Elefantenbohnen mehr geschickt.«

Überrascht sah er an sich hinab.

»Du bist dünn geworden. Als ich dich kennengelernt habe, kamst du mir wie der einzige Mann in der ganzen Stadt vor, der groß und breit ist.«

»Danke«, kommentierte er trocken.

»Nicht dick!«

»Noch mal danke. Nun komm.« Mit einem Kopfnicken bedeutete er ihr, ihm zu folgen. Sein schwarzes Haar wippte vor ihr auf und ab. Tiefer und tiefer ging es in das Gebäude hinein, und Ida fragte sich, ob sie bald im Bunker wieder rauskamen, von dem er ihr erzählt hatte. Endlich blieb er stehen, zog einen klimpernden Schlüsselbund aus der Kitteltasche und schloss die Tür auf, deren gräulicher Farbanstrich großflächig abblätterte.

»Hereinspaziert.« Im Vergleich dazu war das Zimmer der Weiblichen Polizei einladend und fröhlich. »Hier arbeite ich.«

Der Raum war in Weiß gehalten, einem Weiß der glanzlosesten Sorte. Sie sah auf einen gefliesten Boden hinab, der derart abgetreten wirkte, als seien über Jahrhunderte ganze Schulklassen darübermarschiert, hob den Blick auf die Wände mit Rauputz, auf denen sich Schimmel und Nikotinflecken ausbreiteten, und streifte das Regal, in dem es immerhin ein paar leinengebundene rote und grüne Bücher gab, die einzigen Farbtupfer. In der Mitte des Zimmers stand ein Schreibtisch, der so kalt wirkte wie die Bahren im Sektionsraum, auf die Ares die Leichen zur Untersuchung bettete. Kein Fenster. Dementsprechend verbraucht war die Luft und roch nach Tabak, obwohl Ares der wohl einzige strikte Nichtraucher in ganz Hamburg war.

»Du Armer!«

Lachend setzte er sich auf die Schreibtischplatte, die Schwereres gewohnt zu sein schien und keinen Mucks von sich gab.

Nach einer Weile, in der sie wohl mit ziemlich verstockter Miene herumgestanden war, runzelte er die Stirn. »Schieß los.«

Ihr fiel ein Stein vom Herzen. In Dingen, die mit ihren Gefühlen zu tun hatten, fehlten ihr die Worte – aber wenn es um ihren Beruf ging, wusste sie genau, was sie sagen wollte. »Vor zwei Jahren hat Vera Pape ihren damaligen Verlobten angezeigt. Ihre Vorwürfe, er habe sie misshandelt, wurden von meinen Kollegen nicht ernst genommen. Jetzt liegt er tot in ihrem Hof, und da kurzfristig die Möglichkeit im Raum stand, er sei mit Giftgas in Kontakt gekommen, wüsste ich darüber gern mehr. Vera Pape war in den vergangenen Tagen nämlich zweimal bei mir.«

Als Ares verwundert die Stirn runzelte, erzählte Ida von dem Kerl, der Vera Pape während ihres Spaziergangs angestarrt hatte und zwei Tage später in ihrer Küche aufgetaucht war.

»Angenommen, Lindemann war immer noch wütend, weil Vera Pape ihn bei der Polizei gemeldet hat. Er kam auf die glorreiche Idee, jemanden zu schicken, der ihr Angst einjagen sollte und …«

»Aus welchem Grund sollte er jemanden schicken?«

»Weil er selbst nicht aufkreuzen wollte. Weil er trotzdem das Machtgefühl spüren wollte, das die Vorstellung einer zu Tode verängstigten Vera Pape in ihm auslöste. Aber dann …« Sie zuckte mit den Schultern. »Dann reicht ihm das nicht mehr. Er geht selbst zu ihr, bedroht sie. Und sie bringt ihn um.«

»Er taumelt aus ihrer Wohnung und bricht im Hof tot zusammen?«

Ida nickte.

»Hm.«

»Es wäre verdammt unklug, ich gebe es zu. Und unwahrscheinlich.« Sie kniff die Augen zusammen und rieb sich die

Nasenwurzel. »Vera Pape hat eine Tochter, wie ich eben erfahren habe. Wer würde das Wagnis eingehen und jemanden umbringen, wenn das Kind in der Nähe ist?«

»Wo ist die Kleine denn?«

»Das ist noch etwas, das mir Kopfzerbrechen bereitet. Vera hat mir nie von dem Mädchen erzählt. Die Wohnung wirkte nicht, als würde da ein Kind leben. Was mich zu der Frage bringt, wieso sie die Kleine vor mir verheimlicht oder sogar versteckt hat.«

»Sie muss sie nicht vor dir versteckt haben. Vielleicht vor jemand anderem.«

Ida nickte. »Was könnte die Blasen auf der Haut des Toten verursacht haben?«, fügte sie nach einer Weile hinzu. »Und warum waren die Gasmasken so schnell wieder Geschichte?«

Ares kreuzte die Arme vor der Brust. »Falls es sich um Sarin oder etwas Ähnliches gehandelt hätte, hätte es sich unter freiem Himmel ohnehin verflüchtigt. Berühren wollte ich den Mann aber unter keinen Umständen; da waren die Briten mutiger. Die haben, nachdem ich mit einem Zweig seine Brieftasche aus dem Jackett geangelt habe, an ihm herumgefuhrwerkt, als seien sie über jede Kontamination erhaben. Doch wie gesagt war ich von Beginn an eher skeptisch, was Giftgas angeht, was aber nicht heißt, dass ich es ausschließen würde. Doch wie leicht kommt man an diese Mittel? Als normaler Bürger wohl kaum. Während es diverse Dinge im freien Verkauf gibt, die den Tod eines Menschen schnell herbeiführen könnten. Zum Beispiel Schwefel- oder Borsäure. Oder Zeliopaste, also Rattengift. Womöglich hatte er eine Überdosis an Schlafmitteln intus?« Während er geredet hatte, war sein Blick durch den Raum geschweift, mal rechts, mal links von Ida hängen geblieben. Als er ihr jetzt in die

Augen sah, breitete sich zu ihrer Überraschung ein Lächeln auf ihrem Gesicht aus.

»Ähm, Entschuldigung. Red weiter.«

Aber auch Ares lächelte und schien den Blick nur schwer abwenden zu können. »Wo war ich? Also ... Ja. Ich kam nicht dazu, seinen Mundraum zu untersuchen, wo so etwas deutliche Spuren hinterlässt. Diffuse weißliche Schorfe wiederum würden auf eine Vergiftung mit Schwefelsäure hindeuten. Auch Dimethylsulfat wäre denkbar. War schon als Kampfgas im Gespräch, unter anderem weil es geruchsneutral ist. Seine Wirkung setzt erst nach mehreren Stunden Latenzzeit ein, was es zu einer hervorragenden Waffe macht, um jemanden zu töten. Man spaziert davon, während das Opfer kaum etwas davon bemerkt.«

»Man bemerkt es überhaupt nicht?«

»Die Substanz ist farblos und riecht leicht süßlich. Durch Einatmen kann sie tödlich wirken. Nicht vergessen sollten wir die pflanzlichen Gifte«, sprach Ares weiter. »Digitalis, also Fingerhut, genauso wie Alkaloide, Eisenhut, Arsen und Colchicin.«

Frustriert schüttelte Ida den Kopf. »Also könnte es fast alles gewesen sein.«

»Ja. Dummerweise schon.«

»Und wie ist deine Einschätzung – wurde der Mann in der Kieler Straße getötet, oder hat er sich selbst hingeschleppt? Wurde er abgelegt? Schleifspuren habe ich keine entdeckt. Du?«

Ares schüttelte den Kopf. »Wenn es nun Dimethylsulfat war, ist es gut möglich, dass er bei einem harmlosen Alsterspaziergang damit in Kontakt kam und es Stunden ohne irgendwelche spürbaren Symptome bis in den Hof auf Sankt Pauli schaffte. Aber auch pflanzliche Gifte können erst Stunden nach der

Einnahme ihre Wirkung zeigen. Nehmen wir die Herbstzeitlose. Es kann bis zu drei Tage dauern, bis eine Atemlähmung eintritt, allerdings zeigt der Patient vorher schon starke Vergiftungserscheinungen. Colchicin, das daraus gewonnene Alkaloid, können wir also wohl vernachlässigen.«

»Trotzdem käme quasi jeder Beliebige infrage, Lindemann das Mittel weit vor seinem Tod verabreicht zu haben. Aber was, wenn es doch ganz anders war? Wenn der Mann in Vera Papes Küche keine Verbindung zu dem Toten hatte? Lindemann sucht Vera Pape auf, bedrängt sie, sieht den Mann in ihrer Wohnung, macht eine Szene, droht mit Gewalt. Der greift nach etwas …« Sie schüttelte den Kopf. »Sag nichts. Es ist genauso unwahrscheinlich. Wer trägt Gift mit sich herum oder bewahrt es für alle Fälle in der Kaffeedose auf? Außerdem hätte Vera wohl davon erzählt. Nein, die Sache muss anders verlaufen sein.« Genervt hob sie den Kopf und starrte ihn an.

Ares' dunkles, wild gelocktes Haar stand in alle Richtungen ab. Seinen Bart brachte er nicht unter Kontrolle, egal, wie oft er mit dem Rasiermesser hantierte, irgendwo spross immer etwas. Jetzt stützte er die Hände neben sich auf der Schreibtischplatte ab, aber wenn er aufgewühlt war, gestikulierte er so ausladend, dass man sich besser in Sicherheit brachte, bevor man einen versehentlichen Faustschlag abbekam.

»Wo ist der Tote, Ares, weißt du das?«

»Nein.«

»Die Briten haben dich einfach weggeschickt?«

»So sieht es aus, ja.«

Sie sackte in sich zusammen. »Verdammt. Glaubst du, die lassen dich irgendwann ran?«

»An die Leiche?« Schallend begann er zu lachen. »Sicher nicht.«

Obwohl sie bislang keinen Schritt weitergekommen war, fühlte Ida Dankbarkeit in sich aufsteigen. Sie war so froh darüber, mit Ares über den Fall sprechen zu können, dass sie sich neben ihn auf die Schreibtischplatte quetschte, was er mit einem verlegenen Lächeln kommentierte.

»Diese Tochter«, sagte Ida nachdenklich. »Ich verstehe einfach nicht, wieso Fräulein Pape sie mir gegenüber nicht erwähnt hat.«

»Vielleicht ist es so einfach, Ida: Sie lügt. Und du musst herausfinden, in welcher Hinsicht und wieso.«

Nachdenklich sah sie ihn an. Sie saßen dicht nebeneinander, ihre Knie berührten sich fast, und Ida konnte den schwachen Hauch seines Rasierwassers riechen, von dem er immer nur einen halben Tropfen nahm. Es duftete nach Kräutern und Heu.

»Hast du heute eigentlich schon was gegessen?«

Verblüfft über den plötzlichen Themenwechsel, dachte sie über diese Frage nach. Hatte sie gefrühstückt? Nein, dafür hatte sie nicht die Zeit gehabt. Weil er keine Antwort erhielt, beugte er sich hinab, um in seiner zerbeulten Ledertasche zu kramen, die neben dem Schreibtisch ein zusammengesunkenes Dasein gefristet hatte. »Vielleicht finde ich noch was«, murmelte er.

»Ein Wurstbrot aus Vorkriegszeiten? Gerne!«

»Das vielleicht gerade nicht, aber …« Er zog ein Einmachglas hervor. Darin befand sich etwas, das ziemlich unappetitlich aussah: braun, rund, glänzend.

»Hmmm, nicht dass ich sonderlich verwöhnt wäre, aber das …«

»Riech dran. Dann entscheide.« Er hielt ihr das geöffnete Glas unter die Nase, und der süße Geruch, der daraus aufstieg, betäubte Ida fast.

»Ich nehme es«, sagte sie. Nachdem sie das ovale Ding verspeist hatte – auch der Geschmack war an Süße nicht zu übertreffen, zudem klebte das Zeug wie Holzleim an ihren Zähnen –, fragte sie schmatzend: »Was war das?«

»Eine Dattel.«

»Nie gehört.«

»Macht nichts.« Er sah sie an, sie sah ihn an. Sie hatte das erleichternde Gefühl, den dummen Streit beinahe hinter sich gelassen zu haben. Mit der unglaublichen Süße noch auf den Lippen sagte sie, und es kostete sie einiges an Mühe: »Entschuldige, dass ich so unausstehlich war.«

»Vor zwei Wochen, eben gerade oder sprichst du von sämtlichen bisherigen Situationen, in denen wir einander über den Weg gelaufen sind?«

»Haha.«

Er grinste.

»Mach dir keine Hoffnungen, dass du so was in Zukunft öfter hörst«, schob sie hinterher. »Bewahre dir die Erinnerung an diese Entschuldigung also lieber auf für den Fall, dass du dich irgendwann wieder über mich ärgerst.«

»Oh, todsicher werde ich mich wieder über dich ärgern. Und Entschuldigungen auf Vorrat akzeptiere ich nicht. Die ist für den Abend an der Alster.« Er hielt ihr die Pranke hin, und Ida nahm sie. »Und beim nächsten Mal will ich eine brandneue, eine, die noch schimmert und glänzt. Auch wenn ich glaube, dass ich dir ebenfalls eine schulde. Hier ist sie also: Verzeih. Ich war auch nicht gerade ein Engel während unseres Spaziergangs.« Verlegen wuschelte er sich durchs Haar.

Ida tat etwas, das sie selbst überraschte: Sie beugte sich vor und drückte ihm einen Kuss auf die Wange. Stachlig und zugleich weich war die Haut.

Seine Augen funkelten, als er sie ansah. »Na, das ist ja wirklich ein Tag voller Unvorhersehbarkeiten. Und das wiederum ist wirklich ein sehr seltsames deutsches Wort.«

»Das ist wahr.«

»Wie alles, was ich sage.«

»Was ziemlich unwahr ist. Tschüs«, sagte sie, und ihr Herz tat einen kleinen Hüpfer, als sie ging.

MARLISE

»Bring mir den Wicht!« Sie konnte nicht glauben, was für ein Versager Werner plötzlich war! Immer auf Zack, und bei Ärger war darauf Verlass, dass er die Sache regelte. Aber jetzt? Stand vor ihr und guckte jämmerlich!

»Ja, Chefin.« Vor Aufregung verhaspelte er sich fast.

Sie spürte die Kälte hinter ihren Augen, und als Werner abdampfte, der dürre, krummbeinige Gartenzwerg, da drehte sie sich zum Spiegel und starrte sich grimmig an. Doch als sie sich umsah, wurde ihr Ausdruck milder.

Hübsch, ihr neues Hauptquartier. Die zusammengefegten Zähne hatte sie behalten, sie wusste selbst nicht, wieso. Und den Spiegel aus dem Bunker herbringen lassen. Er stand ihrem Thron gegenüber, auf den sie jetzt wieder stieg, den Turm aus morschen Holzkisten, der sie schön groß wirken ließ. Sie musterte sich. Dürr war sie geworden. Ihr Kopf sah aus wie ein Totenschädel. Wenn sie die Haut an ihrem Hals zwischen die Fingerspitzen nahm, hingen da kleine Läppchen. Eine Frau in ihrem Alter wurde mit jedem Kilo, das ihr von den Rippen rutschte, hässlicher.

Marlise spuckte aus. Verdammt noch mal, sie war die Bunkerkönigin! Trotzdem, sie fühlte sich wie eine getriebene Ratte. Und alles wegen dieser verfluchten Währungsreform. Wenn die Fuzzis von den Zeitungen recht behielten, waren bald alle fett und zufrieden. Sie aber, sie hatte dann nicht mehr viel, was sie sich zwischen die Zähne schieben konnte. Ade, Schwarzer

Markt. Ade, Zigaretten, die man gegen Klunker eintauschen konnte. Dann würde sie hier hocken und *nichts* mehr sein, *nichts* mehr haben.

Aber wenn alles glattging, hatte sie bald so viel Geld, dass sie es sich ins Haar flechten konnte. Neue, blitzsauber riechende Scheine; grüne vielleicht wie Dollars, was fantastisch zu ihrer Augenfarbe passen würde.

Sie grinste und stellte fest, dass sie nicht mehr ganz so hohläugig aussah, während sie vor Vorfreude glomm. Und sie dachte daran, wie sie sich immer wieder zur Wehr gesetzt hatte, im Laufe der Jahre, doch woran sie am liebsten zurückdachte, war ihr allererstes Mal.

Nach dem, was ihr im Schulkeller passiert war, saß sie weiter Tag um Tag, Woche um Woche bei den Männern. Ertrug alles. Den Gestank. Die nicht heilen wollenden Wunden. Die geifernden Kerle, die nach dem Getränk griffen, das sie ihnen reichte, und dabei mit dem Ellbogen ihre Brust streiften. Die scheelen Blicke ihrer Mitschülerinnen. Da begann die Wut in ihr zu gären. Wurde größer und größer, bis Marlise fast ständig das Gefühl hatte, aus vollem Hals brüllen zu müssen.

Die Luft in den hohen Räumen flirrte nur so von dem Geruch nach Krankheit und Eiter, sodass sich ihr schon der Magen umdrehte, wenn sie vom hallenden Korridor aus die Treppen hochging. So war das dann, wenn sie reinkam: Sie hatte das Gefühl, nicht mehr atmen zu können, und in ihr war nichts als Leere. Sie hielt die Luft an. Saß still und starr wie eine Puppe und klammerte sich an dem Gedanken fest, dass sie gut war, bis endlich der Abend kam. Und die Männer, die wussten, dass sie nur deswegen heimlich an ihr rumfummeln konnten, weil sie ein kleines Mädchen war. Ja, schon vierzehn Jahre alt. Aber im Herzen ein kleines Mädchen, das nicht wusste, was es tun sollte.

Da gab es einen Geruch, bei dem Marlise noch heute so schlecht wurde, dass sie fast auf die Straße kotzte. Süßlich und zugleich bitter. Der Mann roch so. Nicht der aus dem Keller. Ein anderer. Fast blind war der, und aus dem einen noch halb sehenden Auge glotzte er sie so hungrig und gierig an, dass Marlise immer schnell weiterging. Aber eines Tages schnappte sich die Lehrerin Marlises Schulter, presste sie auf den Holzstuhl neben dem Bett, klatschte Marlises Hände auf das schweißdurchtränkte, vollgepisste Laken und sagte: »Schenk ihm alles, was du geben kannst.«

Bett stand an Bett, mit nur winzigen Spalten dazwischen, und aus allen keuchte, hustete und stöhnte es. Es war ein eisiger Winternachmittag. Der Mann flüsterte dummes Zeug vor sich hin. Brabbelnd zeigte er auf etwas und versuchte sich aufzusetzen. Was der alt wirkte mit seinem verbrannten, vernarbten Gesicht! Als wäre er zweihundert Jahre alt. Später wurde Marlise klar, dass er nicht viel älter als sie gewesen sein konnte. 'ne schmale Hühnerbrust hatte der, unter der Haut konnte man die Rippenbögen zählen. Alles an ihm war kaputt, rissig, schorfig und gelb, und als er die Lippen bleckte und seine braunen Zahnstummel vorführte, stieg daraus dieser Geruch auf. Sie war wie gelähmt. Starr im Kopp und im Herzen irgendwie. Und weil ihr sonst nichts einfiel, dachte sie daran, was ihre Lehrerin gesagt hatte, aber so oft auch ihre Tante: dass eine Frau dem Mann dienen muss, keine Widerrede, es gab schließlich nur einen Herrn im Haus.

Spucke lief aus seinem Mundwinkel. Mit dem einen Auge glotzte er sie an, während er den Oberkörper zur Seite auf sie zukippen ließ. Der Geruch wurde stechender und süßlicher, und Marlises Hand rutschte in die Tasche ihres Wollrocks. Sie zog das Messer hervor. Das, das das Küchenmädchen zum Filetieren benutzte und jeden Monat schleifen ließ, vor dem Krieg jedenfalls, jetzt wurde es kaum noch benutzt.

Sie hörte das Ticken der Uhr, viel lauter als sonst. Immer näher kam er, immer näher an das Messer ran, bis sie die Hand hob, eine pfeilschnelle Bewegung. Das Geräusch … Wie ein Schmatzen. Und dann sein Gebrüll.

Alles nur noch Geschrei. Blut und Rufe und ihre Füße, die über den Steinboden schlitterten, und ihr Herz, das raste und froh war, glücklich, zum ersten Mal in ihrem Leben. Das war der Tag, an dem sie beschloss, nie wieder gut zu sein. Wer gut war, den fraßen die Gespenster. Die Gespenster fraßen auch die Idioten, die so dumm waren, nicht auf mehrere Pferde gleichzeitig zu setzen. Klar hatte sie sich auf Köhlers Idee gestürzt, sie war ja auch gut, da konnte Werner noch so einen Mist behaupten. Aber sich auf den Hansel verlassen, wo jetzt draußen die Polente rumflitzte? Nee, nee, nicht mit ihr. Sie war wie eine Spinne, die ständig ihr Netz weiterspann. Noch ein Fädchen und noch eines, bis es die fetteste Beute umspann …

Sie rieb sich die Hände. Wenn alles gut lief, würde sie nur die reifen Früchte ernten müssen, bevor sie vom Baum fielen. Manchmal war das Leben einfach.

Wer hätte das gedacht?

5
Polizeipräsidium, Hamburg-Neustadt

```
Freitag, 11. Juni 1948, 16:03 Uhr
```

»Ihnen ist es also egal, dass Ihnen die Zügel aus der Hand gerissen wurden!«, schimpfte Ida und kümmerte sich nicht im Geringsten darum, dass Kommissar Ustorf sie mit übertrieben gelangweilter Miene musterte. »Wurde Ihnen wenigstens mitgeteilt, wer die Person ist, die wir tot aufgefunden haben?«

»Ja, das wurde es«, knurrte Ustorf, der Jungspund an Oberkommissar Braschs Seite. Zweifelsfrei war er nicht sonderlich erfreut darüber, sie zu sehen. Sie war in sein stattliches Büro geplatzt, bevor er die Zeit gefunden hatte, »Herein« zu rufen. Der Raum, in dem Ida nun stand, die Hände in den Hüften und mit ungeduldiger Miene, war groß, hell und holzgetäfelt, und sie konnte ihm deutlich ansehen, dass er sich darin ganz und gar nicht fehl am Platz fühlte.

Eigentlich verachtete sie solche Menschen, vielleicht, weil sie nie das Glück gehabt hatte, nicht an sich selbst zweifeln zu müssen. Und doch mochte sie Ustorf. Sie brachte ihn auf die Palme, das wusste sie genau, und vielleicht war es das, was sie auf seltsame Weise miteinander verband: dass er ihr dennoch verzieh und ihr Dinge verriet, die sie von Oberkommissar Brasch niemals erfahren würde.

»Gibt es eine Kontaktperson? Oder wurden Sie bloß damit abgespeist, dass jetzt die Erwachsenen übernehmen?«

»Wenn Sie es sich auch mit mir verscherzen, Fräulein Rabe, gibt es bald überhaupt niemanden mehr in dieser Stadt, der mit Ihnen arbeiten will.«

Argwöhnisch sah sie ihn an. »Was genau meinen Sie damit?«

»Nichts.« Leichthin zuckte er die Schultern.

»Und das war es jetzt?«, fragte sie. »Sie lassen den Toten tot sein, zucken mit den Schultern und widmen sich wieder dem Betrachten Ihrer Schuhspitzen?«

»Glauben Sie mal nicht, dass wir es nicht versucht hätten, Fräulein Rabe.« Sein Tonfall hatte an Schärfe zugenommen. »Aber die Briten sitzen am längeren Hebel.«

Verdammt noch mal! Sie hatte gehofft, über Ustorf ein bisschen Wissen zusammensammeln zu können. »Könnte Superintendent Watson intervenieren, wenn sie zurückkommt? Bei der Military Police sollte es für sie doch ein Leichtes sein …«

»Erstens: nein«, unterbrach er sie. »Und zweitens: Na, versuchen Sie doch einfach Ihr Glück. Sie ist nämlich schon wieder hier. Zumindest war mir so, als hätte ich einen sehr beißwütigen Fisch durch die Gänge schießen sehen.« Er fand seinen Scherz wohl unglaublich amüsant.

Miss Watson, klein, zierlich, mit dunklem Haar und eisgekühltem Temperament, trug ihren Spitznamen *Der Hai* nicht ohne Grund. Sie konnte sehr unangenehm sein, wenn man ihr Missfallen erregte. Aber sie war eine verlässliche, faire und respektvolle Vorgesetzte, und es gefiel Ida nicht, dass ein Kollege so herablassend über sie sprach.

»Immerhin bewegt sie sich überhaupt und hockt nicht nur

gelangweilt am Schreibtisch wie manch anderer«, quetschte sie missgelaunt hervor.

Herablassend verzog Ustorf die Mundwinkel und hob die Hand. »Auf Wiedersehen, Fräulein Rabe. Beehren Sie mich nicht so bald wieder.«

»Oh, ich fürchte, doch.«

Sie verließ sein Büro mit großen Schritten und steuerte das oberste Stockwerk an.

»Darf ich?«, fragte sie, nachdem sie beim Büro ihrer Vorgesetzten angelangt war. Es war weit weniger elegant als Kommissar Ustorfs und erheblich kleiner, aber immerhin bot es einen weiten Blick über das Heiligengeistfeld. Grau erhoben sich dort die Feldstraßenbunker.

»Es tut mir leid, ohne Termin hereinzuplatzen, Ma'am, aber …«

»Ich weiß«, unterbrach Miss Watson sie ungerührt und machte sich nicht einmal die Mühe, von den Dokumenten auf ihrem Schreibtisch aufzusehen, in die sie vertieft gewesen war. »Ich wundere mich vielmehr, dass Sie erst jetzt kommen.« Nun hob sie doch den Kopf und warf einen Blick auf die Uhr, die an der Wand über der Tür hing. »Ich hatte mit Ihnen schon vor gut einer Stunde gerechnet.«

»Der Tote aus der Kieler Straße«, begann Ida. »Die Frau, die in dieser Angelegenheit festgehalten wird, hat mich in der vergangenen Woche zweimal besucht. Ich muss sie sehen. Können Sie mir sagen, wo sie hingebracht worden ist?«

»Nein.«

»Sie hat sich an mich gewandt, um Hilfe zu bekommen«, insistierte Ida. »Ich war als Erste am Fundort der Leiche und habe Fräulein Pape zudem auf die Davidwache gebracht, wo Oberkommissar Brasch sie mir leidlich dankbar abgenommen hat. Finden Sie nicht, dass ich …«

»Die Sache ist *top secret*«, unterbrach Miss Watson sie.

Verwirrt schüttelte Ida den Kopf. »Wieso? Nur weil er ein Landsmann von Ihnen ist? Er ist nicht der erste Brite, der nach dem Krieg hierzulande umkam. Und ich erinnere mich nicht, je in der Zeitung gelesen zu haben, dass der deutschen Polizei sämtliche Befugnisse entzogen wurden. Was gerade jetzt besonders verwunderlich ist.« In den ersten Jahren nach dem Krieg war die Hamburger Polizei den Briten unterstellt gewesen. November 47 allerdings war die Verantwortung wieder dem Senat übergeben worden. Die Briten bereiteten ihren Abgang vor, nahm Ida an, auch wenn sich niemand klar dazu äußern wollte.

»Oder geht es womöglich darum, dass auch andere potenzielle Tatverdächtige aus Ihrem Land stammen?«, fragte sie bitter. Lindemann war schließlich verheiratet, und zwar, das jedenfalls hatte ihr Frau Riedel erzählt, mit einer Britin.

Nie hatte Ida jemanden kennengelernt, der sich so gut zu beherrschen verstand wie Miss Watson. Doch jetzt begann ihr linkes Augenlid zu flattern.

»Ist das eine Unterstellung, Fräulein Rabe?« Miss Watsons Stimme klang heiser vor Zorn. »Wollen Sie etwa andeuten, wir sehen uns nur nach deutschen Verdächtigen um und lassen die britischen unter dem Teppich verschwinden?«

»Nein, Ma'am.« Sie hatte sich definitiv ein paar Schritte zu weit vorgewagt.

Strafend sah Miss Watson sie an, doch dann wurde ihr Blick milder. »Ich weiß um den Ruf, der Ihnen anhaftet, Fräulein Rabe: Sie sind wie ein Terrier, der nicht loslässt, wenn er sich erst einmal verbissen hat. Ist es im Übrigen nicht erstaunlich, dass man sowohl Ihnen als auch mir einen Tiernamen verpasst hat? Und beide Bezeichnungen assoziiert man nicht eben mit Weiblichkeit.«

»Ehrlich gesagt, gefällt mir mein Spitzname«, sagte Ida. »Außerdem stimmt es, dass ich nicht loslassen kann. Aber wenn es darum geht, einen Fall zu lösen, bin ich lieber ein bissiger Hund als ein faules Kätzchen wie Ustorf.«

Miss Watson unterdrückte ein amüsiertes Schnauben.

»Bitte, Ma'am«, versuchte Ida, die Gunst des Augenblicks zu nutzen. »Nur ein kurzes Gespräch mit Fräulein Pape.«

Miss Watsons Blick war Antwort genug. »Ich möchte Sie daran erinnern, was Ihnen in den kommenden Wochen bevorsteht. Konzentrieren Sie sich auf Ihren Lehrgang. Vera Pape wird fair behandelt werden, falls es das ist, was Ihnen Sorgen bereitet.«

Ida trat einen Schritt näher an Miss Watsons Schreibtisch. »Das ist es nicht, Ma'am.« Das war es doch, ehrlich gesagt. Denn gleich zwei Dinge vermittelten ihr ein unangenehmes Gefühl: Zum einen war London sicher glücklich darüber, eine deutsche Täterin präsentieren zu können, ganz so, wie man hierzulande dankbar jeden Verdächtigen annahm, der kein Deutscher war. Hinzu aber kam, dass Vera Pape eine Frau war, eine auffallend attraktive noch dazu, und da könnte man Ida sonst etwas zu erzählen versuchen, sie wusste es genau: Wenn bei einem Verbrechen Weiblichkeit und Schönheit zusammentrafen, verwandelte sich das Publikum – und mit ihm die Justiz – in einen Haufen blutdürstiger Vampire.

»Dieser Lehrgang kommt wirklich zur Unzeit«, sagte Miss Watson und seufzte. »Aber es nützt nichts, Sie sind von kommender Woche an auf dem Mond.«

»In Niedersachsen, meinen Sie?«

»Ich sagte ja, auf dem Mond.« Miss Watson schüttelte den Kopf. »Es hat nichts mit Lindemann oder Miss Pape zu tun, aber ich würde Sie von dem Lehrgang am liebsten abziehen.«

Das nahm Ida verwundert zur Kenntnis.

Als Miss Watson weiterredete, drehte sie gedankenversunken ihren Füllfederhalter zwischen Daumen und Zeigefinger. »Da es sich allerdings um eine Gelegenheit handelt, die sich Ihnen kein zweites Mal bietet, und weil ich eine Menge Arbeit und Überredungskünste investiert habe, da die deutsche Polizei weiblichen Bewerberinnen für die Oberbeamtenschaft alles andere als aufgeschlossen gegenübersteht, werde ich einen Teufel tun und einen Rückzieher machen. Auch wenn ich Sie in der Stadt brauchen könnte. Sehr gut sogar, denn uns steht eine heikle Lage unmittelbar bevor.« Mit einem scharfen Blick musterte sie Ida. »Ich warne Sie. Ein Wort über das, was ich Ihnen hier sage, und Sie können Ihren Hut nehmen.«

»Natürlich. Es hat mit Ihrem Aufenthalt in London zu tun, Ma'am?«

»Ich wurde in London in eine Operation eingeweiht, die die Amerikaner ins Leben gerufen haben. ›Operation Bird Dog‹. Sie wissen, was ein *bird dog* ist?«

Ida schüttelte den Kopf.

»Ein Hund, der auf der Jagd die erschossenen Vögel holt. Eine nette Allegorie, finden Sie nicht auch?«

Ida sagte nichts darauf, weil sie keinen Schimmer hatte, wovon Miss Watson redete.

»Ich bin nicht dazu befugt, Ihnen Einzelheiten mitzuteilen. Aber Sie wissen aus der Zeitung, dass die neue Währung in Kürze eingeführt wird. Gedruckt in den Vereinigten Staaten und an einem geheimen Ort in der westlichen Zone aufbewahrt. Von wo aus sie unter strenger Bewachung im Land verbreitet wird. Sie können sich nicht vorstellen, was für ein logistischer Aufwand dahintersteckt. Und enorme Sicherheitsbedenken gibt es. Die britische, die amerikanische und französische Armee werden den Transport begleiten, aber natürlich wird die deutsche Polizei nicht außen vor bleiben. Und da kommen Sie ins Spiel. Besser gesagt Ihre Kollegen, Sie nicht. Eine Bitte für die letzten Tage in Hamburg, ehe Sie abreisen, aber habe ich.«

»Ja, Ma'am?«, fragte Ida gespannt.

»Halten Sie die Ohren offen. Mich würde nicht wundern, wenn der eine oder andere zwielichtige Geselle seine große Stunde nahen sieht.«

»Aber wenn die Operation so geheim ist, wie sollten die Ganoven davon wissen?«

»Ja, das ist eine gute Frage«, sagte Miss Watson und betrachtete ihren schwarzen Füllfederhalter. »Das wüsste ich wirklich gern.«

»Sie wollen damit sagen …«

»Nun«, unterbrach sie Ann Watson knapp, »wir beide, Fräulein Rabe, haben mehr Gemeinsamkeiten als tierische Spitznamen. Wir trauen niemandem. Das kann eine wertvolle Eigenschaft sein.«

Ida war nie gut darin gewesen, zwischen den Zeilen zu lesen, die versteckte Botschaft hier aber erschloss sich selbst ihr. Superintendent Watson vermutete einen Maulwurf in der Polizei und forderte Ida dazu auf, sich umzusehen.

»Ich verstehe, Ma'am.«

Ann Watson nickte. »Und kommen Sie morgen um zehn hierher. Ich werde sehen, was ich wegen Vera Pape tun kann.«

Ungläubig starrte Ida sie an.

Miss Watson wedelte mit der Hand. »Nun gehen Sie schon.«

In Gedanken versunken stieg Ida die Treppe hinab. Der Tag kam ihr so vor, als sei er zweiundsiebzig Stunden lang gewesen. Als sie die Empfangshalle betrat, war sie wie immer geblendet von der Farbmelange. Die Bodenfliesen in verschiedenen Brauntönen bildeten einen so krachigen Gegensatz zu den türkis und orangebraun gemusterten Wänden, dass man hätte glauben können, ein Tuschekasten sei explodiert. Heute jedoch bemerkte sie es kaum. Die Hände in den Taschen ihrer Uniformjacke vergraben, fragte sie sich, ob sie morgen früh tatsächlich mit Vera Pape würde sprechen können. Und wieso hatte ihr Miss Watson diese Details anvertraut? Wer könnte der Maulwurf sein? Und Heide ...

Genervt über sich selbst stieß sie die Tür zum Karl-Muck-Platz auf. Sie durfte Marlise nicht auf den Leim gehen! Nicht dass es nicht trotzdem gut war, genau zu überlegen, worüber sie mit Heide redete ... Aber ihrer netten, schüchternen, manchmal nervtötenden Kollegin grundsätzlich misstrauen?

Nie im Leben verriet Heide Staatsgeheimnisse an die Hamburger Unterwelt!

*

Zurück auf der Davidwache, klemmte sie sich im Wachraum hinters Telefon. Glücklicherweise hatte Meyerlich Tresendienst. Bei anderen Kollegen käme sie schon nach einem Anruf in Erklärungsnot, warum sie den Fernsprecher blockierte. Während sie telefonierte, war sie dennoch vorsichtig, redete leise, sodass kein Kollege im angrenzenden Raum sie verstehen konnte, und dankte Meyerlich anschließend, ohne sich weiter zu erklären. Sie spürte seinen neugierigen Blick im Rücken, als sie den Weg in Richtung Keller einschlug.

Die Telefonate hatten sie immerhin ein wenig schlauer gemacht. In Gedanken versunken, setzte sie sich an ihren provisorisch wiederaufgebauten Tisch und schlug ihr Merkbuch auf. Minuten verstrichen, in denen nichts zu hören war bis auf das leise Kratzen der Bleistiftmine auf dem Papier. Heide war wieder einmal ausgeflogen.

Vor fünfzehn Monaten war Vera Pape bei einer Kontrolle in einem Etablissement aufgegriffen worden. Sie hatte als Prostituierte gearbeitet. Laut den Akten, die die Kollegin Semmrot von der Wache am Hauptbahnhof für Ida ausgegraben hatte, hatte Vera damals angegeben, es sei eine einmalige Sache gewesen. Wieso keiner die Angelegenheit weiterverfolgt hatte, dazu konnte Fräulein Semmrot keine Angaben machen. Aber immerhin hatte Ida eine plausible Erklärung dafür gefunden, dass Vera Pape ihre Tochter verschwiegen hatte: Einer Prostituierten konnte das Kind weggenommen werden.

Was Ida allerdings wieder zu der Frage brachte, wieso Vera Pape sie überhaupt aufgesucht hatte – auch wenn es ja Fräulein Metzgers Idee gewesen war. Hatte sich Vera wirklich bedroht gefühlt, so sehr, dass sie alle Bedenken beiseiteschob, die sie der Polizei gegenüber haben musste? Oder war sie so naiv, dass sie annahm, niemand würde in ihrer Vergangenheit graben? Könnte sie nicht ebenso gut versucht haben, sich Idas Vertrauen zu erschleichen? Doch das wäre kurzsichtig. Sie müsste wissen, dass die Weibliche Polizei keine Todesfälle untersuchte. Was nutzte es ihr dann, sich bei Ida eingeschmeichelt zu haben?

Erneut nahm sie sich den Ordner vor, den Dura über Vera

Pape angelegt hatte. Wieder las sie über Schläge und Tritte, doch diesmal fielen Ida hauptsächlich die Randnotizen des Beamten ins Auge. Vera Pape habe nicht geweint, nicht einzige Träne, wie er notiert hatte. In Ida sammelte sich schon wieder die Wut. Würde man es bei einem Mann vermerken, wenn er nicht unter Tränen auf die Wache kam? Wohl kaum. Auch davon abgesehen hatte sich Dura damals einer ausführlichen Interpretation von Vera Papes Mimik gewidmet. Sie sei nicht gebeugt erschienen, sondern habe die Schultern stolz nach hinten geschoben. In Vera Papes Gesicht seien zudem keine Verletzungen zu erkennen gewesen. Sie habe, während sie dem Wachtmeister von Herr Lindemanns Schlägen auf das Schlüsselbein, in den Bauch und die Nieren berichtete, mit zitternder Stimme gesprochen, was als Indiz dafür gewertet wurde, sie habe gelogen.

Ach, verdammt noch mal!

Niemand hatte angeregt, sie solle einen Arzt aufsuchen. Auch das notierte sich Ida, dann klappte sie ihr Merkbuch zu. Warum ihr Vera Pape so bekannt vorkam, hatte sie nach wie vor nicht herausgefunden.

Ihr Magen gab ein lautes Knurren von sich. Sie kramte in ihrer Uniformtasche und zauberte ihr Mittagessen hervor: eine halbe Chesterfield. Heide mochte es nicht, wenn sie im Büro schmökte, aber Heide war schließlich nicht hier. Ida zündete die Zigarette an, lehnte sich in ihrem Stuhl zurück und schloss die Augen.

Einen Genuss konnte man das Rauchen nicht nennen. Doch es machte satt, besser gesagt betäubte es das Hungergefühl und vernebelte ein wenig ihre Gedanken.

Sie hatte vor, Heides Protesten zum Trotz noch zum blonden Otto zu gehen, um nach der verletzten Frau zu forschen, die schließlich irgendwer auf dem Kiez kennen musste. Aber zuvor musste sie – nachdem sie die Zigarette ausgedrückt und das winzige, direkt unter der Decke klebende Fenster geöffnet hatte – zwei Skizzen anfertigen. Eine zeigte die unbekannte Frau aus der Talstraße, die laut Heide immer noch nicht wieder zu Bewusstsein gekommen war. Und die andere Vera Pape. Beide Blätter sorgsam gefaltet und in den Taschen ihrer Uniformjacke versenkt, machte sie sich auf den Weg.

*

Die Kneipe vom blonden Otto an der Ecke Silbersacktwiete und Fischerstraße war klein, die Luft zum Schneiden dick und getränkt von unangenehmen scharfbitteren Gerüchen. Die Leute hier drin rauchten alles, wessen sie habhaft werden konnten, seien es getrocknete Himbeerblätter oder die letzten staubigen Reste Kräutertee, die in einer der hintersten Schrankecken gefunden wurden.

Bei ihrem Eintreten war das laute Gerede schlagartig verstummt. Fast ausschließlich Männer waren versammelt. Die einen betrachteten, als Ida durch die Tür kam, ausgiebig ihre Fingernägel, den Tresen oder das Glas in ihrer Hand und versuchten, sich dezent in Luft aufzulösen. Die Mutigeren musterten sie trotzig, stellten sich breitbeinig hin, schoben die Brust raus und schienen sie in Gedanken dazu aufzufordern, mit ihnen in den Ring zu steigen.

Aber sie hatte nichts Derartiges vor. Stattdessen drängte sie sich zwischen zwei Kerle und verdeckte dem einen die Sicht auf seinen Gesprächspartner. »Zwei Frauen, eine Frage.« Sie hielt ihm die Skizzen vor die Nase und fügte hinzu: »Schon mal gesehen?«

»Die eine macht ja schwer was her, nech? Kannste gerne mal vorbeischicken.« Er grinste so süffisant, dass Ida ihm mit festem Druck die Hand auf die knochige Schulter legte.

»Welche meinst du?« Sie hielt die Zeichnung der Verletzten empor. »Die hier, der der Verstand rausgeprügelt wurde? Oder diese Dame …« Jetzt zeigte sie Vera Papes Konterfei. »… die womöglich einen Mann umgelegt hat?«

»Also, na ja, ich meinte ja nur, dasse …«

»Eine schon mal gesehen, ja oder nein?«, unterbrach sie ihn ungeduldig.

»Nee. Glaub nich. Nee.«

»Du?« Sie wandte sich an den Nächsten.

»Also, wenn's hier 'n büschen heller wär', ich seh so schlecht, wenn die Polente was von mir will …«

Sie bedachte auch ihn mit einem strafenden Blick. Einen Gast nach dem anderen nahm sie sich anschließend vor, bis sie heiser war und ihre Anwesenheit nicht länger auffiel. Die Lautstärke nahm wieder zu, ein halb volles Glas flog gegen die holzgetäfelte Wand, zwei Raufbolde wurden vom Wirt getrennt und aus der Tür gestoßen. Das ganz normale Geschehen an einem frühen Freitagabend auf Sankt Pauli …

Jetzt hatte sie sich vor einem Kerl aufgebaut, der den Bauch so stolz hervorstreckte, als könne man damit Preise gewinnen. Es sah fast so aus, als habe er sich ein Kissen unters Hemd gesteckt, denn sein Gesicht war hager und passte nicht zu der großzügigen Rundung unterhalb seiner Brust. Aber Ida konnte es egal sein.

»Also?«

»Muss ma' nachdenken. Aber besonders gut malen kannste nich', ne?«

Idas Zeichentalent war tatsächlich nicht besonders, das musste sie zugeben.

»Ja, nu, bekannt tut die mir schon vorkommen.« Er zeigte auf die misshandelte Frau aus der Talstraße. »Aber eher so halb als ganz.«

Nichtsdestotrotz tat Idas Herz einen Hüpfer.

»Sie trug eine Bluse«, sagte sie, »die sie über dem Bauchnabel zusammengeknotet hat. Und einen Rock mit Blumen, wadenlang, und einen braunen Herrenmantel.«

»Mhmhm …«, murmelte er unsicher. »So 'n Zeuch tragen doch alle Bordsteinschwalben, nech?«

»Nee, da gibt es schon Unterschiede«, fuhr sie ihm über den Mund. »Du siehst übrigens auch nicht gerade elegant aus.«

Beschwichtigend hob er die Hände. »Ja, nu, musste jetz aber nech persönlich werden …«

»Für wen arbeitet sie? Wo arbeitet sie? Kennst du jemanden, der sie näher kennt?«

»Also, nee, weiß ich doch alles nech. War auch mehr so ein Gefühl, nech …«

»Und wenn ich dir noch ein bisschen mehr Zeit gebe, um das hier zu bemühen«, sie tippte ihm an die Stirn, »meinst du, dann kommt da noch etwas mehr raus?«

Er schüttelte den Kopf. Enttäuscht wandte sie sich an den Nächsten, einen schlaksigen Hünen, der ihr den Rücken zuwandte. Sie streckte die Hand aus, um nach seiner Schulter zu greifen, aber als er ihr das Profil zuwandte und aus den Augenwinkeln entdeckte, dass er es mit einer Polizistin zu tun bekam, rammte er sie beiseite und stürzte an ihr vorbei zur Tür. Blitzschnell rappelte sie sich wieder auf, doch bis sie draußen war, war die Straße rechts und links leer.

»Verdammt!« Was hatte der Kerl zu verbergen?

Sie rannte bis zur nächsten Ecke, doch nirgends war der Schlaks zu entdecken. Längst über alle Berge. Verärgert über ihre Begriffsstutzigkeit machte sie kehrt. Zurück in der Kneipe kämpfte sie sich unter hämischen Blicken zum Tresen vor.

»Irgendeine Ahnung, wer das war?«, wandte sie sich an den blonden Otto.

»Der Junge, der dich umgehauen hat?« Er grinste über das gesamte blau geäderte Gesicht und schob sich die Locken aus der Stirn. »Nie gesehen. Hat nix getrunken, wollte den sowieso vor die Tür setzen. Also sach ich ma' danke, dass du mir meine Arbeit abgenommen hast. Schnäpsken?«

Sie nickte, auch wenn sie für solche Sperenzchen kein Geld hatte. Doch wenn sie nichts bestellte, würde sie auch aus ihm kein Wort herausbekommen.

»Roch nach Ärger. Dafür gibt's was aufs Haus, meine Dame, ich bin zu ewigem Dank verpflichtet.«

»Lass mal, Otto.« Sie schob ihm einen kleinen Münzstapel hinüber, den er widerstrebend in die Kassenschublade fallen ließ. Aber sie würde sich nicht nachsagen lassen, bestechlich zu sein. »Und bitte etwas genauer: Wieso roch er nach Ärger?«

»Zappelphilipp. Du weißt, was ich meine?«

»Drogen?«

»Jau.« Er begann, ein fettfingerbesprenkeltes Glas zu polieren, und stellte es ins Regal, obwohl es kaum sauberer aussah. »Dachte zuerst, der will hier was verticken, aber hat er scheint's nech. Allerdings gelabert. Ohne Punkt und Komma, und alle so …« Er zog eine Grimasse, die ausdrücken sollte, dass dem Kerl niemand hatte zuhören wollen. »Jau, bin froh, dass er wech is. Braucht auch nech wiederkommen.«

»Worüber hat er denn geredet?«

»Ach, was weiß ich. Die quatschen sich doch 'nen Ast ab, und man is besser so schlau, nich' hinzuhören.«

»Tust du mir einen Gefallen und hörst das nächste Mal hin?« Wenn es einer derart eilig hatte, musste er Dreck am Stecken haben.

»Jau, wenn's sein muss.« Neugierig musterte er sie. »Was bringt dich eigentlich her, Deern?«

»Eine fast totgeprügelte Frau.«

»Passiert doch andauernd hier, so 'n Krams.«

»Ja. Was aber nicht bedeutet, dass die Polizei die Luden ihren Stiefel machen lässt.«

»Weißte denn, dass das 'ne Ludensache is?«

»Nee, weiß ich nicht.« Sie holte die Skizzen hervor. »Kommt dir eine von ihnen bekannt vor?«

»Die«, er zeigte auf die Verletzte, »sieht doch aus wie jede Zwoode.«

»Sie trug einen Herrenmantel, einen geblümten Rock ...«

»Ach, Lütte, als würd' ich drauf achten, was 'n Weibsbild anhat, wenn's noch was anhat.«

»Pass auf«, sagte Ida drohend. »Ich lass deinen Laden schließen, wenn ich mitbekomme, dass du hier Frauen anschaffen lässt.«

»Als würd' ich das! Ich doch nech!« Sein Singsang klang wie das hamburgische »Du kannst mich mal«, dennoch glaubte sie, einen besorgten Unterton in seiner Stimme wahrzunehmen.

»Otto, ich will die Wahrheit: Hast du was über eine Frau gehört, die schwer verletzt in der Talstraße abgelegt wurde?«

»Nee. Echt.«

Sie glaubte ihm kein Wort. »Und hast du sie schon mal gesehen?« Auch wenn Vera Pape am Hauptbahnhof von der Polizei aufgegriffen worden war, könnte sie ebenfalls auf dem Kiez gearbeitet haben. Nicht, dass Ida dadurch schlauer wurde, ob sie Lindemann auf dem Gewissen hatte. Aber sie musste so viel wie möglich über sie herausfinden.

Er betrachtete Fräulein Papes Konterfei und wiegte unschlüssig den Kopf. »Weißte, ich hab 'n gutes Gedächtnis für Gesichter. In echt hab ich die nie gesehen. Vielleicht mal im Kino oder so …«

»Sie ist keine Schauspielerin.«

»Sieht aber vielleicht einer ähnlich?« Er zuckte mit den Schultern.

Dann ging es ihm wie ihr. Warum nur wich dieses Gefühl, Fräulein Pape zu kennen, nicht, und wieso kam sie einfach nicht darauf, woher?

»Schon von der Sache in der Kieler Straße gehört?«, fragte sie zum Abschluss.

»Dass da einer übern Jordan gegangen is? Und ziemlich komisch aussah? War irgendwie inne Hauswand gewachsen, erzähln die Leude. So als wär' er zu Moos geworden oder so. Hat sich schon aufgelöst, war so irgendwie … na, so Nahrung für den Baum, ne?«

Was so erzählt wurde auf dem Kiez, gäbe hervorragenden Stoff für einen Schauerroman ab! Sie wollte gerade darauf antworten, als ihr Blick auf einen roten Schopf fiel, der dermaßen herabhing, dass die Stirn schon beinahe den Tisch berührte.

»Hallo, Fräulein Nold«, sagte sie, nachdem sie sich zu dem Tisch am Fenster vorgekämpft hatte, dessen Scheibe zu dreckig war, um raussehen zu können.

Misstrauisch beäugte die Frau Idas Uniform, dann aber hellte sich ihr Gesicht auf. »Sie, äh, irgendwoher kenn ich Sie!«

»Ida Rabe, Davidwache. Darf ich?« Ida zeigte auf den Platz auf der anderen Seite des Tisches.

»Nur, weil Sie's sind.« Fräulein Nold hob ihr Glas und stellte fest, dass es leer war. Ida schob ihr das noch volle Schnapsglas zu, das sie bestellt hatte, und fragte: »Wie geht's Ihnen?«

»Ach, wer würde das schon wissen wollen«, sagte Philippa Nold leise. Sie war sichtlich gealtert in den dreizehn Monaten, die vergangen waren, seit Ida sie das letzte Mal gesehen hatte. »Ham Se noch mal nach Charlotte gesehen?« Charlotte Wendler war nicht das erste Opfer des Serienvergewaltigers gewesen, den Ida vor einem Jahr geschnappt hatte, allerdings die erste Frau, die ihr konkrete Hinweise auf ihn geben konnte. Fräulein Wendler und Philippa Nold waren befreundet gewesen, und auch Fräulein Nold hatte eine kleine Rolle in der Ergreifung des Mannes gespielt.

Ida nickte. »Wir haben den Kerl gefasst, der ihr das angetan hat.«

Erleichterung glitt über Philippas verhärmtes Gesicht. »Wenigstens den einen, ne?« Sie hob ihr Glas. »Darauf trink ich.«

Bei ihrer letzten Begegnung hatte Ida erfahren, dass Philippa normalerweise erst am späten Nachmittag aufstand. Sie nahm daher an, dass der Schnaps ihr Frühstück war.

»Kennen Sie eine von diesen Frauen?« Ida schob die Zeichnungen über den Tisch.

»Warum wollen Se das wissen?« Plötzlich misstrauisch setzte Philippa das Schnapsglas ab. Ihre Fingernägel waren braungelb verfärbt, auch an der Hand reihten sich zahlreiche Nikotinflecken aneinander. »Gibt's jetzt 'n Verbot für unsere Arbeit, oder wie?«

Kam sie der Sache endlich etwas näher?

»Wer kommt Ihnen bekannt vor?«

Philippa deutete auf die Verletzte. »Die. Ja. Hab ich schon mal gesehen.«

»Wie heißt sie?«

»Wenn sie's Ihnen nich verraten will, mach ich das auch nich.«

»Sie ist schwer verletzt und nicht ansprechbar. Wir haben sie in einer Hausruine abgelegt gefunden.« Ernst sah sie Philippa an, die mit jedem Wort blasser geworden war. »Was können Sie mir über sie sagen?«

»Nix.«

»Aber Sie wissen, wer sie ist?«

»Nee. Hab ich nie behauptet.« Philippa schüttelte den Kopf, nahm den letzten winzigen Schluck aus dem Glas und leckte den Rand ab. Dann stützte sie sich mit ihren dürren Händen ab und stand auf. Dünn wie Stelzen waren ihre Beine.

»Philippa«, sagte Ida drängend. »Ich verspreche Ihnen, dass Ihr Name nicht in den Ermittlungsakten auftaucht. Ich werde Sie als anonyme Zeugin behandeln, ich kann auch behaupten, Sie wären ein Mann, falls Ihnen das lieber ist. Aber bitte verraten Sie mir, wer das hier ist.«

»Henni. Sie heißt Henni. Aber mehr weiß ich nicht, ich schwör's.«

Damit drückte sich Philippa zwischen den Männern hindurch zur Tür.

»Übernimmst du das, Ida?«, brüllte Otto zu ihr rüber.

»Seit wann zahlen die Leute nicht sofort?«, fragte Ida, nachdem sie sich wieder an den Tresen gesellt hatte.

»Is doch Philippa. Die darf das. Also, macht eins fuffzich.«

Sie wusste genau, dass er sie über den Tisch zog. »Hier.« Wütend pfefferte sie ihm das Geld auf die Theke, als sie etwas hörte, das sie herumschießen ließ.

»Hast du das gerade gesagt?«, fragte sie einen untersetzten Alten, nachdem sie sich wieder ins Gewühl der plappernden Männer geworfen hatte.

»Watt 'n?«

»Merle.«

»Hä?«

Laut fragte Ida in die Runde: »Wer von euch hat gerade den Namen Merle genannt?«

Die Mienen der Umstehenden erstarrten. Endlich hob ein wuchtiger Kerl die Hand, der Ida um mindestens einen Kopf überragte.

»Ich.«

»Sag das noch mal.«

»Hab doch nur erzählt, was der Typ die ganze Zeit gebrabbelt hat.«

»Wiederhol es noch mal«, wies sie ihn barsch an.

»Merle, Merle.« In gespieltem Wahnsinn rollte er die Augen. »Dass er die heiraten wird und so 'n Blödsinn.«

»Wer hat das gesagt?«

»Na, der Knilch, der ... So 'n Heini.«

»Genauer!«, herrschte sie ihn an. »Ist er noch hier?«

»Nee. Is wech. Hab ihn weglaufen sehn. Das war doch der, der ... der dich umgestoßen hat.«

Ida kniff die Augen zusammen und zwang sich, tief ein- und auszuatmen. Hatte sie sich den Mann aus Vera Papes Wohnung gerade durch die Lappen gehen lassen? Oder war es nur ein großer Zufall, dass beide Männer von einer Merle gesprochen hatten?

»Sei so gut«, sagte sie, als sie sich wieder halbwegs im Griff hatte, »und komm mit auf die Wache. Nur für eine Zeugenaussage. Du hast nichts zu befürchten.«

Wenig später saß Helge ihr auf Heides Stuhl im Büro der Weiblichen Polizei gegenüber. Er füllte den winzigen Raum, bemühte sich aber, sich so klein wie möglich zu machen. Das gefiel Ida. Die meisten Männer, so ihre Erfahrung, versuchten das Gegenteil.

»Versuch dich zu erinnern: Was hat er über Merle gesagt?«

»Na, nur dass er sie heiraten wird, und alles wird wunderschön.«

»Na, großartig, freut mich für ihn. Irgendwas Auffälliges beobachtet – davon abgesehen, dass er Blödsinn geredet hat?«

»Na ja, also, ja, schon.«

»Genauer?«

»Der hatte so 'n Dings anne Wange. So 'ne Narbe, weißte, wie vonner Studentenverbindung. Ziemlich bescheuert, wenn du mich fragst.«

Ida nickte, wenngleich das nur halb als Zustimmung gemeint war. Jetzt trafen zwei Zufälle aufeinander, die für sich genommen nichts bedeuten würden, aber gemeinsam ... Merle. Und ein Schmiss an der Wange. Was man bei alten Kerlen ständig sah, die, die sich für Haudegen hielten und voll Begeisterung von ihrer Jugend erzählten. Aber heute gab es kaum mehr schlagende Verbindungen.

Er war es.

Er hatte in Vera Papes Küche herumgelungert. Er war ihr beim Spazierengehen gefolgt.

Und sie hatte ihn sich nicht geschnappt. Es war zum Heulen.

KÄTHE

Seit sie hier unter der Erde ist, und das fühlt sich an wie fünfundsechzigoderso Tage, weiß sie nicht, von wo Gefahr droht. Manchmal schreit Mister Haha plötzlich los, wenn er vorher geschlafen hat, und sucht nach den Streichhölzern. Und wenn er sie endlich gefunden und eines angezündet hat, hält er es mit zitternden Fingern vor sich und starrt sie aus riesengroßen Augen an.

Seine Augen sind so komisch, schwarz und irgendwie, als würde keiner drin wohnen. Und dann fragt er: »Wer bist du? Sag schon, wer bist du?«

Und sie sagt lieber nichts, weil, wenn sie Käthe sagt, schlägt er sie. Es ist vorgekommen, dass sie beim Nichtssagen Pipi gemacht hat, eine kleine warme Pfütze, die langsam immer größer wurde. Wenn ihr das zu Hause passiert, schimpft Oma. Manchmal haut sie sie auch, mit der harten Kante von der Hand, was sich anfühlt wie ein Brett. Mister Haha tut das nicht. Er haut sie ja sonst oft, aber nicht, wenn sie aus Versehen Pipi macht. Meistens merkt er es nicht, aber einmal hat er es gesehen und hat ihr einen Lumpen gegeben, damit sie es aufwischt, und das hat sie getan.

Überall riecht es nach Pipi. Nicht nur nach ihrem. Auch nach dem von Mister Haha.

Die meiste Zeit rennt er auf und ab. Zwischendurch setzt er sich kurz hin und schläft ein, steht wieder auf, rennt und pieselt in die Ecke. Sie weiß nicht, wann Tag ist und wann Nacht. Sie schläft, immer wieder, und dann wacht sie auf und schläft wieder ein. Alles ist wie ein langer Zug aus Stunden. Sie weiß nicht, in welchem Waggon sie sitzt, im Tagwaggon oder dem für die Nacht. Aber wenn er weggeht, dann ist es wohl Tag? Manchmal steht Käthe auf und hält den Atem an. Er hat nicht gesagt, dass sie nicht gehen darf. So was weiß man aber. Wenn einen einer einsperrt, hat das den Grund, dass man nicht wegläuft.

»Wieso seid ihr damals weggezogen?«

Käthe schrickt zusammen. Sie hat nicht ganz sicher gewusst, dass Mister Haha wach ist oder überhaupt da. Sie sind also im Nachtwaggon.

»Ihr hättet auf mich warten können!«

Vorsichtig antwortet Käthe: »Mama hat mich zu Oma und Opa gebracht. Oma wollte nicht, aber Opa schon.«

»Nein, nein.« Er röchelt, und Käthe beginnt zu zittern. So ein unheimliches Geräusch! »Zu Hause, ich rede von zu Hause! Von dem Garten, weißt du nicht mehr? Der Garten mit seinen Gräsern und Blüten ...« Seine Stimme wird weich. »Und wir beide, wie wir Purzelbäume schlagen. Du und ich, den Hang runter.«

Jetzt redet er wieder von dem Schloss. Nie war Käthe in einem Schloss. Sie hat auch nie eins in echt gesehen, nur auf Bildern in einem Märchenbuch in der Schule. Außerdem ist sich Käthe sicher, dass sie ihn früher nicht gekannt hat. Damals, als sie noch in Hamburg drin gewohnt hat. Sie kennt ihn erst, seit sie hier ist. Oder hat sie was von früher vergessen?

Und nun redet er von dem Maulbärbaum. Sie weiß nicht, wie ein Maulbär aussehen könnte und ob es eine Mischung aus einem Esel und einem Bären ist. Und wie er in den Baum kommt und überhaupt. Aber wenn sie Mister Haha fragen würde,

würde er sie auslachen oder schlagen. Dabei dachte sie, er wäre ihr Freund. Er hat ihr schließlich die Puppe geschenkt.

»Ich hab was für dich«, hat er an dem Tag gesagt und seltsame Hüpfer mit seinen Augenbrauen gemacht. Und sie dachte: Für mich? *Für mich?* Mama hatte sie lieb und wollte ihr gern viel schenken, aber Mama wusste nicht, von welchem Geld. Käthe war das eigentlich egal, ihr reichte es, wenn Mama sie in den Arm nahm und ganz doll festhielt. Aber dass da jemand stand und sagte, er hat ein Geschenk für sie, das war ... Sie weiß noch, dass ihr Herz ganz schnell geschlagen hat vor lauter Freude.

Ein Geschenk!

»Was denn?«, fragte sie also, und ihre Affenschaukeln sind vor Aufregung hoch und runter gehüpft, das hat sie gespürt.

Sein Blick ist über ihren Mittelscheitel gewandert. Sie hat blondes, ganz feines Haar, das ihre Oma immer wieder verzweifelt die Hände zum Himmel werfen lässt, weil es aus allen Zöpfen rausglitscht, kaum hat Oma es festgezurrt.

Sie weiß noch, was er sagte: »Du hast eine hübsche Frisur heute.«

Das war was, das ihr noch nie wer gesagt hat! Sie fühlte sich wie in einem Trog mit warmem Wasser, das war schön. Sogar noch schöner, als was geschenkt zu bekommen.

»Und so ein hübsches Kleid angezogen.« Damit hatte er sich umgewandt und war verschwunden, und Käthe stand da, guckte auf die Sonnenstrahlen, die kleine gelbe Punkte auf die Blätter warfen, und auf das Pflaster zu ihren Füßen, bis er zurückkam, die Hände hinter dem Rücken versteckt. Ein roter Striemen leuchtete auf seiner Stirn, über seinen Augen, über denen die Brauen wieder komisch hüpften.

Mittlerweile hat sie rausgefunden, wieso er immer so zerkratzt aussieht: weil er das selber macht. Auch hier im Dunkeln, während er nur dasitzt.

»Haha!«, sagte Mister Haha in diesem Augenblick da draußen im Park. »Das hier hab ich für dich.« Und er zauberte die schönste Puppe hinter seinem Rücken hervor, die Käthe je gesehen hatte. Kein bisschen schmutzig war sie und überhaupt nicht abgeschabt an den Wangen, wo man doch ständig hinküssen musste. Sie hatte lockiges Haar und rote Backen und Zähne, sogar Zähne! Und weiße schwere Beine und gleiche Hände, und sie trug ein wunderhübsches Kleid.

»Das Kleid ist fast so schön wie deines«, sagte Mister Haha.

»Ich hab nicht so schöne Sachen wie die anderen Mädchen«, hat sie leise gesagt, und da war sie ein bisschen traurig.

Für einen Moment sah Mister Haha wütend aus, aber dann lächelte er. »Es ist dumm, darüber nachzudenken, wer besser oder hübscher ist. Die anderen Leute sind gar nicht wirklich da, verstehst du? Außer dir und mir gibt es niemanden wirklich. Wir sind die Einzigen, die leben. Die was fühlen, verstehst du?«

Und Käthe wurde noch trauriger, weil sie sich nicht vorstellen mochte, dass ihre Mutter nicht wirklich da war.

»Eine lebt aber auch«, sagte er da nach einer Weile. »Eine noch. Und weißt du was? Das ist deine Mama.« Da war sie wieder ganz erleichtert. »Komm.« Er streckte die Hand aus, und weil Oma sagt, dass man machen soll, was die Erwachsenen sagen, nahm Käthe sie. »Ich zeige dir ein tolles Versteck.«

Wo ist die Puppe jetzt?, fragt sie sich. Als er Käthe gepackt und ihr den Mund zugehalten hat, ist sie ihr aus den Händen gefallen. Die hübsche, liebe Puppe, jetzt liegt sie im Schmutz, und Käthe ist hier und kann sie nicht beschützen!

Sie hört ihn kichern. »Bald gehen wir weg, Roswitha. Wir gehen dahin, wo niemand uns findet.«

Käthe wird noch kälter. Es ist, als wäre da Schnee in ihren Knochen, und als sie merkt, dass sie mit den Zähnen klappert, beginnt sie, in ihre Knie zu schluchzen, sodass er es nicht hört.

Sie will zu Mama. Warum kommt niemand sie holen? Sonst hat Mama doch auch irgendwann die Tür aufgemacht und »Käthchen, Liebes« gesagt und ihr über das verweinte Gesicht gestreichelt. Aber hier ist niemand, nur Kälte und Angst und Pipi und Mister Haha, der leise zu singen beginnt.

»Zwei Wochen stehen wir schon auf Deck und Tauchstation, die Walhalla ist noch nicht in Sicht. Die Tage gehen vorbei in ewigem Einerlei, aber Beute gibt's noch immer nicht.«

6
Margaretenstraße, Hamburg-Eimsbüttel
Samstag, 12. Juni 1948, 4:07 Uhr

Morgen.
Mit diesem Gedanken erwachte sie. Morgen würde sie abreisen. Und einen Toten, eine Schwerverletzte sowie eine Verdächtige in Gewahrsam zurücklassen, deren rätselhaftes Auftreten etwas in Ida anrührte, das sie einfach nicht zu greifen bekam.

Dass ein Fall sie nicht losließ, bemerkte sie immer daran, dass ihr der Schlaf abhandenkam. Nicht dass er nicht zuvor schon schlecht gewesen wäre. Aber in den vergangenen Stunden hatte sie immer wieder in die Dunkelheit gestarrt und war kurz weggedöst, nur um gleich wieder aufzuschrecken. Irgendetwas beunruhigte sie, etwas, das sich wie ein Dorn anfühlte, der mit der Zeit nicht herauswuchs, sondern sich immer tiefer bohrte.

»Warum gerade jetzt?«, murmelte sie in sich hinein. Seit einem Jahr freute sie sich darauf, endlich wieder etwas zu lernen. Die Ausbildung, die alle Polizisten durchliefen, war lächerlich rudimentär. Ein paar Sätze im bisher nicht überarbeiteten Strafgesetzbuch wurden gelesen, der alte Nazijargon geflissentlich ignoriert, weil für neue Ausgaben das Geld fehlte. Ebenso aber dafür, die Polizeianwärter ordentlich darauf vorzubereiten, auf die Straßen geschickt zu werden, da sie doch dafür sorgen sollten, dass sich die Leute nicht in der Hitze des Augenblicks gegenseitig den Garaus machten. Stattdessen warf man die zukünftigen Polizisten ins kalte Wasser und hoffte das Beste.

Beim Lehrgang würde sie so vieles lernen können! Ihr Weg würde weitergehen. Eines Tages könne sie die Abteilung leiten, hatte Miss Watson gesagt. »Dann sitzen Sie hier.«

Dass Ida heimlich andere Pläne hatte – sich danach sehnte, eines Tages Kriminalkommissarin zu werden –, Pläne, die wohl niemals in Erfüllung gehen würden, hatte Ida ihrer Vorgesetzten verschwiegen … Aber so oder so – der Lehrgang würde sie mit Siebenmeilenstiefeln vorwärtsbringen.

Sie schloss die Augen, versuchte, ruhig ein- und auszuatmen, und probierte es sogar mit der albernen Methode, Schafe zu zählen. Verlorene Liebesmühe. Bei dreiundvierzig setzte sie sich grummelnd auf, stieg aus dem Bett, zog sich an, nahm die Schuhe in die Hand. Sie schlich aufwärts und klopfte zaghaft an Heinrichs Tür. Als er öffnete, breitete sich ein Grinsen auf seinem mondrunden Gesicht aus.

»Entschuldigen Sie, dass ich schon wieder …«

»Aber Sie stören doch nie, Fräulein Rabe, husch, husch, herein mit Ihnen! Was für ein wunderbarer Zufall, ich habe gerade eben Kaffee aufgesetzt.«

Sie betrat den schmalen Flur, der dank all der Zeitungsstapel, die Heinrich hortete, mehr und mehr Ähnlichkeit mit einem zugewucherten Dschungelpfad bekam, und fühlte sich, als habe sie einen Schritt durch die Himmelspforte getan. Schon als Kind hatte sie den herben Geruch von Kaffee geliebt, der jeden Morgen durchs Haus zog. An Feiertagen bekam sie eine halbe Tasse voll und war wunschlos glücklich. Vielleicht war es dieses Glücksgefühl, das sie immer noch mit dem Nippen an einer

Tasse Kaffee verband. Ein knurrender Magen war erträglich. Aber tagelang kein Schluck Kaffee oder nichts als Muckefuck aus Zichorienwurzeln? Furchtbar!

Nachdem sie die Tür hinter sich ins Schloss gedrückt hatte, folgte sie Heinrich, dessen beträchtliche Leibesfülle mit den vollgestellten Regalen um Platz konkurrierte. Sie selbst passte gut zwischen Wand und Möbelstücken durch, war aber dennoch froh, in die Küche zu kommen. Obwohl sie mittlerweile wusste, aus welchem Grund all die Puppen dort draußen herumsaßen und aus glänzenden Glasaugen in die Welt blickten, fand sie sie doch noch ein wenig gruselig.

»Einen kleinen Augenblick, Fräulein Rabe«, sagte Heinrich und öffnete die Tür zu seiner Speisekammer. Sie blickte zwar nicht zum ersten Mal ins Innere, dennoch verschlug ihr der Anblick erneut die Sprache. Heinrich war, vom Ersten Bürgermeister und ein paar hohen Tieren bei den Besatzern abgesehen, gewiss der Einzige in der Hansestadt, der Lebensmittel in Hülle und Fülle besaß. Wieso, wusste Ida nicht, doch sie hatte schon kurz nach ihrem Kennenlernen beschlossen, dass sie es auch nicht wissen wollte. Entweder er bekam den Kram von irgendwem zugeschickt, oder er besaß die Konserven und Ähnliches seit Kriegszeiten. Und weder das eine noch das andere war verboten.

»Bei ein paar Plätzchen«, sagte er, als er sich freudestrahlend zu ihr umdrehte, »erzählt es sich doch noch mal leichter.«

Wenig später saßen sie bei zwei Tassen dampfendem Kaffee und Schokoladengebäck an seinem Wohnzimmertisch. Vor dem Fenster färbte sich der Himmel in silbriges, wattig wirkendes Blau.

»Seien Sie mir nicht böse«, sagte Ida, die es mit dem Zuckerzeug langsam angehen ließ und sich auf den Kaffee konzentrierte – sie hatte schon zweimal böse dafür bezahlt, bei Heinrich über die Stränge geschlagen zu haben, was ihr Magen ihr zu beiden Gelegenheiten erst zwei Tage später verziehen hatte.

»Ich würde gern noch ein wenig meinen Gedanken nachhängen.«

»Aber natürlich.« Heinrich stand auf, um zu der Kommode zu gehen, in der er seine Arbeitsutensilien aufbewahrte. Nachdem er sich ihr wieder gegenübergesetzt hatte, begann er zu zeichnen. Sie mochte das Geräusch, das leise Kratzen der Bleistiftmine, es wirkte beruhigend auf sie. Doch heute wollten ihre Gedanken nicht damit aufhören, wild durch ihren Kopf zu flitzen. Immer wieder sah sie das blasse, erschrockene Gesicht Vera Papes vor sich. Hatte sie die Wahrheit gesagt oder von Beginn an geplant, Ida einzuwickeln und hinters Licht zu führen?

»Sie können auch gerne laut denken, wenn Sie mögen. Das hilft manchmal, sich zu sortieren – und Sie können sich darauf verlassen, dass es keinen sichereren Ort für ein Geheimnis gibt als meinen Kopf. Außer mit Ihnen rede ich mit niemandem.«

Bei anderen Leuten fände sie diese Behauptung befremdlich. Aber Heinrich war glücklich mit seinen Puppen, das wusste sie. Wieso ihm allerdings Ida ein willkommener Gast war, während er alle anderen Menschen mied, wollte sich ihr nach wie vor nicht erschließen.

»Schwören Sie, niemandem davon zu erzählen?«

Nun sah er doch auf. Dann nickte er mit ernster Miene.

»Ich frage mich, wie man an Kampfstoffe kommen könnte. Als zivile Person.«

»An ABC-Waffen?«

Ida nickte. »C in diesem Fall, chemische. Das dürfte etwas

sein, das nicht mal auf dem Schwarzen Markt verhökert wird, zumindest ist es mir noch nicht untergekommen.«

»Da müsste schon das Militär beteiligt sein, wenn Sie mich fragen.«

Nachdenklich nickte sie. »Eben, das dachte ich mir auch. Aber aus welchem Land?«

»Oh, ich denke, in den vergangenen Jahrzehnten hat jeder Staat daran getüftelt, Waffen zu bauen, die mit möglichst wenig Aufwand möglichst viele Leute umbringen, am besten aus der Ferne.« Als er sah, dass Ida ihm voll Interesse folgte, redete er zögerlich weiter. »Nehmen Sie die japanische Armee. Sie warf im Krieg mit Pestbakterien und mit Typhus infizierte Flöhe über China ab. Gut, das sind B-Waffen, aber an Kaltblütigkeit hat es dort auch nicht gemangelt. Sie reden aber von Losten, nicht wahr? Senfgas zum Beispiel? Das finden Sie auch hierzulande, immerhin waren es zwei deutsche Chemiker, die auf die glorreiche Idee kamen, den Stoff als chemische Waffe zu gebrauchen.«

»Ich wusste nicht, dass der Stoff hierzulande entwickelt wurde.«

»Die Männer hießen, warten Sie ...« Heinrich legte den Block auf dem Tisch ab und sah grübelnd aus dem Fenster. »Nein, ich komme nicht drauf, aber der Begriff ›Lost‹ ist aus den Anfangsbuchstaben ihrer Nachnamen zusammengesetzt. Wenn Sie mich fragen, muss es tonnenweise von dem Zeug geben. Irgendwo gebunkert. Und hoffentlich gut bewacht.«

Allein der Gedanke, dass jemand wie Marlise an Senfgas käme, jagte Ida einen eiskalten Schauder über den Rücken. »Woher wissen Sie das?«

»Ist Ihnen noch nicht aufgefallen, dass ich sehr viel lese?«

»Doch«, sagte Ida langsam.

»Die Zeitungen im Flur bewahre ich nicht auf, weil ich das Wohnzimmer damit tapezieren oder Fisch einwickeln will. Mich packt es von Zeit und Zeit, und ich studiere sie noch einmal von Neuem, auch wenn sie zwei oder zwanzig Jahre alt sind. Und wissen Sie, was das Fantastische daran ist?«

»Nein.«

»Alles wiederholt sich. Wieder und wieder. Als wenn die Menschheit kein Gedächtnis hätte und somit aus ihren Fehlern nicht lernen könnte.«

»Und das finden Sie fantastisch?«

Er lächelte traurig. »Immerhin hilft mir der Gedanke dabei, mit den Verletzungen aus der Vergangenheit umzugehen. Die Menschen wissen es nicht besser, weil sie dumm sind. Man könnte meinen, sie hätten niemals denken gelernt.«

»Sie sind also eine wandelnde Bibliothek. Wie praktisch.«

»Einschränkend muss ich sagen, dass ich zu den eher entlegenen Themenbereichen etwas sagen kann. Waffen, auf die Sie ja gerade zu sprechen kamen, und Menschen mit eher absonderlichen Eigenschaften oder Interessen, solche Dinge. Ich weiß selbst nicht, wieso.« Sein Gesicht hellte sich auf. »Lommel! Ja, so hieß der eine Chemiker. Und ... Steinkopf der andere. Lommel und Steinkopf. Lo. St. Wusste ich doch, dass dieses Wissen noch irgendwo hier drinsteckt.« Grinsend tippte er sich an die Schläfe.

»Über Senfgas, Sarin oder, was weiß ich, Tabun oder Phosgen«, kam sie auf ihr eigentliches Anliegen zurück, »könnte man also schon irgendwo in der Walachei stolpern, wenn man wüsste, wo man suchen sollte.«

»Sofern Sie unter Walachei nicht das frühere Fürstentum in Rumänien meinen, sondern norddeutsches Plattland, um nur ein Beispiel zu nennen: ja.«

»Und wer davon weiß …«

»… der sollte es lieber nicht weitersagen.«

Sie nahm noch einen Schluck Kaffee und spürte dem bitteren Geschmack so lange wie möglich nach. Es half ihr zu denken, half ihr, die Gedanken zu sortieren, alle der Reihe nach aufzustellen und in ihrer Vorstellung abzugehen. Da war Vera Pape, deren ehemaliger Verlobter Brite war, ein hohes Tier noch dazu, denn als einfacher Soldat von der Insel wäre er nie und nimmer an die Alster gezogen. Würde er an einen gefährlichen Stoff kommen? Ja, davon konnte man wohl ausgehen. Aber Ares hatte ja Entwarnung gegeben. Wobei: Sie seien teils zu flüchtig, um Stunden später rein durch Einatmen gefährlich zu werden, so in etwa hatte er sich ausgedrückt. Was nicht dasselbe war wie: Es war kein Gas.

Laut ihm konnte es sich allerdings ebenso gut um Zeliopaste handeln. Sie war frei verkäuflich und half, Plagegeister wie Ratten loszuwerden. Doch er hatte etliche andere Stoffe genannt, von denen manche in der Natur vorkamen und somit frei zugänglich waren …

*

Ida saß schon seit mehr als einer Stunde an ihrem Platz, als Heide hereinkam. Wortlos schlüpfte ihre Kollegin aus ihrem Mantel und hängte ihn in den wuchtigen Wandschrank.

»Schlechter Morgen?«, fragte Ida, da Heide nichts sagte.

Heide antwortete nicht, sondern ließ sich mit abgewandtem Blick auf ihren Stuhl fallen.

»Ist alles in Ordnung?«

Heide schüttelte den Kopf. »Ich …« Zittrig atmete sie ein. »Sie …« Damit brach sie in Tränen aus.

Ihrem ersten Impuls, aufzuspringen und zu ihr zu laufen, folgte Ida nicht. Stattdessen zögerte sie. Nicht nur was Herzensbekanntschaften anging, wusste sie nämlich nicht, wie sie sich verhalten sollte. Bei anderer Leute Gefühlsausbrüchen schreckte sie zurück und hatte keinen Schimmer, was von ihr erwartet wurde. Dies blöde Büchlein, das alle anderen zu bekommen schienen, das Regelwerk für Gefühle, hatte Ida schließlich nie erreicht.

»Was ist los?«, fragte sie aus der sicheren Distanz.

Zwischen Heide und ihr lag mindestens eine Schreibtischlänge, konstatierte sie erleichtert. *Erleichtert?*, fragte sie sich im nächsten Augenblick und schämte sich in Grund und Boden. Während ihre Kollegin weinte? Bei Tränen sollte man trösten, so viel hatte selbst Ida gelernt. Also stand sie auf, ging unsicher auf Heide zu, die weiterhin in sich hineinschluchzte, und fragte sich, welche Geste wohl die richtige sein mochte. Da sie es nicht über sich bringen konnte, Heide zu umarmen, schließlich umarmten sie einander nie, beschloss sie, ihr die Hand auf die Schulter zu legen.

Heide stieß einen Seufzer aus, griff nach Idas Fingern und umklammerte sie, und Ida fiel ein Stein vom Herzen, wofür sie sich gleich wieder schämte. Heide war bestimmt nicht ohne Grund traurig, und hier stand Ida und klopfte sich auf die imaginäre Schulter, weil sie etwas richtig gemacht hatte!

»Sie … Sie ist …«

Und nun endlich dämmerte Ida, wovon Heide sprach. Ihr wurden die Knie weich, aber eine Stimme in ihrem Kopf sagte: *Du darfst jetzt nicht schwach sein. Du musst Heide trösten!*

»Ist sie gestorben?« Ihre Stimme klang flach, sie hatte Mühe zu atmen. »Kommst du gerade aus dem Krankenhaus?«

Heide nickte. Tränen rannen ihr die Wangen hinab und tropften auf ihre Bluse, wo sie größer werdende dunkle Flecken hinterließen. »Ich weiß, dass es albern ist, deswegen zu … heulen. Ich bin Polizistin. Wenn das die da oben sehen würden, würden sie sich kaputtlachen. Aber manchmal …« Traurig schüttelte sie den Kopf. »Manchmal kann ich das alles einfach nicht mehr ertragen. Die arme Frau.«

»Sie hieß Henni.« Das hatte Ida nicht sagen wollen, es war ihr einfach über die Lippen gehüpft. »Ich glaube, sie hieß Henni.«

»Woher weißt du das?« Heide wischte sich die Tränen ab, schob Idas Hand von ihrer Schulter und wandte sich mit misstrauischem Blick um. »Woher kennst du ihren Namen? Was weißt du über sie?«

»Nichts«, stammelte Ida und fragte sich, wieso sie ausgerechnet jetzt damit herausgerückt war. »Ich war beim blonden Otto und habe herumgefragt. Und dabei kam mir der Name Henni unter. Es tut mir leid, Heide. Ich wollte dir nicht in den Fall grätschen. Aber ich war sowieso dort, um mich wegen Vera Pape umzuhören, und da …«

»Da hast du gesagt: Grade fällt mir ein, dass wir eine Frau gefunden haben, und irgendwer krähte: Ja, klar, das war Henni?«

»Nein«, versuchte Ida es geradezurücken, auch wenn sie wusste, dass sie sich mit jedem Wort weiter in den Schlamassel katapultierte. Aber sie hatte gute Absichten gehabt! Sie wollte Heide nicht das Feld streitig machen. Wie idiotisch wäre es, wenn zwei Kolleginnen gleich zweimal in dieselbe Kneipe rannten? Wieso nicht beides in einem Wisch erledigen? »Heide, bitte sei mir nicht böse. Ich wollte dir nicht an den Karren fahren.«

Heide sah nicht so aus, als wenn sie ihr glaubte.

»Aber ist es nicht immerhin etwas, ihren Namen zu kennen?

Zumal sie ihn uns jetzt …« Sie schluckte. »Ihn uns jetzt nicht mehr nennen kann.«

Heide sah sie an. Ihr Blick schrie förmlich: *Was redest du nur? Hast du gar kein Herz, Ida?*

»Wann ist sie gestorben?«, fragte Ida.

»Vor einer Stunde.« Heides Stimme brach, dann räusperte sie sich. »Ich fasse es nicht, dass du dort herumgefragt hast. Aber weißt du, was viel schlimmer ist? Dass ich nicht im Mindesten überrascht bin. So bist du einfach, Ida. Du tust immer das, was du für richtig hältst, ganz egal, was jemand anderes dazu sagt. Und obwohl wir darüber geredet haben, obwohl ich dir gesagt habe, dass es mein Fall ist, obwohl du morgen wegfährst! Trotz alldem kannst du nicht anders, als dich einzumischen. Weil du der Meinung bist, alles besser zu können, klüger zu sein als alle anderen. Weißt du was? Ich bin froh, dass du gehst, und auch wenn es ausgerechnet ein Ekel wie Fräulein Pfeiffer ist, die dich ersetzt!«

Ida tat einen Schritt zurück. Ihr war schwindelig. Sie war schrecklich traurig und fand keine Worte, um sich zu verteidigen.

»Willst du nichts dazu sagen?« Heides Stimme klang wütend.

»Nein«, antwortete Ida tonlos. »Was würde es nützen?«

Und damit ging sie und fühlte sich, als würde jemand ihre Marionettenschnüre die Treppe emporziehen, weiter und weiter, durch den schmalen Gang der Davidwache in den Vorraum, wo Hondratschek, in den Anblick seiner Fingernägel vertieft, dasaß, und hinaus auf die Reeperbahn. Sie atmete tief ein. Und dann begann sie zu weinen.

*

Wenig später hatte sie ihre Tränen getrocknet, sich ermahnt, verdammt noch mal nicht die Fassung zu verlieren. Der Tag war vollgestopft mit Dingen, die sie noch erledigen musste. So war sie, nachdem sie sämtliche Gefühle beiseitegeschoben hatte, in die Kieler Straße gegangen. Dort stand sie nun, in Vera Papes Küche, in der an dem schmalen Tisch am Fenster Fräulein Bruns und Fräulein Metzger saßen, mit denen sich Vera Pape die Wohnung teilte. Hoffentlich hatte es etwas gebracht, sich die kühlen Finger vor die geschwollenen Augen zu halten, sodass die beiden ihr den gerade erst zurückliegenden Gefühlsausbruch nicht ansahen.

»Danke, dass Sie Zeit für mich haben.«

»Von *haben* kann keine Rede sein«, sagte Fräulein Bruns bissig und strich sich mit einer ungeduldigen Geste das rötlich braune Haar aus der Stirn. Sie war eine Frau mit Temperament, das sah man auf den ersten Blick. Laut und raumgreifend, auch wenn sie eine zierliche Person von höchstens Mitte zwanzig war. Ganz anders als Fräulein Metzger, die Ida ja schon kannte. Sie saß, obwohl deutlich älter, eingeschüchtert da wie ein Schulmädchen.

»Meine erste Kundin erwartet mich um neun«, redete Fräulein Bruns ungehalten weiter, »also in zwanzig Minuten. Aber was soll man machen, wenn die Polizei kommt und mit einem reden will?«

»Ja, was soll man da machen?« Ida hatte sarkastisch klingen wollen, merkte aber, dass ihr dazu die Kraft fehlte. Immer noch war ihr das Herz schwer. Eine Frau, die so brutal zusammengeschlagen worden war, dass sie kurz darauf im Krankenhaus starb, und die Polizei kannte nichts als ihren Vornamen. Niemand wollte von ihr gehört haben oder Näheres über sie wissen. Und dann ihr Streit mit Heide. »Am klügsten wäre es, wenn Sie mir die Wahrheit sagen. Das ginge auch am schnellsten. Ich versuche, mir ein Bild von Fräulein Pape zu machen. Vor allem wüsste ich gern, wo ihre Tochter ist.«

Die Frauen warfen sich einen unsicheren Blick zu.

»Käthe ist bei ihren Großeltern«, gab sich Fräulein Bruns einen Ruck. »Wäre das alles? Ich muss wirklich los.«

»Seit wann ist sie dort?«

Entnervt seufzte die junge Frau. »Seit letzter Woche, glaube ich. Oder vorletzter?« Rat suchend blickte sie zu ihrer Mitbewohnerin.

»Seit Mittwoch.«

»Dem Mittwoch vor drei Tagen?«, wandte sich Ida überrascht an die zurückhaltendere der beiden Frauen.

Als Fräulein Metzger nickte, durchsuchte Ida die Seiten ihres Merkbuches, bis sie fand, was sie suchte: Am Mittwoch war Vera Pape in Fräulein Metzgers Beisein das erste Mal bei der Weiblichen Polizei gewesen.

»Bevor Sie bei uns waren oder danach?«

»Danach«, flüsterte Fräulein Metzger. Sie war ungeschminkt und trug ihr dunkelblondes Haar brav zurückgebunden. Den Blick hielt sie auf ihre im Schoß gefalteten Hände gesenkt.

»Hatte die Entscheidung, das Mädchen dorthin zu bringen, etwas mit dem Besuch bei uns zu tun?«

»Das weiß ich nicht. Vera war danach sehr aufgelöst. Ich habe mich bemüht, aber sie wollte nicht mit mir sprechen, holte das Mädchen und fuhr mit Käthe zu den Großeltern.«

»Geschieht das öfter?«

»Nein. Eigentlich nie.«

Das gab Ida zu denken. Vera Pape hatte Käthe fortgebracht,

nachdem sie dem Mann beim Spaziergang begegnet war – allerdings einen Tag, bevor er plötzlich in ihrer Küche stand. Apropos: »Der Mann, von dem Fräulein Pape erzählte – könnte er schon einmal hier gewesen sein? Vielleicht als Lieferjunge oder Ähnliches?«

»Ich arbeite als Haushaltshilfe«, sagte Fräulein Metzger. »In Poppenbüttel. Mit Lieferjungen habe ich nur dort zu tun.«

»Was denken Sie, Fräulein Bruns?«

»Ich bin Putzmacherin. Mit eigenem Atelier. Wieso sollte mir jemand etwas hierherbringen?«

»Fiel Ihnen sonst noch etwas auf? An dem Tag, an dem Sie bei uns waren, Fräulein Metzger«, fragte Ida und wandte sich dann an Fräulein Bruns. »Oder in den Tagen vorher oder danach?«

Fräulein Metzger wiegte den Kopf. »Normalerweise besucht Vera ihre Eltern nicht gern. Es war also schon außergewöhnlich. Und dass Käthe plötzlich fort war … Sie geht ja eigentlich zur Schule. Nicht, dass der Unterricht regelmäßig stattfindet … Als ich Vera fragte, wann Käthe zurückkomme, antwortete sie mir jedenfalls nicht.«

»Hat sich Vera Pape in letzter Zeit auch davon abgesehen seltsam verhalten?«

»Sie hatte, nun, sie hatte Angst.«

»Wovor?«

»Sie …« Fräulein Metzger hob die Schultern und fiel gleichzeitig in sich zusammen. »Sie wollte nicht darüber sprechen. Ich habe es versucht, wirklich. Aber sie ist nicht damit rausgerückt.«

»Hat sie Ihnen erzählt, dass sie ihrem früheren Verlobten einen Besuch abstatten wollte?«

Fräulein Metzger schreckte zusammen. »Nein! Hatte sie das etwa vor?«

»Käthe hat hier gelebt«, wechselte Ida abrupt das Thema. »In dem dunklen, fensterlosen Raum, der vom Flur abgeht?«

Plötzlich glitt Besorgnis über Fräulein Bruns' Gesicht. Unsicher sagte sie: »Das war Veras Entscheidung, nicht unsere. Wir hatten nur dies Zimmer frei, und Sie verstehen doch sicher, dass keine von uns beiden gern mit einer Mutter und einem Kind das Zimmer teilen wollte. Aber natürlich durfte das Kind sich in der Küche aufhalten, sofern wir nicht schliefen.«

»Wie großzügig«, kommentierte Ida. »Seit wann wohnten die beiden hier?«

»Seit knapp drei Jahren.«

»Dann haben Sie Herrn Lindemann also kennengelernt?«

Fräulein Bruns sah zu ihrer Mitbewohnerin, kurz nur, aber lange genug, dass Ida es bemerkte. Sie fragte sich, was wohl dahintersteckte.

»Ich dachte, Sie haben es eilig«, sagte Ida, weil ihr niemand antwortete. »Dann wäre es gut, mir zu antworten, um die Sache zu beschleunigen.«

»Ja, wir haben ihn kennengelernt. Er war ein paarmal hier.«

»Mochten Sie ihn?«

Überrascht lachte Fräulein Bruns auf. »Wir haben jedenfalls nichts von dem bemerkt, was Vera später erzählte.«

Interessiert beugte sich Ida vor und starrte der jungen Frau ins Gesicht. »Gar nichts?«

Diese schüttelte den Kopf.

»Und haben Sie ihr geglaubt?«

Unauffällig guckte Ida zu Fräulein Metzger hinüber, die immer noch wie angeklebt auf der halben Sitzfläche ihres Stuhles saß.

»Nun ...«, begann Fräulein Bruns zögerlich. »Es war ... Ich

hatte das Gefühl, sie hat etwas, nun, sie hat womöglich zu stark reagiert auf einen Vorfall, der so schlimm wohl nicht war.«

»Was meinen Sie damit?«

»Ihm ist die Hand ausgerutscht. Das kann schon passieren, oder nicht?«

»Nein, finde ich nicht«, sagte Ida ruhig. »Und mit Hand ausgerutscht meinen Sie was?«

»Er hat ihr eine Ohrfeige verpasst.«

»Hier? Waren Sie dabei, haben es gehört?« Seit Fräulein Riedels Aussage hatte Ida zwar keine Zweifel mehr, dass Lindemann Vera Pape Gewalt angetan hatte. Zugleich hatte sie aber überhaupt keine Lust, die beiden Frauen vom Haken zu lassen. »Also?«

»Na ja … Ja. Ich habe es gehört.«

»Und taten was?«

»Was sollte ich denn bitte tun? Das ist doch die Sache zweier Liebender, da werde ich den Teufel tun und mich einmischen.«

»Haben Sie Fräulein Pape später gefragt, was passiert ist und wie es ihr geht? Oder haben sich um die Kleine gekümmert? Wo war Käthe überhaupt?«

»In der Schule. Und nein, habe ich nicht.« Wütend starrte Fräulein Bruns sie an.

»Weswegen Fräulein Pape Ihnen auch von den weiteren Schlägen nichts erzählte. Wieso sollte sie, wenn es Ihnen so offensichtlich egal war?«

Empört schüttelte Fräulein Bruns den Kopf. »So etwas muss ich mir nicht sagen lassen. Eine Unverschämtheit ist das!«

»Haben Sie vielen Dank. Sie können gehen.«

Unter wütendem Gemurmel rauschte die Brünette aus dem Raum, wenig später klappte lautstark die Tür. Ida wandte sich wieder an Fräulein Metzger.

»Was halten Sie von Vera?«

»Ganz generell gesprochen?« Fräulein Metzgers Finger umklammerten den Sitz, auf dem sie saß.

»Ganz generell gesprochen, ja.«

»Lieb ist sie«, sagte Fräulein Metzger. »Aber sie hat einen Hang zu bösen Männern.«

»Und Sie würden Herrn Lindemann als böse bezeichnen?«

Nach kurzem Überlegen nickte die junge Frau.

»Haben sich Fräulein Papes ehemaliger Verlobter und Vera später wiedergesehen, hat sie Ihnen davon erzählt?«

Ida bemerkte, wie Fräulein Metzger schluckte. »Nein. Ich war überrascht, als Sie sagten, sie wollte ihn besuchen. Sie wollte doch nichts mit ihm zu tun haben.« Sie schloss den Mund, aber Ida sah sie so auffordernd an, dass sie weitersprach. »Eine Zeit lang hat Vera geglaubt, er wäre weg. Würde sie in Ruhe lassen. Aber dann … Also, nicht erst seit dem komischen Kauz da vom Spaziergang, aber das hat natürlich auch … Jedenfalls hat sie sich schon vorher manchmal so verhalten, als hätte sie Angst. Aber das sagte ich Ihnen ja schon.« Nachdem sie einen Blick zur Küchentür geworfen hatte, als fürchte sie, Fräulein Bruns könne zurückkehren und sie schelten, fuhr sie leise fort: »Sie benahm sich komisch. Als wenn sie sich verfolgt fühlen würde. Man hat es richtig gesehen. So …« Sie ahmte Vera Pape nach, indem sie die Schultern hoch- und den Kopf dazwischenzog. »Und sie hat andauernd zum Fenster geguckt.«

Interessiert kniff Ida die Augen zusammen. Auch ihr war schließlich aufgefallen, dass Vera Papes Blick immer wieder zum Fenster gewandert war, als Ida sie besucht hatte.

»Glauben Sie, sie hat jemanden entdeckt, im Hof vielleicht?«

Zögernd nickte Fräulein Metzger. »Das ist das Komische. Ich

habe manchmal nachgeguckt, weil es mir aufgefallen ist. Aber nie war da wer.«

Ida zog ihr Merkbuch heraus und bat um die Adresse von Vera Papes Eltern.

»Oh, da weiß ich gar nicht ... Ich müsste nachsehen.«

»Bitte. Sie würden mir damit sehr helfen.«

»Gut, dann will ich ... Ich bin gleich zurück.« Die junge Frau ging aus dem Raum. Ida hörte sie Schubladen aufziehen.

»Hier.« Fräulein Metzger kehrte zurück und reichte Ida einen Zettel. »Die Adresse der Großeltern.«

Ida senkte den Blick darauf. Im ersten Augenblick konnte sie mit der Straße nichts anfangen, doch dann dämmerte ihr, dass sie gleich um die Ecke des Hammer Parks lag. Hätte sie vorgestern davon gewusst, wäre sie nach ihrem Besuch bei dem Alten, dessen Kaninchen fort waren, dort vorbeigegangen.

»Käthe lebt jetzt also vorerst dort? Gibt es einen Vater? Oder war ...«

»Oh. Nein!« Entsetzt schüttelte Fräulein Metzger den Kopf. »Oliver Lindemann war nicht der Vater! Ich weiß nicht, wer es ist. Vera hat nie über ihn gesprochen. Käthe auch nicht. Vielleicht ist er im Krieg gefallen.«

Nachdenklich blickte Ida aus dem Küchenfenster auf das gegenüberliegende Haus.

Was verbarg sich in den Gemäuern? Oder besser gesagt – wer?

MARLISE

»Es wimmelt nur so von Polente«, sagte Werner. Wenn sie es richtig sah, zitterte er sogar. »Man kann keinen Schritt machen und rennt schon einem in die Arme.«

»Jammer nicht rum! Ich will Köhlers Kopf, kapiert?«

Natürlich wollte sie das nicht, es klang nur gut. Aber sie wollte den Hanswurst vor sich auf den Knien, sie wollte ihm die Visage polieren und anschließend zuckersüß fragen, ob er eigentlich vorhatte, sie über den Tisch zu ziehen, oder ob er bloß zu blöd war, auch nur eine richtige Entscheidung zu treffen. Jetzt hatte sie den Salat. Aber viel schlimmer war, dass er sich sonst wo versteckte. Jetzt. Wo die Sache langsam heiß wurde.

»Was erzählen die Leute draußen?«, fragte sie Werner, aber bevor er antworten konnte, klappte oben die Tür.

Sie hatte Schnurri auf den Wachposten gestellt, wusste aber genau, dass er dafür nicht taugte. Wie der Name schon verriet, musste man ihm nur das Fell streicheln, schon schnurrte er und ließ die Knarre in der Hose stecken.

Verdammte Mimosen, alle miteinander.

Jetzt waren Schritte auf der Treppe runter zu hören, und das Hutzelmännchen betrat ihr Reich.

»Bübchen«, sagte sie mit abfälligem Grinsen und stellte zufrieden fest, dass seine Miene wie erwartet in Fassungslosigkeit abglitt. Durchschaubar wie 'ne Fensterscheibe mit seinen tollen Abzeichen auf der Uniform, auf die er sich wer weiß was einbildete!

Ihr gegenüber hatte er sich als Beelzebub vorgestellt, tatsächlich, was schlichtweg zum Totlachen war. Beelzebub, ja? Dieser Wicht? Auch amüsant fand sie, dass er ihr seinen echten Namen nicht verraten wollte. Und glaubte, sie würde nicht wissen, wie er hieß! Sie war die Bunkerkönigin, die Königin von Sankt Pauli, verdammt noch mal! Sie kannte jeden Namen, jeden einzelnen. Aber sollte er seinen Spaß haben und sich in Sicherheit wiegen, dachte sie sich damals. Nur: Beelzebub würde sie ihn nicht nennen. Im Leben nicht. Also hatte sie sich einen eigenen Namen für ihn ausgedacht, der immerhin auch mit B anfängt.

»Was gibt's, Bübchen?«

Er machte dieses Gesicht, das heißen sollte: Hast du eigentlich eine Ahnung, wen du vor dir hast?

Marlise grinste. Sie wusste, dass sich die Kerle reihenweise in die Hosen pinkelten, wenn sie sie so anguckte. Bübchen machte zwar auf gewisse Weise eine Ausnahme, aber auch nicht wirklich. Er schrumpfte in sich zusammen, ließ den Blick zu Werner rüberhuschen, aber der würde ihm keine Hilfe sein.

»Was ist passiert?«, zischte Bübchen. »Was soll das? Glaubst du, es ist gut fürs Geschäft, wenn die Tommys hier rumrennen wie Ameisen unter 'nem angehobenen Stein?«

Mit genüsslichem Lächeln ging sie auf ihn zu. Er wich aus, klar, er war ein Gartenzwerg. Der wusste nicht, wie man kämpfte. »Du wagst es, herzukommen und so mit mir zu reden?«

Das fuchsteufelswilde Zucken in seinem Gesicht und das wütende Kräuseln der Lippen bescherten ihr ein Hochgefühl. Sie sah ihm aus der Entfernung einer Handbreit starr in die kalten, kleinen Augen.

»Wenn du glaubst«, redete sie weiter und spuckte ihm kleine

Tröpfchen ins Gesicht, »du kannst deine Geschäfte noch machen, wenn wer anders als ich hier das Sagen hat, würd' ich an deiner Stelle noch mal nachdenken. Wir beide, du und ich, wir kennen uns doch jetzt schon recht gut, oder etwa nicht? Wir haben eine gemeinsame Feindin, Ida Rabe. Das schweißt zusammen. Vor allem …« Sie senkte ihre Stimme und zischte: »Vor allem habe ich das Mädchen aus dem Weg geschafft. Weil euer Idiot nicht weiß, wann er verdammt noch mal aufhören muss. Gebührt mir dafür kein Dank? Glaubst du nicht, sie hätte ziemlich schnell damit angefangen, all den Kram auszuplaudern? Und glaubst du, dein Name wär' nicht auch irgendwann gefallen? Ihr Kerle seid so strohdoof. Müsst immer rumgockeln vor den hübschen Deerns und hofft, dass endlich eine kommt und euch das Brusthaar krault. Hast du überhaupt Brusthaar?« Sie streckte die Hand aus und zupfte an dem blütenweißen Kragen seines Hemds. »Komm schon, lass mich sehen. Knöpf auf, nicht so schüchtern.«

Bübchens Lippen wurden weiß vor Wut. Herrlich. Plötzlich war ihre Laune so gut wie lange nicht mehr.

Als er ihre Freude bemerkte, zischte er: »Du hast keine Ahnung, was los ist, wie?« Bitter lachte er auf. »Du weißt nicht mehr, was auf dem Kiez vorgeht, Marlise!«

Das musste sie sich nicht sagen lassen! Pfeilschnell glitt ihre Hand vor, umfasste seinen Hals, dessen Haut sich wie Schmirgelpapier anfühlte.

»Soll ich dich denen liefern? Ich weiß verflucht viel über dich, kapiert? Ich hab noch Sachen in petto, die hast du so tief da oben vergraben«, mit der freien Hand tippte sie an seine Stirn, »dass du selber nicht mehr rankommst. Aber ich bin rangekommen.«

»Du bluffst doch«, sagte er heiser.

Sie drückte fester zu und gab sich nicht die Blöße, darauf zu antworten.

»Glaubst du ernsthaft, Marlise, dass wegen 'ner toten deutschen Schlampe Dutzende Briten da draußen rumrennen?«

Verdammt noch mal, sie hatte keinen Schimmer, was der Wicht redete.

»Lindemann ist tot, deswegen ist hier die Hölle los.« Er fegte ihre Hand von seinem Hals. »Ich hab dich überschätzt, wie? Dachte, du hast hier alles unter Kontrolle. Nix hast du unter Kontrolle, Marlise, gar nichts.«

Und ihr fiel nichts Besseres ein, als ihn anzuglotzen. War wie eingefroren, wie damals im Keller, konnte nur gucken, nicht denken, sich nicht rühren. Da übernahm Werner: »Werd nich' frech, Bürschchen. Was aufm Kiez passiert, passiert nie ohne das Wissen der Chefin, kapiert?«

Hätte sie Platz für solche Sentimentalitäten, sie wär ihm glatt dankbar. Aber das war, was von ihm erwartet wurde: an zweiter Stelle stehen, ihre rechte Hand sein. Den Dreck vom Boden putzen, bevor sie ihn betrat.

»Außerdem«, redete Werner weiter, »gibt's nix Besseres, als wenn das Auge vom Sturm woandershin guckt.«

Ein bisschen verblüfft, wie sie zugeben musste, sah Marlise ihn an. Was redete der? Bübchen aber wirkte beeindruckt. Er schob die Unterlippe vor.

»Dann kann man seine Sache ungestört durchziehen.«

Bübchen runzelte die Stirn, zermarterte sich das Hirn. War was dran an dem, was Werner laberte?, fragte sich auch Marlise. Natürlich nicht. Sie wussten alle ganz genau, dass nächstes Wochenende jeder mit Polizeimützchen oder 'nem Abzeichen auf der Brust hellwach sein würde. Da ließ sich keiner ablenken, auch nicht von 'nem toten Lindemann.

»Wenn mir so ein hochrangiger Tommy auf dem Schreibtisch sitzt«, fauchte Bübchen irgendwann, weil er einfach nicht klein beigeben konnte, »werde ich keinen Finger rühren können.«

»Dann schaff jemanden ran, der es kann!«, mischte sich mit kalter Stimme Marlise ein. Sie hatte ihre Fassung wiedererlangt. »Delegieren – wurde dir die Bedeutung auf der Polizeischule etwa nicht beigebracht?«

Bübchen kniff die Augen zusammen. Wusste augenscheinlich nicht, was er denken sollte. Gut so. Marlises Herzschlag beruhigte sich. Sie atmete tief ein. Jetzt kamen die Dinge wieder ins Lot. Sie hatte die Hand über allem, auch wenn das momentan keiner zu glauben schien.

»Vergiss nicht, was ich getan habe«, wiederholte sie. »Sie war eine von mir, verstanden? Ich mag es nicht, wenn meine Mädchen abkratzen. Also komm mir nicht mit irgendwelchen Ausreden, kapiert?«

Mit zitterndem Kinn glotzte er sie an, aber irgendwann nickte er. Als er ging, nahm sie ihre Parfumflasche vom Regal. Sie war leer, kein Tröpfchen mehr drin, aber aus blödsinniger Gefühlsduselei hatte sie sie mit hergebracht.

»He, Werner.«

Er war im Begriff, die Treppe hochzusteigen, drehte sich jetzt aber um. Mit einer geschickten Drehung des Handgelenks, ohne allzu viel Kraftaufwand, aber es reichte, o ja, es reichte, schmetterte sie ihm den Flakon ins Gesicht.

»Das ist dafür, dass du mir nicht gleich erzählt hast, warum da draußen los ist, was los ist. Mach das noch einmal, und du bist tot.«

Aus einer Stelle oberhalb des Auges blutete er wie ein Schwein. Er nickte, breitete unter seinem Kinn die Hand aus, damit er nicht den Boden versaute. Dann ging er wortlos.

Marlise bestieg ihren Thron und nickte ihrem Spiegelbild zu. Sie war die Marionettenspielerin. Keiner sonst.

7
Polizeipräsidium, Hamburg-Neustadt

Samstag, 12. Juni 1948, 10:00 Uhr

»Ein bisschen Tempo, wenn ich bitten dürfte.«
Klackernd hallten Miss Watsons Schritte von den Wänden wider, während sie die Treppe ins Untergeschoss hinuntergingen. Dort angekommen passierten Ida und sie unzählige geschlossene Metalltüren, liefen einen langen, schlecht beleuchteten Gang entlang, nahmen weitere Treppen hinab, woraufhin Ida nach einer Weile das Gefühl beschlich, sich immer weiter auf die Erdmitte zuzubewegen.

Vor einer weiteren Tür, von der lindgrüner Lack abblätterte, standen zwei Männer in britischer Uniform. Mit leeren Gesichtern starrten sie ihnen entgegen. Schweigend machte Miss Watson vor ihnen halt. Vor Anspannung war Idas Mund wie ausgetrocknet. Wieder einmal hatte sie schlecht geschlafen, diesmal aber zumindest weder von Piet geträumt noch davon, dass Ares seine Stelle einnahm. Doch sie fühlte sich zugleich ruhelos und erschreckend müde, während ihre Gedanken ohne Pause um Vera Pape kreisten, ihre Tochter, den Toten in ihrem Hof, aber auch um Marlise und die Frau in den Trümmern. Es war dumm, Verbindungen zu sehen, wo keine bestanden. Aber etwas war da, das sie noch nicht ergründen konnte, etwas, das Ida sagte, dass es um mehr ging als einen Streit im Gewerbe sowie eine Tat, deren Auslöser Eifersucht sein könnte, der Notwehr folgte. Hatte Vera Pape ihren Ex-Verlobten umgebracht? Und was könnte die rothaarige Frau mit alldem zu tun haben?

Klirrend schloss einer der Briten auf, die Tür öffnete sich, und Ida blickte in einen schmucklosen, winzigen Raum ohne Fenster. Er war so schwächlich beleuchtet, dass sie zunächst Mühe hatte, darin etwas zu erkennen.

»Gehen Sie. Ich warte hier.«

»Danke, Ma'am.« Die schwere Tür fiel hinter ihr zu. Erneut erklang das metallene Rasseln der Schlüssel.

»Fräulein Pape«, sagte sie zu der gekrümmt dasitzenden Gestalt. »Ich bin es, Ida Rabe.«

Die Hände im Schoß mit Handschellen gefesselt, hob sich Vera Pape kaum von der dunkelgrauen Wand ab. Sie trug einen Anzug aus grobem anthrazitfarbenem Stoff, den ihr die Briten gegeben haben mussten. Viel zu weit und groß war er, dennoch sah es aus, als wollte Fräulein Pape auch nichts lieber, als ganz und gar darin zu verschwinden. Der Kragen war hochgeklappt, und sie hatte die Ärmel des Oberteils so weit über ihre Hände gezogen, dass nur die Fingerspitzen mit den abgekauten Nägeln daraus hervorlugten. Ihr Haar klebte in Strähnen in ihrem Gesicht. Die Augen waren rot geweint und geschwollen.

Ida setzte sich ihr gegenüber. »Ich habe mich mit Dorothea Riedel unterhalten. Sie ist in Sorge um Sie. Und ich bin es auch.«

Fräulein Pape schloss die Augen.

Ida beugte sich vor. »Was wollten Sie am Donnerstag bei Oliver Lindemann?«

Ein schmerzliches Zucken glitt über Fräulein Papes Gesicht.

»Frau Riedel sah Sie auf der Straße stehen und zu der Wohnung hinaufsehen. Haben Sie auch mit Mr. Lindemann gesprochen?«

Fräulein Pape senkte den Kopf, ihre Schultern zuckten, und für einen irrwitzigen Moment dachte Ida, sie hätte zu lachen begonnen, doch dann wurde ihr klar, dass sie Schluchzer unterdrückte.

»Wir bekommen es sowieso heraus, aber es wäre besser, wenn Sie mir die Wahrheit sagen.« Nach einer Weile, in der kein Wort fiel, versuchte sie es auf anderem Weg. »Der Mann, von dem Sie mir erzählten – der in Ihrer Küche aufgetaucht ist. Ich würde Ihnen gern eine Beschreibung vorlesen.« Sie gab wieder, was sie sich nach ihrem Besuch beim blonden Otto notiert hatte. Das, was sie selbst gesehen und was Helge ihr bestätigt hatte. »Ist das der Mann, der Sie am Dienstag und Donnerstag belästigt hat?«

Eigentlich rechnete sie nicht mit einer Antwort, aber Veras Oberkörper schnellte hervor. Sie versuchte, nach Idas Händen zu greifen, was durch die Schließketten aber misslang. »Tun Sie nichts. Ich bitte Sie, tun Sie nichts!«

Irritiert musterte Ida sie. »Die ganze Zeit über haben Sie den Eindruck gemacht, alles im Stillen mit sich auszutragen. Über Oliver Lindemann wollen Sie partout nicht sprechen, Ihre Tochter erwähnen Sie mit keinem Wort. Bei dem Kerl mit dem Schmiss aber wollen Sie mir das Versprechen abnehmen, ihn weder zu suchen noch zur Wache zu bugsieren, wenn ich ihn finde? Das müssten Sie mir schon erklären, Fräulein Pape.«

Darauf folgte Stille.

»Kennen Sie den Mann?«

Nichts.

»Was hat er zu Ihnen gesagt? Und wieso haben Sie Käthe zu

Ihren Eltern gebracht, nachdem Sie bei uns waren? Haben Sie befürchtet, dass Lindemann ihr und Ihnen etwas antun würde? Fräulein Pape, wenn Sie sich bedroht fühlen, dann müssen Sie mir das sagen!«

»Nein.«

»Nein was?«

»Nein, ich muss es Ihnen nicht sagen. Denn Sie werden mir nicht helfen.« Die Lippen zusammengepresst, senkte sie wieder den Kopf und fiel in sich zusammen.

Ida wurde nicht schlau aus ihr.

»Wieso sind Sie zur Davidwache gekommen, wenn Sie von Beginn an der Ansicht waren, die Polizei würde keinen Finger rühren?«

Ruhig und traurig sah sie Ida an. »Manchmal bin ich so dumm, an das Gute im Menschen zu glauben. Ich habe Karen geglaubt. Sie war der festen Ansicht, dass Sie etwas … etwas ausrichten können.«

»Aber Sie müssen uns schon eine Chance geben. Wenn Sie uns nicht einmal die halbe Wahrheit sagen«, Ida beugte sich vor und musterte das graue und glanzlose Gesicht, das unter dem strähnigen Haar halb verschwand, »wie sollen wir Ihnen dann helfen?«

Darauf erwiderte Vera nichts.

»Ich wünschte, ich müsste Sie das nicht fragen, Fräulein Pape. Aber haben Sie Ihren früheren Verlobten getötet?«

Tränen rannen Veras Wangen hinab und hinterließen glitzernde Spuren auf der Haut. Schon einen Augenblick später jedoch wurde ihr Gesicht wächsern und abweisend. Die Tränen versiegten. Ida versuchte es erneut, wieder und wieder. Nichts.

Als sich mit einem dumpfen Ratschen der Schlüssel im Schloss drehte, wirkte die junge Frau vor ihr geradezu erleichtert. Ida stand auf. Nichts hatte sie herausgefunden, überhaupt nichts. Drängend sah sie Vera an, die den Blick auf den Boden gesenkt hielt.

»Wenn man Sie des Mordes anklagt, werden Sie für Jahrzehnte nicht mehr aus dem Gefängnis kommen. Im schlimmsten Fall blüht Ihnen die Todesstrafe. Was wird dann aus Käthe?«

»Er kann tot sein, aber er wird mich trotzdem nicht in Frieden lassen«, sagte Vera mit flacher Stimme. »Und jetzt gehen Sie. Gehen Sie doch einfach!«

»Fräulein Rabe«, hörte sie Miss Watson hinter sich. »Es wird Zeit.«

Im Gang begann sich Ida so über sich selbst zu ärgern, dass sie der Wand am liebsten einen Tritt versetzt hätte. Wieso kam sie nicht zu Vera Pape durch? Was verschwieg ihr die Frau? Was fürchtete sie?

Das Einzige, was ihr jetzt noch einfiel, war, Veras Tochter zu besuchen. Es musste einen Grund geben, warum Fräulein Pape die Schotten dicht machte. Außerdem musste etwas geschehen sein, das Vera dazu gebracht hatte, ihren Besuch auf der Davidwache zu bereuen.

Konnte ihr Käthe bei diesen Fragen weiterhelfen?

*

Ida entschied sich, die Abkürzung zu Fräulein Papes Wohnung durch die Wallanlagen zu nehmen. Nach Hamm konnte sie erst nachmittags fahren, sie hatte zu viele Sachen auf ihrem Schreibtisch, die vor ihrer Reise nach Niedersachsen in Ordnung gebracht werden mussten. Eine kurze Visite in der Kieler Straße aber dürfte kein Problem darstellen.

Mit Vera Papes Stimme noch im Ohr – *Er kann tot sein, aber er wird mich trotzdem nicht in Frieden lassen* – eilte sie an den Schuttbergen vorüber, die aus den umliegenden Vierteln angekarrt und in die Senkungen geschüttet worden waren. Kurze Zeit später hastete sie über das Heiligengeistfeld. Zum zweiten Mal an diesem Tag durchschritt sie wenig später den Torbogen, um in Veras Hof zu gelangen. Diesmal hatte sie nicht vor, mit Fräulein Papes Mitbewohnerinnen zu sprechen. Stattdessen betrachtete sie die Stelle, an der der Tote gelegen hatte. Doch falls dort etwas zu finden gewesen war, was ihr entgangen war, hatten es die Briten mitgenommen. Sie hob den Kopf, blickte auf das Küchenfenster der drei Frauen. Der Platz, an dem Lindemann, mit Efeu bedeckt, gestorben war, lag durchaus versteckt, war allerdings alles andere als der ideale Ort, eine Leiche verschwinden zu lassen. Niemand bei Verstand ging derart ins Risiko, wenn er nicht dazu gezwungen war – Vera etwa, die den Sterbenden nicht aus eigener Kraft woandershin hätte verfrachten können. Auf der anderen Seite stand Veras Aussage, auch tot werde er sie nicht in Ruhe lassen.

Doch konnte Ida wirklich annehmen, sie sagte die Wahrheit?

Gedankenverloren stand Ida da und ließ sich eine weitere Möglichkeit durch den Kopf gehen: Oliver Lindemann in Vera Papes Hof sterben zu lassen, nutzte dem Täter, immerhin konnte er davon ausgehen, dass die Polizei sich als Erstes sie schnappte. Was nicht gerade dafür sprach, dass der Kreis der Verdächtigen kleiner wurde. Was war mit der Ehefrau? Britin, also außer Reichweite für Ida. Hatte Lindemann Feinde gehabt? Wer konnte ihr helfen, das herauszufinden?

Sie trat zur Seite, ging zehn Schritte nach links, anschließend zwanzig nach rechts und näherte sich dann wieder der Stelle, an der der Mann gelegen hatte. Es war exakt die richtige, damit Vera Pape nicht einmal das Fenster öffnen und den Kopf hinausstrecken musste, um den Toten zu entdecken. Sicher hatte sie ihn von ihrem Platz am Esstisch aus sehen können. Wäre Lindemann nur zwei Meter weiter in die eine oder andere Richtung gestorben, hätte ihr Blick von oben abgesehen von Mauer und Linde nichts erfasst.

Das konnte doch kein Zufall sein!

Ida wandte sich um und blickte die efeuüberwucherte Mauer des Nachbarhauses hinauf. Die Tür war unverschlossen. Im Treppenhaus fand sie dieselbe Tristesse vor wie in dem Gebäude, in dem Vera Pape lebte. Fenster, deren Scheiben dunkel von Schmutz waren. Keine funktionierende Beleuchtung. Doch der Strom kam und ging in diesen Zeiten sowieso, wie es ihm gefiel. Im dritten Stock blieb sie stehen und klopfte. Eine Weile dauerte es, bis sie schlurfende Schritte hörte, dann ein Grummeln, und als sich die Tür einen schmalen Spalt öffnete, blickte sie in das unrasierte Gesicht eines älteren Herrn, in dem ihr vor allem die ausdruckslosen Augen auffielen. Er roch nach Alkohol.

Nachdem sie sich vorgestellt hatte, fragte sie: »Kann ich mir Ihre Küche ansehen?«

Müde musterte der Kerl sie von unten bis oben, trat dann zurück und schlurfte davon. Das fasste Ida als Einladung auf. Sie schloss die Tür hinter sich und stellte fest, dass sie mit ihrer Einschätzung, dass die gegenüberliegenden Häuser spiegelverkehrt errichtet worden waren, richtig gelegen hatte. Es gab einen winzigen, düsteren Flur, von dem zwei Türen abgingen – genau wie in Vera Papes Wohnung. Das Wohnzimmer, das nach Schweiß roch, war mit Matratzen derart übersät, dass nicht einmal mehr eine Gardine dazwischenpassen würde. Womöglich war eine ganze Familie in diesem Raum untergebracht, nicht nur zwei Leute wie bei Vera. Weil es kein anderes Durchkommen gab, lief sie über die Betten und versuchte, immerhin kein Kopfkissen zu treffen oder das, was als Kopfkissenersatz diente.

In der Küche fand sie den alten Mann am Tisch sitzend, der wie im gegenüberliegenden Haus vor das Fenster gequetscht stand. Mit zitternden Fingern versuchte er, eine Zigarette zu drehen. Den Tabak, nahm sie an, hatte er aus Stummeln zusammengesammelt und in einem kleinen Berg vor sich aufgetürmt; als Zigarettenpapier diente ein Stück Zeitung.

»Jau«, sagte er leise. »Hab ich's doch gewusst. Hab ich gewusst, ne?«

»Was denn?«

»Dasse ma wieder nich' auf mich gehört hat.«

»Wer?«, fragte Ida.

»Nich', dass mich das wundern tät«, redete er weiter und ignorierte ihre Frage. Seine linke Hand zitterte so sehr, dass die Tabakkrümel immer wieder aus der Papierrolle fielen.

»Geben Sie mal her.«

Verdutzt sah er sie an. An seinem Kinn und den Wangen sprossen silbrige Stoppeln, seine Augenbrauen waren ein wahrer Urwald, und auch aus Nasen und Ohren wuchs Haar. Entfernt erinnerte er sie an den struppigen Oberkommissar Brasch, der ihr wohl an die Gurgel ginge, wenn sie ihm davon erzählte. »Wenn ich was kann, dann Zigaretten drehen.«

Während er ihr die Utensilien reichte, verriet er ihr auf Nachfragen seinen Namen. Die braungelben Zähne gebleckt, sah Giesbert Krähe ihr anschließend zu, wie sie geschickt Tabak hineinrieseln ließ, einen Pappfilter einbaute, das Papier zusammenrollte, Zeigefinger und Daumen anleckte, das obere Ende mit Spucke befeuchtete und leicht zwirbelte, damit der Tabak nicht wieder hinausfiel.

»Da.«

Er nahm die Zigarette mit dankendem Kopfnicken. Da es keine weitere Sitzgelegenheit gab, schob Ida ihren Po auf den Herd, bereute es aber augenblicklich, da sie sich mit Sicherheit in die Überbleibsel sämtlicher Kochvorgänge der vergangenen zwei Jahrzehnte gesetzt hatte. Sei es drum.

»Was haben Sie gewusst?«

»Na, ich hab dem Weib gesagt, es soll die Klappe halten.«

Redete er von Vera Pape? »Wieso?«

Grummelnd schob er sich die Kippe zwischen die Zähne und zündete sie mit einem Streichholz an, das erst nach mehreren Versuchen Feuer fing.

»Wer soll die Klappe halten?« Wenn er von Vera redete, wäre das ein Glückstreffer.

»Na, min Fru! Wer zur Polente geht wegen so'm Quark, hat doch nich' mehr alle Tassen im Schrank.«

Mist. »Und was für 'n Quark ist das?«

»Watt stell'n Se denn für lauter strohdoofe Fragen? Sind Se nu hier, oder sind Se nich' hier?«

»Ich bin hier.« Ida löste den Hintern von dem klebrigen Herd und trat so dicht an Krähe heran, dass er den Kopf in den Nacken legen musste. »Und nun Schluss mit dem Drumherumgerede. Wieso wollte Ihre Frau zur Polizei?«

Vor Überraschung fielen ihm fast die Augen aus dem Kopf.

»Hier kommt einer her, macht sich an unsern Sachen zu schaffen. Ich nenn das unbefugtes Betreten, ne, Sie etwa nich'? Aber wenn Sie nich' wegen dem hier sinn, warum sinn Sie dann hier?«

»Jetzt mal Butter bei die Fische, Herr Krähe. Hier wurde eingebrochen?«

»Ja, das muss sie Ihn'n doch gesacht haben, als sie bei Ihnen war.«

Ida gab ein zustimmendes Murmeln von sich. Zusammengereimt hatte sie sich bislang so viel: Jemand war in diese Wohnung eingebrochen, und Frau Krähe hatte es anzeigen wollen – aber womöglich nie getan, zumindest konnte sich Ida nicht erinnern, etwas Derartiges in den zahlreichen Einträgen im Wachbuch gelesen zu haben. Aber das war letztlich auch nicht wichtig.

»Was wurde gestohlen?«

»Ja, nix! Deswegen sollt' sie doch nich' zur Polente. Was bringt's denn? Ich kann natürlich sag'n, na, mein Krönchen aus Gold, ne. Aber was hätt' ich davon?«

»Nichts.«

»Meine Rede.«

»Wann war das?«

»Was?«

»Der Einbruch?«

»Ach, watt weiß denn ich. Meine Frau hat's sich aufgeschrieben. Und dann hat sie's gar nich' gesagt? Is' echt hirnrissig, die Alte.«

Passt doch prima, dachte Ida, behielt es aber für sich.

»Also, das letzte Mal wohl ... ähm ... weiß nech ... gestern?«

»Das *letzte* Mal?«

Krähe kratzte sich an der Schläfe, dann einmal quer über die

Stirn, wo seine langen Fingernägel rote Spuren hinterließen. »Ja, kam jetz so oft vor, ne, dass ich mir gesacht hab, ich geh nich' mehr zur Arbeit. Ich bleib jetzt hier und pass auf.«

»Was ich nicht verstehe: Wie haben Sie es gemerkt? Sie sagten, es fehlt nichts. Aber Sie haben ein gutes Auge für die kleinen Sachen, oder?«

»Jau.«

»Irgendetwas lag anders als normalerweise?«

Mit plötzlicher Scheu sah er sie an. »Ja, wissen Sie … Das glaubt mir keiner, ne, weil, wir sind zwölf Leude inner Wohnung hier, da fliegt andauernd was von rechts nach links durche Gegend. Aber ich hab's trotzdem gemerkt. Echt.« Die Zigarette war bis auf den letzten Millimeter runtergebrannt. Vorsichtig tupfte er sie im Aschenbecher aus und warf sie in die Tischschublade, um später die letzten Tabakreste rauszuklauben. »Ich guck immer, bevor ich rausgeh. Ich bin der Letzte am Morgen, der geht, und da mach ich 'ne Runde. Guck, dass keiner 'ne Kerze oder was anderes vergessen hat, auch wenn das nich' passiert is bisher. Aber man kann's nich' wissen, ne? Ich guck also, isses Fenster zu und so. Und der Herd aus, so was. Und ich weiß, wie die Sachen liegen hier aufm Tisch, ich weiß das genau, ich kann mir so 'n Kram gut merken, auch wenn ich nix davon hab, ne, im Beruf braucht man so was ja nich'. Also hab ich gewusst, dass einer da war, weil der Stuhl, der hier.« Er deutete umständlich auf seinen eigenen. »Der stand anners. War so zur Seite gerückt, ne? So.« Er stand auf, um es ihr zu demonstrieren.

»Als wäre jemand an den Tisch getreten, um durchs Fenster zu gucken.«

Er nickte, froh, dass ihm jemand Glauben schenkte.

»Und das ist mehrfach vorgekommen?«

Wieder nickte er. »Außerdem hat er das hier liegen lassen.« Er zog die Tischschublade wieder auf und holte eine kleine Pappschachtel heraus, von der ein Stück abgerissen war. Ida nahm an, dass der provisorische Zigarettenfilter, den er benutzte, ein Resultat dieser Verpackung war. An ihr war ansonsten nichts Auffälliges zu entdecken. *20 Zigaretten Sondermischung Typ 4 Pfg* stand darauf. »Also, ich hab die wohl nich' gekauft! Ich mein, ich rauch ja alles, was ich krieg'n kann, aber leisten tun kann ich mir die nich'. Steht vier Pfennich drauf, ja, wer's glaubt, ne? Musste deine Oma gleich mitverkaufen aufm Schwarzen Markt, ne?«

Was er vielleicht tun würde, falls die Oma noch lebte, mutmaßte Ida.

»Sie glauben also, dass, wer immer hier war, statt was zu klauen etwas dagelassen hat? Eine leere Zigarettenpackung?«

»Jau.«

»Haben Sie einen Beutel?«

»Was denn fürn Beudel?«

»Irgendwas zum Einkaufen.«

»Nö.«

Zum sicher hundertsten Mal verfluchte sie die Order, dass Polizistinnen keine Handtaschen tragen durften. Immerhin war das Stück Pappe, das nun auf dem Tisch lag, winzig. Aber sie würde gern vermeiden, ihre Fingerabdrücke darauf zu hinterlassen. Schlussendlich entschied sie, es vorsichtig anzuheben und in ihre Uniformtasche gleiten zu lassen.

»Äh«, begann Krähe zu protestieren, aber ein scharfer Blick von ihr brachte ihn zum Schweigen.

Wer hatte hier gesessen?, fragte sie sich. Rauchend, wartend, das Küchenfenster Vera Papes im Blick … Ihr lief ein Schauder den Rücken hinab. Hatte sich Lindemann hier eingeschlichen?

Ein Mann in seiner Position brauchte sicher keine Ausreden, um das Büro vorzeitig zu verlassen. Und wenn es der Kerl vom Spaziergang war? Hatte er Fräulein Pape erst von hier ausgespäht, um ihr dann zu folgen?

»Na, denn mal los«, sagte sie.

Verwirrt starrte er sie an.

»Wir brauchen Ihre Fingerabdrücke.«

Knurrend kam er hinter ihr her, moserte den Weg bis zur Davidwache, beklagte sich lautstark über Polizeiwillkür, doch als Ida ihn zurück zur Tür begleitete, klopfte er ihr auf die Schulter. »Kriegense den Kerl. Will den nich' mehr in meiner Wohnung ham.«

»Versprochen«, sagte sie, wusste aber genau, wie schwer es war, ein solches Versprechen auch zu halten.

*

Als sie am frühen Nachmittag erschöpft und nicht besonders gut gelaunt die Davidwache verließ, entdeckte sie eine Gestalt an die rot geklinkerte Hauswand neben der Tür gelehnt, den Hut tief ins Gesicht gezogen. Seine Hände steckten in ausgebeulten himmelblauen Hosen, am Oberkörper trug er ein einstmals weißes Hemd, das nun gräulich schimmerte, und eine grüne Jacke.

»Interessante Farbwahl«, sagte Ida und kämpfte gegen den Impuls an, sich in seine Arme zu werfen. Sie war so froh, Ares zu sehen, so froh, dass sie den Streit hatten begraben können. Aber was würde passieren, wenn sie diesem flüchtigen sehnsüchtigen Gefühl nachgeben und ihm womöglich sogar beichten würde, wie sehr sie ihn vermisst hatte, aber auch ihre Gespräche? So vieles könnte geschehen. Er könnte zugeben, dass er ebenso empfand. Oder aber lachen und sagen, dass er nicht verstand, von was in aller Welt sie da redete.

»Ich bin Grieche«, sagte Ares. »Hin und wieder muss ich die Nationalfarben tragen, andernfalls trifft mich der Zorn von Zeus. Und ja«, er strich sich über sein Jackett, »manchmal fühle ich mich außerdem, als wäre ich gleichzeitig Ire. Zumindest was die Trinkgewohnheiten angeht, verstehen sich unsere beiden Völkchen ausgezeichnet. Ich würde sagen: Im Herzen bin ich von der grünen Insel.«

Weil ihr darauf absolut nichts Geeignetes einfallen wollte, sagte sie nichts.

Ares musterte sie verwundert. »Wer bist du, und wo hast du Ida versteckt?«

»Ich bin schon ich. Aber ich habe so viel um die Ohren und ...«
»Willst du drüber reden?«

Und ob sie das wollte! Aber sie musste mit Käthe Pape sprechen. Bevor sie etwas sagen konnte, stieß sich Ares von der Wand ab und wurschtelte die Hände aus den Hosentaschen.

»Spaziergang?«

»Ich würde gern, aber ich muss weg.«

»Wohin?«

»Nach Hamm.«

»Wie es der Zufall will, war ich gerade dorthin unterwegs.«

Sie lächelte. Das stimmte doch nie und nimmer. »Erzählst du mir im Auto, was du weißt?«

Ares gehörte zu den wenigen Menschen in Hamburg, die einen eigenen Wagen hatten. Das lag zum einen daran, dass ein Gerichtsmediziner schneller an einen Tat- oder Fundort einer Leiche gelangen sollte als irgendein Schutzpolizist, der mit dem Fahrrad dorthin kam oder im glücklichen Fall mit einer funktionierenden Straßenbahn. Und zum anderen, dass Ares ein paar Verbindungen hatte, um die andere ihn beneiden würden, wüssten sie davon.

Nachdem sich Ares schwerfällig auf den Fahrersitz des einst schwarz glänzenden, jetzt komplett eingestaubten Gefährts hatte fallen lassen, stieg auch Ida ein. »Können wir noch beim Präsidium halten?«

»Selbstverständlich, die Dame.«

Auch das schätzte sie an Ares: Er fragte ihr keine Löcher in den Bauch, wartete im Wagen, während sie zu Ustorf hocheilte, der wie immer zugleich erbost wie heimlich erfreut über ihren Besuch war.

»Wenn ich es selbst in Auftrag gebe«, sagte sie, nachdem sie ihm die Zigarettenpackung aus Krähes Wohnung übergeben hatte, »wird es Monate dauern, bis die jemand auf Fingerabdrücke untersucht. Können Sie das für mich machen?«

Enerviert runzelte er die Stirn, dann aber nickte er. »Was tut man nicht alles, um die Kollegenschaft fröhlich zu stimmen.«

»Ich bin Ihnen was schuldig!«

»Daran erinnern Sie sich bitte mal, wenn Sie wieder auf die Idee kommen, mich schlecht gelaunt anzuranzen.«

Zwei Minuten später stieg sie wieder zu Ares in den Wagen. »Wir müssen in die Nähe des S-Bahnhofs Hasselbrook. Und jetzt erzähl. Was hast du rausgefunden?«

»Unsere britischen Freunde haben keinen Kampfstoff gefunden. Was nicht heißt, dass er sich nicht in irgendeiner Faser versteckt. Der Stoff, mit dem Lindemann umgebracht wurde, konnte bislang allerdings nicht ausfindig gemacht werden. Zumindest laut meiner Quelle, die auffallend wenig gesprächig war.«

»Glaubst du …«

Er nickte. »Derzeit schießt man sich auf Vera Pape ein.«

»Weil es so schön einfach ist!«, platzte Ida der Kragen. »Weil man froh ist, zwei und zwei zusammenzählen zu können, ganz egal, ob man dabei fünf herausbekommt!«

»Hast du jemand Besseren im Ärmel versteckt? Irgendeinen, der auch nur halbwegs als Tatverdächtiger taugt?«

»Den Mann aus ihrer Küche.«

»Und aus welchem Grund sollte der ihren früheren Verlobten umbringen? Könnte es nicht genauso gut bedeuten, Vera Pape und der Unbekannte stecken unter einer Decke?«

»Darüber habe ich auch nachgedacht.« Ida schloss den Mund, weil Ares erneut den Motor anließ, dessen Spucken und Ächzen eine Unterhaltung für eine kurze Zeit unmöglich machte. Sie hatte den Gedanken aber wieder verworfen. Warum sollte Vera Pape das Wagnis eingehen, der Weiblichen Polizei von dem Mann zu erzählen, wenn sie gemeinsame Sache mit ihm machte? Wurde er geschnappt, würde er doch gegen sie aussagen.

»Es hieße«, redete sie schließlich weiter, als das Tuckern regelmäßiger geworden war, »sie hätte mich von Anfang an an der Nase herumgeführt. Aber wieso sollte sie die Aufmerksamkeit auf sich richten, wenn sie ein Verbrechen plant, noch dazu einen Mord?«

»Hm, vielleicht gerade weil die Sache geplant war?« Ares wandte den Kopf, sah sie prüfend an und blickte dann wieder auf die Straße. Viel Verkehr herrschte nicht, hauptsächlich waren es Militärfahrzeuge, die an ihnen vorbeirumpelten, ein paar Pferdekutschen noch, die Fässer geladen hatten, und hier und da eierte jemand mit einem Fahrrad herum.

»Du glaubst also, sie hat sich diesen Burschen angelacht, ihn dazu überredet, Lindemann umzubringen, und sich an uns gewandt, an Heide und mich, um uns die Idee zu verkaufen, er würde sie belästigen?«

Da Ares darauf nicht antwortete, redete sie weiter. »Wieso liefert sie ihn uns dann nicht auf dem Silbertablett? Außerdem könnte er übrigens ebenso gut aus Eifersucht gehandelt haben. Ohne ihr Wissen. Und überhaupt, was soll die Tatsache, dass er sie Merle nennt? Hat sie ihm also einen falschen Namen genannt, aber trotzdem hat er ihre Adresse rausgefunden? Das klingt nicht besonders plausibel. Oder ziemlich dumm. Es gibt Zeugen, dass er immer von dieser Merle redet.« Könnte Vera sich auch das nur ausgedacht haben, und der Mann hatte nicht sie mit dem falschen Namen angesprochen, sondern beim blonden Otto von jemand anderem geredet? Klar, möglich war alles.

Aber unwahrscheinlich. Ida glaubte nicht an Verwicklungen, wie sie von reißerisch aufgemachten Zeitungsartikeln gern kolportiert wurden: dass eine männermordende Frau alle Stricke in der Hand hielt und die, die sie noch nicht über den Jordan hatte gehen lassen, lenkte, wie es ihr gefiel.

Das war ausgemachter Blödsinn, nichts weiter.

»Was willst du eigentlich in Hamm?«, wechselte Ares das Thema.

»Vera Papes Tochter besuchen.«

»Und warum?«

»Weil sie womöglich etwas weiß, das sie nicht wissen sollte.«

Ares schüttelte den Kopf. »Du bist mit der Sache ebenso wenig betraut wie ich, verflucht noch mal! Wenn du nicht nur mit Fräulein Pape, sondern mit ihrer minderjährigen Tochter redest, mischst du dich nicht gerade dezent in die Ermittlungen sowohl der Briten als auch der deutschen Kriminalpolizei ein. Weiß Miss Watson davon?«

Was hatte ihre britische Vorgesetzte gesagt darüber, dass man niemandem trauen solle? Ida traute Ares, mehr als jedem anderen sogar. Dennoch beschloss sie, ihn im Dunkeln zu lassen. »Nein.« Glücklicherweise war das nicht mal gelogen.

»Das bringt dich in Teufels Küche, Ida! Was denkst du, wem du hilfst? Dir gewiss nicht, denn wenn du Pech hast, kannst du deine gesamte Lebensplanung an den Haken hängen. Mein Gott, wie oft haben wir darüber geredet! Wie oft hast du mir dein Leid geklagt, dass Oberkommissar Brasch dich piesackt, aber das tut er nicht ohne Grund! Gleich bei eurer ersten Begegnung warst du so frei und hast an ihm vorbeiermittelt. Dass am Ende etwas Gutes dabei herauskam und der Kerl geschnappt werden konnte, ist …«

»Etwas Gutes herauskam?«, unterbrach sie ihn wütend. »Er *konnte* geschnappt werden? Von wem denn, wenn ich fragen darf? Und willst du etwa andeuten, dass es reines Glück war? Dass so etwas kein zweites Mal passiert und ich in meinem Rahmen bleiben soll, oder wie dieser dumme Spruch auch heißt?« Wütend verschränkte sie ihre Finger im Schoß und starrte auf die Trümmerberge, an denen sie vorbeirollten.

»Leisten«, sagte Ares nach einer kurzen Pause. »Es heißt, dass der Schuster bei seinen Leisten bleiben soll.«

»Das beantwortet nicht meine Frage.« Sie hatte Bauchschmerzen. Keine Ahnung, ob vor Wut oder Trauer. »Glaubst du, ich bin durch Glück über den Kerl gestolpert, den sie das Monster nannten? Dass ich gar nicht wusste, was ich tat?«

»Natürlich nicht.« Konzentriert starrte Ares wieder durch

die Windschutzscheibe. Sie sah ihm an, dass er seine Worte bereute. Um sich zu sammeln, schloss Ida die Augen. Sie stritt ja schon wieder mit ihm! Und das, obwohl es sie fast körperlich geschmerzt hatte zu wissen, dass sie ihn verletzt hatte. Zwei Wochen war es erst her. Und jetzt gerieten sie erneut aneinander?

»Ich verstehe nicht, wieso dich das wütend macht, Ares. Wenn ich mir die Karriere verpfusche, kann es dir doch egal sein.«

Kopfschüttelnd blickte er weiter nach vorn, die Hände etwas zu verkrampft um das Lenkrad gelegt.

»Es ist mir aber nicht egal«, sagte er schließlich. »Du fühlst dich den Leuten verpflichtet, und um ihnen zu helfen, setzt du alles aufs Spiel. Das ist dumm. Denn wenn du alles aufs Spiel setzt und verlierst, wirst du auch niemandem mehr helfen können. Dann setzt dich Hildesund freudestrahlend vor die Tür, und Miss Watson ...«

»Ich weiß«, sagte sie. »Sie wird nichts mehr für mich tun können.«

Sie hatten den Neuen Wall erreicht. Die Gegend gehörte zu den aufgeräumtesten der Hansestadt; in den Schaufenstern wurde hin und wieder etwas für den freien Verkauf feilgeboten, die Trümmer waren fortgeschafft, die Straßen sauber gefegt. Nur die bedrückend große Anzahl an bettelnden Kriegsversehrten mit Tüchern um die Augen und Blindenabzeichen am Arm war noch übrig, an Männern, deren Füße nunmehr Stahlgeflechte waren, auf denen sie, ungeschickt und von einem Stock gestützt, durch die Gegend humpelten, an traurigen Gestalten im Rollstuhl mit einem Schild auf dem Schoß, auf dem in zitternd geschriebenen Lettern stand: *Vergesst uns nicht!*

Gern war Ida nicht hier. Nicht weil sie nicht an das Grauen

erinnert werden wollte – doch hier fand es keinen Widerhall. Hier war es, als leuchte es in aller Stille vor sich hin, während Sankt Pauli, Eimsbüttel oder Hamm Orte waren, in denen das Leid zur Normalität geworden war. Und somit, so komisch es klang, leichter zu ertragen.

»Deswegen ist es so wichtig, dass du diesen Lehrgang machst. Damit du Männern wie Hildesund nicht ausgeliefert bist. Und auch nicht darauf angewiesen, dass einer wie der Oberkommissar dich leidlich erträgt.«

In der Ferne sah sie die Binnenalster glitzern. Brummend bog der Wagen in die Mönckebergstraße ein.

»Worauf willst du eigentlich hinaus?«, fragte sie. Aus den Augenwinkeln sah sie die Anzeigenwand nahe der St.-Petri-Kirche, die die Operation Gomorrha wie durch ein Wunder fast vollständig überstanden hatte. An der Hauswand war eine offizielle Suchbörse entstanden, und als die Aushänge an Ida vorbeizogen, deren herzergreifende Überschrift »Verlorene Kinder suchen ihre Eltern« lautete, begann es in ihr zu rumoren. Irgendetwas an den undeutlichen Fotografien der Jungen und Mädchen ließ sie erneut darüber nachgrübeln, warum ihr Vera Pape so bekannt vorkam. Sie war keine Berühmtheit, das hätte Ida längst herausgefunden. Aber was dann?

»Ich will darauf hinaus, dass du dir deine Stelle quasi, na ja, zementieren musst«, riss Ares sie aus ihren Gedanken.

»Weil ich andernfalls, da ich eine Frau bin, mir nichts, dir nichts rausgekegelt werde?«

Ares nickte.

Auch wenn sich Ida damit jetzt nicht beschäftigen wollte, so ging ihr dennoch durch den Kopf, ob ihre Tage bei der Polizei nicht ohnehin gezählt waren. Nicht nur weil ihr der Ruf anhaftete, schwierig zu sein, und nicht nur ihrer Vergangenheit wegen – sondern tatsächlich wegen ihres Geschlechts. Über kurz oder lang würden die Briten Hamburg verlassen. Die Verantwortung für die Polizei hatten sie schon an den Senat übergeben. Wie lange würde es dauern, bis wieder genug Männer rehabilitiert waren – oder anders ausgedrückt: bis man jeden noch so folgerichtigen Verdacht, die Beamten könnten nicht bloß Mitläufer gewesen sein, beiseitewischte und beschloss, dass mit der Rückschau jetzt Schluss war? Dann würden keine Frauen mehr gebraucht werden. Dass keiner wie Meyerlich seinen Platz würde räumen müssen, wenn die Alten zurückkehrten, sondern Heide und Ida, lag auf der Hand.

»Ich verstehe, was du meinst«, sagte sie langsam. Die Bretterwand mit den Annoncen hatten sie hinter sich gelassen und rollten nun auf den Hauptbahnhof zu. Welcher Gedanke hatte nur gerade in ihrem Kopf halb Form angenommen? Er hatte mit den Annoncen zu tun gehabt, den Schwarz-Weiß-Aufnahmen der Kindergesichter, doch sie kam einfach nicht darauf, inwiefern dies in Zusammenhang mit Vera Pape stehen könnte.

»All das ändert nichts daran, dass es mir wichtiger ist, Vera aus dem Gefängnis rauszuhalten, als mich um meine Zukunft zu sorgen. Sie hat eine Tochter. Und diese Tochter wurde zu den Großeltern gebracht, was offenbar bedeutet, dass der Vater entweder tot ist, in Kriegsgefangenschaft oder sich einen Dreck um seinen Nachwuchs schert. Was wird aus ihr, falls Vera Pape verurteilt wird?« Der Gedanke allein ließ ihr Herz schneller schlagen. Wenn Vera die Todesstrafe erhielt …

»Halt!«, schrie sie plötzlich.

Ares trat auf die Bremse. »Was ist los?«

Aber Ida antwortete nicht, sondern stieß die Beifahrertür auf und sprang hinaus. Doch dann fiel ihr ein, dass sie ihr letztes Geld beim blonden Otto gelassen hat, also machte sie wieder kehrt. »Kannst du mir zwanzig Pfennige borgen?«

Ares, dem immer noch der Schreck ins Gesicht geschrieben stand, kramte kopfschüttelnd in seiner Jackentasche und warf ihr eine Fünfzig-Pfennig-Münze zu. Ida schnappte sie sich und eilte zu dem Kiosk, an dem sie gerade vorbeigekommen waren. Könnte sie sich geirrt haben? Die Frau auf dem Titelbild sah Vera Pape womöglich einfach nur ähnlich. Aber je näher sie kam, desto mehr schwand ihre Hoffnung.

»Das Tagblatt, bitte.« Als sie die Zeitung in der Hand hielt, unterdrückte sie einen Fluch. Wieso waren die Reporter derart fix? Vera war gestern erst in Gewahrsam genommen worden, und heute schon prangte eine Aufnahme von ihr, wie sie ernst und aufmerksam in die Kamera blickte, auf Seite eins!

»Eiskalter Engel«, stand in großen Lettern darunter, ein kurzer Text folgte, aus dem mehr als deutlich wurde, dass die Schreiberlinge von Tuten und Blasen keine Ahnung hatten und wild spekulierten, auf der anderen Seite jedoch gefährliches Material besaßen.

»Wer ist dieser …« Ida musste noch einmal nachlesen, welcher Name gleich mehrfach genannt worden war, als sie sich wieder auf den Beifahrersitz warf. »Clark Gable?«

»Ein amerikanischer Schauspieler«, sagte Ares. »*Es geschah in einer Nacht, Meuterei auf der Bounty*, sagen dir die Filme nichts?«

Ida schüttelte den Kopf.

»Ihr hattet wohl kein Lichtspielhaus auf Amrum, wie? In Amerika ist er jedem Kind bekannt, seit er in *Gone With the Wind* mitgespielt hat. Eine Schnulze«, fügte er angesichts Idas fragender Miene fort, »bei der niemand ohne vollgeheulte Taschentücher das Kino verlässt. Was ist mit ihm?«

»Lindemann soll eine verblüffende Ähnlichkeit mit ihm gehabt haben.«

Ares' Augenbrauen zuckten in die Höhe. Er gab Gas und fädelte sich in den nun dichter werdenden Verkehr ein. »Da werden die Herren Reporter sich ja einen Ast abgefreut haben, so eine Geschichte macht schwer was her! Was haben sie über Fräulein Pape ausgegraben?«

»Sie sei eiskalt, durchtrieben, hat sich prostituiert, lässt ihr Kind im Stich …« Wütend zerknüllte sie das dünne Papier und pfefferte es auf den Rücksitz. »Woher nehmen die nur solche Sachen?«

»Die liebe Nachbarschaft wahrscheinlich.«

»Oder gleich ihre Wohnungsgenossinnen.« Sie stieß einen frustrierten Seufzer aus. »Hoffentlich haben sich die Hyänen von der Zeitung nicht schon vor dem Wohnhaus der Großeltern versammelt. Das arme Mädchen!«

Schweigend fuhren sie den Rest der Strecke. Als sie Hamm erreichten, nannte sie ihm die Adresse, die Fräulein Metzger ihr gegeben hatte, und grübelte weiter. Dass sich die Presse auf den Fall gestürzt hatte, wunderte sie nicht. Aber es würde dafür sorgen, dass aus einer Tatverdächtigen noch schneller eine überführte Mörderin wurde. Niemand ließ sich von den Zeitungen gern vor sich hertreiben …

Die Umgebung rund um den S-Bahnhof Hasselbrook bestand aus nichts als Ruinen und Schutt. Der gesamte Osten Hamburgs war 1943 vorrangiges Ziel der Bomben gewesen. Hier stand kaum noch ein Stein auf dem anderen, was Ida bedrückt den Blick sinken ließ, als Ares den Wagen zum Stehen brachte.

Sie befanden sich am Rand einer öden Fläche, auf der sich nahtlos Nissenhütte an Nissenhütte drängte. Hunderte Obdachlose mussten in den Wellblechhütten Zuflucht finden, in denen es im Sommer kochend heiß und im Winter eiskalt war.

»Soll ich warten?«

»Möchtest du eine höfliche Antwort?«

»Eine ehrliche.«

»Das wäre schön, Ares.«

Er lächelte, und Ida dachte, während sie ausstieg, flüchtig darüber nach, ob sie schon wieder einen Fehler machte. Was sah Ares in ihrer Freundschaft – und in ihr? Doch dann ging sie auf die Hütten zu und schob Ares und alles, was damit zusammenhing, beiseite.

Der Anblick der Behelfsheime war wirklich alles andere als erhebend: So dicht, dass kaum ein Hühnerkäfig dazwischenpasste, standen die Bauten, die aussahen wie halbierte und auf den Bauch gelegte Fässer. Die Wellblechdächer wölbten sich von Boden zu Boden. Darüber schlackerten Stromkabel im Wind. Auf engstem Raum hausten darin mehrere Familien, wenn auch nicht schlechter als zusammengepfercht in Kellerwohnungen in der Innenstadt. Immerhin versuchten sich die Leute selbst zu versorgen, indem sie jeden Zentimeter vor ihrer Tür umgruben und nutzten.

Bei dem vierten Haus klopfte sie. Zuvor hatte sie die Straße hinauf- und wieder hinabgesehen und beruhigt festgestellt, dass kein Zeitungsfritze in Sicht war. Da ihr niemand öffnete, pochte sie erneut gegen die dünne Sperrholztür, doch im Innern blieb es mucksmäuschenstill.

Wieder sah sie die Straße hinunter. Gar niemand trieb sich zu dieser Stunde draußen herum. Vielleicht saßen überall die

Familien beim Abendbrot beisammen. Ida trat an die Tür der Nachbarbaracke. Nach einer Weile hörte sie Schlurfen aus deren Innern und sah gleich darauf in das Gesicht einer alten Frau, die bei Idas Anblick erschrocken zurückzuckte.

»Mein Name ist Ida Rabe. Ich suche die Familie Pape. Sie sind die Nachbarin, ist das richtig?«

Sie hörte die Dame förmlich aufatmen, und der ängstliche Gesichtsausdruck verschwand. »Jaja. Die wohnen da.«

»Ich weiß. Aber als ich eben geklopft habe, hat niemand geöffnet.«

»Also, Ulla hab ich grad eben noch gesehen. Nicht dass ich neugierig wär', Aber als ich aus dem Fenster geguckt habe, da ist sie da lang gegangen.« Zur Bekräftigung ihrer Worte zeigte sie zur Straße. »Nach Hause.«

»Wann war das?«

»Na, vor 'n paar Minuten. Und weggehen hab ich sie nicht wieder gesehen.«

Für die Polizei waren Menschen wie diese Dame ein Segen. Dennoch mochte Ida Leute nicht, die ihre Nase in alles steckten und über die unwichtigsten Details genaustens Bescheid wussten. Zu einem dankbaren Lächeln musste sie sich daher zwingen, und wahrscheinlich fiel es nicht besonders überzeugend aus.

Nachdem die Alte wieder in ihrer Hütte verschwunden war, versuchte es Ida aufs Neue. »Frau Pape? Hier ist die Polizei. Bitte öffnen Sie, es ist wichtig.«

Sie ging davon aus, dass die Military Police Veras Mutter schon benachrichtigt hatte. Da sich die Englischkenntnisse der meisten Hamburger allerdings auf Worte wie *Cigarette* und *Yes* beschränkten, war sie nicht allzu sicher, wie gut sie verstanden worden war. Könnte es sein, dass Frau Pape keine Ahnung hatte, wo ihre Tochter steckte?

Immer noch rührte sich niemand, wenngleich sie aus dem Innern ein leises Geräusch zu hören glaubte. Sie legte das Ohr an das Holz und lauschte. Tatsächlich. Jemand schluchzte leise.

Kurzerhand öffnete sie die Tür und betrat den kleinen, düsteren Raum. Er maß vielleicht zehn Quadratmeter und beherbergte wohl das gesamte familiäre Hab und Gut. In dem spärlichen Licht, das durch das Fenster fiel, entdeckte sie zwei Erwachsenenbetten, die am Ende des Raumes vor einem Vorhang standen, sowie eine Pritsche neben dem Kanonenofen. Außerdem gab es einen kleinen Tisch samt Stühlen. Auf einem von ihnen saß gebeugt eine Frau, die Ellbogen auf die Knie gestützt, das Gesicht in den Händen vergraben.

Sie schien Idas Hereinkommen nicht bemerkt zu haben, daher sagte Ida: »Frau Pape?«

Sie reagierte nicht, sondern stieß leise, gequält klingende Schluchzer aus.

»Ich bin von der Polizei, Frau Pape. Kann ich Ihnen helfen?«

Stille trat ein. Langsam hob die Frau den Kopf. Früher musste sie rundlich gewesen sein. Der blau-weiß gemusterte Kittel hing an ihren Armen und Schultern herab, als habe sich dort einst mehr Masse befunden. Ihr Haar war dunkelblond mit silbernen Strähnen; auf eine mühevoll aussehende Weise gelockt, als drehe sie es sich jeden Abend vor dem Schlafen auf. Ida schätzte sie auf Anfang fünfzig, auch wenn sie dermaßen verlebt wirkte, als sei sie zwanzig Jahre älter.

Mit feindseligem Blick starrte sie Ida an.

»Sind Sie Vera Papes Mutter?«, fragte Ida und sah sich unauffällig um. Wie es schien, waren sie allein.

»Watt wollen Sie hier? *Watt*?«, fauchte die Frau wütend.

Erstaunt über den Ausbruch, hob Ida beschwichtigend die Hände. »Ich möchte mit Ihnen über Ihre Tochter sprechen.«

Schwerfällig stand Frau Pape auf. »Meine Tochter!« Es hörte sich an, als spucke sie das Wort aus. »Na, schön, dass Sie mit mir über sie reden wollen. Aber es is meine Tochter, wegen der's mir schlecht geht. Soll ich da Lust ham, mit Ihnen zu reden?«

Es fiel Ida schwer, die geringste Ähnlichkeit zwischen Mutter und Tochter zu finden, doch als sie genauer hinsah, entdeckte sie denselben Schwung der Unterlippe, der etwas Jungmädchenhaftes und Liebreizendes ausstrahlte. Der Rest von Frau Papes Gesicht aber leuchtete vor Boshaftigkeit.

Ida griff nach einem Stuhl und setzte sich ohne Aufforderung. Es war heiß und stickig in der Hütte, gelüftet hatte hier wohl seit Wochen niemand mehr. »Dann möchte ich eben Ihre Enkelin sprechen.«

»Was soll das, wer sind 'n Sie überhaupt?«

»Ida Rabe. Polizeirevier Davidwache.«

»Kommen hier rein, einfach so. Ich hab Sie nich' reingebeten. Hausfriedensbruch is das, hat Ihnen das keiner beigebracht? Oder sind Sie gar nich' 'ne richtige Polizistin?«

»Doch, das bin ich. Frau Pape, ich bin wegen Ihrer Tochter und Ihrer Enkelin hergekommen. Haben Sie Fragen, die Ihnen die englische Polizei womöglich nicht beantworten konnte?«

Die Augen der Frau verengten sich. Zischend atmete sie ein, dann nickte sie und setzte sich. »Großzügig von Ihnen.« Ihre Worte troffen nur so vor Bitterkeit. »Sie denken, ich bin zu blöd, die zu verstehen, hä?«

Ida ging darüber hinweg. »Möchten Sie Ihrer Tochter etwas ausrichten lassen?« Nicht dass Ida damit rechnete, sich so bald wieder mit Vera Pape unterhalten zu können. Aber man hatte schon Pferde kotzen sehen, außerdem gab es immer einen Weg, Informationen weiterzutragen. Und drittens konnte Frau Pape das nicht wissen.

»Sagen Sie ihr, sie hat verdient, was ihr passiert! Wer zu hoch will, der fällt, so is das doch. Hat immer geglaubt, sie kann sich so 'n Pinkel um den kleinen Finger wickeln und wär' watt Besseres als wir. Und jetzt? Jetzt isse hinter Gittern. Da, wo sie hingehört, das is der einzige Fleck, wo niemand ihren Blödsinn hören will!«

Idas anfängliche Irritation wich nun endgültig Ärger »Ich hatte nicht das Gefühl, dass sie wirre Ideen hat.« Während sie in die kalten, wässrig blauen Augen sah, fragte sie sich, wie schwer Vera Pape wohl die Entscheidung gefallen war, Käthe zu ihren Eltern zu geben. Womit sie zu dem Grund für ihren Besuch zurückgekehrt war. »Frau Pape, dürfte ich erfahren, wo Ihre Enkelin ist?«

Für einen kurzen Augenblick hatte sie das Gefühl, einem Staudamm dabei zuzusehen, wie er brach; doch nachdem Frau Pape mit einem zischenden Geräusch eingeatmet, die Fäuste geballt und das Zucken um ihren Mund unter Kontrolle gebracht hatte, bei dem ihre Unterlippe bebte, verwandelte sie sich innerhalb von Sekunden in einen kalten Felsen.

»Was geht 'n Sie das an?«

»Ich will mit ihr sprechen.«

»Und warum? Sie können mit mir reden!«

»Ich bin Polizistin, Frau Pape, und mit dem Fall Ihrer Tochter betraut.« Gelogen. Egal. Außerdem wurde sie langsam ungeduldig. »Aus diesem Grund möchte ich mit Vera Papes Tochter reden. Sie können gern dabei sein. Würden Sie mir also freundlicherweise verraten, wann sie zurückkommt? Es ist dringend.«

»Sie is bei 'ner Freundin.« Frau Pape verschränkte die Arme und starrte Ida feindselig an. »Nur zu, drehen Sie mir en Strick draus, dass ich ihr so was erlaube abends. Aber sie war traurig, als sie das von ihrer Mutti erfahren hat. Wie könnte man da so hartherzig sein und ihr verbieten, 'ne Freundin zu besuchen?« Sie stieß einen Seufzer aus. Tränen kullerten über ihre Wangen. Ida konnte nicht anders, als sie skeptisch zu mustern. Vielleicht tat sie Frau Pape unrecht. Doch ihre Krokodilstränen passten nicht zu dem blanken Zorn, der in ihren Augen loderte.

»Man wär doch eiskalt, wenn man es dem Kind nicht zugestehen würde. Sie kommt morgen zurück. Morgen Nachmittag.«

Verdammt, dachte Ida. Zu dem Zeitpunkt saß sie längst im Zug.

»Wenn Sie mir nicht glauben«, Frau Pape stand auf und begann, in den Zetteln zu wühlen, die neben einem der Betten zu kleinen Häufchen zusammengefegt lagen, »ich hab die Adresse, aber ich sach Ihnen, lassen Sie der Lütten doch ma 'n Moment Pause. Muss sich ma' erholen von allem. Is schwer.« Eine weitere Krokodilsträne. »Das Kind hat's schwer mit so 'ner Mutter!«

Gerade noch verkniff sich Ida ihr sarkastisches *Sagen Sie das mal Vera Pape*.

»Morgen wird meine Kollegin nicht kommen. Aber wenn sie Montag gegen acht bei Ihnen auf der Matte steht, dann gehe ich davon aus, dass sie auch mit Käthe reden kann.«

Gleich wieder wütend, funkelte Frau Pape sie an. »Hab ich doch grad gesacht, oder nicht?«

Das hatte sie nicht, aber Ida hatte keine Lust, ihr deswegen zu widersprechen.

»Wo ist Ihr Mann?«, wechselte sie das Thema, nachdem sie sich in ihr Merkbuch gekritzelt hatte, Heide um den Gefallen zu bitten, am Montag in der Frühe nach Hamm rauszufahren. Die würde sich freuen. Beziehungsweise aus der Ferne versuchen, Idas Kopf abzureißen. Aber wer sollte es sonst übernehmen?

»Unterwegs.«

»Und wann erwarten Sie ihn zurück?«

»Was weiß denn ich? Wenn der saufen geht, braucht man nich' zu warten.«

»Wie kommt das Mädchen eigentlich zur Schule?«

Verwirrt schüttelte Frau Pape den Kopf.

»Sie geht doch in Sankt Pauli zur Schule, oder nicht?«

»Jetzt wollen Sie mir kommen mit der Schulpflicht? Da lache ich mich ja tot! Gibt doch immer noch kaum Lehrer! Albern is das, was Sie hier sagen, albern!«

»Um welche Uhrzeit kam Ihre Tochter am vergangenen Mittwoch her?« Es fiel Ida mit jeder Frage schwerer, ruhig zu bleiben. Die Frau war so unangenehm, dass sie am liebsten zehn Meter abgerückt wäre.

»Was soll das 'n für 'ne Fangfrage sein?«

»Keine Fangfrage. Nur Interesse. War es morgens oder mittags …«

»Am Vormittach«, sagte sie pampig. »Vielleicht um zehn. Oder drei nach zehn, es tut mir entsetzlich leid, aber der Zettel, auf dem ich es mir aufgeschrieben hab, is vom Hund gefressen worden.«

Das kommentierte Ida nicht weiter. Stattdessen notierte sie in Kurzschrift: »9.6., ca. 8 Uhr, V.P. Davidwache, Meldung Begegnung mit Fremdem am Tag zuvor; 10 Uhr, V.P. bringt Tochter zu den Eltern.«

»Sind Sie jetzt fertig mit Schlaudreingucken? Ich hab zu tun!«
Ida stand auf.

»Wiedersehen«, zischte Frau Pape und setzte hinzu: »Soll ich Ihnen die Tür aufmachen?«

»Ich finde den Weg schon selbst.«

Draußen ließ sie sich wortlos auf den Beifahrersitz sinken. Ares sah sie an, nickte kommentarlos und gab Gas. Zwanzig Minuten später, in denen sie durchgehend geschwiegen hatten, erreichten sie Sankt Georg und fuhren weiter, bis sie sich der Norderelbe näherten. Ein paar Meter vom Zollkanal entfernt stoppte er den Wagen.

»Oder soll ich dich gleich nach Hause fahren?«

»Es geht schon«, sagte sie in Gedanken versunken. Irgendetwas an dem Besuch bei Vera Papes Mutter fühlte sich beklemmend an, aber was genau? Klar, die Frau war furchtbar, aber irgendetwas … »Veras Tochter war nicht da. Sie ist bei einer Freundin. Hätte ich mir doch die Adresse geben lassen sollen? Irgendetwas stimmt da nicht …«

»Gönn dir mal ein paar Stunden Pause, Ida. Das Gehirn ist nicht dafür gemacht, unaufhörlich benutzt zu werden.«

»Wenn ich schlafe …«

»… benutzt du es auch. Also versuch, einen kurzen Moment nicht zu denken, sondern dich einfach nur umzusehen.«

Hinter dem Fleet, auf dessen schwarzer Wasseroberfläche sich das Licht der untergehenden Sonne spiegelte, erhoben sich die Ruinen der Speicherstadt.

»Ich habe keinen blassen Schimmer«, sagte sie und tat es Ares nach, der aus dem Auto gestiegen war und sich an die warme Motorhaube lehnte, »wie man das machen soll: sich einfach nur umzusehen.« Sie runzelte die Stirn. »Geht es dir auch manchmal so, dass du das Gefühl hast, dein Kopf wäre mindestens zwanzig Mal so groß wie dein Körper?«

Verwundert lachte er auf. »Nein. Aber du könntest dich drauf konzentrieren, wie die Luft riecht. Oder wie sich die Wärme der Sonne anfühlt.«

»Um das hinzukriegen, brauche ich dein Getränk, das alle Sinne betäubt und dessen Namen ich mir nicht merken kann. Außerdem geht die Sonne gerade unter.«

»Du willst dich betrinken?«

»Ich bitte darum.«

Ein Lächeln huschte über Ares' Gesicht. »Du bist der einzige Mensch und vor allem die einzige Frau, vor der ich mich nicht schäme, weil ich das immer bei mir trage.« Er zog seine zerbeulte Ledertasche aus dem Auto, um darin herumzukramen. Nachdem er zerknüllte Zettel, unbenutzte Stofftaschentücher, eine Silbergabel und ein vergilbtes Buch herausgezogen hatte, förderte er eine bauchige braune Flasche zutage. »Sieht wie Medizin aus und ist es auch, im weitesten Sinne jedenfalls.« Er schraubte den Deckel auf. »Bitte.«

»Ist es das, was ich kenne?« Bei griechischem Alkohol wusste man nie.

»Nein. Aber genauso gut. Und noch eine Spur härter. Yamas!«

Das griechische Prosit kannte sie mittlerweile. Während ihrer gemeinsamen Spaziergänge, die sie vor ihrem Streit regelmäßig miteinander unternommen hatten, rasten Ares und sie durch die Gegend, und anschließend bewirtete er sie auf irgendeiner zugigen Parkbank, sofern sie eine fanden, die nicht zu Brennholz verarbeitet worden war, mit einem bitteren, aber herrlich die Sinne schärfenden Schnaps. Herzöffner auf griechische Art, so nannte er ihn.

»Yamas.« Die Augen zusammengekniffen, nahm sie einen großen Schluck. Das Zeug brannte höllisch, zuerst auf ihrer Zunge und dann langsam ihre Kehle hinab, wo es zu einem kleinen, wärmenden Feuerball wurde. Sie nahm gleich den nächsten Schluck, etwas kleiner diesmal.

»Vergiften allerdings solltest du dich nicht.«

»Ich bin ja nicht allein. Du bist da«, murmelte sie. »Du bringst mich dann ins Krankenhaus?«

»Wenn ich noch laufen kann auf jeden Fall.« Ares nahm ihr die entgegengestreckte Flasche aus der Hand und trank, während Ida nicht anders konnte, als ihren Kopf gegen seine Schulter zu lehnen. Sie blickte in sein breites, offenes Gesicht, auf seine platt gedrückte Nase, das immer etwas unrasiert wirkende Kinn und in seine dunklen Augen, und mit einem Mal schlug eine Welle diffuser Gefühle über ihr zusammen. Schmerz, Sehnsucht, Liebe, Verwirrung, Angst. Um nur ein paar zu nennen.

Ares legte ihr erst die eine Hand auf den Rücken, dann die andere um sie herum und zog sie dicht an sich heran. Sein Hemd fühlte sich warm von ihrem Atem an, seine Haut ebenfalls, und sie ertappte sich bei dem Gedanken, nie wieder fortgehen zu wollen.

Die Ruinen, die Schreckensorte der Stadt: für einen winzigen Augenblick wie verschwunden. Sie entkam allem, hatte ihr Schlupfloch gefunden, als sie ihm die Hand in den Nacken legte und seinen Kopf zu sich hinabzog. Sanft berührten ihre Lippen seine.

*

Ares schlief, als sich Ida aufsetzte und in dem winzigen Raum umsah, in dem sie den Kopf einziehen musste, wenn sie stand. Sie fühlte sich … wunderlich. Was nicht allein daran lag, dass sie sich in einer auf dem Wasser schwankenden Schute befand.

Für einen Mann seiner Größe war diese Art der Unterkunft erstaunlich beengt, aber Ida hatte festgestellt, dass sich Ares geschickt im Innern bewegte, während sie sich die Hüfte am Holztisch und das Knie an der Koje aufgeschrammt hatte. Bei dem Gedanken daran, was vorgefallen war, wandte sie sich um und betrachtete ihn.

Die letzten Stunden hatten sich so vertraut angefühlt, als würden ihre Körper einander seit Ewigkeiten kennen. Sie hatte sich kein bisschen geschämt, nackt zu sein … Es war ihr wie das Normalste der Welt erschienen. Seine Berührungen. Ihn zu küssen. Ihn in sich zu spüren.

Oje.

Es war nicht das Natürlichste der Welt. Sie waren Freunde. Kollegen, auf gewisse Weise jedenfalls. Und nicht verheiratet, nicht verlobt, gar nichts.

Langsam strich sie mit der Fingerspitze über seine Wange. Seine Nase zuckte kurz, doch er schlief weiter.

Wenn jemand ihr nahekam, musste sie ihn von sich stoßen, so war es bisher immer gewesen. Sie ertrug fortdauernde Nähe nicht, die Männer wollten; sie ertrug es nicht, wichtig für jemanden zu sein. Vielleicht war sie der einzige Mensch auf dieser Welt, dem es so ging – oder zumindest die einzige Frau –, aber sie brauchte Zeit für sich allein.

Unter nichts hatte Karl mehr gelitten als darunter. Wieder und wieder hatte er sie mit diesem flehenden Blick angesehen, den sie immer weniger hatte ertragen können.

Sie taugte nicht für die Liebe. Vielleicht weil sie, wenn das Gefühl sie überkam, so furchtbar tief empfand, dass die Intensität kaum auszuhalten war. Was dazu führte, dass sie sich mit Gewalt losriss und fortlief.

Was jetzt, Ida?, fragte sie sich.

Nicht mehr lange, und sie saß im Zug. Entfernte sich mit jeder Minute ein wenig mehr von ihm, aber auch von dem Fall Lindemann, von Vera Pape, von Henni, der Toten aus der Talstraße.

Und es gab noch so viel zu tun!

Sie beugte sich über ihn, atmete seinen Duft nach wilden Kräutern ein und drückte ihm einen Kuss auf die Wange. Dann schlug sie die Decke zurück, setzte die Füße auf den weiß lackierten Holzboden und schlich auf Zehenspitzen die zwei Schritte zum Küchentisch. Praktisch, dass man sich kaum bewegen musste, um an alles Lebensnotwendige zu gelangen: Vom Tisch am hinteren Ende kam man ohne Mühe ans Besteck und ans Geschirr, das teils an Haken hing, teils ein Wandregal vollstopfte; an die Petroleumlampe auf dem schmalen Nachttischchen und genauso problemlos an den Kanonenofen, dessen Rohr neben dem runden Fenster nach draußen verlief.

Lautlos zog sie sich an. Dennoch hörte sie, als sie gerade den zweiten Strumpf aufrollte, wie sich Ares aufsetzte. »Du bist also nur deswegen hergekommen? Ich fühle mich ein bisschen benutzt.«

Sie hob den Kopf und starrte ihn an, unfähig, etwas zu sagen.

»Ich veräppele dich nur«, sagte er und grinste. »Oh, oh«, sagte er dann, als er ihr ins Gesicht geblickt und ihre Unsicherheit, ihren aufflackernden Zorn und ihr Unbehagen entdeckt hatte. »Entschuldige, Ida. Kein guter Zeitpunkt für Scherze?«

Sie schüttelte den Kopf und kam sich schrecklich albern vor.

Nicht nur fühlte sie sich plötzlich wie ein waidwundes Tier, das schleunigst in ein Versteck huschen musste – jetzt gab er ihr auch noch das Gefühl, begriffsstutzig zu sein. Ungewollt natürlich. Aber ... Himmel noch eins, was war nur los mit ihr? Sie war doch sonst nicht so empfindlich. Vor allem aber spürte sie, wie die Angst über ihr zusammenschlug, wieder mal das Verkehrte getan zu haben. Und Ares, ausgerechnet Ares, zu verletzen.

Hastig schlüpfte sie in ihren Rock und die Bluse und war schon halb aus der Kajüte, als er ihren Namen rief. In der Tür, in der sie den Kopf einziehen musste, um nicht oben anzustoßen, drehte sie sich um.

»Ich möchte dir nicht wehtun«, sagte sie.

»Dann tu es nicht.«

»Aber ich werde es. Egal, ob ich will oder nicht, ich werde dich verletzen.«

Wieso war sie nur so, wie sie war?, fragte sie sich, als sie tief die Nachtluft einsog und machte, dass sie an Land kam. So, als sei sie einmal zersprungen und habe sich anschließend verkehrt wieder zusammengesetzt?

*

Sonntagfrüh saß sie schon um kurz nach sechs an ihrem Schreibtisch. Sie trug Zivil und war sich für einen Moment deplatziert vorgekommen, als sie die Davidwache betreten hatte. Das Gefühl war längst verflogen und hatte einer tiefen Erschöpfung Platz gemacht. Nun blickte sie aus geschwollenen, müden Augen auf das Blatt, das kraftlos vor ihr in der Schreibmaschine hing. Die Nacht war scheußlich gewesen, was natürlich wenig überraschend war. Alle paar Minuten, so jedenfalls hatte es sich angefühlt, war sie eingeschlummert und hatte im Halbschlaf gedacht, sie läge neben Ares. »Siehst du«, flüsterte sie sich zu, »genau deswegen ist das eine furchtbare Idee gewesen.« Wer fühlte, schenkte seinem Herz zu viel Aufmerksamkeit. Aber Ida wollte Verbrechen aufklären, konzentriert und ungestört. Nicht weil sie sich einbildete, nur sie könne die Ganoven fangen. Sondern aus Eigensinn und weil es ihr nie besser ging, als wenn sie arbeitete.

Viel Zeit blieb ihr nicht, bis ihr Zug abfuhr – um fünf nach halb neun von Altona. Bis dahin lag einiges vor ihr, das sie gestern nicht geschafft hatte. So musste sie noch alles zu Papier bringen, was sie zu Vera Pape zusammengetragen hatte. Die Gespräche mit deren Wohnungsgenossinnen Fräulein Bruns und Fräulein Metzger, mit Lindemanns Nachbarin Dorothea Riedel, der Hinweis auf den Mann mit dem Schmiss, die Nennung des Namens Merle, Idas gestriger Besuch bei Frau Pape sowie ihre Versuche, Vera Pape etwas zu entlocken.

Der Gedanke, dass es eigentlich unmöglich war, jetzt zu fahren, ließ sie die Sachen noch schneller durchgehen. Sie hatte zu viele lose Enden, die nicht zusammenpassen wollten! Auf der anderen Seite erinnerte sie sich an Ares' Worte. Jemand wie Hildesund würde leichtes Spiel mit ihr haben, sobald sich die Briten ganz aus der Stadt zurückzogen. Wahrscheinlich stand schon jetzt die Frage, ob die Weibliche Polizei weiter bestehen sollte, auf der Tagesordnung des Senats. Als höhere Beamtin würde sie bessere Karten haben. Und vielleicht sogar so viel Einfluss, dass sie sich auch für Kolleginnen einsetzen könnte …

Außerdem: Sie wollte fahren. Unbedingt!

Also Konzentration. Sie war jedoch kaum beim zweiten

Absatz angekommen, als sich schon wieder Ares in ihre Gedanken schummelte.

»Raus da«, murmelte sie und ließ ihre Finger noch entschlossener auf die Tasten knallen, bis die Kuppen zu schmerzen begannen. In drei Monaten würde sie ihm womöglich erklären können, warum sie sich so abrupt davongemacht hatte. Oder auch nicht. Denn wer wusste schon, was in drei Monaten war. Ares könnte verlobt und verheiratet sein, mit wem auch immer.

Die Augen zu Schlitzen verengt, bearbeitete Ida mit solcher Heftigkeit die Tastatur, dass das T stecken blieb. Ungeduldig sprang sie auf und war drauf und dran, mit Wucht gegen das Tischbein zu treten, weil alles – die Verwirrung über letzte Nacht, aber auch der Zorn darüber, in Sachen Lindemann und Vera Pape nicht weitergekommen zu sein – einfach zu viel wurde. Sie hatte das Gefühl, kurz vor der Explosion zu stehen. »Reiß dich zusammen, verdammt!«, murmelte sie. Wenn sie zutrat, würde sie durch den Lärm schlimmstenfalls Hildesund auf den Plan rufen, der immer irgendwo herumschlich. Außerdem würde sie den Tisch ein weiteres Mal zu Boden gehen lassen, die Schreibmaschine endgültig ruinieren und ihren Fuß womöglich gleich mit.

»*Good morning.*«

Erschrocken schoss Ida herum. Weder hatte sie ihre Vorgesetzte kommen hören, noch war die Tür, die doch sonst stets knarrte, so freundlich gewesen, den Besuch anzukündigen. Die linke Braue irritiert in die Höhe gezogen, stand Miss Watson im Rahmen, schnurgerade wie immer, was Ida daran erinnerte, dass sie sich mit dem militärischen Gruß besser nicht allzu viel Zeit ließ.

Die Hand an die Stirn gelegt, sagte sie: »Guten Morgen, Ma'am.«

Wenn der Eindruck nicht täuschte, hatte Watson auch keine gute Nacht hinter sich. Ihre Haut wirkte grau an diesem Sonntagmorgen, die Schatten unter ihren Augen tief. Ihr brünettes Haar jedoch war wie immer zu einem strengen Dutt gebunden, aus dem nicht ein einziges Härchen lugte. In Tagen, in denen Heiterkeit die Bürostimmung beherrscht hatte (lange war es her, konstatierte Ida ernüchtert), waren sich Heide und sie einig darüber gewesen, dass Ann Watson statt einer Bürste Wasserwaage und Hammer benutzte, um ihre Frisur in Form zu bringen.

»Darf ich?«

»Natürlich.« Ida zog Heides Stuhl heran. »Bitte, Ma'am.«

Niemand saß wie Miss Watson. Die Beine eng aneinandergelegt und doch nicht angespannt wirkend, der Rücken durchgedrückt, kein Wirbel berührte die Lehne.

»Der Tote. Lindemann. Er war in die Operation Bird Dog eingeweiht. Als einer von vielleicht einer Handvoll Briten auf deutschem Boden. Lange, sehr lange vor mir.«

Plötzlich entstand in Idas Kopf eine Art Vakuum. Langsam und schwerelos wie Federn glaubte sie, ihre Gedanken vorüberschweben zu sehen, ohne auch nur einen zu fassen zu bekommen. Verwirrt öffnete sie den Mund, doch dann fiel ihr keine einzige Frage ein, die dem Ernst der Sache angemessen war.

»Was die Person, die Lindemann getötet hat, nicht nur unter Mordverdacht stellt, sondern ihm – oder ihr …« Miss Watson runzelte die Stirn und blickte Ida forschend an. »… eine Anklage wegen Hochverrats einbringen könnte.«

Der Gedanke wirkte wie ein Sturz in eisiges Wasser. Schlagartig war Ida hellwach. »Aber was würde man damit anfangen? Mit Informationen, meine ich, die womöglich aus Lindemann herausgepresst wurden?«

Miss Watsons Augenlider zuckten nervös, was in Ida ein mulmiges Gefühl wachrief.

»Kannte er die Routen?«, fragte Ida, da Miss Watson auf ihre Frage nicht antwortete. »Die Routen, die das Geld nimmt, wenn es aus den Lagern, wo es aufbewahrt wird, zu den einzelnen Ausgabestellen transportiert wird?«

Miss Watson nickte kaum merklich.

Bis eben hätte der Mann Idas Wissen nach aus allen möglichen Gründen sterben können. Jetzt aber stand auf der einen Seite eine hochgeheime Operation der Besatzungsmächte, eine Operation, in der es um Unmengen von Barem ging. Genug, um die drei Westzonen zu versorgen und alles Geld, das dort im Umlauf war, zu ersetzen.

Ihr wurde schwindelig.

»Um welche Summe handelt es sich?«

»Das darf ich Ihnen nicht verraten. Aber Sie können sich vorstellen, in welche Richtung es geht, nicht wahr?«

Ida nickte. Es musste sich um mehrere Milliarden handeln. *Milliarden* neue Mark. So viel Geld, wie noch nie durch die Republik gekarrt worden war. Geld, das sicher so manches Interesse weckte …

Und Vera? War sie Teil einer Verschwörung? Oder gar ihr Mittelpunkt? Es fiel Ida schwer, sich das vorzustellen. Auf der anderen Seite hatten sie dreizehn Monate Polizeiarbeit gelehrt, teils auf ihren Instinkt zu hören, aber niemals ausschließlich. Die absurdesten, unglaublichsten, am allerwenigsten naheliegenden Lösungen waren manchmal die richtigen, in anderen

Fällen aber war es auch ganz einfach. Das jedoch wusste man immer erst hinterher.

»Diese Person, die ihn auf dem Gewissen hat ...« Sie schluckte. »Würde sie in Großbritannien angeklagt oder in Deutschland?«

Sie musste gestehen, dass sie nicht wusste, was besser war. Hier drohte die Todesstrafe. Auf der Insel wahrscheinlich auch.

»Einfacher gestalten würde sich die Sache auf jeden Fall, wenn die angeklagte Person ebenfalls Brite – oder Britin – wäre.« Streng runzelte Miss Watson die Stirn. »Ich weiß, was Sie denken. Und das gefällt mir nicht.«

Immerhin darin konnte Ida ihr zustimmen, denn ihr gefiel es ebenso wenig. Aber wie könnte sie fahren – jetzt? Und damit Vera Pape endgültig im Stich lassen?

Mit der ihr eigenen Unbarmherzigkeit sah ihre Vorgesetzte sie an und sagte: »Ich weiß, dass Sie mit dem Wunsch kämpfen, den Lehrgang abzusagen. Aber ich warne Sie. Und sage es Ihnen noch einmal: Diese Chance wird sich Ihnen kein weiteres Mal bieten. Sie möchten aufsteigen, Fräulein Rabe, und Sie haben das Zeug dazu. Zudem habe ich Stunden, oder eher Tage, damit zugebracht, Ihnen einen Platz in diesem Lehrgang zu beschaffen. Damals habe ich Ihnen erzählt, dass ich eine Person vorschlagen dürfe, was auch der Wahrheit entspricht. Was ich vergangenes Jahr jedoch nicht wusste, war, dass diese Aufforderung eine rein formelle war.«

»Sie meinen ...«, sagte Ida, immer noch zu verwirrt, um die Frage auch zu Ende zu bringen.

»Ich meine, dass nie jemand vorhatte, tatsächlich eine Frau zuzulassen. Mit der Zeit wurde mir klar, dass Ihr Name, der durch mein Zutun auf der Liste erschien, ersatzlos durchgestrichen werden sollte.«

»Aber wieso dann die …« Ida brauchte ein wenig, um sich zu sammeln und das Wort zu finden, das sie suchte. »… Mühe?«

»Weil man sich einerseits an Reformen versucht und sie dann andererseits nicht durchzusetzen wagt. Unter meinen Landsleuten herrscht das Ideal einer Polizei, die *mit* der, nicht *gegen* die Bevölkerung arbeitet.« Miss Watson seufzte und blickte Ida nüchtern an. »Sosehr es mich auch verwundert, aber diese Vorstellung wird in Ihrem Land nicht geteilt. Weder wünscht man eine bürgernahe Polizei noch Frauen in den oberen Rängen, die das sogenannte Volk womöglich weniger von oben herab behandeln. Sie können sich vorstellen, dass ich aus allen Wolken fiel, als man mich mit den Worten abfertigen wollte, Sie und Ihre Geschlechtsgenossinnen würden von Geburt an nicht das richtige Rüstzeug mitbringen, um jemandes Vorgesetzte zu werden. Mit *jemandes* meine ich in diesem Fall übrigens auch eine rein weibliche Kollegenschaft. Der Herr, mit dem ich mich darüber *unterhielt* …« Sie zog den Begriff so sehr in die Länge, dass vor Idas innerem Auge ein sehr lebendiges Bild Form annahm: Miss Watson, wie sie mit vor Zorn leuchtenden Augen ihren deutschen Gesprächspartner abkanzelte. »… konnte gar nicht häufig genug betonen, wie wichtig ein männlicher Vorgesetzter für die Herren wie auch die Damen sei. Als Vater, der für alle ein offenes Ohr habe.«

Würde nicht derselbe saure Ärger in Ida aufsteigen, den sie schon so oft angesichts der Tatsache empfunden hatte, nicht einmal mit dem größten Fleiß und klügsten Vorgehen an ihre männlichen Kollegen heranreichen zu können, würde sie vielleicht amüsiert feststellen, dass sich mindestens ein Dutzend Haare aus Miss Watsons Dutt gelöst hatten und empört abstanden.

»Ich musste mich an ganz oben wenden.« Streng sah sie Ida an. »Ganz oben – oberhalb der Themse. Es wurden Gespräche geführt, in denen eine Annäherung an die Einsicht herbeizuführen versucht wurde, dass auch Frauen zu taktischem Denken fähig sind. Dass eine Entscheidungsfindung sie nicht überfordert und sie, wenn sie handeln müssen, auch handeln können, ohne erst von einem Mann dazu aufgefordert werden zu müssen. Erlauben Sie mir die Frage, Fräulein Rabe: Wie schaffen Sie es, nicht permanent mit dem bitteren Gefühl der Wertlosigkeit herumzulaufen? Sagen Sie nichts«, sagte Miss Watson dann und lächelte müde. »Sie kämpfen genau wie ich und alle anderen Frauen einfach Tag und Nacht dagegen an. Deswegen sind Sie, wie Sie sind. In Ihrer Sprache gesagt, habe ich mir den Mund fusselig geredet und die Finger wund getippt, um Sie nach Niedersachsen zu bringen. Es gibt weder Aufschub noch eine Alternative. Fahren Sie nicht, werden Sie nie fahren, habe ich mich deutlich ausgedrückt?«

»Ja, Superintendent.«

*

Um kurz nach acht erreichte sie den Altonaer Bahnhof. Die weiteren Worte ihrer Vorgesetzten noch im Ohr – *»Was wollen Sie hier ausrichten, Fräulein Rabe? New Scotland Yard ist auf dem Weg nach Hamburg. Glauben Sie, die Herren würden sich gern mit Ihnen besprechen und Sie an den Ermittlungen teilhaben lassen?«* –, kletterte sie schweren Herzens in den Zug, der sie nach Niedersachsen bringen würde.

Bevor sie aufgebrochen war, hatte sie Heide den dicht beschriebenen Stapel Papier auf den Schreibtisch gelegt und hoffte, ihre Kollegin würde der Bitte nachkommen, gleich am Montagmorgen nach Hamm zu fahren.

Ob Heide ihr den Gefallen tun würde? Vielleicht sah sie nicht die Brisanz der Lage, vielleicht gab es sie ja nicht einmal, und Ida bildete sie sich nur ein. Aber das ungute Gefühl, das sie bei dem Besuch bei Vera Papes Mutter in Hamm beschlichen hatte, war seither eher gewachsen, statt kleiner zu werden.

Außerdem: Was würde aus Käthe, wenn die Mutter für lange Zeit ins Gefängnis wanderte – oder sogar mit dem Tod bestraft wurde? Jemand, am besten Heide, musste das Kind im Blick behalten, damit es nicht unter die Räder kam.

Ida rieb sich über die Arme. Ihr fröstelte, obwohl der Tag heiß werden würde. Als sie an den zurückliegenden Abend dachte, war es ganz vorbei mit ihrer geborgten Überzeugung, das Richtige zu tun, indem sie nach Hannoversch Münden fuhr. Begab sie sich nicht doch bloß auf die Flucht? Und ließ sie damit nicht nur Vera Pape im Stich, sondern auf gewisse Weise auch Ares?

Die Lok gab einen schrillen Pfeifton von sich und setzte sich Dampf ausstoßend in Bewegung. Sie fuhren durch die verschlafene Stadt, ließen erst den Dammtor-, dann den Hauptbahnhof hinter sich und schließlich die Elbe. Das rhythmische Rattern ließ Idas Herz nach einer Weile ruhiger schlagen. Beiläufig streifte ihr Blick die Zeitung eines Mitreisenden, der sich konzentriert darin vertieft hatte. Auch von diesem Titelblatt leuchtete Vera Papes Antlitz. Es war dasselbe Foto, das schon gestern abgedruckt worden war, auf dem sie ernst und kühl dreinblickte. In der Überschrift, die so reißerisch war wie die gestrige, wurde erneut dieser Clark Gable erwähnt, dem Lindemann angeblich so ähnlich sah.

»Entschuldigen Sie«, sagte sie zu dem Herrn. »Dürfte ich in Ihre Zeitung gucken?«

Überrascht nickte er.

Auf Seite zwei fand sich auch ein Bild Lindemanns. Ein gut aussehender Bursche, zumindest wenn man Menschen bevorzugte, denen der Erfolg aus den Augen strahlte. Aus dem Text erfuhr sie nichts Neues, außer, dass Vera Pape mittlerweile ins Gefängnis Fuhlsbüttel überführt worden war.

Erneut überkam Ida das Gefühl, etwas zu übersehen. Sie kehrte zu der Fotografie zurück, die Vera zeigte, betrachtete aufmerksam ihre Augen, ihre schmale, klassisch geschnittene Nase, den Mund, den Leberfleck.

»Finden Sie, dass sie einer Filmschauspielerin ähnelt?«, wandte sie sich an ihr Gegenüber und tippte auf das Bild. Er kniff die Augen zusammen, dachte ausgiebig nach, schüttelte aber den Kopf.

KÄTHE

Gestern hat er ihr doll wehgetan. Wenn Käthe daran denkt, muss sie leise schluchzen und aufpassen, dass die Schluchzer nicht lauter werden. Er mag es nicht, wenn sie weint, das hat er gestern gesagt. Eigentlich hat er es geschrien.

»HEUL NICH!«

Und dann hat er noch mal ausgeholt, aber irgendwie mit der einen Hand die andere festgehalten, so als wäre er zwei Menschen. Einer, der haut. Und einer, der ihm sagt, dass er das nicht machen darf.

Käthe hat ihn angestarrt und sich nicht mehr zu rühren getraut, während ihre Wange brannte und wehtat, ihre Schulter auch, da, wo er sie am schlimmsten getroffen hatte. Jetzt ist er weg. Es ist finster, trotzdem traut sich Käthe nicht, ein Geräusch zu machen. Weil er ja manchmal eben doch da ist. Dann hört sie nur ein Zischen, spürt, wie Wind weht, und dann steht er vor ihr, und sie merkt seinen Atem auf der Haut, und alle Haare auf ihren Armen und ihrem Kopf stellen sich auf. Sie fällt in ihren Angstteich. Der ist klein und düster, aber unheimlich tief, und wenn sie da reinstolpert, kriegt sie keine Luft mehr.

So ist das jetzt immer. Immer wenn Mister Haha da ist.

Aber jetzt glaubt sie doch daran, dass er fortgegangen ist. War er nicht aufgestanden und hat die Kerze ausgepustet und ist an ihr vorbei, hat die Tür aufgeschlossen, ist durch, hat sie zugezogen und wieder abgesperrt? Oder glaubt sie das nur, weil es gestern so war? Oder vorgestern oder so, die Tage kann sie nicht auseinanderhalten, vielleicht ist sie auch erst fünf Minuten hier, und Mister Haha ist ständig rein und wieder raus, rein und wieder raus ...

Vielleicht ist sie schon ein ganzes Jahr hier, was bedeuten würde, sie hat ihren Geburtstag verpasst und Weihnachten. Das macht sie traurig, und sie muss wieder die Luft anhalten, um nicht zu schluchzen. Es ist so kalt hier. Und so, so dunkel.

Sie kann nicht gut zählen, aber sie mag Zahlen. Sie kann ein bisschen die Buchstaben benutzen, die mag sie auch. Und deswegen hat sie angefangen, die Ritzen in der Wand mit dem Zeigefinger entlangzugleiten und ihnen Namen zu geben. Gleich neben ihr sind die, die 1–1-a und 1–1-b heißen. Bisher ist sie bis 2–9-h gekommen. Sie folgt den Spalten mit der Spitze ihres Fingers und empfindet dabei Trost, doch dann hört sie etwas und zuckt zusammen.

Es sind Schritte, aber nicht die von nur einem Menschen, das kann sie hören. Die einen klingen, als würde jemand immer wieder stolpern. Käthe stopft sich die Faust in den Mund, weil sie Angst hat zu schreien. Näher und näher kommen sie, und dann hört sie die Schlüssel klirren, und gleich darauf wird die Tür aufgestoßen, und sie hört Mister Haha sagen: »Rein da!«

Sie hört ein Schluchzen, lauter als ihres, und eine Frau, die »Nein, bitte, nein, nicht« stammelt und reingestoßen wird. Käthe macht sich klein und kleiner, sodass sie fast die gleiche Größe hat wie Torkil, der Borkenkäfer. Es ist finster, immer ist es finster, egal, ob die Tür offen oder zu ist, aber sie hat trotzdem das Gefühl, jemanden zu sehen, Umrisse nur, und fragt sich, ob es ein Gespenst sein könnte.

Ein Gespenst, das leise weint und dann lauter, es klingt nicht wie von einem Kind, sondern wie Erwachsene weinen. Und das mag Mister Haha noch weniger. Er prügelt und tritt, das kann Käthe hören, immer wieder und wieder, und plötzlich ist es ruhig, so ruhig wie in einem verlassenen Fuchsbau.

8

Hannoversch Münden, Niedersachsen

Sonntag, 13. Juni, 17:35 Uhr

Der kleine Ort im Süden Niedersachsens war malerisch. Mittelalterliche Fachwerkhäuser, die sich um schmale Gassen drängten, umgeben von romantischen, dicht bewaldeten Hügeln. Keine Panzer. Keine Ruinen. Keine bettelnden, vagabundierenden Kinder. Keine Frauen, die sich nachts prostituierten, während sie tagsüber in den wenigen Fabriken schufteten, die nicht zerbombt worden waren.

Schwer hing die Tasche über ihrer Schulter, auch wenn Ida nicht viel Kleidung besaß, die sie hätte mitnehmen können. Aber ihr Nachbar Heinrich hatte früh um fünf heute Morgen vor der Tür gestanden, bepackt mit einem Stapel Zeitungen.

»Nur einzelne Blätter, keine Bange, ich hoffe, ich werde sie im Nachhinein wieder ordnen können. Darin finden Sie einiges über Kampfstoffe, was Ihnen vielleicht weiterhilft!«

Ida hatte es nicht übers Herz gebracht, ihm zu sagen, dass bislang kein Hinweis auf Derartiges gefunden worden war und der Mann ebenso gut mit Rizinus oder Eisenhut vergiftet worden sein könnte, auch wenn beide Stoffe keine Ekzeme hervorriefen. Daher hatte sie den Packen eingesteckt, wenn auch nur aus dem Grund, weil sie womöglich viel Zeit für sich haben würde.

Denn wenn stimmte, was Miss Watson gesagt hatte (und davon war auszugehen), dann würde sie die einzige Frau unter einer Menge Männer sein.

Eine geschlagene Stunde Fußmarsch später erreichte sie die ehemalige Wehrmachtskaserne, die, von Hügeln eingebettet, am Ufer der Weser lag. Wo der Bus abfuhr, der sie vor dem schmiedeeisernen Tor der Polizeischule hätte abwerfen sollen, hatte sie auch unter Aufbringung sämtlichen detektivischen Gespürs nicht herausgefunden, daher war sie zu Fuß gegangen. Die Strecke, hatte ihr ein Spaziergänger gerade eben erklärt, war nicht einmal besonders weit, doch sie hatte sich verlaufen und dabei festgestellt, dass der Ort doch nicht gänzlich von den Bomben verschont geblieben war. Gemessen an Hamburg aber erinnerte sie der Anblick dennoch an Bilder aus einem Kinderbuch.

Nun brannten ihre Füße, die Sohle ihres Schuhs gab beunruhigende Geräusche von sich, und sie hatte keinen Heinrich bei sich, der sie wieder festnageln und vernähen würde.

»Ida Rabe, Hamburg. Ich bin zum Oberbeamtenanwärterlehrgang angemeldet«, erklärte Ida dem Pförtner.

Der starrte sie an, als habe er eine Erscheinung.

»Sagen Sie mir nicht, er findet nicht hier, sondern im Südteil der Stadt statt.« Verärgert suchte Ida ihre Tasche nach dem Einladungsschreiben ab. Sie war sicher, diese Adresse darauf gelesen zu haben, und sie vergaß solche Daten nie.

Doch in diesem Land funktionierte nach wie vor kaum etwas. Alle naslang gingen Briefe verschütt, kaum eine Telefonleitung war stabil und Reisen verboten – wenngleich sich das nur auf private Unternehmungen bezog. Da würde es sie kaum verwundern, wenn Lehrgänge abgeblasen oder verlegt wurden, ohne dass alle Teilnehmer darüber informiert wurden.

Mittlerweile dürfte es fast sechs sein. Sie war todmüde und hungrig und wollte nichts, als in Frieden gelassen werden, zumal sie auf der Reise eine Kontrolle nach der anderen hatte hinter sich bringen müssen.

»Sie sind 'ne …«

Ida wartete, zu erschöpft, um sich einen Reim auf seine Ratlosigkeit zu machen.

»'ne … 'ne … Frau.«

Kühl musterte sie ihn. »Durchaus, ja.«

»Aber, also, ich wüsst' nich', dass an 'nem Sonntag, also …«

»Rabe, Ida«, unterbrach sie ihn ungeduldig. Sie wollte sich endlich setzen, ein Glas Wasser trinken, ankommen. »Polizeirevier Davidwache, Hamburg-Sankt Pauli.«

Immer noch verwirrt, senkte er den Kopf und ging ein weiteres Mal die Liste auf seinem Tisch durch. »Ah, da. Rabe, I.«

»Rabe, I, das bin ich, ja.«

Sein Erstaunen wich Amüsement. Wie ein Schuljunge kichernd winkte er sie durch das Drehkreuz und wies ihr den Weg. Schon nach wenigen Schritten befiel sie das eigentümliche Gefühl, durch die Zeit gefallen und an einem rätselhaften Fleck Erde angekommen zu sein. Auch der Gebäudekomplex, der sich über zehn oder mehr einander gegenüberliegende Bauten an einen dicht bewaldeten Hügel schmiegte, wirkte vom Krieg unangetastet, was ein absurder Gedanke war. Die Wehrmacht hatte hier gehaust, und wäre sie in theatralischer Stimmung, würde sie sich vorstellen, durch Blut zu waten. Stattdessen schritt sie mit zusammengebissenen Zähnen und unter Aufbietung ihrer letzten Kräfte über den knirschenden Kies. Die Häuser rechts und links wirkten gepflegt, die Luft duftete nach Frühlingsblumen, und das Plätschern eines versteckten Flusses wirkte wie ein Urlaubsgruß.

Sie begegnete keiner Menschenseele. Als sie das Haus B ansteuerte, an das sie der Pförtner verwiesen hatte, hörte sie immerhin Geschirrklappern und Stimmengewirr. Abendessenszeit! Erleichtert atmete sie auf und öffnete eine graublaue Tür. Sekunden später fand sie sich in einem lang gezogenen, dunkel gefliesten Gang wieder. Sämtliche Türen zu beiden Seiten waren geschlossen, sodass Ida nichts anderes übrig blieb, als an jeder einzelnen zu rütteln. Irgendwo musste der Speisesaal schließlich sein, doch die Geräusche, die im Hof unüberhörbar gewesen waren, wiesen ihr hier drin nicht den Weg. Bis auf das Klappern ihrer malträtierten Schuhe war es still, kalt und still, sodass sie in ihrer dünnen Bluse fröstelte.

Nachdem sie gut ein Dutzend Klinken hinuntergedrückt hatte, schwang endlich eine Tür auf und gab den Blick auf vier durchgehend besetzte Tischreihen frei. Ida verspürte ein unangenehmes Prickeln. Menschen per se störten sie nicht, dafür hätte sie auch entschieden den falschen Beruf gewählt. In einen Raum zu treten, in dem es von Leuten nur so wimmelte – sie schätzte, vierzig, fünfzig Köpfe zu sehen –, gehörte allerdings nicht zu ihren Lieblingsbeschäftigungen. Allein der Lärmpegel! Stimmen, Besteckklappern, das Kratzen von Servierlöffeln auf Metall. All diese Überlegungen aber zerfielen wie Staub im Regen, als sie tief einatmete.

Es roch nach Fleisch. Nach Fleisch und Fett, genauer gesagt, was Idas Magen zu einem hungrigen Knurren anregte. Sie nahm an, dass sie zumindest ihre Tasche abstellen und sich vorstellen sollte, bevor sie sich einen Teller aushändigen lassen konnte. Suchend sah sie sich um und fand einen hochgewachsenen Mann, dessen Schnurrbart wie ein fetter schwarzer Strich über seiner Oberlippe hing. Er war mit Dienstabzeichen behängt und schien sie nur zu gern zur Schau zu stellen, denn anders als alle anderen saß er nicht, sondern stand. Finster blickte er ihr entgegen.

»Verdammt spät dran«, schnarrte er, als sie in Hörweite kam. »Ab nach hinten, Mädchen, huschhusch.«

Verblüfft ließ sie ihre Tasche sinken. *Huschhusch?*

»Verflucht noch mal, zu blöde, den Hintereingang zu finden? Ich hoffe, Sie können wenigstens eine Schöpfkelle halten, oder hapert es auch da?«

Ach so. Er hielt sie für ein Küchenmädchen. Also hatte auch er nur »Rabe, I« auf der Liste gesehen und das I womöglich als Kürzel für ... tja, welchen Männernamen gehalten? Isidor?

»Mehr Talent als Sie bringe ich in dieser Hinsicht wahrscheinlich nicht mit«, konterte sie. »Aber da wir einander nun schon näher kennenlernen: Gibt es noch mehr Vorurteile, die Sie mir an den Kopf werfen wollen? Wenn wir es gleich hinter uns bringen, bleibt später mehr Zeit für die angenehmen Dinge des Lebens. Etwas zu lernen zum Beispiel. Oder nett beisammenzusitzen und zu essen. Rabe, Ida. Polizeirevier Davidwache in Hamburg. Und Sie sind?«

Um sie herum war es so still geworden, dass man eine Fledermaus fiepen hören würde. Ihr Gegenüber presste die Lippen aufeinander. Sein Hals färbte sich rot, dann seine Wangen, und sie begann sich zu fragen, ob aus seinen Nasenlöchern wohl Dampf aufstiege, sobald das Blut diese Region erreicht hatte, als er zu niesen begann. Übersprungshandlung, konstatierte sie für sich und musterte ihn, während er ein Hatschi nach dem anderen absonderte.

Hoffentlich unterrichtete er Verkehrsunfallaufnahme oder Verwaltungsrecht. Sie brauchte keine zehn Finger, um auszurechnen, dass sie sich bei ihm nicht sonderlich beliebt gemacht hatte. Wie ärgerlich wäre es, wenn er ihr Lehrer für Kriminalistik wäre, das Fach, auf das sie sich mehr als auf jedes andere freute.

An den Tischen brandete unterdrücktes Gluckern auf, was darin mündete, dass sich ein schlaksiger Jungspund derart verschluckte, dass ihm zwei Mann auf den Rücken schlagen mussten, bis er einen halb zerkauten Fleischbrocken quer über seinen Teller spie.

Da der Schnurrbartträger vor ihr immer noch nach Worten rang, entschied sich Ida, erst einmal das Wichtigste zu erledigen, bevor es dafür zu spät war. Sie suchte sich einen freien Platz, stellte ihre Tasche ab und ging, fassungslose Blicke im Rücken, auf die Küchenfrau zu, die breitbeinig dastand und sie mit einem breiten Grinsen empfing.

»Wenn es geht, hätte ich gern so viel, wie auf den Teller passt.«

Die Küchenfrau grinste noch breiter, betrachtete Ida von Kopf bis Fuß und sagte: »Endlich mal wer mit Biss. Irma heiße ich. Schön, dass Sie da sind!«

*

»Nu aber rinne mit Ihnen«, drängte Irma, trat zurück und wedelte bekräftigend mit den Händen, »und dass Sie mir ja nicht erwähnen, dass ich Sie reingelassen hab!«

»Bestimmt nicht«, schwor Ida. »Ich habe ein Dutzend herausragender Entschuldigungen für meine Anwesenheit in diesem Raum, und Sie kommen in keiner einzigen vor.«

An der Küchenfrau vorbei trat sie in das Büro im dritten Stock und schloss leise die Tür. Sie hatte angenehmen Kaffeegeschmack im Mund und war satt gegessen, eigentlich noch vom Abendessen, doch beim Frühstück hatte sie ebenfalls ordentlich zugelangt. Graubrot in dicken Scheiben, mit nicht abgewogener Margarine und sogar Wurst! Für einen kurzen Moment waren Hamburg und alles, was sie damit verband, aus ihren Gedanken entschwunden, und sie hatte sich ihrem Essen mit aller Hingabe widmen können.

Doch das Frühstück war vorbei, in weniger als einer Stunde würde der Theorieunterricht beginnen, vorher jedoch waren die Männer dazu aufgerufen, ihre Lungen zu stärken. Sportstunde, jeden Morgen, das hatte Polizeioberwachtmeister Günther verkündet, jener Schnurrbartträger, mit dem Ida gestern aneinandergerasselt war. Doch als sie in einer weichen Stoffhose und Sporthemd am Platz erschienen war, hatte Günther nur verdutzt geguckt. »Nee, also, Fräulein Rabe, Sie können hier nicht mitmachen.« Es schickte sich nicht, zwischen fünfzig verschwitzten, rotgesichtigen Männern über die Wiese zu sprinten und womöglich sogar einen von ihnen zu besiegen.«

Also hatte sie sich wieder umgezogen und Irma gesucht, die ihr verraten hatte, wo ein Telefon zu finden war.

Viel Zeit blieb ihr nicht.

Atemlos lauschte sie dem knisternden Freizeichen. Endlich meldete sich jemand. »Hondratschek? Rabe hier. Können Sie mir Heide geben?«

Sie hatte Glück. Hondratschek schien schnell mit sich übereinzukommen, dass es weniger Arbeit für ihn bedeutete, gleich in den Keller zu stapfen und Kollegin Brasch an den Apparat zu bitten, als mit Ida zu diskutieren. Mit einem Knall landete der Hörer auf dem Wachtresen im fernen Hamburg, und Ida spähte aus dem Fenster. Erleichtert stellte sie fest, dass die Männer ihre Aufwärmrunden noch nicht beendet hatten.

»Ida?«, erklang schließlich Heides atemlose Stimme. »Was ist …?«

Ein ohrenbetäubendes Rauschen ertönte. Ida riss den Hörer vom Ohr, dann hielt sie ihn wieder dran. »Heide?«

»Ja?«

»Hast du meine Notizen gefunden?«

»Ja, ich … Streifgang, gleich im …«

Zu Idas Frustration kam nur jedes dritte Wort zu ihr durch. »Was hast du gesagt?«

»Hamm … Dann …«

»Verflucht noch mal! Heide, ich höre dich kaum.«

»Ich…«, kam wieder Heides Stimme durch den Hörer und wurde erneut von einem Knistern unterbrochen, »… da … mal hin, was denkst du?«

»Was?«, schrie Ida fast in den Hörer, riss sich aber gerade noch rechtzeitig am Riemen. Man würde sie bloß in den Gängen der Polizeischule hören, Heide sie aber keinen Deut besser verstehen, wenn sie brüllte. »Kannst du das noch mal sagen, Heide?«

»Wie? Du hast mich …«

Knistern und Knacksen.

»… angetroffen. Hast du mich jetzt gehört, Ida? Ich … in … bei …« Wieder die Störgeräusche, was Ida fuchsteufelswild machte. »… niemand …«

Besorgt sah Ida aus dem Fenster. Draußen rannten die Männer mit hochroten Gesichtern im Kreis. Die ersten klappten beinahe zusammen. Sicher würde es nicht mehr lange dauern, bis die erste Sportstunde verfrüht zu Ende ging.

»… sehen«, fuhr Heide fort. »Ich versuche … Und …«

Erneut wurde das Rauschen so laut, dass Ida den Hörer vom Ohr nehmen musste.

»Kannst du nur Stichworte wiederholen? Gibt es Neuigkeiten zu Fräulein Pape? Was ist mit dem Toten?« Doch sie redete in ein Vakuum, stellte sie schließlich fest. »Heide? Bist du noch am Apparat? Fahr nach Hamm, sprich mit Käthe, ja?« Keine Antwort. »Mist, verdammter!«

Frustriert knallte sie den Hörer auf die Gabel. Beim Blick aus dem Fenster wurde ihr klar, dass sie sich beeilen musste. Schon wankten die ersten nass geschwitzten Männer auf ihre Häuser zu; nicht mehr lange, und die erste Unterrichtsstunde würde beginnen.

*

Vier Stunden später ging Ida unruhig in ihrem Zimmer auf und ab. Ausnahmsweise zahlte es sich einmal aus, weiblich zu sein: Unter viel Gemoser war ihr eine eigene Stube in einem der Hauptgebäude beschafft worden, die mit einem Bett, einem winzigen Tisch und einem Stuhl ausgestattet worden war. Ihre männlichen Kollegen dagegen mussten mit Siebenbettzimmern vorliebnehmen.

Auf dem Boden hatte sie sämtliche Zeitungsausschnitte ausgebreitet, die Heinrich ihr zusammengesucht hatte. Aber was nutzte es ihr, sich über all die Giftgase zu informieren, die in den vergangenen Jahrzehnten entwickelt worden waren? Nach Ares' Worten war es mehr als ungewiss, dass Lindemann ausgerechnet daran gestorben war.

Sie sah Vera Pape vor sich, zusammengesunken in der Verwahrzelle im Polizeipräsidium. Was ging nur in ihrem Kopf vor? Wieso sprach sie nicht, verteidigte sich nicht, beteuerte nicht einmal ihre Unschuld? Weil sie schuldig war?

Ida ging in die Knie und starrte auf die Zeitungsartikel.

Heinrich hatte sich nicht auf Kampf- und Giftgase beschränkt. Stattdessen zeigte er ein durchaus morbides Interesse auch an pflanzlichen Giften, ein Umstand, der sie bei jedem anderen nachdenklich stimmen würde. So seltsam es war, passte diese Neigung ihrer Meinung nach aber zu ihrem wunderlichen Nachbarn mit dem Faible für selbst gebastelte Puppen und Süßigkeiten.

Sie setzte sich auf ihre Bettkante, streckte die Beine aus und legte in ihrem Merkbuch eine Tabelle mit potenziell tödlichen Stoffen samt ihrer unmittelbaren Wirkung an. Anilin, erfuhr sie, führte zu einer gelbgrünen Färbung von Fingernägeln und Haaren. Nichts Derartiges war ihr bei Lindemann aufgefallen, allerdings musste sie zugeben, dass sie nicht allzu lange auf seine Hände geblickt und nur auf die Blasen auf der Haut geachtet hatte. Sein Haar aber hatte keinen Schimmer gehabt, weder gelb noch grün. Eine Blausäurevergiftung läge da schon näher: Das Opfer erstickte qualvoll, zuvor wurden schwere Krämpfe beobachtet. Die Latenzzeit war kurz. Von Sekunden las sie, was in Lindemanns Fall bedeuten würde, dass die Person, die ihm die Substanz verabreicht hatte, nicht weit gewesen sein konnte, als Ida ihn fand.

Sie stöhnte frustriert auf. Was Vera Pape ganz und gar nicht entlastete.

Ebenso gut könnte es sich jedoch um Phosphorlatwerge handeln, eine Mischung aus Mehl und Phosphor, die zur Bekämpfung von Ratten und Mäusen empfohlen wurde. Natürlich gab es außerdem das gute, alte Arsen. Ein Zeitungsbericht hatte von mehreren Brunnen berichtet, die stark vergiftet gewesen waren, unter anderem im schlesischen Reichenstein –

was ziemlich weit von Hamburg entfernt lag. Doch eine durch Trinkwasser zugeführte chronische Vergiftung, hatte sie gelernt, würde auch zu bösartigen Tumoren in Lunge, Leber oder Herz führen. Sie nahm an, dass er längst obduziert worden war. Kein Gerichtsmediziner würde solche Geschwülste übersehen. Auch waren die Hautveränderungen andere: statt Blasen Verfärbungen unter den Fingernägeln und dunklere auf der Haut. Zeliopaste wiederum könnte sich in eine stark gewürzte Suppe einrühren lassen. Das Ungeziefermittel enthielt Thalliumsalze, die allerdings starke Schmerzen, vor allem in den Füßen, verursachten. Demzufolge könnte das Opfer wohl kaum auf zwei Beinen in Vera Papes Hof gelangt sein.

Letztlich musste sie zugeben, dass Ares wieder einmal recht hatte. Aus der Ferne eine Diagnose zu stellen war schlicht unmöglich. Wütend sammelte sie die Zeitungsblätter zusammen und war gerade dabei, sie einigermaßen geordnet wieder in ihre Tasche zu stopfen, als sie innehielt und, plötzlich wie betäubt, auf einen Artikel starrte. Derart eingenommen wurde sie von den Worten darin, dass sie die Schritte im Gang überhörte. Doch als ihre Tür aufgerissen wurde, zuckte sie erschrocken zusammen.

»Rabe!« Polizeioberwachtmeister Günther streckte seinen Kopf herein. »Telefon!«

Sie war noch viel zu verwirrt, um darauf zu reagieren, sodass Günther mit der Hand vor ihrer Nase herumzuwedeln begann. »Rabe! Hallo, wer zu Hause?«

»Ja.«

»Ich hab die Davidwache für Sie in der Leitung!«

Alarmiert folgte ihm Ida durch den Flur.

»Rabe?«, sagte sie in den Hörer und nickte Polizeioberwachtmeister Günther zu, der sich daraufhin widerwillig verzog.

Sie erwartete, wieder das nervenzerrende Knistern in der Leitung zu hören, diesmal aber klang Heides Stimme so klar, als stünde sie neben ihr.

»Fräulein Metzger ist verschwunden!«

Vera Papes Wohnungsgenossin? Ida, die mit so ziemlich allem anderen gerechnet hätte, brauchte ein wenig, um ihre Gedanken zu ordnen. »Verschwunden? Was meinst du mit verschwunden?«

Heides Worte klangen plötzlich wieder abgehackt, was jedoch nicht an der Verbindung lag. Scheinbar war sie gerannt. Atemlos begann sie zu erklären: »Ihre Mitbewohnerin Fräulein Bruns hat sie seit gestern Mittag nicht mehr gesehen. Gestern Abend nahm sie noch an, Fräulein Metzger hätte eine Verabredung. Das ist eher unüblich, zumal sich die Frauen eigentlich davon erzählen. Auch in der Nacht kehrte sie nicht zurück. Fräulein Bruns war so beunruhigt, dass sie heute früh zu Fräulein Metzgers Arbeitsstelle gefahren ist. Da war sie aber nicht aufgetaucht. Trotzdem kehrte Fräulein Bruns erst mal in die Wohnung zurück und wartete. Als Fräulein Metzger auch zur Mittagszeit nicht kam, entschloss sie sich, dich zu benachrichtigen. Ida? Bist du noch dran?«

Das war nicht möglich, oder womöglich doch? Was Ida vor nicht einmal fünf Minuten gelesen hatte ... Aber wie in aller Welt passte ausgerechnet Fräulein Metzger hinein?

»Was hast du noch aus Fräulein Bruns herausbekommen? Gibt es einen Verehrer, einen Freund, vielleicht seit Neustem, womit Fräulein Metzgers Verschwinden in Zusammenhang stehen könnte?«

»Nicht soviel Bruns weiß. Sie betonte mehrfach, dass es nicht Fräulein Metzgers Art sei. Normalerweise kündigen sie einander selbst so profane Sachen wie einen Schaufensterbummel am Samstagvormittag an. Und weggefahren wird sie wohl kaum sein, so spontan und ohne ihre Sachen mitzunehmen oder jemandem Bescheid zu geben.«

Da war was dran. Zu verreisen war schließlich nur aus geschäftlichen Gründen und mit einem Haufen gestempelter Papiere im Schlepptau erlaubt. Wollte man dann noch die Zonen wechseln, stand man vor beinahe unlösbaren Problemen. Eine Fahrt ins Ausland war gänzlich undenkbar.

»Fehlt aus der Wohnung etwas?«, fragte Ida. »Was ist mit den Papieren oder Geld? Gibt es Spuren eines Einbruchs?«

»Nein.«

Ida rieb sich die Stirn.

»Sie gab an, dass Fräulein Metzger keinerlei Vermögen besitzt«, fuhr Heide fort. »Ihre Brieftasche aber hat sie …« Ihre Stimme verblasste, was Ida den Hörer verzweifelt noch enger an ihr Ohr drücken ließ. »… sie …«

»Was hast du gesagt, Heide?«

»Ich sagte … Börse … noch da. Aber sie nahm meist nur ein paar Groschen mit, wenn sie …« Knistern. »… die Fahrt … büttel.«

»Sie hat ihr Portemonnaie auch sonst nie mit zur Arbeit mitgenommen?«

»Genau.«

Erst tauchte ein Fremder in der Wohnung in der Kieler Straße auf, kurz darauf starb ein Brite im Hof der drei Frauen, dann wurde die eine festgenommen, und nun wurde eine weitere vermisst.

»Versuch, mit Fräulein Pape zu reden, Heide! Beknie Miss Watson. Wir müssen herausfinden, was Vera weiß. Vielleicht will Fräulein Metzger ihr helfen. Hast du in der Nachbarschaft gefragt, wann Karen Metzger das letzte Mal gesehen wurde? Geht sie hin und wieder aus, hat doch einen Freund, von dem ihre Mitbewohnerin nichts weiß? Und hast du …«

»Ich mache diese Arbeit nicht erst seit vorgestern«, schnitt ihr Heide das Wort ab und klang dabei ziemlich verschnupft.

»Natürlich. Ich weiß. Entschuldige.« Nicht das alte Spiel, dachte Ida. Heide und sie konnten sich ordentlich zanken, wenn Ida zurück nach Hamburg kam. Aber jetzt war nicht der richtige Zeitpunkt dafür.

»Warst du in Hamm? Hast du mit Käthe geredet, Vera Papes Tochter?«

»Das habe ich dir doch schon heute Morgen erzählt.« Glücklicherweise klang auch Heides Stimme wieder etwas versöhnlicher.

»Ich habe dich kaum verstanden«, erklärte Ida. »Die Verbindung war katastrophal. Also, du warst bei Vera Papes Eltern? Und was …«

»Ich war da, was denkst du denn? Und ich habe mit Frau Pape geredet.«

»Wie wirkte das Mädchen? Ich weiß nicht, mir kommt die Sache derart seltsam vor …«

»Hast du das auch nicht verstanden?«, fragte Heide ungläubig. »Sie war nicht da.«

In Idas Ohren begann es zu schrillen. »Wieso nicht? Hast du ihre Großmutter danach gefragt?«

»Mach dir keine Gedanken, Ida. Sie war wieder bei ihrer Freundin.« Erneut ertönte Rauschen, aber Ida achtete nicht darauf. Verflucht noch mal, Käthe war wieder nicht da gewesen? Da lag doch etwas im Argen, sie spürte es einfach!

Aber wieso sollte Käthes Großmutter lügen? Das ergab keinen Sinn.

»Und der Opa? Herr Pape?«

»Den hab ich nicht gesehen. Hätte ich nach ihm fragen sollen?«

»Nein, das ... Nein, Heide.« Verflixt, davon hatte sie nichts notiert. Und sie befand sich hier wirklich auf dem Mond!

»Ida, ich muss Schluss machen. Ich melde mich wieder.«

»Warte, Heide! Du musst rausfinden, wo Käthe steckt. Lass dich nicht so abspeisen, wie ich es getan habe. Du musst sie finden, verstehst du, Heide?«

»Ja«, drang Heides erstaunte Stimme zu ihr durch. »In Ordnung. Das mache ich.«

*

Nachdem sie auf ihr Zimmer zurückgekehrt war, schnappte sie sich erneut den Zeitungsartikel, und sei es nur deswegen, damit sie sich nicht das Gehirn zermarterte. Es kostete sie Mühe, sich darauf zu konzentrieren und nicht gedanklich darum zu kreisen, was geschah, falls ihr Gefühl Frau Pape gegenüber sie nicht täuschte.

Zumindest erklärte sich ihr, wieso die Annoncenwand in der Mönckebergstraße, an der sie während der Autofahrt mit Ares vorbeigekommen war, sie an Vera Pape hatte denken lassen. Zwar hatte sie sich da keinen Reim drauf machen können, jetzt aber sah sie die Ähnlichkeit der beiden Frauen. Die eine war tot, seit mehr als einem Jahr schon, das Verbrechen nie aufgeklärt, doch im Winter 47 hatten die Hamburger Zeitungen über fast nichts anderes berichtet. Und die andere, Vera Pape, saß im Gefängnis.

Nicht, dass die beiden wie Schwestern aussähen. Eher handelte es sich um Details: die Haarfarbe, der unscheinbare Leberfleck. Vera Pape war auffällig hübsch. Bei der Toten ließ es sich schlecht sagen – der starre Ausdruck war schwer mit dem einer lebenden Person zu vergleichen.

Nachdenklich trommelte Ida auf dem Fußboden herum. Doch was sollte die eine mit der andren zu tun haben? Könnten sie einander gekannt haben? Klar. Aber wie würde dieses Wissen Ida weiterbringen?

Nein, sie verrannte sich bestimmt in eine abstruse Idee, weil der Fall aus dieser Ferne einfach unlösbar erschien.

Um sich diesem deprimierenden Gedanken nicht hinzugeben, sprang sie auf, hob die Arme über den Kopf und hüpfte auf der Stelle auf und ab.

Erneut rasten ihre Gedanken zu den Toten in den Ruinen zurück, die damals Stadtgespräch gewesen waren. Jeder hatte sich gefürchtet, sogar die, die sonst nie Angst empfanden. Winter 1947. Das Land am Boden. Hunger und Not überall. Man hatte schwarze Schatten durch die verlassenen Straßen flitzen sehen, illegal gefällte Bäume auf Schlitten hinter sich herziehend, andere mit der Ausbeute eines langen Tages im Umland. Hin und wieder hatte Ida gerätselt, ob sie Gespenster sähe, die durch die Ruinen wanderten wie in einem Schauerroman …

Damals hatte sie verzweifelt auf eine Nachricht aus dem Polizeipräsidium gewartet, nachdem sie sich zuvor erfolglos dort beworben hatte; Tag um Tag hatte sie gefroren und gezittert, ob vor Kälte oder vor Angst, wüsste sie nicht mehr zu sagen. Es war so unendlich dunkel und kalt. Ein Winter, in dem nicht nur die Außenalster, sondern auch die Elbe gefror und es keine Schiffe mehr gab, die noch Waren nach Hamburg transportieren konnten. Ida versteckte sich vor der Bunkerkönigin und betete darum, dass das Schicksal ihr einen Hoffnungsstrahl schicken möge. Hin und wieder aber ging sie raus, wohl wissend, geradewegs Marlises Schlägern in die Arme laufen zu können. Doch sie wäre verrückt geworden, wenn sie weiter in dem kleinen, düsteren Verschlag geblieben wäre, in dem sie sich verbarg. Auf diesen kurzen, angstvollen Spaziergängen sah sie die Zeitungen an den Kiosken. Aufnahmen in Schwarz-Weiß, grob gekörnt. Darüber stand in riesigen schwarzen Lettern: Gebt Obacht – ein Unhold ist am Werke.

Die Polizei riet den Bürgern der Hansestadt, nur noch in der Straßenmitte zu gehen, um nicht hinterrücks in einen Häuserschacht gezogen zu werden. Wer im Dämmerlicht unterwegs war, sah sich andauernd angstvoll um.

Im Januar war die erste Leiche gefunden worden. Wie es schien, war die junge Frau erdrosselt worden. Die Polizei war noch damit beschäftigt herauszufinden, wer sie war, da wurden im Abstand von drei Wochen drei weitere nackte Leichen geborgen: die einer etwas älteren Frau, eines Mädchens und eines Mannes. Anzeichen für Sexualdelikte gab es nicht. Die einzige Gemeinsamkeit, die die Polizei fand, war, dass alle Toten unbekleidet, vergleichsweise wohlgenährt und in einem guten körperlichen Zustand waren.

Aushänge an den Litfaßsäulen, wohin man auch blickte. Großflächige Plakate, auf denen stand:

10 000 RM Belohnung!

Ein Mörder geht um! 4 Opfer in 4 Wochen in Hamburg!

Eine Angst wie kriechender Nebel war durch die Stadt gewabert. Überall hatten sie ausgehangen, die Fotos der Leichen. Ein grausamer Anblick. Zwei erwachsene Frauen. Ein kleines Mädchen. Ein älterer Mann. Über die wächsern wirkenden Gesichter der Toten hatte sich die Polizei Hinweise auf die Identität der Ermordeten und natürlich über den Mörder erhofft; doch nie waren brauchbare Hinweise eingegangen.

So war der Täter nicht gefasst worden.

Die Toten nie identifiziert.

Da die Vase, die als einziger Schmuck des Zimmers im Regal stand, schon zu wackeln begann, ließ Ida die Hüpferei sein. Nachdem sie in die Hocke gegangen war, las sie erneut die aufgelisteten äußeren Merkmale der auf 18 bis 22 Jahre alt geschätzten zuerst gefundenen Toten: halblanges, mittelblondes Haar, ein Meter sechzig groß, schlank. Keine Arbeiterhände, dafür wies sie eine Blinddarmoperationsnarbe auf. Fundort war die Baustraße im Stadtteil Eilbek nahe dem S-Bahnhof Landwehr. Ein kurzer Spaziergang entfernt vom Hammer Park.

Sie atmete lautstark aus.

Aber Fakt war: Nur weil Vera Pape einer nie identifizierten Toten ähnlich sah, hatte das mit Lindemanns Mord doch gewiss nicht das Geringste zu tun. Außerdem: Wie würde dessen Tod ins Bild passen? Der Mann, der damals erdrosselt aufgefunden worden war, wurde auf Mitte sechzig geschätzt. Lindemann war weit jünger, als er starb, die Todesursache war definitiv eine andere. Und nicht zu vergessen, der Mörder hatte sich nicht die Mühe gemacht, ihn in den Trümmern umliegender Ruinen zu verstecken.

Anders als bei Henni, schoss Ida durch den Kopf. Aber auch sie war durch stumpfe Gewalteinwirkung gestorben, nicht weil jemand sie stranguliert hatte. Und sie war bekleidet gewesen.

Nichts von alldem passte zusammen. Trotzdem blieb das ungute Gefühl, das sich langsam bei ihr heimisch fühlte.

Als die Glocke läutete, raffte sie hektisch sämtliches Lesematerial zusammen und schob es unter ihre Matratze. Anschließend hatte sie große Mühe, sich auf den Unterricht zu konzentrieren, doch nach einer Weile gewöhnte sie sich an die stickige Luft und den monotonen Singsang von Herrn Gerling, der sie in Strafkunde unterrichtete. Immer wieder wandte er sich abrupt ihr zu und fragte: »Spreche ich langsam genug für Sie, wertes Fräulein?«

Das ließ ihre Kollegen in unterdrücktes Kichern ausbrechen, Ida aber steckte es weg. Für solche Kinkerlitzchen hatte sie einfach keinen Platz mehr in ihrem Kopf. Schon rasten ihre Gedanken wieder zu Fräulein Metzger, zu Vera Pape, zum Unhold. Ein kleines Mädchen war unter seinen Opfern gewesen.

Aber Käthe war bei einer Freundin. Bei einer Freundin, das jedenfalls hatte Frau Pape behauptet. Welche Großmutter würde lügen, wenn ihrer Enkelin etwas zustieß? Nein, zu so etwas war niemand fähig …

Oder hatte sie … Könnte sie dem Mädchen etwas angetan … Um Gottes willen, jetzt gingen aber die Pferde mit ihr durch! Sie rief sich gerade selbst zur Ordnung, als einer ihrer Kommilitonen etwas fragte, woraufhin Gerling sich schon wieder ihr zuwandte. »Rabe, was können Sie dazu sagen?«

»Zu was, bitte?«

Kichern, das immerhin schnell verebbte.

»Die Anreizung zum Klassenkampf. Was versteht das Strafgesetzbuch darunter, junge Frau?«

Dummerweise wusste sie es nicht.

»Ja, die weiblichen Gehirne sind eben klein«, kommentierte er, was Ida fast aus der Haut fahren ließ. Gerade noch rechtzeitig fielen ihr Miss Watsons Worte ein. Sie kämpften, ja, aber das hieß nicht, einen der dummen Kerle auf die Matte werfen zu müssen. Besser taktisch vorgehen. Schließlich waren drei Monate lang, wenn man zur Zielscheibe der Lehrerschaft auserkoren wurde.

Als sie eine halbe Stunde später Kartoffeln in brauner würziger Soße in sich hineinschaufelte, dachte sie erneut an Vera Pape und Fräulein Metzger. Würde Letztere einfach verschwinden, weil ihr gerade nach einem Ausflug war – und das, ohne jemandem Bescheid zu sagen?

Wie alt mochte sie überhaupt sein?, rätselte sie weiter. Sie war ihr erwachsener erschienen als ihre Mitbewohnerinnen. Mitte 30, nahm sie an. Auf dieses Alter war auch die Tote geschätzt worden, die man als Letzte der vier gefunden hatte. *Gebleichtes Haar*, hatte sie in der Zeitung gelesen, *die normale Farbe dunkelblond. Nackt, erdrosselt.* Gebleichtes Haar hatte Fräulein Metzger zumindest nicht. *Eine gut verheilte Operationsnarbe am Bauch. Goldkronen.*

Zuvor war am 2. Februar 47 das kleine Mädchen tot aus dem Aufzugschacht einer Hausruine in der Billstraße geborgen worden, ebenfalls in einem der östlichen Stadtteile. Sie war die dritte Tote, die man fand, und da sämtliche Opfer unbekleidet und erdrosselt worden waren und zudem in Ruinen abgelegt, hatte sich die Polizei damals schnell auf einen einzigen Täter festgelegt. Das Kind war auf sechs bis acht Jahre geschätzt worden. Bubikopf. Die Haarfarbe mittelblond. Am rechten Arm verlief eine etwa zwei Zentimeter lange Narbe. Augenfarbe: graubraun.

Ida hatte keinen Schimmer, wie Käthe aussah. Es hatte keinen Grund gegeben, danach zu fragen. Jetzt aber sorgte sie sich, kam jedoch erneut zu dem Schluss, dass einer Großmutter wohl Glauben geschenkt werden konnte, wenn diese angab, dass ihre Enkelin bei einer Freundin sei.

Trotzdem …

Die einzige männliche Leiche war auf 65 Jahre geschätzt worden. Der Mann war klein, schlank und hatte einen auffälligen grauen Schnurrbart gehabt. Weitere Merkmale: ebenfalls keine Arbeiterhände. Ein Spazierstock lag nicht weit von der Leiche entfernt. Auffällig war, dass er keine Zähne hatte. Vielleicht waren auch sie ihm geraubt worden. Zahnprothesen waren einiges wert auf dem Schwarzen Markt. Ida grübelte, doch vergeblich. Wäre ihr bei einer Razzia je eine solche Prothese untergekommen, sie hätte die Verbindung zu dem ja noch nicht lange zurückliegenden ungelösten Fall gewiss gezogen. Sein Fundort war der einzige, der weiter von Hamm entfernt lag. In der Nähe der Lappenbergsallee in Eimsbüttel. Das war auf der anderen Seite der Alster, mindestens fünf Kilometer entfernt, während sich alle anderen Fundorte in beziehungsweise rund um Hamm befunden hatten.

Bei einem Blick auf ihren Teller stellte sie fest, dass sie längst aufgegessen hatte. Der Speisesaal war beinahe leer. Da hinter dem Fenster die Sonne den Himmel rosa färbte, war wohl bald Zapfenstreich. Es konnte ihr nur recht sein, sie war müde, wollte aber noch einmal sämtliche Artikel durchgehen.

Als sie ihren Teller in dem Servierwagen unterbrachte, der fast leer war, hörte sie hinter sich Irma: »War ja klar! Die einzige Frau weit und breit und die Einzige, die ihr Geschirr wegbringt.«

Grinsend drehte sich Ida um. »Soll ich mich anpassen und meinen Kram auf dem Tisch stehen lassen?«

»Nee, nee, lassen Sie mal. Aber kommen Sie mir ja nicht auf die Schnapsidee, hier für die Herren abzuräumen. Das ist meine Aufgabe, kapiert?«

»Kapiert. Gute Nacht, Irma.«

»Selber. Gibt's noch was, was ich Ihnen Gutes tun kann?«

Ida überlegte nur kurz. »Falls Sie eine hätten, würde ich für eine Flasche Bier vor Ihnen auf die Knie fallen.«

Irma ließ ein mahnendes Schnalzen ertönen. »Ein Bierchen für die Frau Kommissarin. Einen Moment, da muss ich in den Giftschrank gucken.«

»Kommissarin bin ich aber nicht«, stellte Ida richtig, als Irma zurückkehrte.

»Kommt noch, Schätzchen, kommt noch. Machen Sie mal das Täschchen auf, so, und verstecken Sie sie gut. Und das mit dem Auf-die-Knie-Fallen heben Sie sich für wen anders auf.«

Ein paar Minuten später saß Ida in ihrem Zimmer auf dem Fußboden, die Beine von sich gestreckt, die Schuhe in die Ecke gepfeffert. Neben ihr stand ein Glas mit eiskaltem Bier, vor sich hatte sie die Zeitungen ausgebreitet. Durch das geöffnete Fenster wehte mild riechende Abendluft. Irgendwo in den nahen Wäldern zwitscherte ein Rotkehlchen der Nacht entgegen. Irmas Worte geisterten ihr durch den Kopf, obwohl sie sich mit anderen Dingen beschäftigen wollte. Wieso hatte sie an Ares gedacht, als Irma ihre alberne Bemerkung, auf die Knie zu sinken, wiederholt hatte?

Als wenn sie ihn heiraten wollte! Vollkommener Unsinn. Ida schnaubte und ermahnte sich, ihre Konzentration wieder auf das zu lenken, was wichtig war. Wieso wurde sie das Gefühl nicht los, dass die damaligen Morde mit dem Verschwinden von Vera Pape in Verbindung stehen konnten? Es gab nur eine eher lapidare Ähnlichkeit zweier Frauen, die niemandem bislang aufgefallen war. Nun, nicht ganz, der Herr im Zug hatte ja auch gemeint, sie komme ihm bekannt vor … Aber das würde sie wohl nicht zur Lösung des Falls bringen.

So aufwendig sich die Suche nach dem Mörder im vergangenen Jahr auch gestaltet hatte, war die Polizei dem Täter nie auch nur nahe gekommen. Er könnte also noch in Hamburg leben. Aber warum sollte er sich in Vera Pape jemanden suchen, der dem zuerst aufgefundenen Opfer ähnelte? Wollte er sich selbst wiederholen?

Die Idee war nicht gerade einleuchtend. Außerdem hatte er Vera Pape nicht angegriffen, sondern ihr nur nachgestellt. Und war der Kerl mit dem Schmiss nicht viel zu schmächtig, gleich vier Leichen wie auch immer durch Hamburg zu transportieren? Aber wenn er es wäre … Um Himmels willen, dann hätte sie sich beim blonden Otto nicht nur den Kerl durch die Lappen gehen lassen, der in Vera Papes Küche aufgetaucht war, sondern den sogenannten Unhold.

Aber dann gab es ja auch noch Lindemann, der nicht ins Bild passen wollte. Bloß dass Fräulein Metzger verschwunden war, könnte ein Puzzleteilchen sein. Oder auch nicht, dann nämlich, wenn sie Verwandtschaft besuchte oder einfach nur allein sein wollte.

Vielleicht zog Ida nichts weiter als einen Haufen von Verbindungen, wo keine waren. Mit diesem Gedanken nahm sie den letzten Schluck von dem Bier und sank ins Bett. Sie war todmüde. Alkohol war sie trotz Ares' Wundermitteln schlicht nicht mehr gewohnt.

KÄTHE

Sie hört dieses Geräusch, wenn die Spitzen des Metalldings zusammenklacken – Käthe weiß den Namen nicht, aber es beginnt mit P –, dieses kleine, helle, kurze Geräusch, das nach Schmerzen klingt. Schon öfter hat sie ihn, wenn er die Kerze angezündet hat, dabei beobachten können: wie er sich die Haare rausrupft. An den Beinen und Armen, am Kopf, zurück zu den Beinen. Dann sieht er friedlich aus, glücklich, und Käthe wundert sich darüber, dass er dann doch wieder so wütend wirken kann.

Seit so langer Zeit ist Käthe nun schon hier unten, dass ihr das mit den Haaren und dem Metallding vertraut ist. So wie sie früher immer zur selben Zeit gefrühstückt hat zum Beispiel und los ist zur Schule, so rupft Mister Haha immer wieder seine Haare. Und es kommt ihr vor, als täte er es immer zur selben Tageszeit; aber genau weiß sie es nicht.

Seit er Trulla mitgebracht hat, ist er noch unheimlicher geworden. Seither zündet er fast nie mehr die Kerze an, und wenn er es doch tut, starrt er Trulla an, und manchmal schreit er: »Du bist nicht Lotte, du Verräterin!«

Käthe kennt Trulla. Sie weiß, dass Trulla in Wirklichkeit weder Lotte noch Trulla heißt. Aber wenn Mister Haha abgehackt davon zu reden beginnt, dass sie ihn betrogen hat, weil sie nicht Lotte ist, murmelt er immer wieder: »Nur 'ne blöde Trulla bist du, nur 'ne Trulla, und ich ...«

»Mhhmm«, murmelt Trulla, die wieder schläft.

Sie schläft ständig, vielleicht weil ihr Mister Haha viele blaue Tabletten zu essen gibt.

»Hmmhmm …« Sie hört sich an wie ein Kind, das gleich zu weinen beginnt. Dabei ist sie älter als Käthe, viel älter.

»Halt deine Schnauze!«, brüllt aus tiefster Finsternis Mister Haha, und Käthe zuckt zusammen und macht sich winzig klein. Sie hört, wie Trulla versucht sich aufzusetzen, doch das klappt nicht. Wie auch? Mister Haha hat sie an den Armen und Beinen gefesselt, und außerdem tritt und haut er sie immer so böse, dass sich Käthe gar nicht vorstellen kann, dass Trulla je wieder läuft.

»Halt deine verdammte Fresse, verdammt noch mal!«, brüllt er, und seine Stimme wird von den feuchten Wänden zurückgeworfen. Wie in einem Tunnel kommt sich Käthe vor, und alles um sie herum zittert und dröhnt.

Manchmal glaubt sie noch wen zu hören. Ganz weit weg. Eine Stimme, die sie kennt, die sie mag, aber dann sagt sie sich, dass sie träumt. Schließlich weiß sie doch nie, wann sie schläft und wann sie wach ist.

Trulla wimmert, schon wieder wimmert sie, und Käthe möchte sich die Hände auf die Ohren pressen, aber sie hat Angst davor, dann nicht zu bemerken, wenn Mister Haha zu ihr kommt. Es ist doch dunkel. Ihre Augen nutzen ihr nichts.

»Wenn du deine Schnauze nicht hältst, mache ich dich kalt, verstehst du mich? *Verstehst du mich?*«

Käthe presst die Lider zusammen. Sie hat Durst. Mister Haha vergisst immer öfter, ihr zu essen und zu trinken zu geben. Jetzt klebt ihre Zunge an den Zähnen, wenn sie schluckt, und ihr Körper fühlt sich immer federleichter an.

Sie hat alle Hoffnung aufgegeben, nach Hause zurückzukommen. Als er die Frau mitgebracht hat, dachte sie kurz, jetzt wird es besser, sie könnte sich um sie kümmern oder so. Aber mit Trulla wurde es schlimmer. Vorher hat Mister Haha sich vielleicht nicht ganz so oft die Haare ausgerissen und weniger geschrien, sie meistens nur angestarrt in den Momenten, in denen er sie nicht vergessen hat.

Sie wünscht sich die Puppe herbei, auch wenn sie auf sie wütend ist. Immerhin ist sie mit Mister Haha nur deswegen mitgegangen. Weil er ihr die schöne Puppe geschenkt hatte, die so schöne samtige rosa Wangen hatte, zum Reinbeißen und Dranschnuppern, und weil ...

»*Sei rrrruuuuuhhhhhhiiiiiigggggggg!*«

Sie kauert sich noch mehr zusammen, denn jetzt hört sie Mister Haha aufspringen. Es kommt ihr vor, als könnte sie seine Schreie in der Dunkelheit sehen wie grelle Blitze. Sie hört Trulla wimmern und stöhnen, und Käthe sieht Papier vor sich, Papier, wie es zusammengeknüllt und zerrissen wird, denn so hören sich Trullas heisere Schreie an, während das Geräusch von Mister Hahas Tritten sie an Vögel erinnert, die von oben herab zu Boden schießen, um einen Wurm aus der Erde zu ziehen.

Dann flackert doch Licht auf. Zuckende Schatten huschen über die Wand, die Flamme zittert, und in der Mitte ihrer Höhle steht Mister Haha und starrt Käthe an.

»Du bist echt, Roswitha, du bist echt!«

Und Käthe nickt und hofft, dass er ihr nichts tun wird, solange er vergisst, dass sie in Wahrheit nicht Roswitha heißt.

9

Hannoversch Münden, Niedersachsen

Dienstag, 15. Juni 1948, 17:04 Uhr

Nach harschem Klopfen wurde die Tür zu Idas Zimmer aufgerissen.

»Ich kann nicht glauben, dass ich das schon wieder zu Ihnen sage«, grummelte Polizeioberwachtmeister Günther. »Rabe, Telefon.«

Ida, die nach einem langen Unterrichtstag wieder über den Zeitungsartikeln gegrübelt hatte, sprang auf und folgte ihm. Langsam kam ihr der Verdacht, dass sie wirklich nur Gespenster sah. Alles könnte sich auch komplett anders zugetragen haben – und der sagenumwobene Unhold hatte nichts mit Lindemanns Tod, Fräulein Metzgers Verschwinden und der Tatsache zu tun, dass Vera Pape hinter Gittern saß.

»Heide?«, fragte sie erwartungsvoll in den Hörer, nachdem Günther, immer noch leise in sich hinein schimpfend, sein Büro verlassen hatte. Hoffentlich hatte sie Gutes zu berichten!

»Nee, Meyerlich, Johann. Tach!«

Um ja nicht wieder von Rauschen und Knistern unterbrochen zu werden, sagte Ida eilig: »Was gibt's?«

»Hier is wer, der dich sprechen will. Ließ sich nich' abwimmeln. Otto.« Er sprach es wie Oddo aus. »Der blonde Otto.«

Dass ausgerechnet der Wirt der dubiosesten Spelunke von ganz Sankt Pauli auf der Wache aufkreuzte und mit ihr reden wollte, verschlug ihr kurz die Sprache. Doch sie riss sich schnell zusammen. »Gib ihn mir. Und danke, Johann.«

»Klaro. Gerne.« Jetzt knackte es in der Leitung, doch glücklicherweise war Ottos Stimme wenig später trotzdem leidlich gut zu hören. »Ida?«

»Am Apparat.«

»Is vielleicht nix, aber ich dachte mir, weil du doch nach dem spinnerten Kerlchen gefragt hast. Der, der dich weggeschubst hat, weißte noch? Der war wieder da. Und hat so 'n Krams gelabert. Dass er zwei Deerns eingesperrt hat. Und einer, weißte, der schöne Peter, der sacht so zu ihm: ›Ja, und, biste jetzt stolz auf dich oder wä? Macht man mit Frauen aber nech.‹ Und der Spinnerte, der sacht: ›Ich beschütz die doch. Ich pass auf die auf bis zur Hochzeit, und da wird's Gänseblümchen vom Himmel regnen.‹ Und Eppich oder so und was mit Maulbeeren oder so 'n Krams. Der hat echt einen anner Klatsche, könnt' man sich sagen und auf den Mist nix geben, ne? Aber weißte, Ida, dann hat er gesacht, dass das eine Mädel immer weint, die ganze Zeit, und er hat's vorgemacht, so ganz einen auf Theater, und dann hat er geguckt, Ida, das is mir durch Mark und Bein. So kalt war das in seinen Augen, ganz schlimm. Und ich wusste nich' … Also, ich dachte … Ich hab dem geglaubt, Ida. Und da sach ich mir, gehste das besser mal melden, wä? Sonst passiert den Deerns noch was, und ich mach mir Vorwürfe, bis ich tot umfall.«

In Idas Ohren hatte es so laut zu dröhnen begonnen, dass sie eine weitere Störung der Telefonverbindung vermutete. Dann aber bemerkte sie, dass es ihr Blut war, das derart laut rauschte, dass sie sich selbst kaum hören konnte. »Hat er sonst noch was gesagt? Irgendeinen Hinweis gegeben, wo er die beiden versteckt hält oder seit wann? Und wer es überhaupt ist?«

»Nee. Nix mehr hat der mehr gesacht. Hat bloß in sein Glas gestarrt, und dann isser abgehaun.«

»Verdammt«, flüsterte sie. Von wem hatte er geredet? Und sie saß hier in Niedersachsen fest und wurde fast verrückt!

»Wann war das, Otto? Wann war er bei dir?«

»Menschenskinners, genau weiß ich das nicht. Aber ich würd' ma' sagen … So am Sonntach, glaub ich. Oder so.«

Heute war Dienstag.

»Otto, wenn dir doch noch was einfällt, marschierst du schnurstracks wieder zu Meyerlich, klar? Und frag in der Kneipe rum. Vielleicht hat er ja doch noch mehr erzählt, als du nicht in Hörweite warst.«

Er druckste herum.

»Otto, es geht hier um zwei Menschenleben, verstanden?«

»Ja, klaro. Aber darfste keinem vertellen, dass ich hier war, nech? Bin keiner mit 'nem losen Mundwerk. So was macht mir ja das Geschäft kaputt.«

»Meine Lippen sind versiegelt, versprochen. Kannst du mir noch mal Meyerlich geben?«

»Ist Heide in der Nähe?«, fragte sie anschließend Meyerlich. Immer noch konnte sie nur schwer einen klaren Gedanken fassen.

»Die is im Krankenhaus. Wegen der toten Frau aus der Talstraße, weißte? Wollte noch ma' mit den Ärzten sprechen.«

»Sag ihr, sie soll mich sofort anrufen, wenn sie wieder da ist. Hat sie dir gegenüber erwähnt, ob sie noch etwas über Fräulein Metzger herausgefunden hat, Vera Papes Mitbewohnerin? Oder deren Tochter Käthe?« Angespannt hielt sie die Luft an.

»Nee, hat nix gesacht. Is aber auch immer ganz schön in Eile, weißte? Dein Ersatz, der nervt schon, nech nur so 'n büschen… Außerdem is hier seit 'n paar Tagen echt der Teufel los …«

»Danke trotzdem für alles, Johann. Gute Arbeit, dass du Otto gleich das Telefon in die Hand gedrückt hast!«

Sie hörte fast, wie er rot wurde. Nachdem sie aufgelegt hatten, starrte sie auf die kieselgraue Resopalplatte von Polizeioberwachtmeister Günthers Schreibtisch. Zwei Frauen hielt der Mann angeblich gefangen und behauptete, sie zu beschützen. Wer waren sie? Wo versteckte er sie? Handelte es sich bei einer von ihnen um Fräulein Metzger?

Als sie die Tür öffnete und in den Flur blickte, war von Günther nichts zu sehen. Das Geschirrklappern von unten erklärte, warum er das Feld geräumt hatte: Es war Abendessenszeit. Sie wagte es nicht, sich vom Telefon wegzubewegen. Aber was, wenn Heide nach dem Besuch im Krankenhaus gar nicht mehr zur Wache zurückkehrte?

Leise in sich hineinfluchend, schloss Ida die Tür wieder. Sie setzte sich auf Günthers Stuhl und hob den Hörer ab. »Vermittlung? Können Sie mich mit dem Polizeipräsidium der Hansestadt Hamburg verbinden?«

Wenig später hatte sie Miss Watson am Apparat.

»Wenn Sie abreisen, Fräulein Rabe«, sagte diese in eisigem Tonfall, nachdem Ida knapp geschildert hatte, was sie umtrieb, »wird es keine Möglichkeit mehr für Sie geben, nach Niedersachsen zurückzukehren. Sie wissen, was das für Ihre Karriere bedeutet?«

»Ja, Ma'am. Das tue ich, und mein Anruf zielt auch gar nicht darauf ab. Aber können Sie dafür sorgen, dass in diesem Fall auch die männlichen Kollegen eingespannt werden, damit jemand das Lokal oberserviert für den Fall, der Mann kehrt zurück?«

»Selbst wenn Ihre Argumente nicht klängen, als könnten sie ebenso gut aus der Luft gegriffen sein, wären mir momentan die Hände gebunden. Ich sage es deutlich, Fräulein Rabe: Es gäbe gerade keinen schlechteren Zeitpunkt, um einem vagen Verdacht nachzugehen. Hier ist …«

»… der Teufel los, ich weiß«, unterbrach Ida sie und erkannte augenblicklich, dass sie diesen Fehler besser kein zweites Mal beging. »Entschuldigung, Ma'am. Sie wollten sagen?«

»Dass der Teufel los ist«, sagte Miss Watson trocken. »Niemand wird irgendeine Kneipe observieren, nur weil sich ein Betrunkener etwas zusammenfantasiert.«

»Und wenn er nicht fantasiert? Eine junge Frau ist verschwunden.«

»Wurde eine Vermisstenanzeige gestellt?«

»Ja. Soweit ich weiß, hat Fräulein Bruns Karen Metzger als vermisst gemeldet.«

»Dann kümmern sich die Kollegen schon darum.«

»Können Sie herausfinden, *wer* sich kümmert? Damit ich den Kollegen …«

»Fräulein Rabe.« Miss Watson wurde nicht gern unterbrochen, unterbrach aber selbst häufig. »Ich habe gerade wirklich anderes zu tun. Aber gut, ich werde sehen, was sich machen lässt.«

»Was«, fragte Ida weiter, und bei dem Gedanken wurde ihr kalt, »wenn es wirklich so ist, wie der Kerl behauptet? Wenn er zwei Frauen bei sich hat? Ganz egal, ob eine von ihnen Fräulein Metzger ist oder jemand anderes. Und da ist noch etwas. Vera Papes Tochter war weder bei meinem Besuch noch bei Heides anwesend. Angeblich, weil sie bei einer Freundin übernachtet, doch Frau Riedel hat mir erzählt …« Erst jetzt wurde ihr klar, was Frau Riedel genau gesagt hatte, und ihr wurde übel. »… dass Käthe immer Insekten angeschleppt hat, weil das ihre Freunde wären. Was für mich so klingt, als hätte sie keine weiteren.« Warum waren ihr Dorothea Riedels Worte erst jetzt wieder eingefallen?

»Das ist nicht konkret genug«, sagte Superintendent Watson.

»Wie soll ich Ihnen etwas Konkretes liefern, wenn ich vierhundert Kilometer von Hamburg entfernt bin?«, rief Ida verzweifelt.

Miss Watsons Stimme wurde etwas weicher, als sie sagte: »Ich schicke jemanden zu Vera Papes Mutter. Sie werden sehen, das Kind wird da sein. Ich melde mich.«

»Senden Sie noch heute jemanden?« Doch bevor sie die Frage ganz ausgesprochen hatte, hatte Miss Watson schon aufgelegt. Ida stützte die Ellbogen auf und kämpfte damit, sich die Haare zu raufen. Dann hob sie den Hörer wieder ab.

Der Kollege Meyerlich hatte Feierabend, und Heide war, wie Ida schon vorhergesehen hatte, nach dem Besuch im Krankenhaus nicht ins Büro zurückgekehrt. Auch Fräulein Pfeiffer sei schon gegangen, grummelte Hondratschek. Was jetzt?

Als die Tür aufgerissen wurde, machte sie vor Schreck einen Satz.

»Sie sind ja immer noch hier!«, schimpfte Günther. »Wollen Sie einziehen?«

»Ich warte auf einen Anruf.« Der allerdings erst reichlich spät kommen konnte. Würde Miss Watson heute noch jemanden nach Hamm schicken? Sie musste einfach! Wenn Ida mit eigenen Ohren hörte, dass Käthe zurück bei ihren Großeltern war, könnte sie wenigstens schlafen und morgen hoffentlich mit etwas klarerem Kopf mehr herausfinden können.

»Warten tun Sie mal schön in Ihrem Bettchen. Raus aus meinem Büro, Rabe, sonst setzt es was.«

Ida kehrte auf ihr Zimmer zurück, ignorierte das Knurren ihres Magens, räumte aber die Zeitungen fort. Sie drehte sich ohnehin im Kreis. An dem kleinen Waschbecken neben dem Fenster putzte sie ihre Zähne, starrte sich in dem kleinen runden Spiegel an, schloss die Augen und fragte sich, wann sie zum letzten Mal so gern falschgelegen hätte. Wenn sich alles in Luft auflöste, wenn der Kerl nur Unsinn gequatscht hatte, wenn Fräulein Metzger ein paar schöne Tage in den Bergen oder am Meer verbrachte, Käthe von ihrer Freundin heimkehrte – wie erleichtert wäre sie!

Obwohl natürlich niemand für ein paar Tage ans Meer fuhr oder in die Berge, von welchem Geld schließlich. Außerdem hatte Ida gerade am eigenen Leib erfahren, wie nervenaufreibend selbst eine Reise in ein und derselben Besatzungszone war. Trotzdem. Karen Metzgers Verschwinden musste nicht gleich ein Verbrechen bedeuten. Aber was Otto gesagt hatte ... Dass es ihm eiskalt den Rücken runtergelaufen war, als er dem Kerl in die Augen geguckt hatte ...

Na und?, sagte sie sich. Vielleicht war Otto nicht nüchtern gewesen. Vielleicht wollte sich das Jüngelchen wichtigmachen. Vielleicht ...

Ihr blieb nichts, als zu warten.

Sie zog sich aus und legte sich ins Bett, aber an Schlaf war nicht zu denken. Wie seltsam, fiel ihr mitten in der Grübelei ein, dass sie ihrem Ziel gerade ein so großes Stück näher kam – und die Freude darüber viel kleiner war als angenommen! Kriminalkommissarin werden: Das war doch ihr großer Traum. Konnte er nicht eines Tages Wirklichkeit werden? Immerhin war sie die eine Frau neben 49 Männern in einem Lehrgang. Warum sollten da nicht auch bald Kommissarinnen Mordfälle lösen?

Aber auch wenn sie im Begriff war, dem Ziel ein winziges Stück näher zu kommen, fühlte sie sich nur erschöpft und war mit ihrem Latein am Ende. Nichts, aber auch gar nichts ließ sich von hier aus erreichen. Sie konnte nur warten und hoffen, dass die Kollegen weiterkamen.

*

Als sie am nächsten Morgen in den Speisesaal kam, stand auf ihrem Platz ein Telefon. Schwer wie eine Schreibmaschine und älter als Methusalem, ein Ungetüm aus längst vergangenen Zeiten mit einer Kurbel an der Seite. Das Kabel, abgeschnitten, hing lustlos am Tischrand hinab. Genervt sah sie sich nach Polizeioberwachtmeister Günther um, doch der war nicht anwesend. Dafür Dutzende anderer Kollegen, die erheitert in ihren Haferbrei prusteten. Hielten sie das etwa für einen gelungenen Streich?

Meine Güte, was hatte sie denn getan, außer mit der Wache zu telefonieren, auf der sie arbeitete? Aber darum ging es nicht. Sie fiel schon deswegen auf, weil sie weiblich war – und sollte sich nach Meinung einiger anwesender und nicht anwesender Herren größte Mühe geben, sich allein aus diesem Grund unauffällig und gefügig zu geben. Tja, Pech gehabt. Sie schob den Apparat beiseite, holte sich etwas zu essen und einen mitleidigen Blick Irmas ab, den sie mit einem Schulterzucken beantwortete. Und dann begann sie zu essen. Da flog die Tür auf. Polizeioberwachtmeister Günther erschien, mit zusammengekniffenen Augen und gekräuselten Lippen.

»Rabe!«, brüllte er. »Telefon, verdammt noch mal!«

»Kann ich hier abnehmen?«, fragte sie mit unbewegter Miene und streckte die Hand nach dem ollen Telefon aus. Günthers Mundwinkel zogen sich bedrohlich nach unten, aber Ida wartete nicht auf eine Antwort. Stattdessen stand sie auf und verließ mit eiliger werdenden Schritten den Speisesaal. Wenn sie schon wieder angerufen wurde, konnte das etwas Gutes oder etwas Übles bedeuten.

Hoffentlich Ersteres.

»Rabe?«, sagte sie wenig später atemlos in den Hörer.

»Ida, ich bin es«, hörte sie Heides Stimme, die rau und belegt klang. »Hast du dich bei Miss Watson über mich beschwert?«

»Was?« Ida fiel aus allen Wolken. »Wie kommst du darauf?«

»Weil sie wissen wollte, was Fräulein Pfeiffer und ich gestern getan und wann wir Feierabend gemacht haben und ob eine von uns noch einmal in Hamm im Haus der Großeltern Pape war. Wie sollte sie darauf kommen, wenn nicht durch dich?«

Ida war klar, dass Heide etwas ganz anderes von ihr hören wollte. Trotzdem fragte sie: »Und, wart ihr?«

»Ida!«

»Ich hab mich nicht über dich beschwert. Nicht einmal im Traum käme ich auf so eine Idee. Ich wusste nur nicht, ob du noch mal auf die Davidwache kommen würdest, und habe Miss Watson angerufen, um sie um Hilfe zu bitten.«

Es blieb einen Augenblick still in der Leitung, von dem ständigen Rauschen und Knacken einmal abgesehen. Als Ida schon zu fürchten begann, Heide habe aufgelegt, sagte diese mit belegter Stimme: »Du bist unmöglich. Alles muss nach deiner Pfeife tanzen. Immer weißt du alles besser.«

Sie klang so ernst, so müde, so anders als sonst, dass Ida innehielt, statt sich reflexhaft zu verteidigen.

»Sei mir nicht böse, Heide. Ich wollte dir nicht an den Karren fahren. Aber warst du bei Käthe? Geht es ihr gut?«

»Bisher nicht. Aber ich fahre gleich los. Das hatte ich sowieso vor, falls es dich interessiert.«

»Ich habe auch nichts anderes angenommen. Aber Miss Watson hat also gestern nicht noch jemanden geschickt?«

»Nicht dass ich wüsste, nein.«

Sie legten auf.

Verdammt. Niemand war gestern noch nach Hamm gefahren, andernfalls wüsste Heide doch davon. Nahm Miss Watson sie etwa nicht ernst? Das passte nicht zu Idas Vorgesetzter!

Die einzige Erklärung, auf die sie kam, war die, dass eben der Teufel los war. Aber das war ihr vollkommen gleichgültig. Der Mann in Ottos Kneipe hatte davon geredet, die Deerns zu beschützen. Von einer Hochzeit. Aber verstand er darunter dasselbe wie sie?

Und konnte nicht auch Käthe eine der Deerns sein?

*

Drei Stunden später brütete Ida in Seminarraum F über einer Englischprüfung. Ein paar Worte verstand sie, die meisten nicht. Aber sie konnte sich sowieso kaum konzentrieren. Immer noch hatte sich Heide nicht zurückgemeldet. Weil sie sauer war? Aber würde sie Ida das antun und ihr nicht mal die frohe Nachricht, Käthe bei den Großeltern angetroffen zu haben, durchgeben?

Immer größer wurde Idas Unruhe, bis sie das Gefühl hatte, dass die Worte auf dem Blatt Papier vor ihr durcheinandertanzten. Als die Tür aufflog und Günther im Rahmen auftauchte, ahnte sie, was sie erwartete. Die Männer rund um sie herum schüttelten pikiert die Köpfe. Langsam machte auch sie sich Sorgen, den Lehrgangsleiter zu sehr verärgert zu haben. Doch statt ihren Namen in den Raum zu brüllen, ging der Polizeioberwachtmeister mit nichtssagender Miene auf sie zu, knallte ein Blatt Papier auf ihren Tisch und wandte sich wortlos wieder um. Als die Tür zuflog, senkte sie verblüfft den Kopf und las: »Antrag auf Freistellung.« Samt Stempel der Polizei des Landes Niedersachsen.

Das konnte doch nicht wahr sein! Sie wurde rausgeworfen?

Ein zweites Mal las sie den umständlich formulierten Text und kam zu dem Schluss, dass es nicht wie ein Rauswurf klang – auch wenn dort unmissverständlich stand, dass sie den Lehrgang mit sofortiger Wirkung zu verlassen hatte. Aber wenn es kein Rauswurf war, was bedeutete das Schreiben, in dessen freie Felder Günther ihren Namen und die Dienstnummer gekritzelt hatte und das ein weiteres halbes Dutzend Stempel zierten, dann?

Als sie aufsah, bemerkte sie, dass alle sie anstarrten.

»Auf Wiedersehen, Fräulein Rabe«, sagte Herr Dr. Schildknecht, der scheinbar hellsehen konnte, und wies zur Tür. »Wenn ich bitten darf, gehen Sie recht schnell, damit Ihre Kollegen die Aufgaben zumindest noch halb schaffen.«

Verwirrt raffte sie ihre Sachen zusammen und verließ das Zimmer.

*

Einen Tag und eine anstrengende, sieben Stunden dauernde Fahrt später betrat sie ihre Eimsbütteler Wohnung. Zu dieser Tageszeit war noch niemand zu Hause. So sah Ida in der Schüssel auf dem Küchentisch nach, in der die Post gesammelt wurde, fahndete dann auf ihrem Bett nach einem Schreiben und, nur zur Sicherheit, auf sämtlichen Fensterbänken. Nirgends lag eine Notiz, die Miss Watson oder Heide für sie hinterlassen haben könnte.

Und jetzt? Sollte sie hier warten und sich in Geduld üben? Das gehörte keinesfalls zu ihren Stärken – zumal sie immer noch keinen Schimmer hatte, warum in aller Welt sie Miss Watson nun doch zurückbeordert hatte. Denn es musste Miss Watson gewesen sein, die ihre Freistellung veranlasst hatte, wer sonst? Zwar zierte das Formular Polizeioberwachtmeister Günthers Unterschrift, doch Idas ständige Telefonate konnten unmöglich Grund genug dafür sein, sie als Strafe nach Hause zu schicken! Nein, Miss Watson musste dahinterstecken. Aber wieso?

Trotz Idas zahlreicher Versuche am gestrigen Tag, ihre Vorgesetzte oder Heide zu erreichen, hatte sie mit keiner der beiden sprechen können. So hatte sich im Laufe der Fahrt und der vielen Aufenthalte, während denen die Passagiere von britischen Soldaten kontrolliert worden waren, ihre Sorge ins fast Unermessliche gesteigert. War etwas mit Käthe? Oder Vera – war Bewegung in den Fall gekommen? Könnte Fräulein Metzger wiederaufgetaucht sein?

Angespannt trat Ida wieder ans Fenster und sah hinaus. Ebenso gut könnte auch ihre Karriere den Bach runtergegangen sein. Da war Hildesund, der nichts lieber wollte, als sie aus der Davidwache zu vertreiben; und Heide, die plötzlich nicht länger hinter ihr stehen wollte. Bitter schüttelte Ida den Kopf. Womöglich war auch Marlise aus welchen Gründen auch immer bereit, ihren Kopf zu opfern, um Ida endlich hängen zu sehen …

Zu jedem anderen Zeitpunkt wäre sie vom Hamburger

Hauptbahnhof aus gar nicht erst nach Hause gegangen, sondern schnurstracks zur Davidwache marschiert, allerdings hatte Polizeioberwachtmeister Günther zum Abschied geknurrt: »Eins noch. Ich hasse es, den Nachrichtenübermittler zu spielen. Aber Sie haben Order, auf sofortigem Weg Ihre Wohnung aufzusuchen. Kein Ausflug nach Sankt Pauli, kein Kontakt zur Davidwache. Verstanden?«

Aber zumindest nach Hamm könnte sie fahren und in Erfahrung bringen, ob Käthe wohlbehalten zu ihren Großeltern zurückgekehrt war. Dass Frau Pape sicher vor Wut im Dreieck sprang, wenn schon wieder eine Polizistin in der Tür auftauchte, war ihr schnurzpiepegal. Alles war besser, als hier rumzusitzen und zu warten, dass irgendwer sie informierte.

Eine halbe Stunde später stieg sie am Bahnhof Hasselbrook aus der S-Bahn. Von hier hatte sie einen Marsch von gut zehn Minuten vor sich, diesmal schaffte sie ihn trotz ihrer Erschöpfung in fünf. Als sie die Nissenhütten erreichte, klopfte sie nur kurz und zog die Tür dann uneingeladen auf. Im Innern roch es nach altem Essen und Schweiß.

»Frau Pape?« Während sie versuchte, ihren hastig gehenden Atem zu kontrollieren, schloss sie die Tür hinter sich. Ein schmaler Lichtstrahl erhellte den Fußboden, der von Staub bedeckt war. »Frau Pape, sind Sie zu Hause?«

Im Bett regte sich etwas. Frau Papes heute nicht so sorgfältig ondulierte Frisur kam zum Vorschein. Mit wütendem Gesicht schob sie die Füße heraus und kam ächzend auf die Beine. »Was wollen Sie hier?«

»Mit Käthe sprechen. Genau wie ich es schon am Samstag wollte. Wo ist sie?«

»Was geht's Sie an?«, schnappte Frau Pape. »Sie und Ihre Kollegin? Kommen hier andauernd vorbei und fragen mir Löcher in den Bauch. Sind Sie vom Jugendamt, oder was?«

»Das nicht«, sagte Ida, die Frau Pape am liebsten hätte schütteln wollen. »Aber von der Polizei, und zumindest die weibliche arbeitet mit dem Jugendamt zusammen. Wo steckt Ihre Enkelin, Frau Pape? Und ich will eine ehrliche Antwort.« Ihre Unruhe steigerte sich, als ihr Blick durch das Halbdunkel der Hütte strich. Kein Kind. Nirgends.

»Is nicht da, sehen Sie doch!«

»Wo ist Käthe? Und ich warne Sie. Eine Lüge, Frau Pape, und ich nehme Sie mit. Dann wandern Sie auch ins Kittchen, ganz wie Ihre Tochter.«

»Und wer soll sich dann um die Kleine kümmern, hä?« Erneut kamen dicke Krokodilstränen zum Vorschein, doch Ida fiel nicht darauf herein. Sie trat dicht vor Frau Pape und starrte ihr grimmig in die Augen, bis Frau Pape den Blick abwandte und mit einer hohen, mädchenhaften Stimme zu sprechen begann.

»Wech! Sie ist wech. Alle beide sind wech!«

»Sie sagten, Käthe sei bei einer Freundin.« Ida hatte Mühe, sich zu beherrschen. »Und wen meinen Sie denn mit ›beide‹?«

Auf Idas zweite Frage ging Frau Pape nicht ein, stattdessen begann sie, sich mit entrüsteter Stimme zu rechtfertigen. »Das hab ich doch nur gesagt, weil … Ich hab's gehofft. So 'n lüttes Ding läuft schon mal weg von zu Hause.«

Ida griff nach ihren Schultern, die hager und kalt waren. Sie drückte fest zu, am liebsten würde sie noch mehr Kraft anwenden, doch würde das Käthe helfen?

»Die Wahrheit, von Anfang an! Und noch mal: Wen meinen Sie mit ›beide‹?«

»Sie is am Freitag nicht nach Hause gekommen vom Spielen«,

schluchzte Frau Pape. »Und ich hatte es ihr doch tausend Mal gesagt: Treib dich nicht rum, sonst endest du wie deine Mutter.«

»Könnte Käthe weggelaufen sein, um ihre Mutter zu finden?« Sie würde jeden Strohhalm nehmen! Alles, nur nicht die Einsicht, dass das, was ihr Otto erzählt hatte, der Wirklichkeit entsprechen könnte.

»Die wüsste doch gar nicht, wie sie das machen sollte. Ist doch nur 'n dummes Kind.«

Selten hatte Ida eine solche Lust in sich verspürt zuzuschlagen wie jetzt. Doch es gelang ihr, ruhig zu bleiben. »Ihre neun Jahre alte Enkelin ist seit fünf Tagen nicht nach Hause gekommen, und Sie kamen nicht auf die Idee, es der Polizei zu melden? Ich war doch hier. Hier! Warum haben Sie mir nichts gesagt? Stattdessen haben Sie mich angelogen, als Sie behaupteten, Käthe sei bei einer Freundin. Gibt es trotzdem eine Schulkameradin, bei der sie sein könnte?«

»Die hat keine Freunde«, entgegnete Frau Pape ruppig. »Die will keiner. Is 'n komisches Kind. Immer allein. Redet mit Tieren und so, manchmal glaubt man, die wäre nicht ganz richtig im Kopf, verstehen Sie?«

Angesichts dieser Hartherzigkeit fehlten Ida die Worte. Vera Pape musste in großer Not gewesen sein, als sie ihre Tochter zur Großmutter gegeben hatte.

»Is wie die Mutter«, lamentierte Frau Pape weiter. »Nix als Träumereien und Unsinn im Kopp. Nie hat Vera Rücksicht genommen. Dabei habe ich ihr alles gegeben.« Sie seufzte theatralisch. »Und plötzlich war sie schwanger! Und der Mann? Natürlich längst über alle Berge, wer würde es ihm verdenken wollen?«

Es gab eine ungeschriebene Regel, hämmerte es Ida durch den Kopf. Ein Tag. Innerhalb dieses Zeitraums musste ein vermisstes Kind gefunden werden. Mit jedem weiteren Tag konnte man weniger damit rechnen, dass es noch lebte – war es weggelaufen, erfror es oder starb an Unterernährung. War es entführt worden, so bedeutete jede Stunde, die der Entführer mit dem Kind verbrachte, zusätzliche Gefahr. Ein Kind war anstrengend. Es weinte. Bettelte. Es gab keine Ruhe, und das war gewiss nichts, was Entführer wollten.

»Ich wollte doch nur … Ich kann nix dafür.« Gleich wieder der weinerliche Kleinkindton. »Ich bin doch ganz alleine.«

Jetzt dämmerte Ida etwas. »Wo ist Ihr Mann?«

Frau Pape stieß einen Heulton aus und sackte in sich zusammen, um mit lautem Poltern auf dem Steinboden zu landen. Auf der Seite liegend zog sie die Beine an, presste das Gesicht in ihren Kittel und schluchzte. Diesmal nahm Ida ihr die Verzweiflung ab. Mitleid aber empfand sie keines.

»Reißen Sie sich zusammen!« Sie ging neben ihr in die Hocke. »Heulen können Sie später. Haben Sie je einen schlaksigen jungen Mann in dieser Gegend gesehen, mit einem Schmiss auf der Wange? Wissen Sie, was das ist? Eine Narbe. Oder hat Käthe je davon erzählt, von so jemandem angesprochen worden zu sein? Oder auch von jemand anderem?«

Frau Pape schüttelte den Kopf und murmelte etwas in sich hinein, das wie »Mit wem soll das Gör schon reden« klang. Ida kümmerte sich nicht darum. »In welche Schule geht Käthe? Hat sie nicht vielleicht doch eine Freundin oder jemanden, mit dem sie den Weg dorthin geht?«

»Nee, die macht alles allein. Das war's doch, weswegen Kurt dann besorgt war. Weswegen er los ist. Um nach ihr zu suchen.« Wieder kullerten Tränen ihre Wangen hinab. »Erst sagt er, nee, Ulla, wir warten, Käthchen wird schon wiederkommen. Und dann geht er alleine los. Und seitdem hab ich nix mehr von ihm gehört.«

»Sie sagten beim letzten Mal, er bleibt öfter weg. Könnte das nicht auch diesmal der Fall sein?«

»Ja. Bleibt er. Aber nich' so lange.«

»Seit wann ist Ihr Mann denn weg?«

»Seit Samstach!«

An dem Tag, an dem Ida zum ersten Mal hier gewesen war. Tags darauf war auch Karen Metzger verschwunden, am Sonntag, und wahrscheinlich – auf Ottos Gedächtnis war nicht allzu viel Verlass – hatte am selben Tag der Kerl mit dem Schmiss in der Kneipe rumgestanden und etwas von zwei gefangenen Frauen erzählt. Oder Mädchen. Deerns. Den Großvater hatte er nicht erwähnt.

»Wieso haben Sie da immer noch nicht die Polizei verständigt?«, herrschte Ida sie an. Plötzlich kam ihr die Hütte so stickig vor, dass sie kaum mehr Luft bekam. Könnte sich Käthe doch verlaufen haben? Sie lebte noch nicht lange bei ihren Großeltern. Die Polizei würde die Umgebung absuchen müssen, all die Ruinen, die prima Verstecke boten, aber auch gefährlich waren. Und was war mit Fräulein Metzger? Könnte sie Grund dazu haben, das Mädchen heimlich in ihre Obhut zu bringen? Wie wahrscheinlich war es, dass sie mit Vera Pape in Kontakt stand?

Unwahrscheinlich. Niemand kam an Vera heran. Aber sie könnten sich im Vorfeld besprochen haben. Falls Vera Lindemann umgebracht hatte, würde sie darüber nachgedacht haben, was im Fall einer Festnahme mit ihrer Tochter geschah. Vielleicht hatte sie kommen sehen, dass ihre Mutter auch keine gute Großmutter abgeben würde. Aber wieso hatte sie sie dann überhaupt dorthin gebracht?

Und was war mit Käthes Opa? Hatte er womöglich etwas damit zu tun?

Im Aufstehen ließ Ida ihren Blick durch die ärmliche Hütte wandern. Die Pritsche, auf der Käthe geschlafen haben musste, war ungemacht; die dünne Decke zu Boden gefallen. Niemand hatte es für nötig befunden, sie aufzuheben.

Tiefes Mitleid mit dem Mädchen befiel Ida. Alles wirkte so lieblos, so kalt. Als sie den Kopf drehte, entdeckte sie ein Buch, das wohl einzige in der gesamten Hütte. Sie erkannte das Titelbild: eine fröhlich wirkende Frau mit einem weniger fröhlichen Kind auf dem Arm. Auch ihre eigene Mutter hatte es sich zu Idas Geburt zugelegt und gern daraus vorgetragen. *Die deutsche Mutter und ihr erstes Kind,* stand in Frakturschrift darunter. Sein Inhalt ließ sich leicht zusammenfassen: Tu alles, aber liebe dein Kind nicht, denn wenn du es verzärtelst, wird der Zorn des Führers für immer auf dir ruhen.

Auch wenn es ihr zuvor unmöglich erschienen wäre, empfand sie Frau Pape gegenüber nun noch mehr Widerwillen und Ablehnung.

Zum Abschied sagte Ida: »Sie müssen mir versprechen, augenblicklich zur W…«

Gehässig unterbrach Frau Pape sie. »Ich Ihnen was versprechen, ja? Und was is mit mir? Wer kommt mir zu Hilfe? Ich sag Ihnen was: niemand! Nie fragt mich wer, wie es mir geht. Immer nur: Wie geht's dem Herrn Gemahl, und auch wenn sie so tun, als wär' es nicht so, ich spür doch die Blicke, ich merk es doch, wie hinter meinem Rücken geredet wird. Dabei können wir nichts dafür, dass wir ausgebombt wurden und dass die Tochter so ein Nichtsnutz ist mit lauter Flausen im Kopf. Und dass mein Mann die Arbeit verloren hat, weil er im Krieg versehrt wurde, aber niemand glaubt einem, niemand glaubt einem, dann … Was soll man da machen? Da fragt man nicht um Hilfe! Wir waren mal wer, Fräulein. Aber jetzt sind wir niemand mehr.«

»Sie müssen auf die Wache in der Caspar-Voght-Straße«, redete Ida stoisch weiter, »um Käthe und Ihren Mann als vermisst zu melden.«

»Ich dachte, Sie wären von der Polizei!«

»Das bin ich auch. Aber ich arbeite auf der Davidwache. Zuständig sind die Beamten hier.«

Was blanker Unsinn war. Doch sie konnte ihr unmöglich erzählen, dass niemand von ihrer Anwesenheit in Hamburg wissen durfte. Kurz war sie versucht, Frau Pape aufzutragen, sie bei den Kollegen nicht zu erwähnen, aber sie wusste, wohin das führen würde: Gehässig, wie Vera Papes Mutter war, würde sie ihren Namen erst recht herausplärren. Aber dass nun etwas geschehen musste, war unumgänglich. Die Kollegen mussten mit Suchtrupps ausrücken, sie mussten den Park durchkämmen, sie …

»Weiß wenigstens Ihre Tochter von Käthes Verschwinden?«, unterbrach sie ihre Gedanken selbst. »Haben Sie es ihr ausrichten lassen?«

Müde blickte Frau Pape ins Leere. Die Antwort auf Idas Frage lautete also wohl nein.

»Wie sieht Käthe aus? Und Ihr Mann?«

Nachdem Frau Pape ihr beide beschrieben hatte, war Ida heilfroh, die Nissenhütte verlassen zu können. Kurz sah sie sich um, dann sammelte sie alle noch verbliebene Kraft zusammen und schob jeden Gedanken an die Order von Superintendent Watson, sich nirgends blicken zu lassen, beiseite. Hamm war nicht Sankt Pauli. Und man konnte sie auch nicht als stadtbekannt bezeichnen. Dass irgendwer sie hier entdeckte und jemandem auf dem Kiez davon berichtete, war mehr als unwahrscheinlich. Dennoch sah sie sich immer wieder aufmerksam um, während sie die schäbigen Nachbargebäude abklapperte. Anschließend war sie jedoch nicht viel klüger. Niemand hatte von einem *Anschnacker* gehört, der Kinder ansprach. Und Käthe, die kleine Käthe, kannten zwar alle vom Sehen, aber kaum jemand erinnerte sich daran, je zwei Worte mit ihr gewechselt zu haben. Sie war früher selten zu Besuch gekommen, und jetzt war sie ja auch nur ein paar Tage da gewesen … Viel mehr, als dass das Kind eine Einzelgängerin war, hatte Ida nicht herausgehört. Freundinnen gab es keine. Dafür eine schreckliche Großmutter, die immerhin dafür sorgte, dass die Zöpfe des Mädchens geflochten waren.

Und Opa Pape? Der soff. Da immerhin waren sich alle einig.

Zurück auf der Straße, fragte sie sich verzweifelt, wie sie weiter vorgehen sollte. An der Ecke zum S-Bahnhof entdeckte sie einen Fernsprechapparat, doch Miss Watson, erfuhr sie, war nicht im Haus. Unschlüssig überlegte sie, ob sie nicht doch besser das Revier nahe dem Hammer Park verständigte. Doch dann entschloss sie sich, allein weiterzumachen. Und darauf zu hoffen, dass Ulla Pape die Polizei verständigte.

*

Still und verschlafen lagen die armseligen Hütten im Hammer Park da. Sie klopfte an jede Tür, doch nicht einmal hinter jeder zweiten traf sie auch jemanden an. »Ein kleines Mädchen, blond, mit einer Schultasche und Affenschaukeln, haben Sie sie gesehen?«

Immer wieder Kopfschütteln. Manche machten sich die Mühe und dachten nach, die meisten aber gaben an, dass es im Park von Kindern nur so wimmelte. »Wie soll man sich da merken, wen man wann gesehen hat?«

Ida wollte nicht aufgeben, obschon es dämmerte und sie so müde war, dass sie kaum noch einen Schritt vor den anderen setzen konnte. Im Kopf ging sie erneut sämtliche Möglichkeiten durch – dass sich das Mädchen verlaufen hatte. All die ruinengesäumten Straßen ähnelten einander. Überall Schutt, zusammengestürzte Häuser, Absperrungen. Hamm grenzte ans Niemandsland. Vielleicht irrte Käthe dort umher? Oder wollte ihre Mutter suchen. Kein Mensch achtete heutzutage auf ein Kind, das allein unterwegs war, nicht einmal nachts. Zu gängig war der Anblick, so lautete die traurige Wahrheit.

Wieder und wieder aber kehrte sie gedanklich zu ihrer Theorie zurück. Wenn auch nur ein Hauch Wahrheit daran haftete, dass der Unhold zurückgekehrt sein könnte oder aber ein Nachfolger versuchte, in seine Fußstapfen zu treten … Wenn das Monster seine damaligen Taten nicht aus finanziellen Motiven begangen hatte, das Entkleiden der Toten andere Gründe hatte, keine sexuellen, sondern zur Verschleierung diente … Wenn aus diesen Gründen niemand die Toten identifiziert hatte und sich der Täter lange genug in Sicherheit gewiegt hatte … Sich das Gefühl der Unfehlbarkeit eingeschlichen hatte, denn vier Morde zu begehen und nicht geschnappt zu werden, konnte zu größenwahnsinnigen Fantasien führen … wenn er also das Ganze noch einmal probieren wollte und sich dafür Menschen herausgesucht hatte, die den damaligen Opfern ähnelten, wie verschwindend wenig auch immer, was hieße das?

Ganz einfach, stellte sie fest und musste sich zusammenreißen, um der sich einschleichenden Verzweiflung keinen Raum zu lassen: Es wäre nur eine Frage der Zeit, bis sie Fräulein Metzgers, Herrn Papes und Käthes Leichen finden würden.

»Heda, Sie.«

Ida schreckte aus ihren düsteren Überlegungen auf. »Ja?«

Die Frau, die sich vor ihr aufbaute, trug ihre Zöpfe um den Kopf gewickelt. Sie hatte ein breites Gesicht und wache blaue Augen. »Dat Marjellche suchen Sie?«

»Ein Mädchen namens Käthe«, antwortete Ida. Jäh flammte Hoffnung in ihr auf. »Kennen Sie sie?«

»Aber ja! Ich hab sie hier rumstehen sehn und gefracht, wie sie heißt. Da hat sie Käthe gesacht.«

Idas Herz tat einen Hüpfer. Rasch zog sie ihr Merkbuch hervor und zückte den Bleistift.

»Dat is' mit diesem Bowel rumgezogen. Ganz richtig im Kopp is' der nich'. Der nimmt watt. Watt, kann ich nicht sagen, damit kenn' ich mich nicht aus. Aber es is' watt, dat ihn aussehen lässt, als hätt' er 'nen Propeller im Dups.«

»Im Dups?« Ida hatte Mühe, die ostpreußischen Wörter so schnell für sich zu übersetzen, wie die Dame sprach.

»Hintern, meine Beste! Dat is unheimlich, wenn sich so 'n Paslack mit so 'nem Kind rumtreibt. Is zehn Jahre älter oder wat. Da passt doch nuscht nich'.«

»Wie alt, denken Sie, ist er?«

»Ja was weiß ich denn! Zehn Jahre oder so älter!«

»Und gab es etwas an ihm, das Ihnen aufgefallen ist?«

»Na, so 'ne Narbe hatte der hier.« Sie deutete auf ihre Wange. »'ne ganz dünne, lange.«

Ihre Finger krallten sich um ihren Stift, trotzdem zitterte sie und hatte Mühe, sich nicht allzu viel anmerken zu lassen. Der

Mann mit dem Schmiss war mit Käthe hier gewesen. In Hamm. Nicht in Sankt Pauli, wo Käthe eigentlich wohnte.

»Watt willste denn mit so 'nem kleinen Ding, hä«, sprach die Ostpreußin weiter, »hab ich ihn gefracht.« Ihre Augen funkelten wütend. »Aber 'ne Antwort? Krieg ich nich'! Erst stand er blöde mit leeren Händen rum, aber dann kam er wieder und hat ihr 'n Puppke geschenkt. Da werd ich doch misstrauisch, ne. Woher hat 'n der die Moneten für so 'n teures Ding? Hat er bestimmt geklaut. Und watt macht dat Marjellche? Kann's gar nicht fassen. War bestimmt wie alle Weihnachten, die sie je erlebt hat, alle zusammengenommen!«

»Er hat ihr eine Puppe geschenkt?«, wiederholte Ida.

»Jaja! 'n schönes Puppke, riesig und mit Kulleraugen. Wo hat 'n so 'n verlauster Bowke dat her, dat hab ich mich gefragt, als ich die beiden damit gesehen hab. Ganz neu war sie und mit allem Drum und Dran. Und die Kleene, die war stolz wie Oskar. Gegrinst hat se übers ganze Gesicht. Dafür hätt' se doch alles getan!«

Ida lief es eiskalt den Rücken runter. »Wo und wann genau haben Sie die beiden zusammen gesehen?«

»Na, am … weiß nich so genau, dat war wohl so am Durschtsch.«

»Durschtsch?«

»Donnerstag. Oder Freitscht? Vielleicht auch der.«

»Freitag also?«

Die Dame nickte und zeigte auf einen ausgetretenen Pfad zwischen zwei Büschen entlang. »Dat Marjellche so verhuscht, aber froh, ne, und der wieder so …« Sie machte es vor, zog die Schultern hoch und den Kopf dazwischen. »Läuft, als würd' er gegen 'nen Sturm anrennen! Dat Puppken aber war hübsch.

Ganz neu, hat fast geglänzt, ne, aber wer macht schon 'n hässliches Puppke?«

Heinrich. Aber der hatte mit der ganzen Sache nun wirklich nichts zu tun.

»Danke. Sie haben mir sehr geholfen.«

»Na, dat is doch ma wat.«

*

Es war spät, als sie in ihre Wohnung in der Margaretenstraße zurückkehrte, in der zu Idas Verzweiflung – und gleichzeitiger Erleichterung – keine Miss Watson saß. Sie war derart in Gedanken, dass sie erst nach einem Moment bemerkte, wie überrascht ihre Mitbewohnerinnen sie anblickten.

»Ich habe ein paar Tage Urlaub«, flunkerte Ida. »War jemand hier, um nach mir zu fragen?«

»Nein, wer sollte denn herkommen?«

Darauf blieb ihnen Ida die Antwort schuldig. Stattdessen ließ sie sich auf ihre Matratze fallen und ging in Gedanken erneut alles durch, was sie erfahren hatte. Der Mann mit dem Schmiss hatte Käthe, das stand ihrer Meinung nach nun zweifelsfrei fest.

»Sie gehen schon wieder?«, fragte ihre Vermieterin fünf Minuten später verblüfft.

»Ich bin in einer halben Stunde zurück. Falls jemand nach mir fragt, bitten Sie die Person zu warten.« Sie prüfte, ob sie ihren Schlüssel, Geld, die Polizeibrosche und ihre Zigaretten eingesteckt hatte.

Die gesamte Schanzenstraße hinunter fand sich kein einziges Lokal mit einem Telefon. Das Postamt war zu dieser späten Stunde geschlossen. Fieberhaft überlegte sie, wo man noch telefonieren konnte, doch da sie niemanden kannte, der etwas derart Kostspieliges besaß, wurde sie langsamer und kehrte schließlich deprimiert um. Kurze Zeit später betrat sie das Haus in der Margaretenstraße und steckte den Kopf durch die Wohnungstür, um nachzuprüfen, ob Miss Watson oder Heide auf sie wartete. Fehlanzeige. So zog sie die Tür wieder zu und stieg ein Stockwerk weiter empor.

»Ich weiß, es ist viel verlangt«, sagte sie zu Heinrich, nachdem sie ihre Bitte geschildert hatte. »Aber glauben Sie, Sie können für mich in das Polizeirevier in der Karolinenstraße gehen? Sie müssen ein Mädchen als vermisst melden. Ich schreibe Ihnen auf, was ich weiß – viel ist es leider nicht. Aber den Namen des Kindes und die Adresse der Großeltern, bei denen sie wohnt. Sagen Sie, ich habe Sie aus Niedersachsen angerufen, ich sei mit der Angelegenheit vertraut gewesen.«

»Warum sollten Sie denn mich anrufen und nicht das Revier?«

»Weil ich zu verwirrt und aufgeregt war, um klar zu denken. Das wird man nicht in Zweifel ziehen, schließlich bin ich eine gefühlsduselige Frau.«

»Ha«, sagte Heinrich. »Die kennen Sie aber nicht dort auf der Wache, oder?«

Ida grinste matt. »Nein.« Daher dieses Revier, wo sie bislang nie gewesen war. Wenn die Beamten in den vergangenen Tagen die Ohren aufgesperrt hatten, würde ihnen der Name Pape bekannt vorkommen. Umso besser, dann würden sie rascher handeln. Denn dass Großmutter Pape mittlerweile ein Revier aufgesucht hatte, um ihre Enkelin als vermisst zu melden, bezweifelte Ida.

»Sonst noch was, meine Liebe?«, fragte Heinrich.

Traurig und müde schüttelte Ida den Kopf.

KÄTHE

Stille tropft in ihre Ohren. Trulla weint nicht mehr. Mister Haha hat so oft zugetreten, bis sie stumm geworden ist. Sie dreht sich nicht mal mehr auf dem Boden, sie ist nur ruhig, so ruhig wie die Puppe, die Mister Haha ihr geschenkt hat und die jetzt weg ist. Vielleicht hat es sie auch nie gegeben, und sie erinnert sich ganz falsch, wer weiß das schon?

Wieder ist Mister Haha weggegangen, aber nicht richtig raus, glaubt Käthe, denn dumpf hört sie durch die Erde und Steine hindurch Stimmen. Dieselbe Stimme, von der sie schon mal dachte, sie hätte sie gehört, und dann, sie hätte es nur geträumt. Aber da, wieder! Käthes kleines Herz zurrt sich voller Erwartung und Hoffnung zusammen.

Opas Stimme, ganz weit weg! Opa sagt was, das wie *Bitte, bitte, hören Sie doch* klingt. Und Käthe wiederholt die Worte, um die Stille zu füllen, in ihrem Kopf, während sie zugleich lauscht. Knackst irgendwo was? Rumpelt die Erde? Sind Schritte zu hören? Oder Bomben oder so, denn jetzt ist ihr wieder eingefallen, wieso sie in einem Bunker war vor vielen Jahren: weil die Bomben krachten und splitterten und dröhnten, und Mama hat gesagt, wir stellen uns vor, wir sitzen im Bauch eines tanzenden Wals.

»Bitte, bitte, hören Sie doch«, sagt sie nun flüsternd, um zu spüren, ob sich ihre Lippen noch bewegen. »Bitte, bitte, hören Sie doch.«

Auch die Worte tanzen, kaum haben sie ihren Mund verlassen. Doch sie tanzen langsam und zu einer traurigen Melodie.

»*Bitte, bitte, hören Sie doch.*«

Opa, wenn es wirklich Opa war, ist wieder stumm, sodass Käthes Gedanken weiterwandern. Sie hat sich so vieles bloß eingebildet, seit sie hergekommen ist, dass ihre Hoffnung wie eine dünne Wolke fortzieht. Sie ist allein. Ganz allein.

Was sie sich aber nicht einbildet, ist, dass sie immer müder wird. Vielleicht weil Mister Haha ihr das letzte Mal ein Glas Wasser gegeben hat, da war Trulla noch gar nicht hier. Oder doch? Käthe bekommt die Zeiten durcheinander, und sie fragt sich, ob gestern nicht sowieso auch manchmal morgen ist, wer darf überhaupt darüber bestimmen?

Nein. Er hat ihr was gebracht, da waren Käthe und er nicht mehr allein. Er hat sich neben sie gehockt und ihr seine Hand auf die Stirn gelegt, und sie hatte Angst, schreckliche Angst. Er sagte: »Nur du und ich sind echt, Roswitha, nur du und ich, und alle anderen sind Schattenschauspieler, verstehst du mich?«, und dann ist er zum Tisch zurückgegangen und hat ihr einen Becher gebracht mit einem komischen, bitteren Saft, jetzt weiß sie es wieder.

Danach hat sie geschlafen. Es riecht jetzt kein bisschen mehr nach Pipi. Früher hat sie andauernd Pipi gemusst. Aber jetzt ist das Pipi aus ihr verschwunden, so wie alles verschwunden ist. Trullas Atmen und Weinen und Rufen. Käthes Sehnsucht nach Mama. Alles Licht.

Da hört sie wieder was und spitzt mühsam die Ohren. Wie Weinen hört es sich an, das aus weiter Ferne kommt. Nach einer Weile merkt sie, dass sie selbst es ist, deren Schluchzer hart klingen wie vertrocknetes Brot. Sie lässt sich zur Seite kippen, denn zum Sitzen fehlt ihr die Kraft. Sie verschmilzt mit der harten Pritsche unter sich, fährt mit dem Zeigefinger an den Kanten entlang, spürt das Stroh unter sich und das Holz darunter.

Bald kommen die Käfer. Sie kommen und essen sie auf.

10
Margaretenstraße, Hamburg-Eimsbüttel
Mittwoch, 16. Juni 1948,
kurz vor Mitternacht

»Ich verlasse mich darauf, Fräulein Rabe.« Miss Watson legte eine Kunstpause ein und ließ ihren Blick durch die kleine, schmucklose Küche in der Margaretenstraße wandern, an deren Decke eine Glühbirne baumelte. Tiefe Augenringe ließen sie weit erschöpfter aussehen, als Ida sie je zu Gesicht bekommen hatte.

Nach wie vor war Ida ein wenig atemlos, war sie doch erst wenige Minuten zu Hause gewesen, als Anne Watson an die Tür klopfte. Zum Glück konnte sie es aber vor ihrer Vorgesetzten verbergen.

Erleichtert, endlich Superintendent Watson gegenüberzusitzen, schob Ida die Gedanken an ihren Spaziergang beiseite, den sie im Anschluss an den Besuch bei Heinrich unternommen hatte. Sie war zum Bunker geschlichen. Im Dunkeln, hatte sie gehofft, erkannte sie niemand, zumal sie in Zivil war. Marlise … Sie war die Letzte, die Ida um Hilfe bitten würde. Aber wenn wer etwas wusste, das sich auf Sankt Pauli zutrug …

Zu Idas großer Überraschung allerdings war die Bunkerkönigin nicht da gewesen. Niemand ihrer Leute war da gewesen, die

Kammer hatte wie ausgestorben gewirkt. Wo steckte sie? Hier war Marlises Refugium, von der Feldstraße aus herrschte sie!

»Sie lassen die Kollegen von den Wachen in der Karolinenstraße und in der Caspar-Voght-Straße ihre Arbeit tun«, sprach Miss Watson weiter. »Kein Einmischen mehr, klar?«

Natürlich hatte Ida Superintendent Watson gebeichtet, dass sie einen Zivilisten eingeschaltet hatte – ihren Besuch im Feldstraßenbunker hatte sie hingegen verschwiegen. »Auf Herrn Schmidt ist Verlass«, hatte Ida wiederholt gesagt, »und wer hätte die Kollegen sonst über Käthes Verschwinden in Kenntnis setzen sollen, wenn ich nicht darf?«

Das hatte ihr einen strengen Blick eingebracht. Miss Watson wusste schließlich, dass Ida bei Ulla Pape gewesen war – wie sollte Ida ihr das auch verheimlichen?

Glücklicherweise hatte Miss Watson es mit Fassung getragen, aber hinzugefügt: »Von jetzt an halten Sie sich an meine Order. Kann ich mich darauf verlassen?«

Zu gern würde Ida widersprechen. Sie wusste weit mehr über Käthe Pape und deren Familienverhältnisse als jeder andere Beamte! Doch immerhin wurde etwas getan, versuchte sie sich zu beruhigen. Die Kollegen waren fähig, und wenn es dazu noch um ein verschwundenes Kind ging, riss sich jeder ein Bein aus.

»Ja, Ma'am. Aber warum die Heimlichtuerei? Und warum bin ich überhaupt hier? Sie sagten, der Lehrgang sei eine einmalige Chance für mich. Wieso haben Sie mich freistellen lassen?«

»Sie sind jedenfalls nicht des Mädchens wegen hier.«

Das überraschte Ida nicht wirklich.

»Die Ausgabe des neuen Geldes wird dieses Wochenende beginnen«, redete Miss Watson weiter.

Jetzt erklärte sich ihre Anspannung, das übermüdete Aussehen. Tausend Fragen brannten Ida auf der Zunge, doch sie schluckte sie herunter.

»Die Straßen werden von Polizei und Soldaten nur so wimmeln. Ein Wert wie dieser wurde noch nie in der Weltgeschichte herumkutschiert. Sie verstehen meine Nervosität, nehme ich an. Wenn etwas schiefgeht, ausgerechnet in Hamburg, muss ich meinen Posten räumen – und viele andere Beamte auch. Egal, ob Deutscher oder von der Insel: Die wenigen Eingeweihten werden ihre Hüte nehmen oder gleich einen Kopf kürzer gemacht.«

»Dann braucht man immerhin den Hut nicht mehr«, platzte Ida heraus. Aber es war nun wirklich nicht der richtige Zeitpunkt. »Verzeihung, Ma'am.«

Knurrend setzte Watson hinzu: »Sie werden sich fragen, was Ihre Aufgabe ist.«

Exakt das tat Ida.

»Leider kann ich es Ihnen noch nicht sagen.«

Warum nicht?, fragte sich Ida. Weil Miss Watson auch ihr nicht zu hundert Prozent vertraute? Aber warum ließ sie sie dann zurück nach Hamburg kommen?

»Diese Planung«, Watson stieß einen Seufzer aus, »ist wie ein lebendiges Lebewesen. Wie ein Oktopus. Oder vielmehr ein Centopus: Hunderte von Armen, die sich in alle Richtungen gleichzeitig bewegen. Ich erwarte von Ihnen, dass Sie in Deckung bleiben, dass niemand Sie sieht, niemand Sie hört, gar nichts. Seit Ihrer Rückkehr haben Sie die Füße still gehalten? Meyerlich, Konstantinos, Ustorf – sie wissen nicht, dass Sie zurück sind?«

Erschüttert verneinte Ida. Was war nur los? Galten sämtliche Kollegen als unsichere Stellen? Selbst Ares? Bei dem Gedanken an ihn spürte Ida einen Stich. Sie hatte sich nicht richtig verabschiedet, war einfach losgefahren, und jetzt war sie wieder hier, und er ahnte nichts davon.

»Niemand wird erfahren, dass ich hier bin.« Sie hoffte nur, dass nicht irgendwer sie doch gesehen hatte …

»Was ist mit Heide?«

Heide, die nach Marlises Worten womöglich ein doppeltes Spiel spielte …

»Sie weiß, dass Sie zurück sind. Sie bleiben in Ihrer Wohnung, bis ich Sie holen lasse. Gut, dass Sie nicht allein leben. Sicher kann Ihnen eine der Damen etwas zu essen besorgen.«

»Wie lange wird es dauern, bis Sie sich melden?«

»Auch das kann ich Ihnen nicht sagen.«

Ida nickte. Ihr Kopf rauchte.

Miss Watson stand auf, stützte sich auf den Esstisch und beugte sich vor. »Noch mal: Sie bleiben, wo Sie sind. Das ist ein Befehl. Und übrigens: Am Montagmorgen geht es zurück nach Niedersachsen. Ihr Zug geht um acht. Polizeioberwachtmeister Günther freut sich auf Sie. Haben Sie verstanden?«

»Verstanden, Ma'am.«

Weil sie nun mehr als ausreichend Zeit hatte, um nachzudenken, blieb Ida in der Küche sitzen, lange nachdem Miss Watson gegangen war. Sie starrte in die Dunkelheit und lauschte auf die Geräusche der Nacht. Irgendwo unter dem Fenster raschelte es im Gebüsch, davon abgesehen hörte sie jedoch nichts, rein gar nichts, und ihr schoss durch den Kopf, dass es einem Menschen, der gefangen gehalten wurde, ebenso erging. Stille, absolute, undurchdringliche, angsteinflößende Stille.

Bei dem Gedanken wurde ihr schlecht.

Noch einmal rekapitulierte sie, was sie wusste. Nach wie vor war das meiste, was sich in ihrem Kopf herumtrieb, Spekulation. Und ein Gefühl, ein drängendes Gefühl, das jedoch vage blieb. Aber wenn sie herausfinden könnte, woher diese Puppe stammte ... Nervös begann sie, auf der Tischplatte herumzutrommeln, und irgendwann stand sie auf. Es war mitten in der Nacht. Wie groß war die Wahrscheinlichkeit, dass ihr zu dieser Stunde irgendwer Bekanntes über den Weg lief, der zu Miss Watson petzen ging? Ebenso gering jedoch standen ihre Chancen, die Gelegenheit zum Telefonieren zu finden – zudem, wen sollte sie auch erreichen? Kein Mensch besaß zu Hause einen Apparat.

Nein, sie musste aushalten. Abwarten, wenigstens bis zum Morgen.

*

Kurz nach halb acht flitzte sie die Treppe hinab, schlug nicht wie sonst den Weg zur Weidenallee ein, sondern hielt sich links, überquerte die Eimsbüttler Chaussee und stand wenig später vor dem Postamt am Alsen-Platz. Erleichtert stellte sie fest, dass es schon geöffnet war. Sie betrat eine der drei Telefonzellen, die durch Wände voneinander getrennt waren, bat bei der Vermittlung darum, zum Institut der Gerichtsmedizin durchgestellt zu werden, und wartete nervös, bis jemand abhob.

Es war Ares selbst, dessen warme, volle Stimme durch den Hörer drang.

»Hallo, Ares, ich bin es, Ida.«

Ihm schien es die Sprache verschlagen zu haben, denn er sagte so lange nichts, dass sie zu rätseln begann, ob die Verbindung zusammengebrochen war.

»Ich rufe aus Niedersachsen an.« Es passte ihr nicht, ihn anlügen zu müssen. Sie verschwieg schon so viel. Aber was sollte sie anderes tun? »Ich …« Vielleicht begann sie mit einer Entschuldigung oder einer Erklärung? Da ihr nichts einfiel, das in ihren Ohren überzeugend klang, kam sie lieber gleich auf den Punkt. »Ich habe eine Bitte an dich.«

»Ach«, sagte er trocken. »So.« Immerhin klang er nicht tödlich verletzt, aber das anzunehmen wäre vielleicht auch ziemlich arrogant von ihr.

»Könntest du bei Ustorf nachfragen, ob er Neuigkeiten für mich hat?« Sie könnte selbst bei Kommissar Ustorf anrufen, um nach den Fingerabdrücken auf der Zigarettenpackung aus Giesbert Krähes Wohnung zu fragen, aber Ustorf saß im selben Gebäude wie Miss Watson. Das war ein wenig zu heikel, selbst für Ida.

»Mach ich. Wo erreiche ich dich?«

»Am besten ruf ich dich noch mal an. Der Polizeioberwachtmeister ist wütend auf mich, weil ich so viele Anrufe bekomme, dass er mir ein kaputtes Telefon auf den Tisch gestellt hat. In seinen Augen bin ich eine nervtötende Sabbelliese. Sagen wir gegen elf?«

»Geht in Ordnung.«

Am liebsten würde sie sich auf die Zunge beißen. Sie log nicht gern, und noch weniger gern belog sie Ares!

»Du, Ida?«

Die Sanftheit seines Tonfalls ließ Ida eine überraschende Sehnsucht verspüren.

»Geht es dir gut da in der Fremde?«

»Ja«, sagte sie und fühlte sich so schäbig, dass sie sich am liebsten in ein Mauseloch verkrochen hätte. »Es ist nett hier.«

»Dann bis nachher.«

Sie starrte noch einen Augenblick auf den Hörer in ihrer Hand. Wenn alles vorbei war, würde sie Ares ein paar Erklärungen liefern müssen. Ob er ihr verzeihen würde?

*

Um halb zwölf ging sie, tief in ihre Gedanken versunken, den Isebekkanal entlang. Das Gras spross in freundlichem Grün, die Vögel sangen, und wer Zeit und Muße hatte, würde sich an diesem hübschen Fleck Erde sicherlich des Lebens erfreuen. Die Hitze von Anfang Juni war moderaten Temperaturen gewichen, hin und wieder regnete es sogar. Doch Ida hatte damit zu tun, sich den Kopf zu zermartern, Freude über die schöne Umgebung empfand sie daher nicht. Nebenbei mogelte sich immer wieder der Gedanke an ihren ersten Fall herein, als ein Mann fast genau an dieser Stelle erstochen und in den Kanal geworfen worden war. Dort, ein Stück hinter der Weide, deren Zweige malerisch über das Wasser strichen. Wahrscheinlich dachte sie an ihn, um nicht an Käthe zu denken und ebenso wenig an ihr zweites Telefonat an diesem Tag mit Ares vor ein paar Minuten. Immer noch ahnte er nicht, dass sie nur wenige Kilometer entfernt von ihm im Postamt gestanden und so getan hatte, als drücke sie Hunderte von Kilometern entfernt die Schulbank.

Vor allem wollte sie nicht an die Ermahnungen Miss Watsons denken. Offensichtlicher konnte man sich wohl kaum widersetzen … Wenn sie jemandem aus der Wache in die Arme lief, Oberkommissar Brasch oder Kommissar Ustorf, dann war es vorbei. Mit allem. Mit ihrer Karriere, der Lösung des Falles.

Vielleicht würde sie die gesamte Operation Bird Dog in Gefahr bringen – ein Gedanke, bei dem ihr der Schreck in die Glieder fuhr. Aber ein kleines Mädchen, eine Frau und ein Mann waren in Gefahr. Drei Leben. Waren sie nicht wichtiger?

Ustorf hatte Wort gehalten, wie Ida eben von Ares erfahren hatte. Und die Fingerabdrücke auf der Zigarettenpackung stammten tatsächlich von Oliver Lindemann. Er war Vera weiter auf die Pelle gerückt, hatte sich in die Wohnung gegenüber geschlichen, aus dem dortigen Küchenfenster in ihr Küchenfenster gestarrt. Dagesessen und geraucht. Sie musste ihn gesehen haben. Vielleicht nur einen Schatten, eine Bewegung hinter dem schmutzigen Fenster. Etwas, das ihr klargemacht hatte, dass er nach wie vor nicht aus ihrem Leben verschwunden war.

Als Vera Pape das erste Mal im Büro der Weiblichen Polizei aufgekreuzt war, hatte es doch dieses Missverständnis gegeben – beziehungsweise das, was Vera anschließend als solches hingebogen hatte. Wie genau war der Wortlaut gewesen? *»Er wird dich nicht umbringen«*, hatte Karen Metzger gesagt. *»Das war nur Gerede.«* Ida hatte angenommen, Fräulein Metzger spräche von dem Kerl mit dem Schmiss. Doch es musste Lindemann gewesen sein, der Vera bedroht hatte, nicht nur zwei Jahre zuvor, wie es ja auch Frau Riedel bestätigt hatte, sondern womöglich Tage vor seinem Tod.

Heute standen keine Militärfahrzeuge vor dem herrschaftlichen Gebäude im Mittelweg. Ein paar schimmernde Limousinen mit britischen Kennzeichen, das war alles.

»Frau Riedel, entschuldigen Sie die erneute Störung«, sagte sie, nachdem sie ein paar Häuser weiter angeklopft hatte.

Das Gesicht der alten Dame begann zu leuchten. »Ach, Sie sind es! Ich habe Sie kaum erkannt – Sie tragen ja gar nicht Ihre

Uniform. Aber von Ihnen lasse ich mich gern stören. Möchten Sie einen Schluck Wasser?«

»Danke, nein.« Dazu fehlte ihr die Ruhe. Sie war ganz kribbelig vor Angst, dass irgendwer sie erkannte. »Können Sie mich mit Mrs. Lindemann bekannt machen?« Jetzt, da Ida wusste, dass Lindemann Vera Pape aus der gegenüberliegenden Wohnung bespitzelt hatte, wüsste sie zu gern, ob Mrs. Lindemann etwas davon geahnt hatte. Man musste nicht gleich so weit gehen, sie zu verdächtigen, ihren Gatten umgebracht zu haben, auch wenn Ida das nicht ausschließen würde.

Der Witwe ein bisschen auf den Zahn fühlen konnte jedenfalls nicht schaden.

Überrascht runzelte die ältere Dame die Stirn. »Ich habe nie ein Wort mit ihr gewechselt. Ich bin doch die Deutsche hier im Viertel.«

»Es ist wichtig«, sagte Ida. »Für Käthe.«

Frau Riedel nickte, griff nach ihrer Handtasche und sah Ida entschlossen an. »Wenn sie auch nur halb so unangenehm wie ihr verstorbener Ehemann ist, machen Sie sich auf etwas gefasst.«

Angenehm kühl war es im Treppenhaus der Lindemanns, dessen Stufen nach Bohnerwachs rochen; die bunten Jugendstilfenster auf jeder Etage standen offen, sodass eine frische Brise hereinwehte.

»Wie sind Ihre Englischkenntnisse?«, wollte Dorothea Riedel vor der frisch lackierten Wohnungstür wissen. Ihr war die Nervosität an der Nasenspitze anzusehen.

»Rudimentär vorhanden.«

»Mit meinen verhält es sich noch schlechter. Versuchen wir trotzdem unser Bestes. Bevor ich geheiratet habe, war ich Französischlehrerin. Vielleicht kommen wir damit weiter, immerhin sind die beiden Sprachen miteinander verwandt.«

Als sie wenig später in dem luftigen, sonnendurchfluteten Salon der Lindemanns saßen, hatte Frau Riedel das Französischsprechen wieder eingestellt. Mrs. Lindemanns Deutsch war weit besser als Idas Englisch, auch wenn ein starker Akzent zu hören war. Ihre vom Weinen geschwollenen Augen abtupfend und wohl in der Annahme, auch Ida lebe in der Nachbarschaft und wolle kondolieren, hatte die Witwe sie beide hereingebeten.

Sie war eine hübsche Frau, deren rundes Gesicht jetzt matt und eingefallen wirkte. An ihrer Seite wachte ihre Mutter, die Ida vorkam wie ein kalter Luftzug im Sommer. Beide trugen elegante schwarze Kostüme und saßen Ida und Frau Riedel auf einem Biedermeiersofa gegenüber, während Ida und ihrer Begleitung unbequeme Stühle zugeteilt worden waren.

Der hohe, weitläufige Raum war voller Zeugnisse eines wohlhabenden Lebens: deckenhohe, mit kostbar aussehenden Bänden gefüllte Bücherregale, schräg vor dem Fenster platziert stand ein Schreibtisch, dessen Oberfläche mit grünem Leder bezogen war, großformatige Ölbilder schmückten die Wände, Vorhänge aus Brokat hingen zusammengerafft vor den Fenstern. Zu Idas Erleichterung fielen sie nicht weiter auf; es gab einen steten Strom an Damen aus der Nachbarschaft, die an der Tür klingelten, um nach dem Rechten zu sehen, ihre Hilfe anzubieten oder englisches Gebäck vorbeizubringen. Sie fragte sich allerdings, wie in aller Welt sie herausfinden konnte, ob Mrs. Lindemann von den heimlichen Ausflügen ihres verstorbenen Gatten etwas geahnt hatte.

»Unser herzlichstes Beileid«, wiederholte Frau Riedel zum sicher vierten Mal und warf Ida einen nervösen Blick zu.

»Mrs. Lindemann«, sagte Ida und versuchte, so sanft zu klingen, wie es einer solchen Situation angemessen schien, »dürfte ich Sie unter vier Augen sprechen?« Sie schaffte es gerade noch, ihre Frage zu beenden, als schon wieder die Türglocke läutete.

»Sie entschuldigen mich.« Mit angespannter Miene erhob sich die junge Witwe und eilte aus dem Raum.

Angespannt wartete Ida darauf, dass sie zurückkehrte, doch die Minuten verstrichen. Aus dem Vorraum waren gedämpfte Stimmen zu hören, die Glocke tönte erneut, die Tür klappte. Verflixt noch mal, sie hatte sich den ungünstigsten Moment ausgesucht, um mit Mrs. Lindemann zu reden.

»Dürfte ich …«, sagte Ida schließlich ungeduldig zu Mrs. Lindemanns Mutter, die sie zugleich misstrauisch wie auch verständnislos anblickte.

»Sorry«, versuchte es Ida anders. »Ich have to … I must …« Mehr fiel ihr nicht ein, aber die silberhaarige Dame mit dem kühlen Blick schien zu verstehen, worauf sie hinauswollte, und nickte hoheitsvoll. Mit einer kaum wahrnehmbaren Handbewegung rief sie ein Dienstmädchen herbei, sprach zwei oder drei kurze englische Worte, woraufhin die junge Frau auf Ida zutrat.

»Ich zeige Ihnen den Weg.«

»Danke.« Ohne einen Blick mit Frau Riedel zu wechseln, stand Ida auf und folgte dem Mädchen in die Diele, die größer war als ihre gesamte Wohnung in der Margaretenstraße. Vergeblich versuchte sie, einen Blick auf Mrs. Lindemann zu erhaschen, die in einem Pulk Englisch sprechender Damen stand.

Vielleicht stolperte sie über etwas Hilfreiches. Dafür, dass sie vorgab, auf die Toilette zu müssen, war sie nun sehr langsam unterwegs. Sie linste in jeden Raum, dessen Tür geöffnet war, und entdeckte, nachdem sie um die Ecke des L-förmigen Flurs gebogen war, hinter einer mit Jugendstilornamenten verzierten Schiebetür ein Kinderzimmer. Die Tapete in fröhlichem Gelb, ein Regal voll Spielzeug.

Erst jedoch ging sie weiter, dankte vor dem stillen Örtchen dem Dienstmädchen und erwähnte, dass die junge Frau sicherlich alle Hände voll zu tun habe. »Bei so viel Besuch.«

»Das ist wahr, ich weiß gar nicht, wo mir der Kopf steht.«

»Gehen Sie nur. Den Weg zurück werde ich schon finden.«

Unschlüssig sah die junge Frau sie an, knickste aber endlich und ließ sie allein. Ida öffnete die Tür, trat ein, wartete, bis die Schritte verklungen waren, und ging wieder hinaus.

Im Kinderzimmer saß neben dem Gitterbett aus hellgrün gestrichenem Holz eine junge Frau mit sommersprossengesprenkeltem Gesicht und rötlich blonden Haaren, die erschrocken den Kopf hob, als Ida hereinkam.

»Hallo«, sagte Ida und warf einen Blick in das Bettchen, aus dem ein kleines, glatzköpfiges Wesen mit runden Augen zurückschaute.

»Guten Tag«, antwortete ihr das Mädchen schüchtern.

»Sie sind Deutsche?«

Das Mädchen nickte.

»Ich bin Ida.« Ida streckte die Hand aus, und das Mädchen nahm sie schüchtern lächelnd. Sie schien es nicht gewohnt zu sein, von einer Erwachsenen bemerkt zu werden.

»Wie heißen Sie?«

»Sibylle«, sagte sie schüchtern. »Ich bin das Kindermädchen. Also, noch eine Zeit lang.« Sie blickte Ida neugierig an und schien mit sich übereinzukommen, sie nett zu finden. »Bis das englische kommt. Aber jetzt kommt sie ja vielleicht gar nicht mehr. Mrs. Lindemann geht nach England zurück, wieso also sollte das Mädchen noch herkommen? Es ist so traurig, was mit Mr. Lindemann passiert ist. So ein ... so ein ... Rede ich zu viel? Ich rede zu viel, nicht wahr?«

»Gar nicht.« Ida war es sogar ausnehmend recht. »Mochten Sie Mr. Lindemann?«

»Aber natürlich! Er war ein sehr netter Mann! Er hat immer nette Sachen gesagt.«

»Wie lange arbeiten Sie schon hier, Sibylle?«

»Seit drei Monaten.«

»Kennen Sie eine Frau mit dem Namen Vera Pape?«

Erschrecken breitete sich auf Sibylles Gesicht aus. »O ja. Sie war hier, bevor Mr. Lindemann ... kurz bevor er starb.«

»Und sie war hier in der Wohnung?« Bisher hatte sie nur gewusst, dass Vera vor dem Haus gestanden und zum Fenster hinaufgesehen hatte.

»Ja, sie ... Es klopfte, und das Mädchen öffnete. Sie kannte das Fräulein nicht, ich ja zuvor auch nicht, und sie ... also, nicht das Mädchen, sondern Fräulein Pape stürmte in die Diele und schrie etwas, und dann schrie auch Mrs. Lindemann, und es herrschte eine große Aufregung und dann ...«

»Warten Sie.« Ida hob die Hände, damit sich Sibylle beruhigte. »Haben Sie gehört, was gesagt wurde?«

»Ja. Natürlich. Fräulein Pape rief: ›Lass mich in Frieden, wieso kannst du mich nicht in Frieden lassen?‹ Woraufhin Mrs. Lindemann schrie: ›Wer sind Sie? Ich rufe die Polizei!‹« Stolz sah Sibylle sie an. »Und dann schrie das Fräulein seinen Namen. So hab ich ihn mir gemerkt.«

»Sie schrie ›Vera Pape‹?«

»Ja, seltsam, nicht?«

»Das ist sehr hilfreich, vielen Dank.« Rasch kritzelte Ida die beiden Sätze in ihr Buch. Könnte irgendwer anders hereingeplatzt sein, um so den Verdacht auf Vera zu lenken? Aber jetzt dachte sie ganz sicher um mindestens acht Ecken zu viel! Trotzdem fragte sie: »Sie haben Fräulein Pape nicht zufällig gesehen?«

»O doch. Natürlich. Ich war ein bisschen neugierig.« Entschuldigend zog sie die Schultern hoch. »Ich hab rausgeguckt, als sie fortging. Ich habe sie nur von oben und ein bisschen von der Seite gesehen, aber ich glaube, sie war sehr hübsch. Sie hatte ein komisches Kleid an. So eines wie … ein ganz altmodisches. Es sah aus wie vor fünfzig Jahren oder so geschneidert. Na ja, vielleicht mehr vor zehn. Ich kenne mich mit Mode nicht so aus.«

»Hatten Sie den Eindruck, dass die Worte Vera Papes Mrs. Lindemann galten? Sie duzte Mrs. Lindemann, während diese Vera Pape aber siezte?«

Verwundert runzelte das Kindermädchen die Stirn.

»Oder könnte sie mit jemand anderem gesprochen haben? Mit Mr. Lindemann vielleicht?«

»Na ja, vielleicht … Manchmal arbeitet er in seinem Büro, es ist sehr elegant, wissen Sie, das hat er mir jedenfalls erzählt. Er kann von seinem Schreibtisch aus auf die Alster blicken, die Binnenalster, dort ist auch ein Klub …«

»Entschuldigen Sie, wenn ich Sie unterbreche, er arbeitet also meist im Büro und ist tagsüber nicht hier? Ich frage, weil ich einen Schreibtisch gesehen habe.« Sie müsste längst zurück im Salon sein. Sicher saß Frau Riedel schon wie auf Kohlen.

»Jaja, manchmal benutzt er auch den.«

»Und an dem Tag, als Vera Pape hier war?«

Angestrengt runzelte Sibylle die Stirn. »Ich weiß nicht … Vielleicht … Es tut mir leid, ich kann mich nicht erinnern.«

»In Ordnung, das macht nichts.«

»Mrs. Lindemann war an dem Tag aber sowieso traurig.«

Ida spitzte die Ohren. »Ja?«

»Nicht wegen der Frau, diesem Fräulein Pape, sondern vorher schon. Ich hab sie weinen gehört.«

»Und wissen Sie, wieso sie geweint hat?«

»Nee, aber ich hatte schon mal früher gehört, wie sie was zu ihrer Freundin sagte … Ich habe aber nicht gelauscht! Ich stand nur im Flur und hörte … Na ja, also … Mrs. Lindemann hat gesagt, ein anderes Mal war das allerdings …« Sie zögerte. »Zu der Freundin sagte sie, dass sie den Verdacht hat …« Sibylle schluckte und blickte schuldbewusst zur geöffneten Zimmertür. »Dass er, also, er hätte eine Liä… Liea…«

»Liaison?«

»Genau! So was. Und ich hatte den Eindruck, dass sie deswegen an dem Tag weinte.«

Also hatte Mrs. Lindemann zumindest einen Verdacht. Was sie durchaus verdächtig machte – erst recht für den Fall, dass ihr Ehemann vergiftet worden war. Gift, das war schließlich die klassische Art von Frauen, einen Mord zu begehen.

Sibylle fiel es nicht weiter auf, dass Ida in ihrem Merkbuch herumkritzelte. Stattdessen guckte sie sie mit großen Augen an und schien auf etwas zu waren.

»Das haben Sie toll beobachtet«, sagte Ida automatisch und hätte sich anschließend am liebsten die Zunge abgebissen. Da redete die Polizistin aus ihr. Aber Sibylle strahlte erfreut. »Kennen Sie den Namen dieser Freundin?«

»Nee. Also, doch. Frau Trampe heißt sie. Den ganzen Namen weiß ich aber nicht.«

»Eine Frage noch. Hier ist nicht zufällig mal eine Puppe abhandengekommen?« Sie kam sich albern bei der Frage vor. Aber hin und wieder war bloßes Herumstochern in sämtlichen Möglichkeiten der exakt richtige Weg, um etwas herauszufinden.

»Nein. Gottlob nicht. Sicher würde man mir das in die Schuhe schieben.«

Nun, es wäre auch zu weit hergeholt, nicht wahr? Dass der Kerl mit dem Schmiss ausgerechnet hier hereinspaziert war, um eine Puppe zu klauen. Das könnte er in tausend anderen Hamburger Haushalten tun, auch bei Heinrich, selbst wenn dessen Puppen, na ja, anders aussahen. Aber wie gesagt, hin und wieder war eine Suche im Nebel erfolgreich. Jetzt allerdings …

»Was tun Sie hier?«, ertönte eine vor Zorn heisere Stimme.

Sibylle fuhr zusammen. Auch Ida wandte sich erschrocken zur Tür, wo die Witwe Lindemann in Verstärkung durch ihre Mutter stand. Misstrauen leuchtete ihnen aus den Gesichtern.

»Haben Sie vor, etwas zu stehlen?«, fragte die Dame des Hauses schrill.

»Nein.« Beruhigend hob Ida die Hände. »Ich bin die Freundin von Frau Riedel und habe mich von dem Glucksen Ihrer Tochter herlocken lassen. Verzeihen Sie.«

»O nein, ich weiß, was Sie wollen! Sie sind von der Zeitung! Sie wollen etwas Schreckliches über mich und meinen Mann schreiben! Sie sind so … Sie wollten schnüffeln, geben Sie es doch zu. Sie kommen einfach zu mir nach Hause, obwohl ich … Mein Mann ist tot, und Sie …« Mrs. Lindemann brach in Schluchzer aus. Ihre Mutter, die kaum verstanden haben durfte, worum es ging, starrte Ida drohend an.

»Ich versichere Ihnen, dass ich niemals auch nur ein Wort für eine Zeitung verfasst habe und es auch nicht vorhabe. …« Ida trat auf die Tür zu und hoffte, dass sich Mrs. Lindemann beruhigen würde.

»Ich rufe die Polizei.«

Ich bin Polizistin, lag ihr auf der Zunge, aber dann schluckte sie die Worte hinunter.

»Bitte beruhigen Sie sich«, wiederholte sie stattdessen. »Ich bin keine Reporterin. Ich will Ihnen nichts Böses.«

Blass vor Zorn wandte sich Mrs. Lindemann an Sibylle. »Wer hat dir erlaubt, mit der Frau zu sprechen?«

»Verzeihung«, wisperte das Kindermädchen kleinlaut. Sie war den Tränen nahe. »Ich …«

»Ich habe sie gelöchert«, grätschte Ida dazwischen. »Sie kann nichts dafür. Und wenn Sie die Polizei rufen wollen, bitte.« Bloß nicht! Aber wenn sie auf Knien versuchte, Mrs. Lindemann davon abzuhalten, würde die es doch erst recht tun. »Ich habe nichts gestohlen, gucken Sie gern in meine Taschen.« Ida deutete auf die Strickjacke, die sie trug. Glücklicherweise hatte sie ihre Polizeibrosche nicht eingesteckt. Ihr Merkbuch hatte sie unauffällig in die Tasche ihres Rockes gleiten lassen. »Und ich verspreche Ihnen, ich arbeite für niemanden, der Ihnen Böses will. Ich bin nur eine Freundin von Frau Riedel.«

Misstrauisch starrte Mrs. Lindemann sie an. Schließlich schien sie mit sich übereinzukommen, dass sie weder die deutsche Polizei noch Männer von der Military Police in der Wohnung haben wollte, solange sich die Nachbarschaft darin drängte.

»Dann gehen Sie. Sofort!«

»Natürlich. Noch einmal Entschuldigung.« Ida nickte Sibylle dankend zu, steuerte den Salon an, bedeutete Frau Riedel aufzustehen, dann verließen sie im Eilschritt die Wohnung. Im Treppenhaus fielen die Anspannung und Angst von ihr ab. Vor Erleichterung begann sie zu kichern.

»Entschuldigung. Das ist so unangemessen!«

Was in aller Welt tat sie nur? Kichern, in einer Situation wie dieser? Wahrscheinlich lag es an ihrer Müdigkeit und der Verzweiflung, die sich allerdings einen seltsamen Weg bahnte. Auf der Straße marschierten zwei Männer der britischen Militärpolizei auf sie zu, was Ida gleich wieder nervös machte. Steckte sie in Schwierigkeiten? Doch zum Glück wollten die Herren nur zum Haus der Lindemanns. Der eine, ein hagerer Mann mit einprägsamen Falten im Gesicht, warf ihr einen bohrenden Blick zu.

Besorgt griff sie nach Frau Riedels Ellenbogen. »Kommen Sie.« Sie begleitete die alte Dame zu deren Wohnung.

»Haben Sie etwas rausgefunden?«

»Tja ... Ich hoffe es.«

*

Sie hatte sich kaum an ihren Küchentisch gesetzt und die Beine von sich gestreckt, da klopfte es. Ida schoss hoch.

»Heide!«

Ihre Kollegin lächelte matt und trat ein. »Ich war mir unsicher, ob ich dich auch wirklich antreffen würde. Ich kenne dich doch ...«

Ida grinste schief und hoffte, dass ihre Wangen von dem Marsch durch Eimsbüttel und Pöseldorf nicht noch gerötet waren. »Magst du dich setzen? Und willst du ein Glas Wasser?«

Heide ließ sich neben dem Küchentisch auf einen Stuhl fallen. »Lass mal. Ich kann nicht lange bleiben. Das Revier in Eilbek hat angerufen. Miss Watson möchte, dass du davon erfährst: Nahe dem Hammer Park wurde eine Puppe gefunden. Ein wahres Wunder, dass jemand sie zur Polizei gebracht hat, anstatt sie zu verscherbeln.«

Vor Anspannung konnte Ida erst einmal nichts sagen. Heide musterte sie prüfend, dann nickte sie: »Ich soll wohl nach Eilbek fahren, oder?«

»Wenn ich nicht hier festsäße … Das wäre großartig, Heide! Und …« Prüfend sah sie ihre Kollegin an.

»Wir reden, wenn alles vorbei ist, ja?«

Das klang wie ein Friedensangebot. Und zwar wie eines, das sie sich nicht entgehen lassen sollte.

»Das tun wir.«

»Ich mache mich wieder auf den Weg. Aber lass mich raten: Es reicht nicht, wenn ich dir das gute Stück schildere. Du willst die Puppe sehen, nicht wahr?«

Ida nickte.

»Gut, dann latsche ich mir mal die Sohlen ab. Ich hoffe, du bist hier, wenn ich gegen, sagen wir, halb sieben zurückkomme.«

11

Margaretenstraße, Hamburg-Eimsbüttel

Donnerstag, 17. Juni 1948, früher Abend

Sie starrte auf die Puppe hinab, die zwischen Heide und ihr auf dem Küchentisch lag. Welche Geheimnisse verbarg sie? Konnte sie ihr irgendetwas drüber verraten, wo Käthe, Fräulein Metzger und Käthes Großvater waren?

»Haben die Kollegen brauchbare Fingerabdrücke gefunden?«

Bedrückt schüttelte Heide den Kopf. »Aber sie tun, was sie können. Der Park wurde mittlerweile zum zweiten Mal abgesucht, ebenso die Ruinen rundherum. Dafür, dass hier absoluter Notstand ist und tausend Vorbereitungen getroffen werden müssen, wird wirklich Unmögliches möglich gemacht.«

Aber das beruhigte Ida nicht. Sie wollte nicht hören, dass ihre Kollegen Menschenunmögliches taten. Sie wollte hören, dass das Mädchen, ihr Opa und Karen Metzger in Sicherheit waren!

Puppen, jedenfalls dieser Art, gab es sicher zu Tausenden im Land, auch wenn diese ziemlich teuer wirkte. Auf dem durch einen Rüschenkranz kaschierten Hals des Stoffkörpers thronte ein Kopf aus Porzellan, Hände und Füße waren aus demselben Material. Viele Spielwarenläden gab es in der Hansestadt nach wie vor nicht. Sie könnte alle abklappern, auch wenn sie bezweifelte, dem Kerl, der Käthe entführt hatte, damit auf die Pelle rücken zu können.

Ida schlüpfte in ein Paar Lederhandschuhe, um keine Fingerabdrücke zu hinterlassen, und drehte die Puppe, sodass sie ihr ins Gesicht gucken konnte. Sie sah ein bisschen zum Fürchten aus: mit fein gezeichneten, sehr eleganten Augenbrauen, dichtem, blondem Haar, einem leicht geöffneten Mund und sogar Zähnen. Da sie auf dem Boden gefunden worden war, hatte sie hier und dort ein paar Schmutzflecken. Davon abgesehen wirkte sie allerdings nagelneu.

»Und du warst noch mal bei der Großmutter?«, fragte sie Heide.

Die nickte. »Sie behauptet, so was Teures noch nie gesehen zu haben. Was willst du damit jetzt anfangen?«

»Wenn ich das wüsste. Wir müssen diesen Kerl finden, den mit dem Schmiss.«

»Aber was, wenn du auf dem falschen Dampfer unterwegs bist? Wenn er nur einer ist, der vor sich hin brabbelt, wilde Geschichten erzählt, wenn …« Heide zuckte mit den Schultern.

»Ich weiß. Klar. Das ist möglich. Aber wo sollen wir sonst anfangen?« Sie durfte gar nicht darüber nachdenken, andernfalls packte sie die Mutlosigkeit. Außerdem hatten mittlerweile genug Leute den Mann mit dem Schmiss gesehen. Er hatte etwas mit der Sache zu tun, alles andere wäre irrwitzig. »Hast du im Krankenhaus eigentlich was rausgefunden? Über Henni, meine ich?«

»Wenn sie wirklich so hieß …« Heide nickte nachdenklich und rieb sich mit der flachen Hand die Stirn, sodass zartrote Striemen zurückblieben. »Nein. Außer dass ihre Verletzungen das Resultat einer Gewaltorgie waren.« Sie biss sich auf die Unterlippe. »Man sah es ihr teils ja an, aber dass es so … so …

Wer immer ihr das angetan hat, ist ungeheuer brutal vorgegangen. Das zum einen. Er hat aber auch auf eine Weise zugeschlagen und -getreten, die den Arzt zu der Vermutung veranlasst hat, er habe wohl gewusst, was er tat.«

Verwirrt guckte Ida sie an.

»Also … Es gibt Leute, Männer«, korrigierte sich Heide, »meistens sind es ja Männer, die genau wissen, wo sie hinschlagen müssen, damit man es den Opfern auf den ersten Blick nicht ansieht.«

Nachdenklich sah Ida sie an. Nicht dass sie davon nicht schon gehört hatte. Aber …

»Hiebe und Tritte gegen den Brustkorb«, redete Heide bedrückt weiter. »Den Rücken, die Beine, verstehst du, aber nicht ins Gesicht. Wenn das Opfer daran stirbt, war es die Mühe, wenn ich das mal so salopp ausdrücken darf«, verstohlen räusperte sie sich, ihre Stimme klang aber weiterhin belegt, »natürlich nicht wert. Aber wenn es ein Ehemann ist, der seine Frau prügelt, dann fallen die Verletzungen später beim Kaffeekränzchen nicht so auf.«

»So hat es Oliver Lindemann auch gehalten.«

»So halten es leider viele Männer.«

»Das ist wahr. Vera hat bei der Polizei jedenfalls niemand geglaubt«, fügte Ida dennoch leise hinzu.

Heide stand auf. »Ich kriege den Kerl, der Henni das angetan hat. Ich kriege ihn, und dann stopfe ich ihn eigenhändig in eine Zelle und lasse ihn dort versauern.«

Ida kam wieder der Gedanke, dass Heide im Leben nicht mit der Bunkerkönigin zusammenarbeiten könnte. Niemals würde sie von ihrer Seite des Rechtsgefühls abrücken können. Immerhin etwas, das Ida erleichterte.

Nachdem ihre Kollegin gegangen war, beschloss Ida, bei Heinrich Schmidt anzuklopfen. Ihr Nachbar kannte sich mit Puppen schließlich aus wie kaum ein anderer.

»Haben wir uns tagsüber eigentlich schon einmal gesehen?«, scherzte er, nachdem er sie hereingebeten hatte.

»Haha. Nur, wenn es was Dringendes gibt«, witzelte Ida zurück. »Außerdem ist es schon fast gar nicht mehr Tag.«

»Was führt Sie denn zu mir?«

Ida streifte die aus ihrer Wohnung mitgebrachten Lederhandschuhe über und griff damit nach der Puppe, die sie in einem Stoffbeutel nach oben transportiert hatte. »Bitte fassen Sie sie nicht an. Aber fällt Ihnen irgendwas auf, woraus sich schließen ließe, woher sie stammt? Oder noch besser: Wem sie mal gehört haben könnte?«

»Das ist eine Armand-Marseille-Puppe. Ein sehr hübsches Stück!«

»Hilft das weiter, wenn ich denjenigen suche, der sie gekauft hat?« Ida hatte den Puppennamen nie gehört. »Oder verkauft? Das nehme ich auch.«

»Ach so, Sie meinten nicht, wo sie gefertigt wurde …«

»Nein.«

»Es ist jedenfalls ein exquisites Exemplar.« Er drehte seinen Kopf, betrachtete sie von rechts und links und deutete schließlich auf das Haar. »Von der Mohairziege. Sehr edel. Können Sie die Puppe umdrehen und das Haar ein wenig zur Seite streichen?«

Behutsam drehte Ida die Puppe auf den Bauch. Heinrich beugte sich darüber, murmelte konzentriert vor sich hin, schließlich richtete er sich wieder auf.

»Schwierig. Fürs Erste würde ich sagen, dass Sie am ehesten

über die Kleidung herausfinden können, wo sie verkauft wurde. Darum geht es?«, versicherte er sich, und Ida nickte.

»Was sie trägt«, fuhr er anschließend fort, »ist Tracht. Darf ich den Stoff berühren?«

Bedauernd schüttelte Ida den Kopf.

»Ich nehme an, dass es Seide ist. Von besonderer Qualität. Ich an Ihrer Stelle ...«

»Ja?«

»Sie könnten herausfinden, wo in Deutschland Seide hergestellt wird. Und welche Tracht es sein könnte. Ich würde vermuten, aus dem Osten. Schlesien womöglich.«

Erneut sackte eine Welle der Enttäuschung über Ida zusammen. Eine Suche nach einer Nadel im Heuhaufen erschien ihr Erfolg versprechender.

»Konzentrieren Sie sich erst mal auf Brandenburg«, schlug Heinrich vor, der ihre Gedanken erraten hatte.

»Warum?«

»Im Berliner Tiergarten hat Friedrich der Große ganze Maulbeerbaumplantagen bewirtschaften lassen, aber auch im direkten Umkreis, etwa Potsdam, fanden sich zahlreiche Seidenfabriken, ebenso in Frankfurt an der Oder. Es gibt vielleicht auf diesem Wege eine Möglichkeit, über die Herkunft des Stoffes an denjenigen zu geraten, der die Puppe einst verkauft hat.«

Maulbeeren. Otto hatte etwas von Maulbeeren gesagt. Aber was sollte sie damit anfangen?

Sie seufzte. Wieder nur ein Strohhalm. Aber besser das als gar nichts.

*

Tags darauf starrte Ida auf ihr Merkbuch hinab, das vor ihr auf dem Küchentisch lag. Käthe war seit sieben Tagen verschwunden, ihr Großvater seit sechs, Karen Metzger seit fünf. Sie musste etwas übersehen haben. Aber was?

Fakt war: Trotz aller Bemühungen der Kollegen aus Eilbek und der Wache in der Karolinenstraße gab es nach wie vor nicht den kleinsten Hinweis. Ein weiteres Mal war mit den zahlreichen, ständig wechselnden Bewohnern der Übergangsbehausungen im Hammer Park geredet worden. Die Ostpreußin, die Käthe und den Kerl mit dem Schmiss gesehen hatte, war nicht mehr aufzufinden, was zum Mäusemelken war. Dass in Hamburg jeder verschwinden und an anderen Stellen der Stadt wiederauftauchen konnte …

Wie traurig, dass Vera Pape dennoch nie einen Fluchtversuch unternommen hatte, ging Ida durch den Sinn. Was immer jetzt auch geschehen war, ob Vera Oliver Lindemann umgebracht hatte oder nicht – hätte sie damals mit Käthe Hamburg verlassen oder sich zumindest irgendwo in der Stadt versteckt, dann … Ida zwang sich, nicht darüber nachzudenken. *Was wäre wenn* zu spielen hatte noch nie jemanden gerettet.

Sie hatte nur Hinweise, die für sich kein Bild ergaben: eine Puppe; einen zappligen Mann mit einem Schmiss, der vom Heiraten und einer Entführung sprach und mit dem Käthe gesehen worden war. Mit einem tiefen Seufzer massierte sich Ida die Nasenwurzel.

Sie wünschte, sie könnte Mrs. Lindemann befragen, aber das lag natürlich in britischer Hand. Ob ihr Mann auch sie verprügelt hatte? Ida hätte das Kindermädchen danach fragen können, ob sie je Zeugin geworden war. Doch dafür war es zu spät, und noch mal in der Wohnung aufkreuzen würde schwierig werden.

Ida hatte mehrere Trampes im Telefonverzeichnis gefunden. Diesen Namen hatte ihr das Kindermädchen der Lindemanns genannt. Ida hatte herausgefunden, dass eine Dame namens Anneliese Trampe die Leiterin des Britisch-Deutschen Frauenfreundschaftsklubs war, die regelmäßig in und um Pöseldorf Treffen veranstalteten. Da lag es nahe, dass es diese Frau Trampe war, mit der sich Mrs. Lindemann angefreundet hatte.

Ida hatte für zehn Uhr einen Termin vereinbart und hoffte inständig, dass ihr die Dame weiterhelfen konnte. Wieso, fragte sie sich nebenbei, redete Vera Pape immer noch nicht? Mittlerweile wusste sie doch, dass ihre Tochter verschwunden war! Aber über ihre Lippen kam kein Wort. Nicht mit einem Anwalt, nicht mit der Militärpolizei.

Ida schloss die Augen und presste sich die Fingerspitzen auf die Lider. Jede Stunde, die verging, ließ ein Überleben der drei Vermissten unwahrscheinlicher werden. Ein Klopfen riss sie aus ihren trüben Gedanken.

»Heinrich!«

Ihr Nachbar strahlte über das ganze runde Gesicht. »Ich hoffe, ich störe nicht?«

»Aber nein.« Noch in ihre Gedanken verstrickt, bat sie ihn herein. Als er die Küche betrat, die im Gegensatz zu seiner über quasi keine Ausstattung, vor allem aber keine Vorräte verfügte, sagte sie mit schlechtem Gewissen: »Ich wünschte, ich könnte Ihnen etwas anbieten.« Wie er sie stets bewirtete! Und sie hatte sich kein einziges Mal revanchiert.

»Na, na, ich wäre nicht Heinrich Schmidt, wenn ich nicht selbst dafür sorgte, dass alles, was es braucht, auch vorhanden ist. Käffchen, meine Liebe?«

Als sie die Tasche entdeckte, die um sein Handgelenk baumelte, fühlte sie sich erst recht schrecklich. Nun brachte ihr Besuch schon die Verpflegung für beide mit?

»Machen Sie sich darüber mal keine Gedanken«, sagte er. Offenbar hatte er Idas verlegenen Gesichtsausdruck gesehen. »Ich freue mich, dass Sie es geschafft haben, mich zumindest für ein paar Stunden aus meiner selbst gewählten Versenkung zu locken. Ihretwegen habe ich das Haus verlassen, denken Sie mal. Ich bin zum Postamt gegangen, und nun, zu meiner großen Freude, habe ich die Antwort, auf die ich gehofft hatte, erhalten.«

Erwartungsvoll setzte sie sich. Nachdem Heinrich aus der Tasche eine Thermoskanne gezogen, sie geöffnet und in zwei blau geblümte, ebenfalls mitgebrachte Porzellantassen Kaffee eingeschenkt hatte, hob er die seine. »Zum Wohlsein.«

Beschämt bedankte sich Ida. Immerhin Geschirr hätte sie durchaus beisteuern können, auch wenn ihres nicht so hübsch wie seines war. Er griff erneut in seinen Stoffbeutel – »Zucker?« –, woraufhin Ida mit einem Hauch von Gier nickte.

»Der Seidenstoff«, begann er mit leuchtenden Augen zu reden, »ich sagte Ihnen ja, dass er mein Interesse geweckt hat. Aber ich lag nicht ganz richtig! Dummerweise habe ich nicht herausfinden können, ob er rund um Berlin gewebt wurde, aber das mag unwichtig sein. Gefärbt wurde er mit Berliner Blau, viele kennen es unter der Bezeichnung Preußisch Blau – *bleu de prusse* –, das im Übrigen eine nicht unwichtige Rolle in Theodor Fontanes Roman *Frau Jenny Treibel* spielt.« Er bemerkte wohl ihre Ungeduld, denn er rollte, sich über sich selbst lustig machend, die Augen. »Ach, wenn ich mal ins Reden komme … Also: Mir fiel ein alter Freund ein, eine Art Universalgelehrter der Mode und des amüsanten Zeitvertreibs. Er hatte eine Professur in Leipzig inne, bevor er von unseren

Landsleuten vertrieben wurde. Und was für ein Glück, dass er es bis England schaffte, im Sommer 39, als einer der Letzten.« Sein Lächeln erlosch. Er legte eine Pause ein, fing sich dann aber wieder. »Julius und ich fanden uns über einen alten Freund wieder, der nach Palästina ausgewandert ist. Keine Bange, ich werde Ihnen jetzt nicht ausschweifend davon berichten, was die Gründung des Staates Israel vergangenen Monat für beide bedeutet, auch wenn für die Palästinenser … Nun schweife ich schon wieder ab. Jedenfalls hatte ich auch mit meiner Einschätzung der Armand-Marseille-Puppen nicht ganz recht. Die thüringische Firma stellte nur die Puppenköpfe aus Porzellan her, alles Weitere – der Puppenrumpf und die Bekleidung – wurde auf Kundenwunsch gefertigt. Mein Freund Julius hat Erkundigungen eingezogen. Eine Puppe in blauer Tracht, in pommerscher Tracht, hier lag ich nicht gänzlich daneben, wurde in den späten Dreißigern von einem Glasfabrikanten in Auftrag gegeben, der diese für seine Enkelin Roswitha erwerben wollte.«

»Roswitha?« Der Name sagte ihr nichts. »Gibt es auch einen Nachnamen?«

»Moment, Moment. Dieser Glasfabrikant stammte eigentlich aus Pommern, hatte sich aber in Brandenburg niedergelassen. Genauer gesagt in Baruth in der Mark.«

Ida notierte sich den Namen der Ortschaft und sah wieder auf. »Es gibt nur eine einzige Puppe, die so aussieht?«

»Das weiß ich nicht. Aber ich habe mir, als Sie mir die Puppe zeigten, die Markung angesehen.«

»Welche Markung?«

»Die meisten Puppen verfügen über Markungen, wussten Sie das nicht? Eine Nummer, anhand derer man sie zurückverfolgen kann. Was Ihnen allerdings nichts nutzt, wenn Sie nicht über die entsprechenden Verkaufsbücher verfügen.«

»Ihr Freund Julius hat doch sicherlich nicht alle Verkaufsbücher bei seiner Flucht aus Deutschland mitgenommen, in denen er jetzt nachschlagen konnte?«, fragte Ida ungläubig und doch hoffnungsvoll.

Streng sah Heinrich sie an. »Natürlich nicht. Aber nicht alle Unternehmer und Kaufleute mussten Deutschland verlassen, das wissen Sie ja. Die arischen unter den Fabrikbesitzern konnten ihren Besitz einfach in Waffenfabriken umwandeln. Oder dort Zyklon B herstellen, womit ihre einstigen Freunde und Bekannten in den Gaskammern umgebracht wurden, und damit sind wir wieder zurück beim Berliner Blau, denn man hatte schon viel früher entdeckt, dass man den Farbstoff zerlegen und daraus Blausäure gewinnen kann. Das aber ist schon wieder unnützes Wissen, für Sie im jetzigen Moment jedenfalls. Julius jedenfalls, mit dem ich gestern über den Fernsprecher redete und der mittlerweile in London lebt, hat nach Berlin telegrafiert. Um über Umwege, er ist ein sehr tüchtiger Mensch mit großem Bekanntenkreis, Folgendes über die Familie des Glasfabrikanten herauszufinden.« Er griff in seine Jackentasche und holte ein Blatt Papier hervor, das unschwer als Telegramm zu erkennen war.

Ernst Sievers, 1877, Lotte, 1910, Merle, 1928, Roswitha, 1938; Kirchstraße 8, Baruth, Mark. Seit Frühjahr 46 unauffindbar. Herzliche Grüße.

»Merle?« Idas Herz begann zu rasen, vor Aufregung bekam sie kaum mehr Luft. Erneut studierte sie das Schreiben. Der Name, den der Kerl mit dem Schmiss ständig sagte. Zu Vera Pape, aber auch in der Kneipe, als er dem blonden Otto davon erzählt hatte, zwei Frauen – oder Mädchen – gefangen zu halten!

»Heinrich«, murmelte sie. »Sie sind ein Genie!«
Ihr Nachbar wurde ein bisschen rot.

Es wäre also möglich, dass es sich bei den bis dato nicht identifizierten Toten aus dem Winter 47 um eine Fabrikantenfamilie aus Brandenburg handelte!

»Die Geburtsjahre«, redete sie aufgeregt weiter und überschlug die Daten in ihrem Kopf. Es passte. Sie schrieben das Jahr 1948, was bedeutete, dass Ernst Sievers um die 70 Jahre alt wäre, falls er noch lebte, Lotte 38, Merle 20 und Roswitha zehn.

Käthe Pape war neun Jahre alt, Vera Pape zwar schon Mitte 20, sie sah jedoch jünger aus. Ihr Vater, Karl Pape, war laut seiner Frau zwar erst knapp über 60, der Krieg, nahm Ida an, hatte ihn jedoch stärker altern lassen. Zu guter Letzt Fräulein Metzger. Sie war, das hatte Ida mittlerweile von Heide erfahren, 36 Jahre alt. In etwa so alt wie Lotte Sievers.

Um Gottes willen!

Als ihr Blick auf den Wecker fiel, den sie zur Sicherheit in die Küche geräumt hatte, stand sie auf. »Ich muss leider gehen. Ziehen Sie die Tür einfach hinter sich ins Schloss?« Halb im Flur, drehte sie sich um. »Haben Sie vielen Dank, Heinrich! Vielleicht führt mich Ihr Hinweis zu einem entführten Mädchen!«

*

Auch wenn sie viel lieber Ares im Institut überrumpelt und ihn dazu überredet hätte, mit ihr ins brandenburgische Baruth zu fahren, stand sie pünktlich um zehn vor Anneliese Trampes Tür. Es fiel ihr schwer, sich zu sammeln – was Heinrich herausgefunden hatte, warf ein gänzlich neues Licht auf die Sache, auch wenn sich nun noch mehr Rätsel auftürmten. Oder beleuchtete es ihre Theorie nur von einer anderen Seite? Momentan war sie einfach zu verwirrt, um es sagen zu können.

Nachdem sie geklingelt hatte, wartete sie. Die Luft roch nach frisch gemähtem Gras und dem Wasser der nahen Alster, im Garten, der so groß war wie ein öffentlicher Park, zwitscherten Vögel um die Wette. Nach einer Weile erklangen Schritte, ein Dienstmädchen öffnete ihr und bat sie herein. Ida wurde in ein riesiges, mit Antiquitäten vollgestelltes Wohnzimmer geführt, das sich mit hohen Fenstern zum Wasser hin öffnete. Offenbar war diese Familie nicht gezwungen gewesen, ihr feudales Zuhause zugunsten der britischen Besatzer zu räumen.

»Danke, dass Sie sich Zeit für mich nehmen«, sagte Ida, als eine dünne Frau mit rötlichem Haar und auffälliger Vorliebe für Schminke auf sie zukam. Unter dick hellrosa bemalten Lippen kamen Zähne zum Vorschein, die nicht ganz so gepflegt wirkten wie der Rest ihrer Erscheinung, als sie Ida nicht sonderlich überzeugend anlächelte.

»Sie sind eine Freundin Mrs. Lindemanns, nicht wahr?« Damit Frau Trampe überhaupt mit ihr sprach, war sie das Risiko eingegangen, in Uniform auf die Straße zu gehen.

Frau Trampe hatte auf einer Chaiselongue Platz genommen, die Beine an den Knöcheln gekreuzt, mit kerzengeradem Rücken. »Durchaus, ja. Evelyn ist eine enge Freundin von mir. Ich möchte daher betonen, wie ungern ich mich in die privaten Angelegenheiten meiner Bekannten einmische.«

»Das verstehe ich. Dennoch benötige ich Ihre Hilfe. Frau Lindemann hat ihren Mann verdächtigt, eine Liaison gehabt zu haben.«

»Ich wüsste nicht, was das die Polizei angeht.«

»Viel, in diesem Fall. Und nun beantworten Sie bitte meine Frage.«

Prüfend sah Frau Trampe Ida ins Gesicht, dann schien sie mit sich übereinzukommen, dass Widerstand zu anstrengend war. »Ich denke, dass Oliver in fremden Gebieten gewildert hat, schon länger. Mir ist einiges zu Ohren gekommen, das ich Evelyn natürlich nicht erzählt habe.«

Ob Evelyn Lindemann das nicht lieber von einer Freundin erfahren hätte, als selbst misstrauisch zu werden?

»Er hat ein Faible für die Damen, verstehen Sie?«, redete Frau Trampe in blasiertem Ton weiter. »Kann sich nie sattsehen – oder ... konnte es. Vor ein paar Monaten kam Evelyn auf die Idee, einen Detektiv zu beschäftigen. Einen Detektiv! Ich bitte Sie ...«

Ein Detektiv? Das war ja zu schön, um wahr zu sein! Aber hätte er sich nicht längst an die Polizei gewandt, wenn er etwas Hilfreiches zum Fall Lindemann beizutragen hätte?

»Wer ist dieser Detektiv?«

Anneliese Trampe zwinkerte ihr zu. »Gordon Bennett. Sie verstehen ...«

Ida verstand nicht, doch das interessierte sie in diesem Augenblick nicht sonderlich. Also würde sie doch noch mal mit Mrs. Lindemann sprechen müssen. Fragte sich nur, wie sie das anstellen konnte. Vielleicht über Miss Watson.

»Er war kein richtiger Detektiv. Mehr ein Herumtreiber«, redete Frau Trampe weiter. »Ein Angestellter ihres Mannes. Oder so etwas in der Art. Ich glaube, Oliver hat ihn in irgendeiner Spelunke aufgetan. Hat ihn dafür bezahlt, was auch immer für ihn zu tun.«

Das klang mehr als dubios. »Wenn der Mann ein Angestellter

ihres Mannes war, wieso hat sich Mrs. Lindemann dann ausgerechnet ihn ausgesucht, um ihren Mann beschatten zu lassen?«

»Sie kannte sonst niemanden! Mich würde sie ja kaum mit einer solchen Sache beauftragen.« Frau Trampe lachte schrill auf.

»Natürlich nicht«, pflichtete ihr Ida bei, auch wenn sie Frau Trampe nicht sonderlich sympathisch fand.

»Evelyn bat also ausgerechnet diesen Herumtreiber, Oliver zu folgen. Ich habe vergeblich versucht, ihr die Sache auszureden.«

»Was geschah dann?«

»Nun, er tat wohl, was sie von ihm verlangte, aber dann … Statt ihr zu berichten, wandte er sich an Oliver. Können Sie das glauben?«

»Verzeihung, ich verstehe nicht ganz.«

Theatralisch riss Frau Trampe die Augen auf. »*Er* konfrontierte Oliver damit, eine Affäre zu haben. Wenn stimmt, was Oliver dann im Streit Evelyn entgegenschleuderte – so zumindest hat sie es mir erzählt –, hat der Kerl ihn am Revers gepackt und versucht, ihn zu würgen. Es will nicht in meinen Kopf, wieso sich die Polizei nicht auf ihn konzentriert.«

Verdattert sah Ida sie an. Von dieser Sache hörte sie zum ersten Mal. »Hat Frau Lindemann der Polizei denn davon berichtet?«

»Hm.« Frau Trampe runzelte die Stirn. »Da fragen Sie mich zu viel.«

»Gordon Bennett«, murmelte Ida. Dieser Name würde nicht allzu häufig in Hamburg vorkommen.

Währenddessen beugte sich Frau Trampe vor, offenbar hatte sie sich in Rage geredet. »So ein zerlumpter Kerl. Er kommt sicher aus dem Osten. All die Gauner«, sie machte sich nicht die

Mühe, den abfälligen Ton in ihrer Stimme auch nur halbwegs zu kaschieren, »sind aus dem Osten. Schlesien, Siebengebirge und was es da noch gibt.«

Zu jeder anderen Gelegenheit hätte Ida ihr unfreundlich geantwortet, jetzt aber sagte sie: »Gordon Bennett klingt in meinen Ohren nicht schlesisch.«

Frau Trampe schmunzelte und musterte sie überheblich. »Ich dachte, Sie wissen, was ich meine. Gordon Bennett ist keine *Person*.«

Sie klang, als wäre Ida der dümmste Mensch, der ihr je begegnet war.

»In besseren britischen Kreisen flucht man durchaus so gern wie in den schlechteren – allerdings lieber im Verborgenen. Statt *God damn it* zu sagen, behilft man sich mit *Gordon Bennett*. Das ist nicht ganz so unfein.«

»Er heißt also gar nicht so.«

»Nein, natürlich nicht! Evelyn nannte ihn nur so.«

Wütend funkelte Ida sie an. »Wenn Sie sich von nun an damit begnügen würden, Tatsachen zu berichten, wäre ich Ihnen dankbar.«

Verschnupft kräuselte Frau Trampe die Lippen und fragte schnippisch: »Gibt es sonst noch etwas, mit dem ich Ihnen helfen kann?«

»Ja. Sie sind ihm ja offenbar begegnet. Wie sah er aus?«

»Er war einer dieser Burschen, aber von der verlausten Sorte.«

»Etwas genauer, wenn ich bitten dürfte.« Den ungeduldigen Ton konnte Ida nicht mehr länger verstecken.

»Sie kennen sie doch«, fauchte Frau Trampe. »Hitler hat zwar nicht alles richtig gemacht, das gebe ich gern zu. Aber in dieser Hinsicht wusste er, was er tat.«

Bei den Worten »nicht alles richtig gemacht« hätte ihr Ida am liebsten eine schallende Ohrfeige versetzt. Doch das war unmöglich, wenn sie noch irgendetwas aus dieser Person herauskriegen wollte.

»Noch einmal: Drücken Sie sich genauer aus, Frau Trampe.« Was für einen engstirnigen Unsinn diese Frau daherredete! Und was prangte auf dem Messingschild neben der Pforte? Der Name ihres Mannes mit dem Zusatz: Senator der Freien und Hansestadt Hamburg. Zum Heulen!

»Na, dass Hitler die Studentenverbindungen verboten hat. Ein Haufen Wilder war das doch. Auch wenn es ja ein paar Treue darunter gegeben haben soll.«

»Studentenverbindung? Aber eben …« Ida schüttelte den Kopf. Sie traute ihren Ohren kaum. »Eben sagten Sie doch, er sei ein verlauster Wasweißichnoch, und nun …«

»Ach, der hat sich den Schmiss sicher selbst zugefügt.«

»Evelyn Lindemann hat also einen Mann mit einem Schmiss beauftragt, ihren Gatten zu beschatten?«

»Sagte ich das nicht eben gerade, junge Frau?«

Ida hörte ihr kaum mehr zu. Sie schlüpfte in ihre Uniformjacke, verabschiedete sich und verließ im Schnellschritt das Haus. Endlich fügten sich die losen Enden zusammen!

*

Diesmal klopfte Ida nicht bei Frau Riedel, als sie atemlos und verschwitzt Pöseldorf erreichte, sondern gleich bei den Lindemanns. Mrs. Lindemanns Augen weiteten sich empört, als sie Ida vor der Tür stehen sah, dann trat Verwirrung in ihren Blick, als ihr klar wurde, dass Ida Polizistin war.

»Sie haben Ihren Ehemann beschatten lassen, Mrs. Lindemann. Und jetzt erzählen Sie mir alle Einzelheiten.«

Überraschenderweise schrie Mrs. Lindemann sie weder an, noch rief sie ihre Mutter herbei. Stattdessen begann sie zu weinen und bat Ida unter Schluchzen herein.

»Ich muss Sie zu dem Mann befragen, der Ihren Gatten in Ihrem Auftrag beobachtet hat. Erzählen Sie mir alles, was Sie über ihn wissen.«

»Ich wollte doch nur ...«

»Beantworten Sie meine Frage!«, sagte Ida scharf, sodass Mrs. Lindemann den Mund schloss, sie anklagend ansah und schließlich aufstand.

»Einen Moment.« Unsicheren Schrittes verschwand sie im Wohnzimmer und kehrte kurz darauf zurück. »Hier. Bitte. Mehr weiß ich nicht. Und jetzt gehen Sie.«

Ida blickte auf den Zettel hinab, den ihr Mrs. Lindemann gereicht hatte. »Hans Köhler« stand darauf.

»Mein Mann hat ihn eingestellt, woher er ihn kannte, hat er mir nie erzählt. Aber ich sage Ihnen, er ist ein Scheusal.«

Ida nickte zum Dank. Sie trat auf die Straße, legte den Kopf in den Nacken und atmete tief ein. Kam sie jetzt endlich voran? War dieser Mann der Unhold? Immerhin war er Mr. Lindemann an die Kehle gegangen, wie Anneliese Trampe berichtet hatte.

Eine halbe Stunde später stand sie in der guten alten Telefonzelle am Alsen-Platz. Als Heide an den Apparat kam, klang sie sowohl verärgert als auch ängstlich. »Wenn Miss Watson hört, dass du hier anrufst ...«

»Ich weiß«, unterbrach Ida sie. »Entschuldige, dass ich dich in die Sache reinziehe, aber ich habe einen Namen, endlich. Kannst du bei deinem Vater nachforschen, ob es irgendetwas zu ihm in den Akten gibt? Ich glaube, dass er Käthe entführt hat. Und die anderen beiden.« Sie legte eine Pause ein. »Womöglich hat er auch Oliver Lindemann auf dem Gewissen.«

»Schieß los!«

Ida erzählte, was sie wusste. Heide schwieg lange, Ida hörte sie leise auf dem Tresen trommeln, dann sagte sie: »Ein bisschen irrwitzig, findest du nicht?«

»Ja, durchaus. Was aber nicht bedeuten muss, dass es nicht so geschehen sein könnte. Überleg doch mal: Die schlimmsten Dinge, die Menschen einander antun können, und das aus Gründen, die niemand nachvollziehen kann – sind sie dir in Büchern untergekommen oder in der Realität?«

Widerstrebend antwortete Heide: »In der Wirklichkeit.«

»Siehst du. Also frag deinen Vater nach Hans Köhler. Was immer er über ihn hat, kann uns helfen! Vielleicht gibt es in Lindemanns Büro doch einen Hinweis auf ihn. Zumindest wenn wir Glück haben.«

»Ich gebe mein Bestes. Aber du weißt, wie leicht es heutzutage ist, spurlos zu verschwinden.«

Das tat Ida, ja. Vor Beginn der Zuzugssperre waren die Menschen in Strömen in die Stadt eingefallen und hatten ihre Fleckchen gefunden: in ausgebombten Häusern, alten Lastwagen, in Bunkern … Immer noch wusste niemand, wie viele Menschen tatsächlich in Hamburg lebten. Wie viele – und wo. Wieso hätte Köhler eine gültige Adresse angeben sollen, eine vor allem, an der man ihn jetzt noch fand? Zudem wäre es ein Leichtes gewesen, Lindemann einen falschen Namen zu nennen. Wieso den echten benutzen, wenn man seine Vergangenheit auch verschleiern konnte? Das war schließlich keine Kunst heutzutage, das wusste sie genau. In ihrer kurzen Zeit als Polizistin hatte Ida mehr als einen ausfindig gemacht – manches Mal war sie auch versehentlich darüber gestolpert –, der ungeachtet seiner früheren Überzeugungen und Taten ein blitzeblanker neuer Mensch geworden war. Zumindest in seinen Papieren …

»Ich durchforste auch die Akten«, redete Heide weiter. »Ich schätze, Vater wird sich schon dafür interessieren, dass Mrs. Lindemann ihren Mann beschatten ließ. Nur mal so, falls wir ein Motiv brauchen. Sicher wird er alles daransetzen, ein Wörtchen mit ihr zu reden. Glaubst du denn, dass sie vielleicht das Mädchen …?«

»Das kann ich mir beim besten Willen nicht vorstellen. Auf der anderen Seite habe ich ja gerade selbst gesagt, dass die Wirklichkeit wilder ist als jede Fantasie.«

Ida dachte kurz darüber nach. Aber dass Mrs. Lindemann Käthe versteckt hielt … oder ihr etwas angetan hatte … Wieso sollte sie das tun?

»Ich gebe es jedenfalls weiter«, sagte Heide.

»Danke. Kannst du mir noch Meyerlich geben?«

Heide schien überrascht, tat aber, worum Ida sie bat.

»Na, wenn das nich' das olle Frollein Rabe is«, klang Meyerlichs wie immer fröhliche Stimme durch die Leitung.

»Johann, kannst du mir einen riesigen Gefallen tun?«

»Na klärchen.«

»In den Akten Pape gibt es ein Foto von Oliver Lindemann. Würdest du dir einen Kollegen schnappen und damit in der Umgebung der Kieler Straße rumfragen, ob und wenn ja wann man ihn gesehen hat?« Das hätte sie schon früher herausfinden können. Oder es jedenfalls versuchen. Nun, sie hatte allerdings auch einiges anderes um die Ohren gehabt.

»Ida, wie lange hat 'n das Zeit?«

»Mir wäre es lieb, wenn du es gleich erledigst. Falls du es einrichten kannst.«

»Hier brummt ordentlich der Bär ... Aber ich versuch's, nech?«

»Und Johann – vielleicht fragst du auch nach einem jungen Mann, der auf der rechten Wange einen Schmiss hat. Ein Burschenschaftler, verstehst du?« Oder, fügte sie gedanklich hinzu und musste unwillkürlich an Anneliese Trampes Worte denken, einer, der gern einer Studentenverbindung angehört hätte, aber in diese Kreise vielleicht nie aufgenommen worden war.

»Jau, jau. Mach ich. Sonst noch was?«

»Nur, dass du alles, was du erfährst, bitte an Heide weitergibst. Oder an mich, ich melde mich später noch mal. Versuch nicht, mich hier anzurufen. Ich habe schon für ausreichend Unmut gesorgt.«

»Dachte ich mir, Ida. Bist halt, wie du bist, nech?«

Ida grinste. »Vielen Dank, Johann.«

»Wie is 'n das Wedder da unten?«

»Gut«, sagte sie knapp. Sie hatte keine Ahnung, ob in Hannoversch Münden die Sonne lachte oder es Bindfäden regnete. »Aber lange aus dem Fenster sehen kann ich nicht. Man muss schon gewaltig büffeln.«

Wie hieß dieses Kind aus der Geschichte, die Meyerlich angesichts Vera Papes Besuch auf der Davidwache erwähnt hatte? Hippeltitsch?

Langsam fühlte sie sich so, als würde ihr eine länger und länger werdende Holznase wachsen.

*

Den Rest des Tages hatte sie das Gefühl, gleichzeitig zu schlafwandeln wie auch auf heißen Kohlen unterwegs zu sein. Sie stieß gegen jedes Möbelstück, das herumstand; was immer sie in die Hand nahm, fiel ihr runter; und wenn sie versuchte, auch nur einen halbwegs klaren Gedanken zu fassen, schoss ihr plötzlich eine neue Idee durch den Kopf, warum Hans Köhler getan haben könnte, was er womöglich getan hatte. Aber richtig überzeugend war keine davon, und so rannte sie unruhig zwischen dem Alsen-Platz und ihrer Wohnung hin und her und rief in regelmäßigen Abständen auf dem Revier an, um Meyerlich gar nicht erst auf die Idee kommen zu lassen, doch womöglich die Polizeischule in Niedersachsen anzuwählen. Heide war nicht mehr zu erreichen, dafür hatte Ida am späten Nachmittag endlich wieder Meyerlich am Apparat.

»Wir ham was rausgefunden, Ida.«

Endlich! Aber nicht zu früh freuen, schärfte sie sich ein.

»So 'n Herr namens Bernhard Wolfinger, Uhrmacher, hat uns was vertellt. Besitzt 'n Geschäft inner Paul-Roosen-Straße.« Die in die Kieler Straße überging und somit nicht weit entfernt von Vera Papes Wohnung lag. »Behauptet, 'n Kerl gesehen zu ham, auf den die Beschreibung gepasst hat. Den mit dem Schmiss, nech?«

Also nicht Lindemann. Aber Köhler! »Wo? Wann? Was hat er gesagt?«

»Der hatte 'ne Ische am Handgelenk. Also, 'ne Bordsteinschwalbe. Wolfinger hat mehr auf sie als auf ihn geachtet, aber an die Narbe, an die hat er sich erinnert.«

»Erzähl!«

»Na, er sachte, die Frau, die sah ziemlich mitgenommen aus. Er wusste es nich' genau, weils ja dunkel war, aber die is wohl getorkelt und hatte 'ne Menge Blut im Gesicht.«

»Und er kam nicht auf die Idee, ihr zu helfen? Oder wenigstens uns zu benachrichtigen?« Der konnte etwas erleben, wenn sie erst wieder offiziell im Dienst war!

»Also, helfen, nee, sachte er, das hat er sich nech getraut. Aber zur Wache is er schon gekommen.«

»*Was?*«

»Sacht er jedenfalls. Aber ich hab alles durchgeguckt. Da steht nix von so 'nem Vorfall. Und seinen Namen hab ich auch nirgends gefunden.«

»Wann war das, Johann?«

»Ja, jetzt kommt's. Das war Dienstag letzter Woche. Inner Nacht oder am späten Abend, genau hat er sich nich' erinnert. Die Frau hatte 'nen braunen Herrenmantel an, 'nen geblümten Rock und die Bluse überm Bauchnabel verknotet. Sie sind in Richtung Talstraße gegangen. Klingelt was?«

»Und ob was klingelt.« Das musste Henni gewesen sein! Ida und Heide hatten sie am Mittwochvormittag in der Talstraße aufgefunden. Idas Gedanken begannen zu rasen. Köhler hatte also auch Henni auf dem Gewissen. Und die Aussage des besorgten Bürgers, der beobachtet hatte, wie er die Frau zu dem Ort brachte, wo sie später halb tot gefunden wurde, verschwand sang- und klanglos aus dem Anzeigenbuch. Hieß das, dass jemand aus der Davidwache mit Köhler unter einer Decke steckte? Lag Miss Watson also richtig? Um Gottes willen. Und wenn es doch … Heide war?

Nein, nie und nimmer! Aber Marlise. Marlises Worte. Konnte Ida sie einfach ignorieren?

»Was sagte der Zeuge noch?«, fragte sie nervös.

»Nech so viel, um ehrlich zu sein. Dass der Kerl die unsanft mit sich gezogen hat, am Handgelenk. Die is immer getaumelt und gestolpert. Wolfinger dachte, weil sie betrunken wär'. Und der Mann würd' sie nach Hause bringen, nech?«

»Nach Hause bringen«, wiederholte Ida dumpf. »Weil der Kerl so ein ehrenwerter Beschützer ist oder wie? In welchen Zeiten lebt dieser Uhrmacher, bitte? Träumt er von Rittern und Maiden?«

»Sachte, sachte, ich hab das nur aufgeschrieben, ist nich' meine Meinung, Ida. Jedenfalls geh ich jetzt wieder inne Kieler Straße und halt das Foto von diesem Schönling hoch.«

»Gut. Johann. Danke!«

Nachdem sie aufgelegt hatte, stand sie bedrückt mit dem Hörer in der Hand da. Himmel noch eins, die Sache wurde ja immer verschlungener, vor allem aber auch beängstigender. Jemand von der Davidwache? Wer – außer Heide – könnte Köhler schützen wollen? Und warum sollte er das tun? Der Mann war keine Kiezgröße, niemand, zumindest soweit sie bislang wusste, der Geld hatte oder Gefahr ausstrahlte, einem bestechlichen Beamten etwas in Aussicht stellen oder …

Na ja, *das* wusste sie nicht! In Aussicht stellen konnte er durchaus etwas, denn war er verdammt noch mal nicht mit Oliver Lindemann auf Du und Du gewesen? Lindemann, der in die Operation Bird Dog eingeweiht gewesen war?

»Verdammt noch mal!«, flüsterte sie. Und dann noch mal, lauter: »Verdammt noch mal!«

Mit vor Nervosität zitternder Stimme bat sie, zum Polizeipräsidium durchgestellt zu werden.

»Watson?«, bellte der Superintendent in den Hörer.

»Ida Rabe hier, Ma'am. Bitte, bevor Sie mich zur Schnecke machen, lassen Sie mich sagen: Der Mann, nach dem ich suche, kannte Oliver Lindemann. Er wurde von ihm für die Drecksarbeit bezahlt. Und es ist möglich, dass er Kontakte zur Davidwache hat.«

Zu ihrer Überraschung blieb es still in der Leitung.

»Ma'am?«

»Reden Sie!«

Und Ida erzählte alles, was sie wusste.

*

Nachdem sie das Postamt kurz verlassen hatte, um draußen tief durchzuatmen, kehrte sie etwas gesammelter wieder zurück. Wie einfach war es, sich zur sowjetischen Zone durchstellen zu lassen, dorthin also, wo Baruth lag? Wenig später sah sie ein, dass sie am morgigen Tag ihr Glück versuchen musste. Zwar hieß es andauernd, ihr Anruf werde durchgestellt, doch füllte anschließend ein immer gleiches Knistern und Rattern die Leitung. Enttäuscht, aber auch mit immerhin etwas neuem Mut ausgestattet, versuchte sie ihr Glück bei der Davidwache.

»Da biste ja, Ida. Ich hab schon wieder was für dich.«

Stünde er vor ihr, sie würde Meyerlich um den Hals fallen!

»Dieser Lindemann, der war ständich inner Kieler Straße zu Gast.«

»Lass mich raten: im Haus gegenüber.«

»Mensch, du verdirbst einem ja jede Überraschung! Ich dachte, das weißte noch nech.«

»Doch, oder sagen wir es so: Ich dachte es mir. Wie hast du es rausbekommen? Ist Giesbert Krähe eingefallen, dass er mir doch nicht alles gesagt hat?«

»Der ausm dritten Stock? Nee, der wusste von nix. Aber so 'n paar andere Hausbewohner, die hab ich freundlich dran erinnert, dass man der Polizei gegenüber zur Wahrheit verpflichtet is, und da fiel ihnen dies und das wieder ein. So, aber da war noch was.«

»Ja?«, fragte Ida gespannt.

»Nicht nur das hübsche Kerlchen Lindemann ham se durchs Treppenhaus flitzen sehen, sondern auch den Narbenmann.«

»Durch Vera Papes Treppenhaus?«, wollte Ida richtigstellen. Das war keine Überraschung, er hatte ihr schließlich in der Küche aufgelauert.

»Nee. Im Haus gegenüber, wo dieser Krähe wohnt.«

»Ist nicht dein Ernst!«

»Doch, isser.«

Das musste Ida erst mal verdauen. Sie legte auf und kehrte nach Hause zurück. Nachdem sie dort drei Gläser plörrig schmeckenden Wassers getrunken, ihren Füßen etwas Ruhe verschafft und den linken Schuh, dessen Sohle endgültig die Segel streichen wollte, mit Paketschnur umwickelt hatte, stellte sie sich an ihr Zimmerfenster und blickte nachdenklich hinaus. Das Haus gegenüber war weit entfernt, da sie auf eine Querstraße blickte. Aber wenn sie statt auf die Margaretenstraße in einen Hof sähe, und hinter dem schmalen Hof stünde gleich das nächste Gebäude, wenn im zweiten Stock – denn im zweiten wohnte sie – jemand stünde und zu ihr guckte, wie viel würde er erkennen?

Eine Menge, sobald entweder die Sonne hineinschien oder ihr Licht eingeschaltet war.

Wenn also nicht nur Lindemann in Giesbert Krähes Küche gestanden und Vera Pape beobachtet hatte, sondern auch Hans Köhler, was bedeutete das? Hatte er seinen Auftrag erfüllen wollen, den ihm Mrs. Lindemann aufgetragen hatte? Das ergäbe

Sinn. Er wollte wissen, was Lindemann in diesem Haus trieb, setzte sich an denselben Tisch, sah hinaus … Und entdeckte Vera Pape. Die eine gewisse Ähnlichkeit mit Merle Sievers aufwies.

Er wollte Merle heiraten, hatte er in der Kneipe des blonden Otto vor sich hin geredet, es würde eine große Hochzeit geben mit Gänseblümchen und sonst etwas. Mit Gänseblümchen. Und … Plötzlich hatte sie schon wieder Ottos Stimme im Ohr: »Eppich und Maulbeeren und so 'n Kram.«

Die Maulbeeren waren ihr ja schon wieder untergekommen. Berlin, hatte Heinrich gesagt. Genauer gesagt im Tiergarten. Aber auch rund um Berlin. Wie weit entfernt von Berlin lag Baruth in der Mark? Und Eppich? Sie hatte das Wort schon mal gehört. Vergeblich sah sie sich in der Wohnung nach einem Lexikon um, schoss dann die Treppen hoch und fragte, da hatte Heinrich noch gar nicht ganz die Tür geöffnet: »Eppich. Das ist ein anderes Wort für Efeu, oder?«

»Ja«, strahlte er sie an. »Das ist es.«

Verdammt noch mal! Ein weiterer Hinweis darauf, dass Köhler Lindemann auf dem Gewissen hatte. Er hatte von Efeu gesprochen. Lindemanns Körper wiederum war mit Efeu bedeckt gewesen, man könnte vielleicht sogar behaupten, auf morbide Weise damit geschmückt.

Sie umarmte ihren Nachbarn zum Dank und eilte zurück in die Wohnung, kramte zusammen, was sie brauchte, und war schon wieder auf der Straße. Lindemann hatte sein Hobby, Vera Pape nachzustellen, also wieder aufgenommen, dann kam Hans Köhler ins Spiel. Er war Lindemann im Auftrag von dessen Gattin gefolgt, obwohl er eigentlich für ihn arbeitete. Hatte Lindemann beobachtet, wie dieser Vera Pape beobachtete.

Aufgeregt rief Ida Ares an.

»Du wirst ja richtig anhänglich auf deine alten Tage«, sagte er mit schwerem Atem. Scheinbar war er die Treppen zum Telefon eher hinaufgeflogen als -gegangen – ein Gedanke, der ein wohlig-warmes Gefühl in Ida auslöste.

»Ich weiß«, sagte sie und spürte, wie sie ein bisschen rot wurde. Glücklicherweise sah er sie nicht. »Glaubst du, du könntest an die Obduktionsberichte der Opfer des Unholdes herankommen?«

»Äh, wie bitte?«

Sie schilderte ihm so rasch wie möglich, welcher Gedanke ihr gekommen war.

»Ich versuche es, Ida.«

»Danke«, sagte sie bestimmt zum zwanzigsten Mal an diesem Tag. Was würde sie nur tun, wenn sie Ares, Meyerlich, ihren Nachbarn und Heide nicht hätte? »Was glaubst du, wie schnell du ihn bekommst?«

»Gib mir eine Stunde. Ich werde ihn zwar bestimmt nicht selbst in den Händen halten, aber zumindest jemanden finden, der ihn mir vorlesen kann.«

Pünktlich sechzig Minuten später stand Ida wieder mit dem Hörer in der Hand an ihrem Stammplatz.

»Ich habe die Zeitungsartikel von 1947 mit den Obduktionsberichten verglichen, die mir der Kollege übermittelt hat«, sagte Ares. »Es gab ja polizeilich verbreitete Informationen zu den Opfern. So gut wie alles stimmte überein, bis auf …«

Sie platzte schier vor Unruhe.

»Bis auf ein Detail: Das erstgefundene Opfer, die Frau zwischen 18 und 20 Jahren, wies nicht nur eine Blinddarmoperationsnarbe auf, die gut verheilt war, sondern auch eine Reihe kleinerer Narben. Brandnarben, um genau zu sein, an der Innenseite der Oberschenkel.«

»Und wieso ist man damit nicht an die Öffentlichkeit gegangen?«

»Womöglich erschien es zu intim.«

»Waren das die Spuren eines Unfalls?«

»Wohl kaum, dazu waren es zu viele. Und sie waren zu klein«, sagte Ares, in seiner Stimme schwang Mitgefühl mit. »Solche Wunden entstehen nicht durch eine Explosion oder ein Feuer. Sie sind zugefügt, mit Zigaretten oder glühendem Metall.«

Wie furchtbar! »Wenn du Narben sagst ...«

»Exakt. Dann meine ich keine frischen Wunden. Nicht vom Mörder zugefügt. Oder anders gesagt: Sie müsste ihren Mörder lange gekannt haben, wenn es so wäre. Genauer gesagt seit mindestens zehn Jahren, denn der Gerichtsmediziner schätzte, dass ihr die Wunden zugefügt wurden, als sie ein Kind war.«

»Danke, Ares. Dafür könnte ich dich ...« Sie klappte den Mund zu. Ares schwieg, sie hörte ihn atmen.

»Tschüs«, sagte sie hastig und legte auf.

*

»Was können Sie mir über die Familie Sievers erzählen?«, fragte sie am Samstagmorgen in den Hörer. Zu ihrer Erleichterung hatte sie den Wachtmeister der Polizeidienststelle Baruth/Mark schon beim zehnten Versuch an den Apparat bekommen. Wie sich zeigte, war dieser äußerst gesprächsbereit, allerdings dauerte es ein wenig, bis sich Ida an seinen Dialekt gewöhnt hatte.

»Sievers? Der Bonze?«

»Mit Bonze meinen Sie ...«

»Der Kapitalist.«

»Ernst Sievers war Inhaber einer Glasfabrik in Baruth. Meinen wir denselben? Kannten Sie die Familie?«

»Na klärchen.«

»Was können Sie mir über sie sagen?«

»Sin schon 'ne janze Weile uff und davon. So jut kannte ick sie nich'.«

»Wissen Sie denn, wohin die Familie gegangen ist und wann sie Baruth verlassen hat?«

»Nee. Dit weeß ick nich'. Aber so 'n bisschen watt über die Familie, dit kann ick Ihnen schon sagen.«

»Das wäre großartig.«

»Waren reich. Ham sich vom Acker jemacht in dem Jahr, als die Russen kamen. Kesselschlacht von Halbe, ma' jehört?«

»Äh, nein.«

»Hier war 'n Jemetzel, dit war … dit war schlimm. Ham sich die Köppe vonne Hälse jeschlagen, die Russen und die Nazis. Konnt' glatt in Blut waten. War janz am Schluss, janz am Schluss vom Krieg, da ham sie hier noch ma' uffnander einjedroschen, als hättense alle noch den Rest vom Verstand verloren. Klar ham sich die Leute mit Kohle vorher davonjemacht.« Er hustete lautstark, und Ida hörte, wie er ausspuckte. »So war dit damals hier.«

»Haben Sie je wieder von der Familie gehört?«

»Nee.«

»Ich habe hier die Namen von vier Familienmitgliedern, drei weiblichen, einem männlichen. Ernst Sievers war der Vater von Lotte, ja?«

»Jupp.«

»Lotte wiederum …«

»Dit war die Mutter von Merle. Und von Roswitha, aber die hat eher Merle als ihre Mutter angesehen, da war ja 'n Riesenaltersunterschied. Die warn schon watt Besonderet, die zwo. Immer zusammen und durch dick und dünn mitnander.«

Roswitha, erinnerte sich Ida, war die wesentlich jüngere Schwester von Merle, um die sich Merle also wie eine Mutter kümmerte. Dafür, dass der Kollege die Familie nicht gut gekannt hatte, wusste er viel über sie. Auf der anderen Seite handelte es sich bei Baruth um eine kleine Gemeinde im südlichen Brandenburg, so viel hatte sie herausgefunden, also nicht gerade um eine Großstadt.

»Und Merles und Roswithas Vater? Der Mann von Lotte Sievers?«

»Ja, der … Also, dit war keener, dem man im Dunkeln begegnen wollte, verstehn Se?«

»Ich denke schon, wäre Ihnen aber dankbar, wenn Sie mir das genauer erläutern würden. Wie heißt der Mann?«

»Bert. Bertram Meifert. Is 'n Schönling, alle Weiber warn hinter dem her. Aber nix als Fiesheiten im Kopp. War 'n Kerl, der hat noch die Fliegen gequält, bevor er ihnen mit der Schuhsohle den Garaus gemacht hat, ooch als erwachsener Mann hat er da so 'ne Freude dran jefühlt …« Er schien den Kopf zu schütteln.

»Wenn Sie sagen, dass er Meifert hieß …«

»Ja, nee, verheiratet warn Lotte und der nicht. War 'n Skandal, können Sie sich ja vorstellen. Aber heiraten wollte die Lotte den nicht. Hat sich allerdings zwo ma' von ihm schwängern lassen, watt echt 'n Unglück war. Für alle.«

Ida dachte an das, was sie von Ares erfahren hatte. »Hat er auch seine Töchter gequält? Oder seine Frau, nein, Freundin Lotte?«

»Davon weeß ick nüscht.«

Die Antwort war viel zu schnell gekommen. Sie glaubte ihm kein Wort.

»Sie wissen es vielleicht nicht, aber gab es Gerede? Sie wohnen doch in einem kleinen Ort. Da kennt man einander, weiß, was in den Familien los ist.«

»Na, also, ja, Gerede gab et. Dass der nich' grad zart mit seene Kinder umjeht. Und mit Lotte.«

»Merle Sievers hatte Brandnarben an den Beinen. Könnten sie von ihrem Vater stammen?«

In der Leitung herrschte mit einem Mal dröhnende Stille.

»Hallo?«, fragte Ida ungeduldig.

»Ick weeß von nüscht.«

»Ich sag ja auch nicht, dass Sie es wussten«, sagte sie ungeduldig. »Ich will wissen, ob es möglich gewesen wäre.«

»Klar. Allet is möchlich.« Nach einem kurzen Moment schien er mit sich übereinzukommen, dass Ida ausreichend weit genug von Brandenburg entfernt ihre Arbeit tat, als dass sie ihm schaden könnte. »Ick denke, so watt könnte passiert sein.«

»Und wann könnte es passiert sein, wissen Sie das auch?«

»Also, da gab dit wirklüsch ma' Gerede. Da war die Merle noch kleen. Vielleicht acht oder neune. Da war der Opa wech. Also, der olle Sievers, da hat er zu tun jehabt in Berlin 'ne janze Weile. Und da is der Bert einfach ins Haus einjezogen. Eingeladen hatte den keener. Aber watt sollte Lotte tun?«

Die Polizei rufen, verkniff sich Ida gerade noch zu sagen. Sie wollte, dass er gesprächig blieb.

»Also wohnte er da, ne? Da war die Roswitha noch gar nicht auf der Welt. Aber Lotte schwanger. Und da is dit wohl andauernd ordentlich laut geworden da im Haus. Hat Lotte verprügelt, hieß et. Und war eben ooch nicht nett zu der kleenen Merle.«

»Die Sievers sind dann aber ohne ihn weg?«

»Jau. Die sind wech, da war der noch in Kriechsgefangenschaft. Warum wolln Sie dit eijentlich allet wissen?«, fragte der Wachtmeister.

»Gibt es Fotos, die Sie mir zuschicken können?«, bat sie statt einer Antwort.

»Fotos? Ha, Sie sinn mir ja eene. Nee, ham wa nich.«

»Dann die Daten aus dem Geburtsregister?« Nur um zu vergleichen, was auf dem Telegramm an Heinrich gestanden hatte.

»Kann ich nachsehen. Aber machen Sie sich ma' nich' die größten Hoffnungen. Und vor Montag wird dit nix.«

Das hatte sie geahnt.

»Vielleicht könnten Sie mir die Familie beschreiben, wie Sie sie kannten. Äußerlich, meine ich.«

»Hübsch warn se, alle mitnander. Außerm Vadder vielleicht, dem ollen Ernst, der mit seinem Riesenschnurres.«

»Er hatte einen Bart? Am Kinn oder …«

»Nur oben. So 'n Ding wie der verblichene Kaiser, nur nich' janz so hochjezwirbelt. Watt soll ich noch zu sagen?«

»Hatte er einen Gehstock?«

»Äh, ja.« Langsam klang er misstrauisch. »Warum wolln Se dit eijentlich noch ma' wissen, is watt passiert?«

»Vielleicht ist der Familie etwas zugestoßen. Wir haben hier in Hamburg Tote gefunden, auf die die Beschreibungen passen.«

»Dit is … Mensch. Dit is traurich.« Nun klang der Wachtmeister bedrückt. »Mord? 'n Unfall von gleich viern wird's ja nich' jewesen sein.«

»Da haben Sie recht. Ja, Mord. Aber sehen Sie es mir nach,

wenn ich nicht ins Detail gehe. Was wurde aus diesem Bert Meifert?«

»Keenen Schimmer.«

Ob er vielleicht … Sie kritzelte seinen Namen in ihr Merkbuch und unterstrich ihn dreifach. »Eine letzte Frage. Der Name Hans Köhler – sagt Ihnen der etwas?«

»Na, sicher doch.«

Ida traute ihren Ohren kaum.

»War so watt wie 'n Ziehsohn. Waise, keene Eltern. Sievers hatte was damit, sich großzügig zu zeigen, keene Ahnung, ob et ihm ernst damit war oder er den Leuten nur watt vormachen wollte, da kann ick mir kein Urteil drüwwer erlauben. Köhler hatte also Glück. Die ersten fuffzehn Jahre arm wie 'ne Kirchenmaus und von Waisenhaus zu Waisenhaus jewandert, weil keener mit ihm zurechtkam. Und dann: riesijet Haus, dit zweitgrößte im Dorf nachm Schloss vonner Familie Solm. Ja, der Sievers, der war wer. Hat Köhler zur Schule geschickt, wollte, dass der den Betrieb üwernimmt, gab ja keene Jungs sonst inne Familie. Aber der Köhler, der hatte erst ma' wat anneret im Sinn.«

»Und das war?«

»Der war verliebt. Und wie der verliebt war. Inne Merle.«

Also hatte Ida richtiggelegen!

»Der war janz und jar nich' der Meinung, dass die quasi seene Schwester wär'. Nee, der wollt' die heiraten, hat er immer laut rausjepläärt und sich zum Affen jemacht. Weil, Ziehsohn sollte nach dem Willen vom Alten nicht unbedingt auch Schwiejersohn heißen, ne? Der war doch Teil vonne Familie. Hat sich komisch anjefühlt, irjendwie … Na ja, als wenn würklüsch Bruder und Schwester heiraten wollen.«

»Was war denn Merles Meinung dazu?«

»Keene Ahnung. Hat ihn wohl schon jemocht, den Hans. Der hat se ooch beschützt vor ihrem Alten.«

Verwirrt notierte sich Ida auch das. Köhler, der Beschützer? Also doch kein reines Gerede seinerseits? Und was hatte Bert Meifert mit der Sache zu tun? »Wie sieht Köhler aus? Nur um sicherzugehen, dass wir vom selben Mann reden.«

»Als ich ihn das letzte Mal jesehen hab, war er nur noch Haut und Knochen.«

Der Wachtmeister schob noch ein paar Fakten hinterher, die sich eins zu eins mit ihren eigenen Beobachtungen deckten. Etwas aber fehlte.

»Hat er einen Schmiss?«

»Wat? So 'ne Narbe? Nee. Also nich', als ich ihn das letzte Mal jesehn hab.«

»Und wann war das?«

»Bevor er einberufen wurde. Also so … Na … 44? 'n halbet Jahr vorm Ende wird Köhler noch injezogen. Mit siebzehn, Kanonenfutter. Und dit war et dann.«

»Wissen Sie, wohin er ging? Wohin er einberufen wurde?«

»Nee. Aber ick wüsst wen, der dit vielleicht weeß. Und die den ooch noch ma' jesehn hat.«

»Wann?«, fragte Ida aufgeregt.

»Na, nachm Kriech. Der war noch mal hier, hat Edda jesacht.«

»Kann ich mit ihr reden?«

»Dit müsst' schon möglich sein. Aber ick warne Sie: Janz richtig is die im Oberstübchen nich'. Nur dass Sie et wissen. Ick versuch, sie ranzukriegen, aber heute werden Sie keen Glück ham. Die sind alle aufm Fest im Nachbardorf. Morjen. Morjen früh.«

MARLISE

»Und du dachtest, du könntest so was abziehen?«, zischte Marlise erbost. »Ich würde mich an die Seite stellen und tatenlos zugucken? Dass ich endlich einsehe, wo mein Platz ist, hä, als *Frau?*« Sie sah ihre Spucketröpfchen durch die Luft zischen, als das Licht von Werners Taschenlampe in Köhlers Gesicht leuchtete.

Köhler lag am Boden, seine Nase an die Spitze ihres Stiefels geschmiegt. Er röchelte. Blut verklebte sein Fisselhaar und seine hässliche Visage.

»Kannst du dich erinnern, was du versprochen hast?« Sie ging in die Knie, griff mit Daumen und dem Rest ihrer Finger an sein Kinn und scherte sich nicht darum, dass sein Hals ein Knacken von sich gab, als sie ruckartig sein Gesicht zu sich drehte. Die Augen waren zugeschwollen, seine Lippen Matsch. »Wenn ich nur auf dich gesetzt hätte, könnte ich jetzt einpacken.« Sie drückte fester zu. Ein heiseres Stöhnen hallte von den Kellerwänden wider. »Weißt du, wie viele Kerle ich im Lauf meines Lebens bekämpft habe? Und weißt du, wie viele hier auf dem Kiez die Fäden ziehen wollen? Aber ich lasse keinen von denen ans Ruder, ich verstecke mich vor niemandem, das wissen die Leute – und dann kommst du und erzählst große Sachen, aber wenn's ums Ganze gehst, löst du dich in Luft auf? Wo sind sie jetzt, deine *wertvollen* Informationen? Was hat Lindemann dir erzählt?«

Bis auf ein stockendes Röcheln war nichts zu hören. Marlise spürte Werners mahnenden Blick in ihrem Nacken, aber nee.

Sie hatte die Nase voll davon, vorsichtig zu sein. Diesen Mist konnte er wem anderen weismachen. Sie hatte immer gut daran getan, nicht ängstlich zurückzuzucken, sondern anzugreifen, bevor die anderen dazu kamen. Von jetzt an hörte sie nur noch auf sich.

»Rrrr…«, röchelte Köhler.

Plötzlich verspürte sie Lust, ihm die Augäpfel einzudrücken, einfach so. Köhler hatte sowieso diesen toten Blick, weil er den lieben langen Tag nichts tat, außer Pillen zu fressen. Wer würde da schon was vermissen?

»Rrros…«

»Was?«, herrschte sie ihn an.

»Rrrroswit…«

»Sprich deutlicher!«

»Roswitha braucht mich«, ächzte er. »Sonst … sonst …«

Warum sollte sie sich den Mist anhören? Sie presste ihm die Hand auf den Mund und verlagerte ihr Gewicht darauf, während ihr Ellbogen auf seinen Kehlkopf drückte.

»Marlise«, flüsterte Werner.

»Hier hab ich noch was für dich«, sagte Marlise leise, ohne sich um Werner zu kümmern. »›Sie werden den Geist von Cäsar in dieser Seele einer Frau finden.‹ Schon mal gehört? Ja, es gab schon mal Frauen, die so stark waren wie ich. Stell dir vor, das habe ich in einer Hausfrauenzeitung gelesen.« Marlise kicherte, während aus Köhler langsam das Leben wich. »Ist das nicht komisch, hä? Eine der größten Malerinnen, vielleicht die größte, der letzten Jahrhunderte, aber keiner kennt die, keiner hat je von der gehört, nur die paar Damen, die sich 'n Päuschen gönnen vom Staubwedeln und Bodenwischen, weil ausgerechnet so 'n Blatt *für die Hausfrau von heute* was über die schreibt?«

»Marlise …«

Langsam ging ihr auch Werner auf die Nerven. Seit wann war er so ein Feigling? Musste sie jetzt auch ihn loswerden? Sie war es leid, sich alle naslang einen neuen Pulk an Untergebenen zu suchen. Wäre Ida noch da, gäbe es wenigstens eine, die Mumm hatte. Und auf die man sich verlassen konnte. Das hatte Marlise zumindest geglaubt …

»Hör schon auf zu winseln«, herrschte sie Köhler an, der dalag wie ein nasser stinkender Sack. »Ich hab was für dich. Einen Handel. Wenn du mir sagen kannst, wer die Malerin war, von der ich dir grade erzählt hab, lass ich dich frei. Na?«

Als sie sich aufrichtete, rollte er zur Seite, zog die Knie an wie ein Embryo, hustete, versuchte, so viel Luft in seine Lungen zu pumpen wie möglich. Aber die Atempause, die sie ihm gewährte, würde kurz sein.

»Ich gebe dir 'nen Tipp«, sagte sie leise. »Wir reden von 'ner Italienerin.«

»Ich …«, stammelte Köhler.

»Ja, Liebchen?« Sie fasste in sein dünnes Haar, drehte wieder seinen Kopf und fühlte sich abgestoßen und angezogen zugleich. Wenn die Leute am Boden und zu allem bereit waren, empfand sie immer so etwas: eine Mischung aus glühendem Hass, der nichts wollte als Tod und Zerstörung, und einer seltsamen Anziehung. Verflucht noch mal, sie könnte den hässlichen Kerl glatt küssen.

Aber das tat sie nicht. Nie wieder würde sie jemanden küssen. Stattdessen öffnete sie die Matschlippen mit zwei Händen und spuckte hinein.

Und jetzt rief er nach seiner Mama und dieser bekloppten Merle.

»Schhhhschhh.« Sie grinste ihn an. »Wer ist die Malerin, wie hieß sie?«

Köhler wusste es nicht.

»Artemisia Gentileschi. Schon mal gehört?«

Mit der letzten Kraft, die ihm noch blieb, schüttelte der Wurm den Kopf.

»Auch sie musste kämpfen, nix als kämpfen«, murmelte Marlise. »Gegen die ignoranten, strohdoofen, brutalen Männer, aber auch den ganzen vermaledeiten Rest. Verflucht soll die Welt sein. Ich wette, der Meinung war sie auch.« Als sie das erste Mal von Gentileschi gehört hatte – auch sie war vergewaltigt worden, und auch ihr hatte man keinen Glauben geschenkt –, hatte Marlise eine seltsame Verbundenheit mit ihr gefühlt.

Auf der anderen Seite: Welche Frau konnte schon von sich behaupten, nie vergewaltigt, betatscht, herabgesetzt, gedemütigt worden zu sein? Sie alle zu rächen, dazu war Marlise nicht angetreten. Aber die Rächerin ihres eigenen Schicksals, das war sie. Und wer es wagte, sich ihr entgegenzustellen, endete wie der verdammte Idiot zu ihren Füßen.

12

Margaretenstraße, Hamburg-Eimsbüttel

Samstag, 19. Juni 1948, 23.28 Uhr

»Ida. Ida!«

Sie kannte diese Stimme, wusste aber, dass sie träumte. Schließlich spürte sie die Decke über sich und das Kissen unter ihrem Kopf, die Luft roch wie immer in ihrem Zimmer: schwach nach Fräulein Heinzes Haarwasser und Bohnerwachs.

»Ida, wach auf!«

Ida wollte nicht aufwachen. Sie war in einen tiefen, traumlosen Schlaf verfallen, kaum hatte sie sich am Abend ins Bett gelegt. Das war wertvoll genug. Außerdem bildete sie sich Heides Stimme nur ein.

»Was fangen wir mit ihr an?«

Das war eine weitere Stimme, die sie genau zuordnen konnte. Langsam, während sie gegen ihre Müdigkeit ankämpfte, öffnete sie die Augen. Im orangen Licht der Glühbirne, die von der Decke baumelte, sah sie Heide, die sich über sie beugte. Neben ihr stand Miss Watson.

Ruckartig setzte Ida sich auf. »Geht es los?«

Beide Frauen trugen ihre Uniformen und nickten angespannt.

Schlagartig war Ida hellwach, obwohl der eilige Blick auf den Wecker ihr sagte, dass sie vor nicht einmal einer Stunde zu Bett gegangen war.

»Kommen Sie«, sagte Miss Watson und fügte mit Blick zur Tür hinzu: »Alles Weitere klären wir im Wagen.«

Verständlich, im Rahmen drängten sich Fräulein Heinze und Idas Vermieterin Fräulein Rohwetter in ihren Nachthemden. Beide glühten vor Neugier.

»Ich beeile mich.« Ida raffte ihre Kleidung zusammen. Im Bad spritzte sie sich Wasser ins Gesicht, schlüpfte in Rock, Hemd und Bluse, versuchte, ihr Haar zu bändigen, das ihr den Gefallen jedoch nicht tun wollte. Zwei Minuten später griff sie in der Diele nach ihrer Uniformjacke.

»Fertig?«

»Ja.«

Heide hatte den Wagen ihres Vaters an der Ecke zur Weidenallee geparkt. Minuten später fuhren sie am Bahnhof Sternschanze vorbei. Das Wohnviertel war zu dieser Stunde wie ausgestorben. Angespannt blickte Ida auf die mausgrauen Häuser, nachtschwarzen Krater, die Schuttberge rechts und links der Straße. Am Neuen Kamp bog Heide, ohne auch nur eine Sekunde den Fuß vom Gaspedal zu nehmen, links ab. Die beiden düsteren Klötze, an denen sie vorbeibrausten, waren die Bunker am Heiligengeistfeld. Wenig später stieg Heide vor dem hell erleuchteten Polizeipräsidium auf die Bremse.

Mit kühler Miene drehte sich Miss Watson zu Ida um. »Heute ist Ihre Kollegin Ihre Vorgesetzte. Sie tun, was Fräulein Brasch Ihnen sagt. Haben Sie verstanden?«

»Ja, Ma'am«, sagte Ida. Erneut kamen ihr Marlises Worte in den Sinn, doch erneut schob sie sie von sich.

Nachdem Superintendent Watson ausgestiegen war, kletterte Ida auf den Vordersitz. »Wir beide also?«

»Wir beide also.«

»Und wann erzählst du mir, was heute Nacht genau passieren wird?«

»Wenn alles vorbei ist.« Damit gab Heide wieder Gas.

Irritiert blickte Ida ihre Kollegin an, während diese den Wagen durch die menschenleeren Straßen steuerte. Unbeleuchtete Häuser flogen an ihnen vorbei, die Straßen waren menschenleer.

Plötzlich fiel ihr etwas ein, was sie Heide noch gar nicht hatte berichten können. »Meyerlich hat was über Henni herausgefunden! Ich glaube, ich weiß, wer sie getötet hat.«

Ruckartig drehte Heide den Kopf.

»Offenbar hat Köhler, der ja womöglich Käthe, Fräulein Metzger und Karl Pape entführt hat, mit Hennis Tod zu tun. Zumindest wurde er mit ihr gesehen. Und zwar an dem Abend, bevor du und ich sie fanden. Wie sie ins Bild passt, weiß ich noch nicht. Sie hat keine Ähnlichkeit mit Vera Pape. Sie war außerdem nicht blond, wurde nicht erdrosselt, und sie trug noch ihre Kleider.«

»Womöglich haben die beiden Sachen gar nichts miteinander zu tun«, warf Heide ein, während sie wieder konzentriert auf die Straße blickte. Mittlerweile umgab sie nur noch Schwärze. Die Straßenlaternen in den Randbezirken waren nach wie vor kaputt. Hin und wieder, wenn sich die Wolkendecke lichtete, blitzte Mondlicht hervor und erhellte die verfallenen Ruinen von Rothenburgsort. Der Anblick ließ Ida das Herz in die Hose rutschen. Nachts wirkte Hamburg noch trostloser als tagsüber. Es war, als gebe es kein Leben mehr und als sei jeder Funken Hoffnung ausgelöscht.

»Wenn Köhler so gewissenlos ist, wie er scheint, war Henni

vielleicht ein Kollateralschaden.« Heides schmale Finger umklammerten das Lenkrad fester. Trotz der Dunkelheit sah ihr Ida an, wie sehr sie der Fall nach wie vor bedrückte. »Du weißt es doch selbst, Ida. Was geben die Leute schon auf eine tote Hure? Das passiert eben. Vielleicht hat sie ihm zu viel Geld abnehmen wollen für seinen Geschmack. Oder wollte ihm keine Kippe schenken oder was weiß ich. Da ist diese Wut in den Herzen … Ein böses Wort, und sie machen platt, was immer sich ihnen in den Weg stellt.«

Nachdenklich nickte Ida. Das wäre eine Erklärung. Nicht immer war alles miteinander verknüpft. Zufälle geschahen. Und was wirkte wie das Teil eines großen Ganzen, entpuppte sich irgendwann als bloßes Einzelstück …

»Bist du denn damit, na ja, einverstanden, dass ich das rausgefunden habe?« Schließlich waren sie wegen Henni andauernd aneinandergerasselt, auch wenn es noch ein paar andere Gründe gab. »Ich weiß ja, dass …«

Heide wandte ihr das Gesicht zu. Ihre Augen waren verquollen, sie war weiß wie eine Gänsefeder und wirkte filigraner als sonst. »Entschuldige, wenn ich mich dumm verhalten habe. Die letzten Wochen waren einfach …«

»Schon gut«, sagte Ida. Ihr fiel ein Stein vom Herzen.

»Wenn ich den Schuft in die Hände bekomme«, redete Heide mit gepresster Stimme weiter, »wird er jedenfalls was erleben.«

Und ganz plötzlich wusste Ida mit Gewissheit, dass Marlise nichts als Blödsinn erzählt hatte. Ja, zwischen Heide und ihr war manches verquer gegangen in den vergangenen Wochen. Aber sie waren beide Polizistinnen. Kolleginnen. Und Freundinnen. Noch ein Stein plumpste runter, und seit Langem hatte sie wieder das Gefühl, frei atmen zu können.

Da stellte sich allerdings die Frage, von wem die Bunkerkönigin erfahren haben könnte, dass es zwischen Heide und ihr kriselte ... Es gab so einige auf der Wache, die nicht gut mit ihr konnten, aber würden sie wirklich zu Marlise gehen und damit ihre Karriere riskieren? Und überhaupt: warum? Nur weil Ida überall anecke?

»Was weißt du über Köhler?«, fragte Heide.

»Dass er in den letzten Kriegsmonaten noch eingezogen worden und Waise ist. Was später kam, bleibt schleierhaft. Allerdings erfahre ich morgen früh hoffentlich mehr. Um acht bin ich zu einem Telefonat verabredet. Schaffe ich das, oder wie lange wird, was wir auch immer heute Nacht tun werden, dauern?«

»Ich denke, das ist zu schaffen.«

Gut.

»Das Problem ... Also, eines von vielen, vielen Problemen ist ...« Ida zögerte. »Die ganze Zeit über habe ich das Gefühl, als wenn ich den Wald vor lauter Bäumen nicht sehe. Was nutzt es, seine letzten Jahre nachzeichnen zu können? Womöglich hat er Hamburg verlassen, ist über alle Berge, die drei sind tot und ...«

»Wer drei Menschen entführt«, wandte Heide ein, »kann die aber doch kaum mitnehmen; er würde auffallen, spätestens wenn er an eine Besatzungsgrenze kommt. Und bisher wurde kein Toter gefunden.«

»Was nicht viel heißt. Das weißt du doch so gut wie ich.«

Mit düsterer Miene nickte Heide, wurde langsamer, drehte den Kopf, um nach hinten zu sehen, gab wieder Gas.

»Befürchtest du, dass wir verfolgt werden?«

»Wie? Nein.«

»Wirklich nicht?« Ida konnte sich nicht helfen. Sie glaubte ihr nicht ganz.

An einer Abzweigung, die auf einen unbefestigten Weg in Richtung Nirgendwo führte, wendete Heide. Dumpf knirschte der Schotter unter den Reifen. Sie fuhr so weit, bis sie die Landstraße rechts und links überblicken konnten, und stellte den Motor ab.

»Was passiert jetzt? Und ja, mir ist klar, dass du keine Details verraten darfst, aber ...«

»Jetzt warten wir«, schnitt ihr Heide das Wort ab und starrte angespannt durch die Windschutzscheibe.

Zu gern würde Ida mit Heide über die bevorstehende Nacht reden – die Ereignisse, die möglicherweise auf sie zukommen würden ... Aber sie wusste ja, dass Heide nichts verraten durfte. Eines aber noch:

»Findest du es nicht ein bisschen riskant, mich im Ungewissen zu lassen?«

Selbst in der Finsternis des Wageninnern sah sie, dass ihre Kollegin eine Grimasse schnitt.

»Doch. Aber was soll ich tun? Es ist Miss Watsons Entscheidung. Und auch wenn es vielleicht nicht die klügste ist ...«

»Ich verstehe schon«, erwiderte Ida lahm.

Der Ruf eines Käuzchens erklang. Nachdem sich Idas Augen an die Finsternis gewöhnt hatten, entdeckte sie in der Ferne eine Reihe Baumspitzen, die sich vor dem etwas helleren Nachthimmel abzeichneten. Wo befanden sie sich? Am Rande von Vierlande?

Heide atmete tief ein. »In Ordnung. Damit du nicht vollkommen im Dunkeln tappst, denn damit ist uns bestimmt auch nicht geholfen: Die Lastwagen aus Frankfurt sind die ganze Nacht lang unterwegs, wir erwarten sie in den frühen Morgenstunden auf Hamburger Gebiet. Ihre Routen wurden im Vornherein minutiös festgelegt, begleitet werden sie, im Fall von Hamburg und Niedersachsen, von britischen Soldaten. Wir hängen uns am Stadtrand an den Wagen, dem wir zugeteilt wurden. Davon wissen der Fahrer und die Soldaten, andernfalls würde es wohl ungemütlich für uns werden. Sonst aber kennt niemand unseren Einsatzort. Aus diesem Grund durfte ich dich nicht einweihen. Nicht einmal die Kollegen haben eine Ahnung, wo wir uns heute Nacht aufhalten.«

»Nur du und Miss Watson?«

»Nur ich und Miss Watson«, bestätigte Heide.

»Was ist mit Fräulein Pfeiffer?«

»Miss Watson traut ihr nicht. Und ich ebenso wenig.«

»Wieso sind wir jetzt schon hier, wenn der Lastwagen erst im Morgengrauen eintrifft?«

»Um die Umgebung zu beobachten. Außerdem wissen wir nicht genau, wann sie kommen.«

»Das heißt im Klartext, dass ihr mit einem Überfall rechnet.«

Heide warf ihr einen scharfen Blick zu. »Mehr kann ich dir nicht sagen, Ida.«

»Was passiert, falls jemand den Transport abfängt? Du hast in den vergangenen Tagen nicht zufällig eine Schießausbildung absolviert, oder? Wir sind unbewaffnet, und ich glaube nicht, dass uns jemand zu Hilfe eilt, wenn wir eifrig in unsere Trillerpfeifen pusten.«

»Natürlich habe ich keine Waffe, Ida, das ist doch absurd.«

Dem konnte Ida nicht zustimmen. Was war absurder als eine Polizistin, die dem Ganoven mit ihrer Schließkette zuwinkte und ihn höflich bat, sie sich bitte anlegen zu lassen? Klar, auf

Streife kam sie selten in eine verzwickte Situation, und wenn doch, hatte sie sich immer mit Tatkraft und Schnelligkeit zu helfen gewusst. Aber wenn es um Milliarden ging, wäre ein Revolver doch ein nettes kleines Hilfsmittel, das ihnen als Frauen aber selbst in Nächten wie diesen verwehrt wurde.

»Halte mich ruhig für eine Pessimistin, Heide, aber ich könnte mir vorstellen, dass wir, wenn die Kollegen uns endlich gefunden haben, sowohl ohne Geld als auch ohne Tatverdächtige dasitzen und zuvor von Letzteren über den Haufen geschossen worden sind.«

»Hör zu, Ida. Was auch immer geschehen kann, wurde genau durchdacht. Zahlreiche Möglichkeiten wurden miteinbezogen. Sei einfach so aufmerksam wie möglich, spitz die Ohren und reiß die Augen auf. Geht das?«

Mit gerunzelter Stirn sah sie Heide an. Es gefiel Ida nicht, so im Dunkeln gelassen zu werden. Wie sollte man wachsam sein, wenn die genaueren Instruktionen fehlten – auf was sie achten sollte und womit zu rechnen war?

Drei Stunden später hatten sie kaum mehr ein Wort miteinander gewechselt, außer praktische Themen wie »Ich muss mal«. Mittlerweile kämpfte Ida gegen die Müdigkeit an. In den zurückliegenden sieben Nächten hatte sie zusammengerechnet kaum mehr als dreißig Stunden geschlafen.

Während sie darüber nachdachte, wieso sie plötzlich nicht mehr von Piet träumte, denn das fiel ihr jetzt erst auf, hörte sie etwas. Sie warf einen Blick nach links, wo Heide gerade die Augen zufielen. Behutsam zupfte sie an ihrer Jacke.

»Da kommt wer«, wisperte Ida, als Heide sie erschrocken ansah.

»Wo?« Heide wandte den Kopf. »Ich höre nichts.«

Aber Idas Gehör war fein; und kurze Zeit später nahm auch Heide das Motorenbrummen wahr. Angespannt saßen die beiden da.

Der Wagen kam von rechts, von außerhalb, mit Ziel Hamburg. Da der Tagesanbruch noch in weiter Ferne lag, rechnete Ida damit, ein anderes Auto als ein Militärfahrzeug auf sie zurollen zu sehen. Doch als das Brummen dumpfer wurde und zugleich dröhnender, wurde ihnen beiden klar, dass sie es mit einem Lastwagen zu tun haben mussten.

»Verdammt, das ist früh«, flüsterte Heide. Nervös beugte sie sich vor und kniff die Augen zusammen.

Kurze Zeit später entdeckten sie leuchtende Scheinwerfer. Nachdem das Gefährt in gleichbleibender Geschwindigkeit in ihre Richtung gefahren war, wurde es langsamer, der Fahrer schaltete das Licht aus, dann wieder ein. Heide ließ den Motor an, blendete ebenfalls auf, und der Fahrer des Lkw kehrte zu seinem ursprünglichen Tempo zurück.

Viel zu schnell, als dass sie etwas hätten erkennen können, bretterte er an ihnen vorbei. Es wirkte wie ein Armeefahrzeug, vielleicht ein britisches, womöglich aber auch ein amerikanisches, mit seiner dunklen Karosserie und der im Fahrtwind flatternden Plane, die das Dach der Ladefläche ersetzte. Im Fahrerhäuschen hatte Ida zwei Männer entdeckt, viel mehr als die Umrisse ihrer Barette aber hatte sie nicht ausmachen können.

Obwohl Heide auf die Tube drückte, hatten sie Schwierigkeiten, das Gefährt nicht aus den Augen zu verlieren, dessen Rücklichter in einigem Abstand durch die Nacht schlingerten. Die Müdigkeit, die Ida eben noch gespürt hatte, war verflogen. Jede Faser ihres Körpers angespannt, saß sie da, die Augen aufgerissen, damit ihr ja kein Detail entging, und fragte sich, ob der Umstand, dass das Geld viel zu früh in der Stadt eintraf, gut oder schlecht war.

Heides Finger umklammerten das hölzerne Lenkrad. Sie sprach nicht, und ihr war deutlich anzusehen, dass sie vor Nervosität stumme Selbstgespräche führte. Hin und wieder bewegte sie lautlos die Lippen. Auch Ida starrte angespannt in die Finsternis.

In der Nacht, das war ihr zuvor nie so aufgefallen, wirkten selbst die zerstörten Häuser bewohnt. Dass die Fenster keine Scheiben mehr besaßen und man bei Tag die sich im Innern kreuzenden Stahlträger erkennen konnte, fiel jetzt nicht auf. Vollkommene Ruhe und Schwärze – doch dann ertönte ein Knall, der Ida zusammenzucken ließ und Heide veranlasste, erst kurz die Bremse zu betätigen, dann aber das Gaspedal durchzudrücken. Ida wurde in ihren Sitz gedrückt und umklammerte den Türgriff. Der Motor röhrte und spuckte. Von dem Transporter war nichts mehr zu sehen.

»Wo sind sie?« Heides Stimme klang angespannt. »Wo verdammt sind sie hin?«

Ida beugte sich nach vorn, suchte rechts und links die Straße und Einfahrten ab, die meisten mit Trümmern zugeschüttet. Nirgends eine Menschenseele. Heide wurde langsamer, sah sich hektisch um.

»Halt an«, sagte Ida leise.

»Warum?«, fragte Heide und drückte die Bremse durch.

»Weil ich sonst nichts hören kann.«

Heide nickte. Ida wagte kaum zu atmen. Nichts, rein gar nichts unterbrach die finstere Stille.

»Wir sollten weiter«, sagte Heide schließlich.

»Warte. Einen Moment noch.«

Aus weit aufgerissenen Augen starrte Ida in die Schwärze. Plötzlich: eine Bewegung, kaum erkennbar, auf einer der weiten Flächen, die sich wie Brachland rund um das Berliner Tor auftaten. Wo einst in sich zusammengesackte Gebäude Berge von Stein gebildet hatten, war jetzt nur noch Wüste, ein paar verstreut liegende Steine, die den Marsch erschwerten und einen zum Stolpern brachten. Sie aber störten nicht das Bild der Weite, das sich einem hier bei Tage wie an keinem anderen Ort in Hamburg bot.

»Da!«

»Was hast du entdeckt?«, flüsterte Heide.

Ida zeigte in die Richtung, in der sie ein schwaches Licht hatte aufblitzen sehen. Jetzt herrschte wieder nichts als Dunkelheit.

»Lass uns aussteigen.«

»Ida, wir ...«

Leise hatte Ida die Tür geöffnet, lauschte.

»Ida«, flüsterte Heide jetzt drängender.

»Was ist denn?«

»Wir sind nicht hier, um einzugreifen, verstehst du, was ich sage?«

Verwirrt nickte Ida.

»Sondern als Zeuginnen.«

»Aber was, wenn es einen Hinterhalt gibt? Dir kommt die Sache doch auch nicht sauber vor. Wieso ist der Lastwagen verschwunden? Erzähl mir nicht, dass das so geplant war.«

Obwohl Ida kaum hörbar gewispert hatte, schien Heide sie zu verstehen. In der Dunkelheit spürte Ida mehr die Sorge ihrer Kollegin, als dass sie sie sah.

»Und außerdem: Wie sollen wir Zeuginnen sein, wenn wir hier hocken?«

Das schien Heide zu überzeugen. Sie nickte, legte dann aber

noch einmal ihre Hand auf Idas Arm. »Keine Alleingänge. Wir dürfen nicht eingreifen.«

Stumm sah Ida sie an. Mäuschen spielen? Was für ein Auftrag war das? Erst recht, wenn Männer in Gefahr gerieten, es womöglich längst waren?

Nachdem sie ausgestiegen waren und die Türen so leise wie möglich zugedrückt hatten, schlich Heide hinter ihr her. Der Geruch von verbranntem Gummi stieg in Idas Nase. Gute dreihundert Meter entfernt, zu den Häuserruinen hin, stand etwas, das sich als der Armeelaster entpuppte. Das Licht war ausgeschaltet, der Motor ebenso, nur die Plane flatterte im Wind. Ansonsten herrschte eine Stille, die undurchdringlich wirkte. Es schien, als halte die gesamte Umgebung ihren Atem an.

Quer über das Feld glaubte sie, einen Trampelpfad zu erkennen, doch Heide und sie hielten sich am Rand, dort, wo höhere Häuserskelette emporragten und Schutz versprachen, und gingen langsam auf den Lkw zu. Aus den Augenwinkeln nahm Ida erneut eine Bewegung wahr. Sie krallte ihre Finger in Heides Jackenärmel, legte den Finger auf ihre Lippen, ging in die Hocke und deutete nach rechts.

Auch Heide duckte sich und saß da, die Augen weit aufgerissen. Schließlich drehte sie sich zu Ida und schüttelte fragend den Kopf.

Die Jahre im fensterlosen Bunker hatten Ida einen Vorteil verschafft. Sie konnte exzellent im Dunkeln sehen und nahm anders als Heide den Schatten wahr, der sich beinahe, aber eben nur beinahe unmerklich über das Feld bewegte, von rechts kommend und auf den Armeelastwagen zu. Ihm folgte ein zweiter, dann ein dritter. Kurz darauf zählte Ida schon sieben Männer, nein, einen achten, der ein paar Meter von ihnen entfernt aus einem Mauerspalt glitt. Als sie die Fingerspitzen auf den Boden legte, spürte sie die kaum wahrnehmbaren Erschütterungen der Armeestiefel.

Als die Vorhut an ihnen vorüber war, zupfte Ida wieder an Heides Ärmel. War es ihr Ernst, und sie sollten tatenlos zusehen, wie die Soldaten, falls sie noch im Innern waren, abgeschlachtet wurden?

Sie spürte Heides Hand auf ihrer eigenen. Mahnend, so kam es ihr vor, und eiskalt. Suchend drehte Ida den Kopf. Wie viele Männer verbargen sich noch im Dunkeln? Und woher wussten sie von der Route, die das Geld nehmen würde?

Mittels Handzeichen versuchte sie, Heide klarzumachen, was sie befürchtete. Sie konnten nicht zusehen, wie hier ein Massaker geschah! Zwei Männer hatten im Fahrerhäuschen gesessen. Zwei – und hier schlichen sich acht an, die mit Sicherheit schwer bewaffnet waren. Sie spürte Heides Finger, die immer fester zudrückten. Starr blickte ihre Kollegin ihr in die Augen, schüttelte den Kopf und formte mit den Lippen die Worte: »Bleib hier!«

Aber was, wenn Heide und sie es wären, die aus dem Hinterhalt überfallen wurden? Wäre es da ein tröstlicher Gedanke, dass irgendwer aus der Ferne zusah, um Zeuge zu sein?

Außerdem musste es einen Eingeweihten geben. Wo war dieser Jemand? Saß er in der Davidwache und drehte Däumchen? Oder befand er sich ganz in ihrer Nähe?

Wieder ließ Ida ihren Blick über die Ruinen wandern. Im Finstern der zerfallenen Häuser war nicht das Geringste zu erkennen. Sie fragte sich, wieso die Männer, die nicht länger auf den Lkw zuschlichen, sondern auf etwas zu warten schienen, gerade diesen Ort ausgesucht hatten. Weil er erst kürzlich freigegebenes Sperrgebiet war und sich somit keine Heimatlosen hier fanden, die sich mit jedem Obdach zufriedengaben – der Ort also zahlreiche geschützte Verstecke bot? Auch das musste man erst einmal herausgefunden haben. In Zeitungen jedenfalls standen Informationen wie diese nicht.

Lautlos und ohne sich um die stummen Proteste ihrer Kollegin zu kümmern, erhob sie sich und schlich in die Richtung an der halb eingefallenen Gebäudemauer entlang, aus der sie gekommen war. Leise knirschte die Erde unter ihren Sohlen. Ida betete, dass ihr notdürftig reparierter Schuh durchhalten möge. Als sie die Straße erreichte, hatte sie niemanden entdeckt. Aufmerksam sah sie in die Richtung, in der Heide den Wagen geparkt hatte, dann nach rechts. Auf der Straße, die in nordwestlicher Richtung in die Stadt führte, lauerten Krater, daher musste sie nach unten blicken, um nicht zu stolpern, und zugleich die dunkle Umgebung nicht aus den Augen lassen.

Nicht weit entfernt entdeckte sie eine Seitenstraße. Wenn sie Glück hatte, gab es eine Häuserlücke, und sie würde sich dem freien Gelände und damit dem Armeelastwagen von der anderen Seite aus nähern können. Vorsichtig, um ja nicht zu stolpern, schlich sie auf die Kreuzung zu und starrte die Gasse hinab. Sie führte gen Osten, wo in weiter Ferne am Horizont der erste Schimmer der Morgensonne glomm. Leer lag die zertrümmerte Straße da, gesäumt von kaputten Wohnhäusern, in denen kein Leben herrschte.

Was geschah auf der Brache rechts von ihr? Wieso hörte sie immer noch nichts als diese undurchdringliche Stille? Worauf in aller Welt warteten die Angreifer?

Nach ein paar Schritten entdeckte Ida einen Pfad zwischen zwei Trümmerbergen hindurch, der auf ein Haus zuführte.

Nachdem sie sich umgesehen hatte, kletterte sie durch ein Fenster ins Innere, stieg geduckt über weiteren Schutt, arbeitete sich einen engen Flur entlang, der zum Himmel hin offen war, und betrat über einen schmalen Durchgang eines der hinteren beiden einst wohl durch eine Flügeltür miteinander verbundenen Zimmer. Von hier aus bot sich ihr im schwachen Licht der noch weit hinter dem Horizont versteckten Sonne ein fast unverstellter Blick auf den Laster. Geräuschlos schlich sie auf die Fensteröffnung zu, ging in die Hocke und spähte hinaus.

Nach und nach erkannte sie, dass im Schatten der Häuser, gute zwanzig Meter von ihr entfernt, Männer mit Gewehren warteten, deren dunkle Metallrohre matt glänzten. Ein Geräusch, das aus ihrer Nähe kam, ließ Ida erneut den Atem anhalten und aus weit aufgerissenen Augen nach links blicken. Auf der anderen Seite der Mauer hockte jemand, fünf, höchstens sechs Armlängen entfernt. Bloß die Rundung einer Schulter konnte sie erkennen, für mehr reichte das Licht des anbrechenden Tages nicht aus.

Ida zog den Kopf wieder ein. Es gab mindestens zehn, die hier die Stellung hielten. Sie überschlug ihre Möglichkeiten. Sie könnte den Rückzug antreten und zu Heide zurückkehren, doch was hätte sie damit gewonnen? Sich von hier zum Laster zu schleichen, um die Soldaten zu warnen, wäre wiederum blanker Irrsinn. Auf dieser Seite des Wagens hatte sie rund zehn Männer ausgemacht, auf der anderen fünf. Dem standen Heide und sie gegenüber, unbewaffnet.

Verdammt, was wurde hier nur gespielt? Und was blieb ihr noch? Nichts, außer Kopf und Kragen zu riskieren, indem sie versuchte, den Kerl, der ihr ganz nahe war, lautlos auszuschalten. Sich dann weiterzuarbeiten. Zu hoffen, dass ein Wunder geschah. Denn wenn es ausblieb, war die Sache gelaufen.

Und Heide und sie ...

Mach deine Arbeit, Ida, sagte sie sich und atmete tief, aber unhörbar durch. Und denk verdammt noch mal nicht nach. Lautlos schwang sie die Beine über den Fenstersims. Sie versuchte, sich nur auf ihre Bewegungen zu konzentrieren. Nirgends anstoßen. Ja nicht stolpern. Dabei schlug ihr das Herz bis zum Hals. Jeden noch so kleinen Stein spürte sie unter ihren Füßen, jede Unebenheit des Bodens, hörte jedes noch so leise Geräusch, das sie verursachte, untermalt von dem dröhnenden Rauschen ihres Blutes in den Ohren. Jetzt war sie dem Mann so nahe, dass sie das Gewehr erkennen konnte, das auf seinem angewinkelten Knie lag; ein Karabiner, wie er auch von ihren Kollegen benutzt wurde.

Sie hielt inne, um sich den Schweiß von der Stirn zu wischen, der ihr in die Augen rann. Näher und näher kam sie, bis der Mann höchstens noch zwei Meter entfernt war. Sie durfte ihn nicht verfehlen. Musste ihn erwischen, bevor er die Waffe auf sie richten konnte.

Eins.

Zwei.

Drei.

Ida stürzte los. Doch bevor sie den Kerl zu fassen bekam, schlang sich ein Arm von hinten um ihren Hals, zugleich presste sich eine Hand auf ihren Mund. Aus weit aufgerissenen Augen starrte sie dem jungen Mann vor sich ins Gesicht, der über ihr plötzliches Auftauchen nicht im Mindesten überrascht schien. Stattdessen verzogen sich seine Lippen zu einem Grinsen. Langsam, als habe er alle Zeit der Welt, entsicherte er das Gewehr und legte an. Ida spürte, wie der Arm um ihren Hals ihr immer mehr Luft abdrückte, begann zu japsen, in ihren Ohren ertönte ein schrilles Läuten. Ihr Bewusstsein, so fühlte es sich an, schlich davon; schwere, warme, alles erfüllende Müdigkeit breitete sich in ihr aus.

Sie versuchte, sich mit Händen und Füßen zu wehren, trat um sich, biss in die Hand auf ihrem Mund, bekam sie jedoch nicht richtig zu fassen. Der Mann war stärker als sie, presste weiter zu, auch wenn sie kurz zu Atem gekommen war. Nun aber spürte sie, wie alle Luft aus ihr wich.

Nein, nein, nein! So würde sie nicht sterben! Nicht auf einer Brache im Nirgendwo. Nicht in dieser Nacht. Nicht ohne Käthe, Fräulein Metzger und Karl Pape gefunden zu haben. Außerdem gab es tausend Dinge, die sie den Leuten noch sagen musste. Ares zum Beispiel, Ares musste sie sagen …

Ein Krachen ertönte, das wie die Detonation einer Handgranate klang. Der Boden unter ihr vibrierte, die Umgebung war in weißliches, zuckendes Licht gehüllt. Eben noch hatte sie den kratzigen Stoff des Ärmels auf der Haut ihres Halses gespürt, jetzt begann sie mit neuer Kraft zu kämpfen. Sie riss den Arm, der sie umklammerte, nach unten, rollte nach vorn, sodass ihre Beine über die Innenwand schrammten, schoss herum und stürzte sich auf die gebeugte Gestalt ihres Angreifers. Fast begrub sie ihn unter sich, doch das Überraschungsmoment währte nicht lange. Mit aller Kraft versuchte er, ihr seinen Ellbogen ins Gesicht zu rammen und sie zur Seite zu werfen.

Wo war der andere Kerl, der mit dem Karabiner?

Sie hatte keine Zeit, Ausschau nach ihm zu halten. Keuchend stemmte sie sich gegen die Mauer, tastete über den Boden nach etwas, das sie greifen konnte, fand einen Stein, der klein war, aber besser als nichts, umschloss ihn mit den Fingern und versuchte, den Mann, der ihr die Luft abgedrückt hatte, damit zu traktieren, doch ihr Schlag verfehlte seinen Kopf um Haaresbreite.

Seine Hand presste sich in ihr Gesicht, sodass sie kaum mehr etwas sah. Sich verzweifelt wehrend, tastete sie nach seinem Kopf, doch das Haar war zu schütter, um ihre Finger hineinzukrallen. Als dicht neben ihnen ein weiterer Knall ertönte und jemand dumpf aufschrie, warf sich ihr Angreifer mit seinem ganzen Gewicht auf sie und presste sie zu Boden. Starr vor Entsetzen blickte sie in Polizeimeister Hildesunds rotfleckiges Gesicht.

13

Hamburg-Rothenburgsort

```
Sonntag, 21. Juni 1948,
   bei Tagesanbruch
```

Fassungslos starrte Ida ihrem Vorgesetzten in die kalten Augen, in denen Hohn und Hass nur so leuchteten. Den Ellbogen auf ihrer Kehle, das Knie auf ihrer Brust, presste er allen Atem aus ihr heraus. Wieder spürte sie, wie ihr schwummrig wurde. Plötzlich, in einer kurzen Feuerpause, ließ er los und sagte mit schneidender Stimme: »Mach sie kalt.«

Immer noch am Boden liegend, war sie kaum zu einem klaren Gedanken fähig. Eine erneute Salve von Schüssen ertönte, Licht blitzte auf, sie hörte die Soldaten englische Befehle schreien, Deutsche, die sich ebenfalls Kommandos zubrüllten. Und sie mittendrin, mit Hildesund und dem Kerl mit dem Karabiner, der zwar angeschossen worden war, aber erneut anlegte. Blut leckte aus seinem Bein, als er sich näher schleppte.

Sie sah in sein junges Gesicht. Rötliche Bartstoppeln sprossen an seinem Kinn und über der Lippe. Sein Blick aber war kalt und hart, genau wie Hildesunds.

Ida war immer noch nicht zum Sterben bereit, dennoch wurde alles in ihr mit einem Mal weich. Sie hörte auf sich zu wehren. Zumindest in den Tod wollte sie, wenn er schon unumgänglich war, kampflos gehen, schoss ihr durch den Kopf. Sie hatte genug gekämpft.

Die Welt hatte genug gekämpft.

Warum konnten die Menschen nicht einfach Frieden geben?

Erneut ertönte ein ohrenbetäubender Knall. Dickflüssig schien ihr die Stille und langsam, ganz langsam die Bewegungen des jungen, rotbärtigen Mannes, der neben ihr zusammensackte. Als er auf dem Boden aufschlug, ließ er die Waffe los, die wegschlitterte. Sie sprang auf, hatte aber die Rechnung ohne Hildesund gemacht, der sich schon wieder auf sie stürzte. Doch es gelang ihr, ihn zur Seite zu werfen und den Stein, den sie umklammert hielt, gegen seine Stirn zu donnern, was ihn kurz benommen machte.

Doch schon kam er wieder blinzelnd zu sich. Er rappelte sich auf und versuchte, nach dem Gewehr zu greifen, das in kurzer Entfernung von ihm auf dem schmutzigen Boden lag. Da übernahm Idas Körper das Kommando. Wie ein todesmutiger Stier warf sie sich nach vorn, und als Hildesund die Flinte anhob, rammte sie sie mit dem Kopf beiseite. Erneut setzte sie ihren Schädel dazu ein, Hildesunds Nasenbein zu zertrümmern, der sich daraufhin mit einem Ächzen zusammenrollte.

Taumelnd rappelte sich Ida auf. Ein kurzer Blick auf ihren Vorgesetzten: Er war ausgeknockt. Ihr Kopf schmerzte höllisch, und ihre Beine zitterten, während sie über das Geröll und moosüberwucherte Gestein hastete, um nach dem Karabiner zu greifen. Hinter ihr fielen in rascher Abfolge mehrere Schüsse. Sie musste sich zwingen, nicht den Kopf herumzureißen, sondern ihre Aufmerksamkeit und die Waffe auf Hildesund zu richten, der blinzelnd wieder zu sich kam.

Nun hatte sie endlich auch wieder eine Sekunde Zeit, sich

nach dem anderen Kerl umzusehen. Er lag am Boden und rührte sich nicht.

»Erschieß mich doch, du dreckiges Flittchen«, brachte Hildesund über die anschwellenden Lippen. »Traust dich wohl nicht?« Er hustete. Bluttropfen besprenkelten seine Uniform.

Idas Hände zitterten. Sie umfasste die rechte mit der linken und spürte, wie der Schweiß auf ihrer Haut das kühle Holz des Gewehrkolbens glitschiger werden ließ. Sie hatte nie schießen gelernt, wusste nicht einmal, wie man eine Waffe entsicherte. Zum Glück hatte das der junge rotbärtige Kerl für sie erledigt.

Aus den Augenwinkeln sah sie, dass im Innern des Lastwagens Lichtblitze aufzuckten. Erneut durchrissen Schüsse die Stille.

»Drück schon ab!«, ächzte Hildesund.

Ida ließ das Gewehr sinken. »Von dir habe ich mir noch nie was sagen lassen, du mieses Schwein.«

*

»Geht's dir besser, Ida?« Der forschende Blick ihrer Kollegin wurde ihr immer unangenehmer.

»Könntest du wieder nach vorn gucken und fahren?«, bat Ida, statt ihr zu antworten. An ihrem Kopf pochte die große Beule, die sie sich beim Kampf mit Hildesund zugezogen hatte. Auch so ziemlich alles andere an ihr war zerschrammt und blutig, doch sie spürte ihren Körper kaum. Sie war nur müde und restlos erschöpft. Am liebsten würde sie sich auf der Rückbank zusammenrollen und schlafen.

Aber ihre Arbeit heute war noch lange nicht getan, außerdem

hatte sie unendlich viele Fragen. Mittlerweile war die Innenstadt, auf die sie zurollten, in gleißendes Sonnenlicht getaucht. Was hinter ihnen lag, auch wenn es nur zwei Stunden her war, wirkte wie ein Überbleibsel aus einer lange vergangenen Ära. Eine schon wieder verblassende Erinnerung.

Hildesund ... Ida konnte kaum behaupten, dass sie kein Hochgefühl empfunden hätte, als er von Heides Vater, Oberkommissar Brasch, abgeführt worden war. Doch wie passte all das zusammen? Sie verstand es nicht!

»Was von alldem wusstest du, Heide? Ich dachte, du und Hildesund, ihr wärt plötzlich beste Freunde.«

Als alles vorbei gewesen war und Dutzende britischer Soldaten anrollten, gemeinsam mit den deutschen Kriminalkommissaren, hatte Ida nur sprachlos bemerken können, dass Heide nicht im Mindesten überrascht gewesen war, Polizeimeister Hildesund vor sich zu sehen. Stattdessen hatte sie ihn kalt angelächelt, als er an ihr vorbei abgeführt worden war, und etwas gemurmelt, das Ida nicht verstanden hatte.

Jetzt lenkte sie das Auto um eine enge Kurve, ohne dabei auch nur einen Moment die Geschwindigkeit zu verringern. »Miss Watson hat früh geahnt, dass es innerhalb der Operation Bird Dog eine undichte Stelle gab, auch wenn niemand einen Schimmer hatte, um wen es sich handeln könnte. Auf Lindemann kam niemand, aber ich hatte Hildesund in Verdacht. Er benahm sich ... immer seltsamer. Anfangs ergab es allerdings keinen Sinn – schließlich war er in die Operation nicht eingeweiht, so hochrangig war er auch wieder nicht. Er musste also von anderswo seine Informationen bekommen – falls ich mit meinem Verdacht richtiglag. Miss Watson und ich haben die Strategie entwickelt, dass ich sein Vertrauen gewinnen sollte.

Vielleicht kannst du es dir nur schwer vorstellen, aber die Rolle zu spielen hat mir keinen sonderlichen Spaß gemacht: plötzlich Hildesunds beste Freundin zu sein.«

»Du warst aber ziemlich überzeugend. Sogar mich hast du getäuscht.«

»Vielleicht sollte ich doch zum Film.«

Ida schnaubte. »Viel Spaß da.«

»Nicht, dass er etwas preisgegeben hätte«, redete Heide weiter. »So dumm ist er nicht, das war uns klar. Aber zumindest sollte er sich in Sicherheit wiegen.«

»Aber woher kannte Hildesund die Details? Hatte er mit Lindemann zu tun?«

»Wir haben nur Vermutungen. Womöglich gab es eine Verbindung zwischen ihm und dem Briten, auch wenn wir keine Ahnung haben, wie die beiden zusammengefunden haben könnten und wieso Lindemann ...« Heide wurde leiser, dann sah sie alarmiert zu Ida. »Vielleicht haben sich Lindemann und Hildesund kennengelernt, als Vera Pape ihren Verlobten meldete beziehungsweise er sie anzeigte ...«

Diesen Gedanken ließ Ida eine Weile auf sich wirken, während sie auf den Hauptbahnhof zufuhren. Das weiße Licht der Junisonne glitzerte auf der Außenalster.

»Hildesund mag durchtrieben sein«, sagte Ida schließlich. »aber besonders klug ist er nicht. Ich wäre überrascht, wenn er sich als dermaßen vorausschauend entpuppen würde.« Tatsächlich fragte sie sich, ob nicht noch jemand anderes seine – genauer gesagt ihre – Finger im Spiel haben könnte.

Marlise hatte früher oft damit geprahlt, Kontakte auf der anderen Seite der Legalität zu haben. Könnte Hildesund dazu zählen? Aber auch das erklärte noch nicht die Verbindung zu

Lindemann und den Zugang zu den Geheiminformationen seiner Abteilung.

Ruckartig drehte sich Ida zu Heide. »Hast du Hildesund gesteckt, welche Route der Lastwagen nehmen würde? Er muss ja dort gewartet haben.«

Heide nickte.

»Und du wusstest, dass in dem Transporter gar kein Geld war!« Denn das war Ida klar geworden, als alles vorbei gewesen war. Im Innern des Lastwagens hatten sich nicht etwa eine Handvoll Briten den engen Platz mit dem Geld geteilt, stattdessen hatten dort drei Dutzend dicht an dicht gestanden und auf den Angriff gewartet.

»Natürlich wusste ich das. Glaubst du, andernfalls wäre ich so ruhig geblieben?«

Ida runzelte die Stirn. »Na ja, *so* ruhig warst du eigentlich nicht.«

In gespielter Wut schoss Heides Kopf herum.

»Konzentriere dich auf die Fahrbahn.«

»Wenn du nicht weggelaufen wärst, wäre ich schon ruhig geblieben«, moserte Heide.

»Mit ein bisschen mehr Erläuterungen hätte ich das nicht tun müssen. Andererseits wäre uns Hildesund dann vielleicht durch die Lappen gegangen.«

»Das stimmt nicht ganz. Wir haben die Routen nicht wie die Wilden gestreut, sondern gezielt durchgesteckt.«

Unvermittelt traten Ida Tränen in die Augen. »Ich hab alles gefährdet, oder?«

Heide nahm den Fuß vom Gas und legte ihre Hand auf Idas. »Mach dir keine Gedanken. Es sind mehrere solche Lastwagen herumgefahren, in denen sich statt des Geldes Soldaten eng aneinander quetschten, und natürlich haben wir die einzelnen Routen gezielt durchgesteckt. Es gab zwei Handvoll davon und ebenso viele Beamten, denen wir einen Bären aufgebunden haben. So hätten wir, selbst wenn Hildesund gar nicht aufgetaucht wäre, gewusst, wer dahintersteckt, denn diese spezielle Strecke wurde nur ihm verraten.«

Ida fühlte sich schrecklich. Sie hatte nicht nur sich selbst in Gefahr gebracht, sondern den gesamten Einsatz.

»Auch wenn ich deine Alleingänge nicht gern gutheiße, Ida, hast du uns vielleicht doch einen Gefallen getan. Du hast Hildesund auf frischer Tat ertappt. Hätten wir uns mit Indizien herumschlagen müssen – ihm nachweisen, dass nur er die Strecke gekannt haben konnte und niemand sonst –, es wäre ungleich schwieriger, ihn zu verurteilen.«

Dankbar sah Ida ihre Kollegin an, die ihr ein Lächeln zuwarf und nach vorn zeigte. »Dahinten stehen die Ersten schon Schlange.«

Tatsächlich hatten sich trotz der frühen Stunde schon Dutzende vor der früheren Reichsbank versammelt.

»Am Altonaer Rathaus und an den anderen Ausgabestellen drängeln sich die Leute bestimmt auch schon«, sagte Heide. »Es stand in den Abendzeitungen: Jeder bekommt sofort 40 Deutsche Mark auf die Hand, in ein paar Wochen kommen noch einmal 20 hinzu. Ida?«

»Hm?«

Ihr mussten die Gefühle deutlich ins Gesicht geschrieben sein, denn Heide drückte noch einmal ihre Hand. »Nimm es dir nicht so zu Herzen. Du bist halt, wie du bist.«

»Ja, aber als Polizistin sollte ich lieber anders sein.«

»Nein, red dir so was nicht ein. Und ich gebe zu, ich habe

ziemlich gemeine Sachen zu dir gesagt. Ich war ... Ich war tatsächlich eifersüchtig, Ida. Weil du auf den Lehrgang darfst und ich nicht. Entschuldige. Ich bin schrecklich.«

»Blödsinn.« Heide konnte sie sowieso nicht lange böse sein. Außerdem verstand sie es. Auch sie hatte sich häufig gefragt, warum eigentlich sie den Vorzug vor ihrer Kollegin bekommen hatte. Und das würde sie sich nach dieser Nacht erst recht fragen müssen, fügte sie bedrückt in Gedanken hinzu.

»Wir haben übrigens den Rest des Tages frei. Soll ich dich nach Hause fahren, Ida?«

»Nein danke. Ich muss doch zur Davidwache.« Sie kam sich vor, als würde sie schlafwandeln, gleichzeitig aber fühlte sie sich hellwach. »Jetzt darf ich wohl wieder, wie?«

»Das nehme ich an. Ich fahre dich hin.«

»Hast du vielleicht Lust, mich reinzubegleiten?«, fragte Ida. Es war noch nicht einmal sieben. Bis zu ihrem Telefonat hatte sie noch mehr als eine Stunde Zeit. »Ich glaube, unser Büro ist der bessere Ort für ein, na ja ... Gespräch.« Allein der Gedanke an das, was sie vorhatte, ließ sie unangenehm hibbelig werden. Aber wenn nicht jetzt, wann dann? »Oder ist Fräulein Pfeiffer da?«

»Weil Miss Watson ihr nicht traut, ist die Pfeiffer wohl die einzige Angestellte der Hamburger Polizei, die heute Nacht freihatte. Was für ein Gespräch denn? Ida? Wieso siehst du so besorgt aus?«

»Das sag ich dir, wenn wir da sind«, sagte Ida. Während sie an ihren staubigen, zerrissenen Kleidern runtersah und ihre Hand betrachtete, deren Knöchel geschwollen waren von den Schlägen, die sie Hildesund verpasst hatte, fühlte sie sich mit einem Mal unendlich schwer.

Dreizehn Monate hatte sie als Polizistin gearbeitet, und diese dreizehn Monate waren die glücklichsten ihres Lebens. Endlich wusste sie, wo sich ihr Platz befand. Was sie konnte, wozu sie fähig war. In dieser Zeit hatte sie Stärken an sich entdeckt, von denen sie nie geahnt hatte. Überraschenderweise schienen die Leute zu ihr Vertrauen zu fassen, obwohl sie doch oft eher ruppig daherkam, Menschen über den Mund fuhr, sich ihre eigene Meinung bildete, manchmal vorschnell. Dennoch war sie immer wieder Frauen, Jugendlichen und Kindern begegnet, die sich niemandem öffnen wollten außer ihr. Es tat gut zu spüren, dass sie eine Aufgabe hatte, dass sie ein Talent mitbrachte ...

Plötzlich hatte sie einen Kloß im Hals. Sie konnte aber nicht so weitermachen. Nicht, wenn sie ständig Angst davor haben musste, dass sie enttarnt wurde. Ihre Jahre an Marlises Seite schienen ihr so fern, gleichzeitig aber kehrten sie ständig mit Gewalt in ihr Leben zurück. Wie eine Büchse *Surströmming* kam ihr ihre Vergangenheit vor – dieser eingelegte vergorene Fisch, der den Streit zwischen Ares und ihr auf die Spitze getrieben hatte und den Karls schwedische Landsleute abgöttisch liebten. Zu jedem Zeitpunkt stand dessen Blechbehältnis kurz vor dem Explodieren. Ebenfalls ständig, so empfand es Ida, musste sie prüfen, ob der Deckel auf ihrer vor allen Blicken verborgenen Vergangenheit noch hielt – ob jemand sie erkannte und, falls ja, mit der Idee liebäugelte, sie zu melden. Bisher war sie wie durch ein Wunder durchgekommen, aber sollte die Büchse explodieren, würde sie Idas ganzes Leben in die Luft jagen. Und was, wenn Marlise eines Tages Ernst machte und Ida an ihre Vorgesetzte verriet? Ida war es leid, wegen ihrer Vergangenheit erpressbar zu sein.

Es war an der Zeit, dachte sie beklommen.

Zeit, klar Schiff zu machen.

KÄTHE

Sitzen kann sie nicht mehr. Sogar wenn sie den Kopf von der Pritsche hebt, rast alles im Kreis, und das Komische daran ist, dass sie doch im Finstern sowieso nichts sieht. Trotzdem schwankt die Dunkelheit, als wäre sie auf dem Boot, mit dem sie mit Mama mal gefahren ist vor ganz langer Zeit.

Daher hebt Käthe den Kopf nicht mehr. Auch flüstert sie nicht mehr mit den Schaben, die irgendwo hier drin leben. Selbst dafür, nur in ihrem Kopf mit ihnen zu reden, fehlt ihr die Kraft. Ihre Gedanken sind schwer. Alles ist schwer und düster.

Trulla ist tot.

Seit Mister Haha weggegangen ist, hat sie sich nicht mehr gerührt. Und bald wird auch Käthe tot sein, sie fühlt es. Genauso wie sie fühlt, dass in ihr alles wärmer und wärmer wird.

Ist der Tod gar nicht kalt? Kalt und schwarz, wie es in den Büchern steht? Sondern warm und vielleicht rot oder blau oder grün? Gelb wäre ihr am liebsten.

Rasselnd atmet sie ein. Sie wäre gern an einem schönen Ort. Auf einer Wiese, die weich ist und nach Erde und Regenwürmern riecht. Mit Blumen neben ihrer Nase, die süß duften. Mit Hummeln, die um ihr Ohr taumeln und brummen, als würden sie ihr ein Lied singen.

Und Mama. Mama, die sich neben ihre kleine Käthe legt. Wenn Mama hier wäre, könnte Käthe gern sterben.

Und wenn Mama nur ein einziges Mal noch zu ihr sagen würde, dass sie sie lieb hat …

14

Davidwache, Hamburg-Sankt Pauli

Sonntag, 20. Juni 1948, 7:59 Uhr

8 Uhr, hatte sich Ida in ihrem Merkbuch notiert: *Gespräch mit Edda (angeblich nicht ganz richtig im Kopf).* Zuschreibungen dieser Art mochte sie nicht besonders, und sie fragte sich, wie der Baruther Wachtmeister wohl reagieren würde, wenn sie ihn mit *eher langsam in der Birne* charakterisieren würde.

Aber gut. Darum ging es jetzt nicht.

Während sie sich im vertrauten Wachraum 1 umsah, den sie, das musste sie zugeben, vermisst hatte, kehrten ihre Gedanken zu Heide zurück. Das Gespräch war gänzlich anders verlaufen, als Ida angenommen hatte.

Anfangs hatte Heide nicht durchblicken lassen, was sie empfand – ob sie schockiert war und abgestoßen von Idas Vergangenheit. Stattdessen hörte sie stumm zu, nickte hin und wieder, blickte in die Ferne. Ida beichtete alles. Ihre ganze dunkle Vergangenheit: die Monate an Marlises Seite, in denen sie sich tiefer und tiefer in illegale Geschäfte verstrickt hatte; ihre Beziehung mit dem schwedischen Pfarrer Karl, der alles versucht hatte, um Ida von Marlise zu lösen, aber gescheitert war; und letztlich das, was zu Idas Bruch mit der Bunkerkönigin geführt hatte: der von der Decke baumelnde, blau angelaufene

Piet, dessen Kinder schon im Treppenhaus zu hören gewesen waren.

Ganz am Schluss, da sagte Heide, und Ida hörte sie kaum, weil sie zu aufgeregt war, um etwas aufnehmen zu können: »Ich habe nie jemandem so vertraut wie dir, Ida. Daran ändert sich nichts. Oder vielleicht doch ...« Was Ida sich die schrecklichsten Dinge ausmalen ließ. »Ja, ich glaube, jetzt vertraue ich dir noch mehr. Denn du vertraust mir ja scheinbar auch endlich.«

Wie konnte ein Stein, wenn er vom Herzen fiel, eigentlich gar kein Geräusch verursachen? Ida war so erleichtert, dass sie zu weinen begann. Und dann weinte auch Heide ein bisschen, und tja ...

Wunderlich.

Sie waren wohl wirklich Freundinnen geworden.

»Tu mir den Gefallen«, hatte Heide abschließend gesagt, »mach nicht gleich wieder zu wie eine angstzerfressene Auster, in Ordnung? Du musst mir schon die Gelegenheit geben, dich besser kennenzulernen. Und nicht nur mir, wenn ich das mal so nebenbei bemerken dürfte.«

Wen könnte sie damit gemeint haben? Ida hatte da ihre Vermutung ... Aber jetzt schlug die Uhr acht. Zeit für ein Telefonat. Sie sammelte sich, rekapitulierte, was sie Edda im fernen Brandenburg sagen wollte, nahm den Hörer ab und hoffte, dass sie durchkam.

»Ida Rabe von der Weiblichen Polizei in Hamburg. Spreche ich mit Edda Funke?«, fragte sie wenig später, nachdem die Leitung mehrfach zusammengebrochen und jetzt endlich stabil war.

»Jaja, schießen Sie los, ich hab nicht ewig Zeit«, kam die Antwort. Anhand der Beschreibungen des Baruther Wachtmeisters hatte sie sich eine kleine, hutzlige, weißhaarige Frau von hundert Jahren ausgemalt, die halb blind in die Gegend starrte. Die Stimme aber klang resolut. »Edda hier. Tach. So ein Telefonat kostet ein Vermögen, und ich will zwar Gott weiß nicht in die Kirche, aber auf meinen Kirschbaum klettern. Ich hab Hans noch mal gesehen, ja. Hans Köhler, um den geht's doch, oder?«

Das gefiel Ida. Endlich mal wer, der auf den Punkt kam.

»War hier, da waren die Sievers längst weg. Das muss vor anderthalb Jahren gewesen sein, ja, irgendwann nach Weihnachten, würde ich sagen. Da schlappte er den lieben langen Tag durchs Dorf, und es soll mal einer erzählen, dass ihn sonst keiner bemerkt hat. Redete doch die ganze Zeit mit sich selber. Merle hier, Roswitha da. Das sind …«

»Ich weiß, wer die beiden sind«, sagte Ida, die selbst in Steno kaum mithalten konnte. Die Dame redete wie ein Wasserfall, und sie schien ihr außerdem weit richtiger im Kopf als die meisten anderen Zeugen, mit denen Ida sprach. »Die beiden jüngsten Nachkommen von Ernst Sievers.«

»Richtig. In Merle war er verliebt, da wurde einem ganz übel, wenn man's hat mitansehen müssen. Ich mag solche Gefühlsausbrüche nicht, und wenn mir einer ständig Briefe schreiben würde mit dem Inhalt, wir seien füreinander geschaffen und er würde mir den Mond vom Himmel holen und so 'nen Kram … Nee, da wär ich schneller weg, als der Hoppla sagen kann.«

»Ich auch«, gab Ida zu.

Edda lachte. »Merle hat es aber gefallen. Sie mochte ihn, vielleicht hat sie ihn sogar geliebt, wer weiß. Aber sie mussten weg aus Baruth, es ging nicht anders. Sie bekamen einen Brief vom Vater, von diesem Mistkerl Meifert, dass er aus der Kriegsgefangenschaft freigelassen werden sollte. Da war doch die Roswitha gerade in dem Alter, wo es bei Merle angefangen hatte ... Sie verstehen?«

»Nicht ganz. Merle wurde als Achtjährige vom Vater verprügelt und gequält?«

Eddas Schweigen wurde immer bedrückter.

»Oder hat er sie auch ...«

»Ja, hat er. Ich bin mir jedenfalls sicher, auch wenn's kein anderer glauben wollte. Aber so ist das mit einer Gemeinschaft, ne, man will nie glauben, dass ein ehrenwertes Mitglied der Gesellschaft so was täte. Da nimmt man lieber an, dass die Kinder nix als Unsinn erzählen und die Frauen auch.«

»Ehrenwertes Mitglied?« Was sollte das jetzt heißen? Die Aussagen des Wachtmeisters hatten sich gar nicht danach angehört.

»Ja, der war hier Landrat. Nicht weil er was konnte oder sich um die Leute oder die Umgebung kümmern wollte, sondern bloß, damit er Macht hat.«

Verblüfft und angeekelt notierte sich Ida auch das.

»Deswegen haben ihn die Russen wieder freilassen wollen. Hat sich als Gegner der Nazis hingestellt, hätte sich vor dem Krieg für die Kommunisten abgerackert, so hat er es hinterher drehen können. So genau hingeguckt hatten die aber nicht. Jedenfalls haben die geglaubt, er wäre immer einer von den Roten gewesen, da war es für ihn dann vergleichsweise gemütlich im Lager, und sie haben ihn gehen lassen, lange bevor alle anderen gehen durften. Die, die überhaupt gehen konnten ...«

»Und als die Sievers davon erfuhren, haben sie keinen anderen Weg gesehen ...«

»Genau. Die wollten nur weg. Egal, wie verwurzelt die hier waren. Lotte hat das durchgesetzt, endlich hat die sich mal durchgesetzt. Wissen Sie, die erste Tochter, da hat sie weggeguckt. Schrecklich, aber wahr. Manchmal hat sie versucht, sich Bert entgegenzustellen, aber richtig geschafft hat sie es nicht. Und dann hat sie eben die Ohren eingeklappt, die Augen geschlossen, sich eingeredet, da wär nix.«

»Hat sie sich Ihnen anvertraut?«

»Nee. Ich hab ihr Löcher in den Bauch gefragt, und ich hab mich nicht nur ein Mal da mit 'nem Besen hingesetzt, vor Merles Bett, um dem eins über die Rübe zu ziehen, wenn er wieder ankommt. Aber dann haben sie mich entlassen.«

»Entlassen?«

»Ja, ich war doch die Haushälterin der Sievers.«

Das war Ida neu. »Und man hat Sie entlassen, weil Sie zu viel wussten?«

»Na ja, weil ich zu viel ahnte. Ich wusste dummerweise nix, das haben sie mir auf der Wache auch immer unter die Nase gerieben. Und dann war ich irgendwann die verrückte Edda, die, die Gespenster sieht und den ganzen Tag nichts als Unsinn erzählt. Und Meifert konnte weiter tun und lassen, was er wollte.«

Wie furchtbar!

»Jedenfalls sind sie alle los, als die Roten kamen. Eher, um Meifert zu entfliehen, aber auch, weil es sich bei Fabrikbesitzern ja nicht unbedingt um Lieblingsleute von den Russen gehandelt hat, Sie verstehen? Also. Die waren weg, Hans kommt zurück, streicht den ganzen Tag lang durch den Schnee mit kaum was an, und ich sag, Mensch, nu trink wenigstens 'nen Schnaps mit mir, dass dir warm wird. Und er kommt rein und ...« Sie legte eine Pause ein. Ida nahm an, dass sie den Kopf schüttelte. Nun leiser fuhr sie fort: »Er war wie verwandelt. Mit dem Schnaps wurde er ein bisschen ruhiger, aber dann hab ich mal einen Moment nicht hingeguckt, da hat er sich was in den Mund gesteckt und es runtergespült, und dann war Schicht im Schacht.«

»Inwiefern?«

»Kein klares Wort hat er mehr rausbekommen, aber geredet ohne Punkt und Komma. Dass er keinen umgebracht hat, weil er immer untergetaucht ist. Von Seehunden und Bibern, mit denen er geschwommen ist. Und D-noch was.«

»D ... D-Mark?«

»Nee, nee. Das war was anderes, aber ich komm nicht drauf, ich hatte das Wort noch nie gehört. So. Sind wir fertig? Die Kirschen rufen.«

»Was wurde aus diesem Meifert?«

»Das weiß ich nicht. Er kam gar nicht zurück nach Baruth. War also alles für die Katz. Können Sie denen ja sagen.«

»Wem?«

»Na, der Familie. Den Sievers.«

Ida wünschte, sie könnte es. »Haben Sie je gehört, ob die Familie Verwandtschaft zum Beispiel in Norddeutschland hat? Als Haushälterin erfährt man doch viel.«

»Mir kam nix zu Ohren. Die waren immer für sich. Da kam auch nie wer zu Besuch.«

»Wurde Merle je am Blinddarm operiert?«, fragte Ida dennoch. »Und hatte vielleicht auch Lotte eine Narbe am Bauch?«

»Ja. Woher wissen Sie das denn? Beide.«

Ida brachte es nicht über das Herz, von ihrem Verdacht, der schließlich immer noch nicht zweifelsfrei bestätigt war, auch wenn alles dafürsprach, zu erzählen. Beim nächsten Mal, wenn sie alle Eventualitäten ausgeräumt hatte.

»Und um noch mal auf Hans Köhler zurückzukommen ... Gab es etwas Auffälliges, als Sie ihn das letzte Mal sahen?«

»Na klar, den Schmiss. Der arme Junge … Hat ihn sich selber verpasst. Dachte, dass er damit aus dem Kriegsdienst rauskommt. Hat nicht so gut geklappt.«

Wie war er nur auf diese Idee verfallen?, fragte sich Ida. Natürlich reichte eine Verletzung an der Wange nicht aus.

Jedenfalls gab es jetzt immerhin hier Klarheit. Köhler hieß wirklich Köhler. »Sagte er, als er bei Ihnen war, wohin er wollte, oder wissen Sie, ob er irgendwo weitere Angehörige hatte?«

»Da gab's nix. Waisenkind. Kam von einem Heim ins nächste, keiner hat's lange mit dem ausgehalten. Bis er zu den Sievers kam … Da hat er sich gewandelt. Da kam der Mensch in ihm zum Vorschein. Mehr weiß ich nicht.«

»Und Sie sind sicher, dass er direkt nach Weihnachten zurückkehrte?«

»Also, bisschen nach Weihnachten. Ich glaub sogar 'nen ganzen Ticken später. Hm, lassen Sie mich nachdenken, ja, doch, ich glaube, es war Februar.«

»Das wissen Sie genau?«

»Jaja! Jetzt … Ich habe doch die Obstbäume beschnitten, das mache ich pünktlich. Immer am ersten Februar!«

»Danke«, sagte Ida nachdenklich. »Wenn Ihnen noch etwas einfällt …«

»Und?«, fragte hinter ihr Heide, die wie aus dem Nichts aufgetaucht war.

»Biber, Seehund«, sagte Ida, nachdem sie aufgelegt hatte. »Angeblich ist Köhler mit denen geschwommen. Wo in aller Welt kann man mit Bibern schwimmen?«

»Frag mal in Hagenbecks Tierpark nach.«

»D… Welches Wort kennst du mit D?«

»Ist das dein Ernst?«

»Ich meine als Abkürzung. Wie D-Mark.«

»D-Zug.«

»D-Moll. Ach, da gibt es sicher tausend Sachen ...« Unruhig sah Ida aus dem Fenster auf die wie ausgestorben daliegende Reeperbahn. Hier fand sich keine Geldausgabestelle. Keine Bank. Kein Grund, irgendwo anzustehen. »Wie kann der Kerl wie vom Erdboden verschwinden, samt einem Kind, einer Frau und einem älteren Mann? Außerdem müssen wir herausfinden, wo dieser Bertram Meifert abgeblieben ist. Merle und Roswitha Sievers' Vater. Er wurde mir als derart brutal und gewissenlos beschrieben, dass ich ...« Ida redete nicht weiter.

»Ich klemme mich dahinter. Ich habe mich übrigens gerade mit dem Uhrmacher unterhalten, der Henni und Köhler zusammen gesehen haben will. Er hat mir den jungen Walter beschrieben, bei dem hat er sich gemeldet, und er hat auch gesehen, wie Walter das fein säuberlich ins Buch geschrieben hat.«

»Walter Schorlau?« Der Beamte war erst vor ein paar Wochen zu ihnen gekommen.

Heide nickte. »Ich hab mich schon erkundigt. Er hat später noch Dienst. Da können wir ihn dazu befragen. Jedenfalls sagte dieser Uhrmacher, um darauf zurückzukommen, dass es aussah, als hätte Köhler die Frau getragen. Als ich ihn fragte, ob er wirklich der Meinung war, sie wäre freiwillig mit ihm unterwegs gewesen, war er ganz schön beschämt. Hat dann aber wieder damit angefangen, dass er ja schließlich zur Polizei gegangen ist. Stimmt, das hat er getan.«

»Und woher kamen die beiden? Henni und Köhler?«

»Dummerweise laufen dort, von wo sie kamen, gleich drei Straßen ineinander: die Kieler, die Detlev-Bremer- und die Annenstraße.«

»Also in etwa da, wo auch Vera Pape wohnt?«

»Danach hab ich gefragt. Er sagte, sie kamen aus keiner Toreinfahrt, da war er sich ziemlich sicher, sondern aus diesem Straßendreieck. Allerdings wäre es auch möglich, dass sie aus der Budapester eingebogen sind.«

Nachdenklich nickte Ida. »Fiese Ecke.«

Heide, die nicht wusste, worauf Ida hinauswollte, sah sie fragend an.

»Da ums Eck war die NSDAP-Parteizentrale von Sankt Pauli.«

»Das wusste ich nicht.«

»Woher auch, du hast damals ja nicht hier gearbeitet.« Ida ließ sich Heides Worte durch den Kopf gehen. »Budapester Straße. Das ist ... Sie könnten ...« Mit plötzlicher Entschlossenheit sah sie Heide an. »Ich muss zu Marlise. Die Budapester Straße führt am Heiligengeistfeld vorbei. Vielleicht kamen Köhler und Henni vom Bunker.«

»Ida! Du bringst dich in Teufels Küche nach dem, was du mir erzählt hast.«

»Aber auch falls es nicht so ist, könnte Hildesund mit Marlise unter einer Decke gesteckt haben. Überleg doch mal. Da waren so viele Männer, und niemand von ihnen war Polizist. Wie viele Kontakte hat Hildesund denn ins Gewerbe? Und glaubst du nicht, dass er so ein Riesending nur mit jemandem durchziehen würde, der ihm Waffen und Männer beschaffen kann?«

Wieso kam sie eigentlich erst jetzt darauf? Doch was Marlise auch damit zu schaffen hatte: Vor allem wollte Ida ein für alle Mal wissen, ob Marlise Hans Köhler kannte oder nicht. Der Frau, die ihr Spinnennetz mit so viel Hingabe webte, entging keiner, der auf dem Kiez Frauen verprügelte und halb tot auf einem Berg von Ruinen ablegte.

Nachdenklich sah Heide sie an. »Gut. Aber ich komme mit.«

Ida wollte widersprechen, sah aber ein, dass Heide recht hatte: Es könnte im Nachhinein so aussehen, als würde sie Marlise warnen, dann nämlich, wenn alles herauskam … Und das, daran hatte sie keinen Zweifel, würde es. Denn sie würde Miss Watson dasselbe erzählen, was sie Heide gebeichtet hatte.

Schluss mit den Halbwahrheiten, ein für alle Mal!

»In Ordnung. Aber nicht nur wir beide.«

Eine Viertelstunde später verließen sie zu viert die Davidwache und erreichten kurz darauf das Heiligengeistfeld. Niemand von ihnen sprach, als sie beim Bunker ankamen. Hondratschek stieß die Tür auf, Meyerlich, Heide und Ida folgten ihm. Stufe um Stufe nahmen sie empor und traten dann in Idas ehemaliges düsteres Zuhause. Sie hatte das Gefühl, so angespannt zu sein wie in der zurückliegenden Nacht, als sie Heide stehen gelassen hatte und zu den Ruinen geschlichen war. Wie auf Kommando begann ihre Beule an der Stirn wieder zu pulsieren.

Ida schob sich an die Spitze des kleinen Trosses. Ein Stück die Wolldeckenallee runter, dann abbiegen. Als sie sich Marlises Kabuff näherten, stellte Ida überrascht fest, dass die Fahne fehlte, die seit jeher die Tür ersetzte. Stolz wie sonst etwas war Marlise darauf gewesen, eine rosa-weiß karierte gefunden zu haben. Die Frauenflagge, so nannte sie sie. Ida steckte den Kopf in die Kammer. Leer! Wie bei ihrem letzten Besuch, jetzt allerdings standen nicht mal mehr Möbel darin.

»Verdammt noch mal!« Frustriert trat Ida ein.

Nichts, das irgendetwas verriet, nicht mal Wollmäuse flogen herum. Marlises Leute hatten ganze Arbeit geleistet.

Ohne sich anzukündigen, begann Ida, die Nachbarn abzuklappern. Ihre Kollegen taten es ihr nach. Aber jeder kehrte mit verärgerter Miene in die Wolldeckenallee zurück, scherte anschließend wieder aus. Endlich winkte Hondratschek. »Ich hab was! Irgendwo in der Nähe vom Paulinenplatz soll es ein verlassenes Ladengeschäft geben. Es heißt, da habe sie sich häuslich eingerichtet. Wo genau, weiß aber keiner.«

Paulinenplatz? Heide und Ida wandten einander gleichzeitig die Gesichter zu, skeptisch, aber doch erfüllt von Hoffnung. Der Paulinenplatz lag keine drei Minuten von der Kieler Straße entfernt. Die Annenstraße mündete darin.

Während sie sich in Bewegung setzte, zermarterte sich Ida den Kopf. War Köhler das verbindende Glied? Er hatte für Lindemann gearbeitet und womöglich Wind von der Operation Bird Dog bekommen. Das große Geld gewittert, aber nicht gewusst, wie er rankommen sollte. Ein Hansel allein konnte so ein Riesending nicht stemmen. An Hildesund würde er sich kaum gewandt haben. An Marlise allerdings, die in allen schmutzigen Kiezgeschäften die Fingerchen hatte ... Mit ihrer Hilfe konnte man so etwas durchziehen. Und die Bunkerkönigin wiederum hatte vielleicht gemeinsame Sache mit Hildesund gemacht ...

»Kommt!« Wieder führte Ida die Kollegen an, überließ dann aber Heide das Feld, als sie am Paulinenplatz ankamen, von dem sternförmig gleich sechs schmale Gassen abgingen. Sie sollten sich auf die Annenstraße konzentrieren, die vom Paulinenplatz zur Kieler Straße führte. Als sie an dem Haus, in dem sich die gefürchtete Parteizentrale befunden hatte, vorüberkamen, wurde Ida langsamer. Unauffällig war es, trotz des großen Schaufensters, das jedoch zu verstaubt war, um hineinsehen zu können. Das Geschäft wirkte wie vor hundert Jahren verlassen und in einen Dornröschenschlaf verfallen.

Würde es nicht zur Bunkerkönigin passen, sich genau diesen Ort auszusuchen? Ida winkte ihren Kollegen.

»Wir sollten da rein.«

Meyerlich trat die Tür auf, Hondratschek, Ida und Heide stürzten an ihm vorbei ins Innere. Es war so leer, wie es von außen wirkte.

»Ida!«

Heide zeigte auf eine in die Tapete eingelassene Tür, die auf den ersten Blick kaum zu erkennen war. Nachdem Ida sie aufgerissen hatte, steckte sie den Kopf in den schmalen, niedrigen Gang, der wellige Steinstufen hinab ins Dunkel führte. Sie spitzte die Ohren. Nichts war zu hören. Zehn Stufen, dann stand sie in einem feuchten, stockdunklen Gewölbe, wo sich Marlise sicher schnell wie zu Hause gefühlt hatte. Auch hier: niemand anwesend, keine Marlise, keiner ihrer Männer. Es roch nach Blut, dachte Ida. Nach frischem Blut.

Ein seltsames Gebilde stand in der Mitte. Gebastelt aus Holzkisten, mit einer Art zusammengeschusterter Treppe, die nach oben führte, falls die Person, die dort saß, nicht sonderlich groß war und kurze Beine hatte.

Wie Marlise, zu der es passen würde, einen Thron besteigen zu wollen, selbst in einer stinkigen Spelunke wie dieser. Jetzt entdeckte Ida auch den Spiegel aus dem Kabuff der Bunkerkönigin, den sie im Dunkeln zunächst nicht gesehen hatte. Marlise hatte ihr Königreich versetzt. Ob man es allerdings einen Aufstieg nennen konnte, war zweifelhaft.

Doch was nutzte es ihnen, den Keller gefunden zu haben? Niemand war hier. Frustriert sahen sich Ida und Heide an.

»Zurück ins Büro?«, fragte Heide.

»Ich komme nach«, sagte Ida. »Ich muss kurz an die Luft.« Sie machte auf dem Absatz kehrt. Sie brauchte Zeit, um nachzudenken. Ruhe, zwei Sonnenstrahlen, Klarheit, und die fand sie nicht, solange sie mit ihren Kollegen zusammen war.

»*D noch etwas*«, hatte Edda aus Baruth gesagt. Was hatte sie damit gemeint? Und untergetaucht – gleich zu Beginn seines Kriegseinsatzes?

Ida verließ den Laden und schlug den Weg zur Elbe ein. Wenn einem Seeluft um die Nase blies, dachte es sich gleich klarer. *Untergetaucht* ... Biber. Und das D, was konnte der Buchstabe bedeuten? Etwas klang in ihrer Erinnerung an, doch sie bekam es einfach nicht zu greifen!

Mittlerweile war sie bis zu den Landungsbrücken gelaufen und überlegte, ob sie nicht doch noch mal nach Hamm fahren sollte, wo die Puppe gefunden worden war. Aber hatte die Polizei nicht das gesamte Gebiet rund um den Park abgegrast, ebenso die Ruinen?

Und wo in aller Welt könnte Marlise sein?

Denk nach, Ida! Sie legte die Hände auf die sonnenbeschienene Mauer, auf die man klettern und an schönen Abenden den Sonnenuntergang über dem Fluss beobachten konnte.

Früher war Marlise öfter draußen unterwegs gewesen, doch seit sie in den Bunker eingezogen war, hatte sie sich mehr und mehr in der dortigen Dunkelheit eingerichtet. Und Ida ahnte, dass sie Marlise auch jetzt nicht an einem hübschen Ort im Grünen antreffen würde. Das war einfach nicht ihr Stil.

Welche düsteren Schlupflöcher gab es noch? Wo würde sie die Bunkerkönigin finden und sie dazu bringen können, den Mund aufzumachen, ihr etwas zu liefern, das ihr helfen konnte? Sie drehte den Kopf und betrachtete das rot geklinkerte Gebäude, das oberhalb der Anhöhe thronte. Vor Kriegsende war Ida regelmäßig auf geheimen Wegen ins Innere des Hafenkrankenhauses gelangt. Durch einen der zahlreichen Tunnel, die unterhalb von Sankt Pauli ein dicht verzweigtes Netz bildeten, in dem man noch größere Vorsicht walten lassen musste als über der Erde. Der Keller, in dem Marlise jetzt residierte …

Jetzt fiel es ihr wie Schuppen von den Augen. Zwar hatte sie es selbst nie gesehen, aber Dutzende Leute hatten ihr von dem Herrenzimmer erzählt, das die Parteinazis irgendwo unterhalb der Reeperbahn eingerichtet hatten. Sie konnte es sich gut vorstellen: fließender Champagner, als die Wehrmacht Polen plattmachte … Das ergab nur Sinn, wenn der Keller ein zentraler Punkt im unterirdischen Netz war. Was bedeutete, dass es von dort aus einen Zugang zu den Tunneln geben musste – und einer dieser Tunnel zur Parteizentrale führte.

Als sie zurückrannte, schlug sie einen Haken zur Davidwache, um Heide und die Kollegen zu verständigen. Marlise musste sich in einem Versteck hinter dem Versteck verborgen haben, als sie eben dort gewesen waren. Doch als sie außer Atem in die Reeperbahn einbog, stoppte sie mitten im Lauf. Vor der Davidwache standen mehrere Wagen der *Military Police*.

Sie wurde langsamer, aber für Langsamkeit war jetzt keine Zeit. Also rein. Am Wachtresen stand Kollege Heinze, ebenfalls ein Neuer. »Wo ist Meyerlich?«, fragte Ida.

»Die sind alle zusammengetrommelt worden. Nachbesprechung.«

»Auch Heide? Und Hondratschek?«

Er nickte. »Alle, die da sind.«

»Verdammt«, murmelte Ida. Konnte sie in die Versammlung platzen und ihre Kollegen loseisen? Aber wie lange würde das dauern – und würde sie überhaupt Erfolg haben? Wenn die Herren der Ansicht waren, dass Ida an der Besprechung gefälligst auch teilzunehmen hatte, würde sie womöglich noch mehr kostbare Zeit verlieren.

Außerdem: Wie oft war sie Marlise bisher allein gegenübergetreten?

Immer.

»Können Sie Heide etwas ausrichten? Ich bin noch mal im Keller, in dem wir eben waren. Sie soll schleunigst dahin kommen und Meyerlich und Hondratschek mitbringen.«

»Keller?«, wiederholte er verständnislos.

Ida nickte. Dann war sie draußen.

*

Von den Gewölbebögen tropfte Wasser, das sich in kleinen Pfützen auf dem Steinboden sammelte. Eisig war es hier unten. Marlise hatte sich nicht die Mühe gemacht, ihr neues Reich wohnlich einzurichten. Der Raum, der sicher zwanzig mal zehn Schritt maß, war bis auf den hohen Spiegel und Marlises albernen Thron leer.

Ida begann, jeden Winkel der umführenden Mauern abzutasten, und wollte gerade einen wütenden Fluch ausstoßen, als irgendwo neben ihr ein fernes Rumpeln ertönte. Sie erstarrte, stand langsam auf und sah sich, die Augen zu Schlitzen verengt, um. Gleich darauf hörte sie, wie etwas beiseite geschoben wurde. Schritte hallten von den feuchten Mauern wider. Dann trat Marlise hinter einer der Säulen hervor, die das Gewölbe stützten.

Ihr dunkles Haar stand wirr von ihrem Kopf ab. Tiefe Falten hatten sich in die Haut rund um ihre Augen gegraben.

Ein seltsames Zusammentreffen, schoss Ida durch den Kopf. Bisher war es, sosehr sie auch dagegen anzukämpfen versucht hatte, immer eine Art Nachhausekommen gewesen, Marlise zu sehen. Das betraf nicht nur den Bunker. Auch die reine Anwesenheit der selbst ernannten Kiezkönigin hatte Ida zwar mit Abscheu erfüllt, aber eben auch mit einer befremdlichen Heimeligkeit.

Sie war nicht aufgeregt. Nicht mehr erschöpft, sondern hellwach. Aufmerksam. Angespannt. Gleichzeitig gingen sie aufeinander zu und blieben mit einem Meter Abstand stehen, erneut im selben Augenblick, sodass es Ida vorkam, auf ihr Spiegelbild zugelaufen zu sein.

»Womit kann ich dienen?«, fragte Marlise höhnisch. Sie strömte den scharfen Geruch von einer Menge Schnaps aus.

»Hans Köhler.«

»Hässlicher Name.«

»Wo ist er?«

Marlise, die Zeit gern dafür einsetzte, andere Leute gefügig zu machen, starrte Ida gelangweilt an.

»Ich weiß, dass es dir schnuppe ist«, zischte Ida. »Aber er hat ein Kind entführt.«

»Was gibst du mir, wenn ich ihn dir liefere?«

In Ida wurde es ganz still. »Ich wusste es. Die ganze Zeit hast du ...« Sie schüttelte den Kopf. »Was willst du, Marlise? Was willst du von *mir*?«

»Zeit.«

»Wie viel?«

»Zwei Stunden. Und deine Uniform.«

»Willst du mich auf den Arm nehmen?«

»Andere Frage: Möchtest du den Kerl, ja oder nein?«

»Natürlich will ich ihn. Aber woher weiß ich, dass du mich nicht über den Tisch ziehst?«

»Ich an deiner Stelle würde nicht zu lange drüber nachdenken, Rabe. Hast du nicht gesagt, es geht um das Leben eines Kindes?«

Kurz entschlossen begann Ida, sich zu entkleiden. Ob Heide schon auf dem Weg hierher war? Aber was würde es nützen? Wenn die Kollegen Marlise überwältigten, würde sie ganz bestimmt nichts über Köhler verraten. »Woher wusstest du, dass ich allein bin?« Klar, dass die Bunkerkönigin zugesehen hatte, als Ida zuvor mit Heide, Meyerlich und Hondratschek hier gewesen war.

»Weil ich dich kenne, Idachen. Deswegen. Ich kann in deinen Kopf gucken.« Marlise lachte. »Außerdem habt ihr eben eine Menge Krach gemacht.«

Am liebsten hätte Ida sie sich gepackt, aber sie unterdrückte ihre Wut.

Idas Bluse, der blaugraue Rock, die Strümpfe, die Uniformjacke, alles, was heute ziemlich gelitten hatte, wanderte auf einen Haufen neben ihr. Statt ihn rüberzuschieben, sagte sie: »Und jetzt? Nennst du mir eine Adresse, an der ich nur einen Haufen Ratten finde?«

Die Bunkerkönigin schnippte mit den Fingern. »Ach, Idachen, Die Ratte kommt zu dir. Ist doch viel besser.«

Im Dunkel der Wand, dort, wo sich der Zugang zum Tunnelsystem verbergen musste, waren Schritte zu hören. Als Ida gespannt in die Richtung starrte, begann sie, die Umrisse einer Gestalt auszumachen, die gekrümmt auf sie zuwankte. Dahinter stiefelte Werner und starrte sie mit drohendem Blick an.

Marlise schnippte erneut mit den Fingern. Werner knallte

dem Jungen eine Brechstange in die Kniebeugen. Der schlug ächzend hin und versuchte, sich schützend zusammenzurollen, was Werner unterband, indem er sich auf seine Hand stellte.

»Argh«, gurgelte der Mann vor Schmerz. Als er den Kopf drehte, um Ida flehend und aus fast komplett zugeschwollenen Augen anzusehen, entdeckte sie den Schmiss.

Köhler.

»Da ist er, Liebchen«, erklärte Marlise zufrieden. »Aber bevor du ihn dir krallst, möchte ich schon bitten.« Sie zeigte auf den Kleiderhaufen, den Ida mit dem Fuß langsam zu ihr rüberschob.

»Und jetzt, Idachen, wartest du noch einen Moment. Es ist unelegant, sich nackt auf einen Mann zu stürzen, den man festnehmen will. Ich gebe dir meine Sachen, wenn du willst.«

»Wie großzügig.«

»Nicht wahr?«

Wenig später tätschelte die Bunkerkönigin zufrieden die Polizeibrosche, die Ida in der Uniformtasche herumtrug, Marlise allerdings gut sichtbar am Revers befestigt hatte. »Damit komme ich gewiss ein bisschen weiter.« Sie sah albern aus in den viel zu großen Sachen.

Keine Sekunde ließ Ida sie aus den Augen, aber sie musste auch Werner im Blick behalten, der einen großen Schritt zurückgetan hatte. Warteten weitere von Marlises Männern, irgendwo in den Tunneln? Es würde sie nicht wundern.

Immer wieder jedoch zog Köhler Idas Aufmerksamkeit auf sich. Da lag er. Er, den sie so verzweifelt gesucht hatte. Ein schmales Bürschchen. Jung. Verzweifelt. Sein Hemd war halb zerrissen, sie sah seinen schmächtigen Oberkörper darunter, auf dem rote Striemen leuchteten.

Mittlerweile hatte auch sie sich angezogen. Marlises Rock passte Ida, auch wenn er zu kurz war, die Bluse schlackerte über ihren Schultern, weil sie weniger Oberweite besaß, reichte ihr aber nur knapp über den Bauchnabel.

Was jetzt?

»Mach nur«, sagte Marlise generös und grinste Ida an. »Ein bisschen Zeit bleibt uns noch.«

»Was meinst du damit?«

»Ida, stell keine blöden Fragen, sondern tu, weswegen du hergekommen bist.«

Auch wenn sie Marlise ungern recht gab, richtete Ida ihre volle Aufmerksamkeit auf Köhler. »Wo ist Käthe?«

Mit trübem Blick, als könne er durch sie hindurchgucken, sah er sie an.

»Wo ist das Mädchen, Köhler? Das Mädchen, ihr Großvater und Karen Metzger?« Sie stand jetzt über ihm, warf Marlise einen drohenden Blick zu, die sich jedoch nicht rührte. Auch Werner hielt die Füße still. Langsam ging Ida in die Hocke, griff ihn am Kragen, zog sein Gesicht zu ihrem heran. Benommen sah er sie an, dann öffnete er die geschwollenen Lippen und brabbelte etwas, das Ida nicht verstand. Außer den Schwellungen, Striemen und der Narbe an der Wange fiel ihr noch etwas auf. Über seinem Ohr leuchtete eine haarlose Stelle, auch die halbe Augenbraue fehlte. Rote Pünktchen kündigten davon, dass die Haare ausgezupft waren. Eine Geduldsarbeit, die Ida weder Marlise noch Werner zutraute.

»Käthe«, sagte sie heiser und ließ ihn los. »Wo ist sie?«

In seine Augen zu blicken war, wie Nebel beobachten zu wollen. Man bekam nichts zu greifen, alles war ständig in Bewegung.

Da hatte sie einen Geistesblitz. »Merle. Was ist mit ihr? Und wo sind Lotte und Roswitha?«

Er blinzelte. »Roswitha«, murmelte er. »Meine kleine Roswitha …«

»Wo, Köhler?« Sie begann ihn zu schütteln.

»Abgetaucht«, murmelte er zufrieden. »Bei den Seehunden und Bibern.«

Eddas Worte. »Was meinst du damit? Sag es mir, Köhler, was meinst du mit Seehunden und Bibern? Wo ist das Mädchen, Köhler, raus damit!«

Ein seliges Lächeln glitt über sein geschwollenes Gesicht. Es gelang ihm, ihr halbwegs klar in die Augen zu blicken.

»Wenn Merle und ich heiraten …«

»Merle sitzt im Gefängnis!«, schrie Ida ihn an. »Und wenn du ihre Toch…« Sie berichtigte sich: »… ihre Schwester umbringst, wird sie dich auch danach nie wieder sehen wollen!«

»Warum?« Mit einem Mal wirkte er fast klar. »Wieso wurde sie ins Gefängnis gebracht? Sie hat dem Mister nichts getan. Der Mister war ein böser Mensch. Er musste sterben. Er war böse, genau wie der Vater, wie …«

»Der Nichtsnutz da hat Lindemann auf dem Gewissen«, warf Marlise ein, die langsam herbeispazierte.

»Halt die Klappe«, herrschte Ida sie an. »Wolltest du nicht abzischen? Und komm ja nicht näher, verstanden?«

»Was, wenn doch?«, fragte Marlise zuckersüß. »Willst du mich erschießen?«

Mit halbem Ohr horchte Ida, ob sich oben endlich etwas rührte. Ihre Kollegen, wann kamen sie, verdammt? Aber bevor irgendetwas geschah, musste sie Köhler dazu bringen, endlich den Mund aufzumachen.

»Bleib, wo du bist, Marlise!«, herrschte sie die Bunkerkönigin an, die sich fast unmerklich vorwärtsbewegte.

»Ich will doch nur auf einen der besten Plätze, Liebchen. Im Parkett. Nicht auf den billigen Rängen.«

»Was für einen Mist redest du da«, knurrte Ida.

»Ich an deiner Stelle würde die kostbare Zeit nicht verplempern.«

»Wo sind Roswitha und Lotte?«, fragte Ida beschwörend, aber Köhler verzog nur voll Schmerz das Gesicht. Über Lindemann, kam ihr in den Sinn, redete er vielleicht mit ihr. Kam sie so an ihn ran? »Warum hast du Oliver Lindemann umgebracht?«

»Er hat Merle das Gleiche angetan wie ihr Vater«, flüsterte er. Seine Lippen waren geschwollen und ausgetrocknet. Schorf klebte daran.

»Wollte sich Lindemann auch an Roswitha vergreifen? Wolltest du sie schützen?«

Er wimmerte leise, dann fielen ihm die geschwollenen Lider zu, und er döste für Bruchteile von Sekunden weg. »Is' Merle hinterhergeschlichen. Hat jeden Schritt beobachtet. Und vorher ... Hat sie geschlagen, das hat er mir selbst erzählt. Und ihr Zigaretten ...« Schmerzerfüllt kniff er die Augen zusammen.

Die Zigarettennarben ... Merle hatte welche auf den Innenseiten der Oberschenkel. Vera Pape etwa ebenfalls?

»Hast du die Brandwunden gesehen, Köhler, als du in die Wohnung in der Kieler Straße geguckt hast?« Immer drängender redete sie auf ihn ein. »Aber jetzt musst du Roswitha nicht mehr beschützen. Lindemann ist tot. Keiner tut ihr mehr etwas!«

»Ich pass auf sie auf«, ächzte er. »Ich pass auf sie auf.«

»*Wo* passt du auf sie auf? Köhler, sag mir, wo du auf sie aufpasst!«

»In den Bibern und ...« Er röchelte. Speichel, mit Blut vermengt und seltsam dickflüssig, rann ihm aus den Mundwinkeln.

»Köhler!«, herrschte sie ihn an. »Sag es mir! Wo ist Käthe?«

Unter plötzlich einsetzenden Krämpfen zuckte er zusammen, tastete blind nach etwas vor sich, krümmte sich, vor Schmerz laut aufstöhnend.

Ida hörte Kichern.

»Was hast du mit ihm gemacht, Marlise?«

Er zuckte immer noch. Hilflos starrte Ida von der grinsenden Bunkerkönigin wieder auf ihn hinab. Röchelnd atmete er ein, seine Pupillen weiteten sich, voll Angst starrte er Ida an. Ein lang gezogenes, furchtbares Stöhnen, dann durchlief ein Beben seinen Körper.

Stille. Dieselbe wie bei Oliver Lindemann.

Dieselbe wie bei jedem, der starb.

»Marlise!«

Ida sprang auf. Langsam, ganz langsam öffnete Marlise ihre Hand. »Komm ja nicht näher. Ich hab hier so ein hübsches kleines Messerchen. Fast dasselbe, das ich dir mal geschenkt hab, weißt du noch, Idachen?«

Die Klinge, die jetzt zwischen den Fingern der Bunkerkönigin aufblitzte, wirkte scharf wie die eines Skalpells.

»Das hast du dir ja klauen lassen, kam mir zu Ohren.«

»Das ist eine Ewigkeit her, Marlise. Was hast du mit Köhler angestellt?« Sie zitterte vor Zorn.

»Du weißt doch jetzt, wo du deine Roswitha findest, oder nicht? Meinen Teil der Abmachung habe ich erfüllt. Und nur falls du dich sorgst: Ich hab ihn mit demselben feinen Zeug umgebracht wie er den verdammten Lindemann. E605-Staub. Ganz was Feines. Und du hast ihn angefasst.« So zufrieden hatte Ida sie lange nicht lächeln sehen. »Also hübsch die Hände waschen, Idachen.«

Da kam wieder Leben in Ida. Sie stürzte auf die Bunkerkönigin zu, doch die schnippte wieder mit den Fingern. »Da hinten warten fünf meiner Männer. Oben, ums Eck, sodass deine strohdoofen Kollegen ihnen nicht gleich in die Arme laufen, noch mal zehn. Willst du mir wirklich ans Leder?«

Sie wartete kurz. Brodelnd musste Ida zusehen, wie sich die Bunkerkönigin umdrehte und langsam, als habe sie alle Zeit der Welt, die Treppe hinaufstieg. Oben angekommen flüsterte Marlise in bedrohlichem Singsang: »Geh und such deine Roswitha. Auf Wiedersehen, Ida. Oder nein, lieber auf Nimmerwiedersehen.«

Als sie verschwunden war, starrte Ida auf Köhler hinab, für den jede Hilfe zu spät kam. Panisch versuchte sie, ihre Gedanken zu ordnen. Seehunde, was verdammt noch mal meinte er damit, dass Käthe mit Seehunden und Bibern schwämme? Und was hatte Marlise damit gemeint, dass sie ihren Teil der Abmachung erfüllt hatte?

Unter Werners drohendem Blick ging sie in die Hocke, um seine Taschen zu durchsuchen. Doch dann hielt sie inne. Was hatte Marlise gesagt? 605 … Staub? Sein Tod hatte sie tatsächlich an Oliver Lindemanns erinnert – von dem immer noch niemand wusste, wie er gestorben war.

Mit einem Stück Holz, das sie aus Marlises vermaledeitem Thron herausbrach, tastete sie seine Hose und das Hemd ab. Nichts.

Sie musste nachdenken! Biber. Seehunde. D… D wie Drogen? Vielleicht D-IX? Von der Droge hatte ihr Ares einmal erzählt. Aber soweit sie sich erinnerte, waren deren Testeinsätze während der letzten Kriegsjahre wenig erfolgreich gewesen. Was nicht heißen musste, dass die Leute, die von der Wehrmacht damit versorgt worden waren, keinen Gefallen daran gefunden hätten. *D-IX.* Pervitin hatte es enthalten, Kokain, was noch? Eigentlich war es unwichtig, sie hatte schließlich gesehen, dass Köhler drogenabhängig gewesen war – wen interessierte noch, von welcher Droge genau?

Doch da war etwas … Sie wusste, dass da etwas war, irgendwo in ihrem Kopf, in ihrem Wissen …

Sie versuchte, sich Ares' Stimme wieder ins Gedächtnis zu rufen, als er ihr davon erzählt hatte. War D-IX nicht an speziellen Soldaten getestet worden? An Meereskämpfern!

Und hatte er nicht *in den Bibern* gesagt?

»Du meintest nicht die Tiere«, sagte sie zu dem reglos daliegenden Köhler. Aus Mangel an Alternativen – Marlise hatte Idas Merkbuch in der Uniformtasche, auch ihren Stift – zog Ida den hüfthohen Spiegel heran, der glücklicherweise voll Staub war. Mit dem Finger schrieb sie VORSICHT, WOMÖGLICH KAMPF-STOFF ODER GIFT: E605 darauf und legte ihn so auf Köhler ab, dass man ihn nicht übersehen konnte.

Und dann rannte sie los.

*

Dass sie Köhler angefasst hatte, am Kragen bloß und nur kurz, wenn sie sich richtig erinnerte, schob sie weit von sich. Es gab andere Dinge, mit denen sie sich beschäftigen musste. Denn selbst wenn sie etwas von dem Zeug abbekommen hatte, das Köhler umgebracht hatte, was sollte sie dagegen tun? Solange niemand wusste, worum es sich handelte, gab es kaum eine

Gegenmaßnahme, die man ergreifen konnte, nicht wahr? Also erst mal ihre Arbeit machen. Sie hatte ihn so gut wie nicht berührt. Sie würde schon nicht tot umfallen. Hoffentlich.

Die Polizisten der Eilbeker Wache stellten nicht viele Fragen, doch mehr als zwei Mann standen ihr trotzdem nicht zur Verfügung. Heute war Sonntag. Zudem war ganz Hamburg auf den Beinen, um das neue Geld abzuholen, das immer noch streng bewacht werden musste. Marlise war nicht die Einzige, die sich mit den paar Scheinen, die jedem zustanden, nicht zufriedengeben wollte.

Immerhin aber waren sie jetzt zu dritt.

»Welche Bunker gibt es in der Umgebung?«, fragte Ida atemlos, während sie auf den Park zurannten.

Kollege Stiller wurde etwas langsamer und kratzte sich nachdenklich unter dem Tschako. »Also, da gäb's den an der Ritterstraße, das ist so 'n ganz hoher, dann noch der an der S-Bahn-Haltestelle Landwehr, einer am Kreuzbrook, im Süden…«

»Alles Hochbunker?«, unterbrach ihn Ida. »Ich suche einen unterirdischen.« *Abgetaucht*, das sei er, hatte Köhler zu Edda gesagt.

Womöglich hatte er was anderes gemeint. Oder er hatte von Tiefbunkern geredet, aber nicht in Hamm. Egal. Sie musste irgendwo anfangen, oder etwa nicht?

»Also, na ja, gibt schon irgendwo welche, aber ich bin gar nicht von hier.«

»Und Sie?«, fragte sie Wachtmeister Larek, der mit den Schultern zuckte.

»Wir waren immer in den großen. In den lütten Bunkern findet doch kaum jemand Platz.«

Er musste sich in Parknähe befinden, folgerte Ida, wieso sonst war Köhler öfter hier gesehen worden? Die provisorischen Hütten waren heute wie ausgestorben. Einen schlechteren Tag, um Informationen zu sammeln, hätte sie sich kaum aussuchen können.

Aber Köhler war tot. Und wer tot war, konnte seine Gefangenen nicht versorgen!

»Wieso müssen es denn unbedingt welche unter der Erde sein?«, wollte Stiller wissen.

»Weil er gesagt hat, dass Käthe mit Bibern und Seehunden schwimmt.«

»Hä?«

»Erklär ich später.« Hektisch sah sie sich zwischen den licht stehenden Eichen und Linden um, die den Hungerwinter mit seiner Kälte überlebt hatten. »Wie sieht der Eingang eines Röhrenbunkers aus?«

»Na, meistens isses so 'n Häuschen. Aber manchmal auch nur 'n Einstieg nach unten, den man gar nicht sieht«, nahm ihr Stiller auch den letzten Rest Hoffnung.

»Und Sie haben wirklich keine Ahnung, wo sich in der Nähe einer befinden könnte? Gibt es Listen? Vielleicht auf der Wache?«

Beide Beamten schüttelten die Köpfe.

»Man könnte im Rathaus nachfragen, oder? Morgen dann?«

»Morgen ist es zu spät!«

Sicher hatte sich Köhler nicht erst seit heute in Marlises Gefangenschaft befunden. Die Wunden in seinem malträtierten Gesicht hatten nicht allesamt taufrisch gewirkt. Wie lange waren die drei also schon allein in dem Bunker, ohne zu essen, vor allem aber zu trinken?

»Dann müssen wir zu dritt nach so einem Eingang suchen.«

Als ihre Kollegen nickten, erblickte sie in einiger Entfernung eine Gestalt, endlich, eine sogar, die ihr bekannt vorkam, wie sie feststellte, nachdem sie auf sie zugeeilt war.

»Herr Jablonski! Erinnern Sie sich an mich?«

Nach einem ersten diffusen Erkennen breitete sich Verwirrung auf seinem faltigen Gesicht aus.

»Ida Rabe von der Davidwache«, half sie ihm auf die Sprünge. »Wir haben uns über Ihre Kaninchen und Hühner unterhalten.«

»Heute in Zivil?« Verwundert betrachtete er Marlises Kleidung, die ihr viel zu klein war. Dann begannen seine Augen zu leuchten. »Ham Sie meine Tiere gefunden?«

»Leider nicht. Aber ich brauche Ihre Hilfe. Wissen Sie, ob es in der Nähe einen Tiefbunker gibt?«

»Hm ...« Grübelnd verzog er das Gesicht. »Also, hm, nee ...«

»Denken Sie nach, irgendwo muss er sein!«

»Mach ich doch, mach ich doch, junge Frau. Ich könnt Ihnen immerhin sagen, wen Sie fragen können. Lasse, der lütte, verlauste Lasse, der kennt sich hier aus, als wär' das seine Westentasche.«

»Und wo finde ich Lasse?«

»Ich bring Sie zu ihm.«

Schlurfend setzte er sich in Bewegung. Lasses Zuhause, lernte Ida wenig später, war ein umgekippter Holzkarren, den er mit einer Plane gegen den Regen abgeschirmt hatte. Darunter lebte ein Junge, den Ida auf zwölf, vielleicht dreizehn Jahre schätzte. Er hatte verfilztes, rabenschwarzes Haar, blaue Augen, aus denen er sie misstrauisch anblickte, und trug Kleidung, die mehr aus Löchern als aus Stoff bestand.

»Ich geh nicht mit, ich sach's dir gleich«, schleuderte er ihr entgegen. »Wenn du mich in ein Kinderheim stecken willst, geh ich nich' mit. Und falls doch, nur bis zur nächsten Ecke, dann türme ich, und ich wette, ich bin schneller als du.«

»Das glaube ich dir sofort. Es gibt sowieso keine Plätze im Waisenhaus, außerdem traue ich den meisten Leuten, die die Heime leiten, nicht über den Weg. Aber ich habe eine Frage an dich. Kennst du unterirdische Bunker hier in der Nähe?«

Seine Augen wurden zu Schlitzen. »Wieso?«

»Weil ich ein Mädchen suche.«

»Soll die ins Waisenhaus?«

»Nein. Sie hat eine Mama, die traurig darüber ist, dass ihre Tochter verschwunden ist.«

»Aber wenn sie weggelaufen is' …«

»Das ist sie nicht. Sie wurde entführt.« Ungeduldig starrte sie ihn an. Etwas ging hinter seiner erdverschmutzten Stirn vor, das sah sie genau. »Sie heißt Käthe. Hast du schon mal mit einem Mädchen mit dem Namen geredet?«

»Nee.«

»Sie ist dünn und blond. Trägt Affenschaukeln.«

»Ach die.«

Idas Herz begann zu hämmern. »Du kennst sie?«

»Nee, kennen nich'. Aber ich hab sie ma' gesehen.«

»Wann hast du sie gesehen und wo?«

»Pff. Vor 'n paar Tagen.«

Wieso hatte Ida den Jungen nie hier angetroffen? Verdammt noch mal, sie hätte Käthe womöglich längst gefunden! Aber wahrscheinlich hatte sie den Handwagen schlicht übersehen …

»Erzähl mir alles. Haarklein.«

»Also, so viel is das nich'. Aber die lief mit 'ner Puppe hier rum, so was Albernes, als wär's das Tollste der Welt.«

Das wusste Ida ja schon von der Ostpreußin. »War sie allein?«

»Nee. Da war noch der Kerl. Der immer rumkrakeelt, er wär'

'n Soldat oder so. Der singt immer so 'n blödes Lied. Irgendwas mit unter Deck und tauchen.«

Abgetaucht.

»Und halleluja oder so. Nee, Walhalla.«

»Zeig mir, wo du die beiden gesehen hast.« Wahrscheinlich da, wo auch die Ostpreußin ihn gesehen hatte, was Ida nicht weiterhalf.

»Weiß nich' mehr. Aber vor ein paar Tagen, da hab ich den noch ma' gesehen, und da isser da hinten lang. Anner alten Kirche war der.«

»An welcher Kirche?«

»Der, die eingestürzt is.«

Jede zweite Kirche in Hamburg war eingestürzt. »Bring mich hin. Wir müssen schnell machen.«

»Was krieg ich dafür?«

»Ein Dankeschön.«

Mit gerunzelter Stirn sah er sie an, dann nickte er zu ihrer Überraschung. Im Eiltempo führte er Stiller, Larek und sie aus dem Park südwärts zur Hammer Landstraße, die immer noch wirkte, als wäre sie erst gestern von den Bomben der Operation Gomorrha getroffen worden. Je weiter man sich von der Innenstadt entfernte, desto wüster wurde die Stadt. Nachdem sie die öde Straße überquert hatten, ging es in eine schmalere Gasse, in der hier und da etwas Grün aufblitzte. Sie näherten sich einer Ruine, die vergleichsweise gepflegt wirkte; die Trümmer waren zu einer halbwegs brauchbaren Mauer aufgeschichtet worden.

»Hier war's.«

»Bist du dir ganz sicher, dass es derselbe Mann war, den du vorher mit dem Mädchen gesehen hast?«

»Klar.«

Ida guckte sich um. Nirgends war eine Menschenseele zu entdecken. In blassem Blau hing der Himmel über den trostlosen leeren Bauten der Umgebung.

»Könnte hier ein Bunker sein?«, fragte sie ihre Kollegen, die mit den Schultern zuckten.

»Dann suchen wir. Hilfst du mit?«

»Ja. Warum nich'?«

Und so legten sie los. Erst durchkämmten sie die weitere und nähere Umgebung, durchliefen jede Freifläche, anschließend suchten sie zwischen den halb eingestürzten Häusern, und wo sie doch einmal jemanden antrafen, fragten sie. Aber die Stunden vergingen, und sie fanden: nichts.

Was, wenn Köhler hier nur etwas abgeholt hatte? Oder bloß herumgelaufen war – oder sich vor Marlise versteckte? Was, wenn Käthe sich ganz woanders befand, das Mädchen, ihr Großvater, Vera Papes Mitbewohnerin? Was, wenn sie zu spät käme?

Sie könnte Marlise umbringen! Warum hatte die Bunkerkönigin Köhler das Zeug verabreicht? Denn das erschien Ida sonnenklar: Marlise hatte wohl zugucken wollen, wie er vor Idas und ihren Augen verreckte. Wenn sie ihre alte Gefährtin je wiederträf, schwor sich Ida, würde sie ihr den Garaus machen.

Die Fäuste geballt, mit hämmernden Kopfschmerzen und gleichzeitig überdreht und erschöpft wie nie zuvor, setzte sie sich wieder in Bewegung. Ohne auf Stiller und Larek zu achten, die hinter ihr zu mosern begannen, stapfte sie zu dem Gelände zurück, auf dem sich einst die Kirche befunden hatte. Hier hatte der Junge Köhler gesehen. Was, verdammt, gab es hier?

Zum erneuten Mal lief sie die provisorische Mauer entlang. Ein Großteil der Steine war moosüberwuchert, ein paar wenige wiederum glänzten wie reingewaschen. Das irritierte sie. Sie könnte sich täuschen, aber hatte sich hier wieder und wieder jemand festgehalten, während er über das wacklige Gebilde geklettert war?

»Du«, schrie Lasse, der schneller gewesen war als sie, und hopste in kurzer Distanz zu ihr auf und ab. »Hier is was!«

Ida erklomm die Trümmermauer und rutschte auf der anderen Seite wieder hinunter. Hier sah die Kirchenruine verwahrlost aus; man konnte ins Innere des zerbombten Hauptschiffs sehen, und was nicht festgeschraubt worden war, mussten sich Diebe unter den Nagel gerissen haben.

Doch Lasse befand sich nicht im Innern, sondern winkte ihr von einem Hügel hinter dem Gemäuer zu.

»Hier!«

Ohne sich darum zu kümmern, ob ihre Kollegen ihr gefolgt waren, zwängte sich Ida zwischen versprengten Trümmern hindurch und darüber hinweg zur Rückwand des ehemaligen Kirchengebäudes hindurch.

»Ich weiß nich', ob wir das gesucht ham.« Der Junge zeigte auf ein winziges Häuflein Knochen.

Im ersten Augenblick war Ida, als sacke ihr sämtliches Blut aus dem Kopf in die Füße.

»Könnten Hühnerknochen sein«, hörte sie Lasse murmeln, und ihr wurde klar, dass ihr übermüdetes Gehirn in Panikmodus verfallen war.

Natürlich handelte es sich nicht um menschliche Knochen. Auch wenn sie zugeben musste, dass Fingerknochen ähnlich dünn und filigran wirkten.

»Hühnerknochen?«, echote sie.

»Glaub schon. Oder Karnickel. Was in der Art, würd' ich sagen. Ham wir nich' nach gesucht, oder?« Er klang enttäuscht.

»Doch. Genau danach!«

Woher sollte Köhler, der sicher kaum Geld besaß, Essen für vier Leute bekommen? Er stahl es! Bei Menschen wie Herrn Jablonski. Konnte er da schon den Plan gefasst haben? Oder hatte er die Hühner zunächst für sich geklaut und dann umgedacht?

Nervös ließ sie ihren Blick über das von Gestrüpp und kleinen Bäumen überwucherte Grundstück gleiten. »Siehst du sonst noch etwas, das dir komisch vorkommt?«

Auf seiner erdverschmierten Lippe herumnagend, drehte er sich langsam um sich selbst. Er entdeckte etwas, ging darauf zu, kehrte jedoch wieder um.

»Vielleicht isses ja doch woanders.«

Aber Ida konnte nicht bis morgen warten, bis sie im Rathaus jemanden erreichte! Zumal nicht gesagt war, dass man dort über die Existenz sämtlicher in Hamburg befindlichen Bunker Bescheid wusste. Wenn Ida halbwegs richtig informiert war, gab es mehr als 300. Abgesehen davon waren die Hühnerknochen eine Spur.

Wo konnte ein Schacht ausgehoben worden sein? Wohl kaum unterhalb der Kirche. Aber daneben, dort, wo sie gerade stand. Ida ging in die Hocke, um sich aus halber Höhe umzusehen. Musste man nicht Fußspuren finden? Doch es hatte seit Wochen nicht geregnet; die wenigen Grasbüschel färbten sich braun, der Boden wirkte ausgetrocknet und staubig.

»Und das da?« Lasse zeigte auf eine Stelle, an der Ida nichts als Erde entdeckte.

»Was meinst du?« Sie erhob sich und ging darauf zu.

»Na, guck doch ma'.« Er war ihr vorausgerannt und zeigte auf einen schmalen Spalt, der sich zwischen achtlos beiseite geschafften Trümmern und dem Boden auftat. Ida legte sich auf den Bauch und versuchte hineinzusehen, doch da war nur Schwärze. Muffiger Kellergeruch stieg ihr entgegen.

Sie richtete sich auf. »Da unten ist was.«

Lasses Gesicht begann zu leuchten. »Hab ich sie gefunden?«

»Das werden wir sehen.« Mit bloßen Händen begann Ida zu graben, merkte aber schnell, dass der Spalt nicht mit Erde, sondern mit Gestein aufgeschüttet war. »Such meine Kollegen. Ich brauche Hilfe.«

Lasse schoss davon. Vorsichtig begann sie, die Trümmer abzutragen, die auf wohlüberlegte Weise den Eingang versperrten. Unter der obersten Steinschicht fand sie kreuz und quer gelegte Holzlatten, die die Trümmer absicherten und dafür sorgten, dass sie nicht mal dann hinabrutschen würden, wenn ein Kind auf ihnen herumkraxelte.

Sie schmeckte Staub auf den Lippen, ihre Augen brannten und begannen zu tränen, und die durchwachte Nacht, zusammen mit allen vorherigen, die nicht viel besser gewesen waren, ließen sie schwindeln. Trotzdem arbeitete sie ohne einen Moment der Pause weiter, spürte kaum den Schmerz, als sie sich die Haut aufschürfte und den Finger einklemmte. Doch nach einiger Zeit, als sie immer weiter Steine wegräumte und dennoch kein Ende in Sicht war, überkam sie die Erschöpfung und mit ihr das beklemmende Gefühl, dass alles umsonst war. Konnte Käthe noch leben?

Endlich hörte sie Schritte und sah die beiden Wachtmeister auf sie zustürzen. Stolz folgte ihnen Lasse, bei dessen Anblick Ida von diffusen Gefühlen überrollt wurde: Trauer, Dankbarkeit, Freude.

»Und warum suchen wir jetzt also unter der Erde?«, fragte Stiller, dessen Gesicht vor Anstrengung rot verfärbt war. »Sie ham uns das noch erklären wollen, werte Kollegin.«

»Köhler muss in einem Marineschnelllehrgang ausgebildet worden sein. Und er sagte«, Ida ächzte, weil ihr ein schwerer, moosüberwachsener Stein auf den Fuß gerollt war, »er sagte, die drei Entführten schwimmen mit den Bibern. Und ...«

»Ah! Kleine U-Boote.«

Dankbar sah sie hoch. Zumindest Larek also hatte schon einmal davon gehört.

»Gab 'ne ganze Reihe davon«, hörte sie ihn Stiller aufklären, »allesamt mit so 'nem Tiernamen. Wolf, Biber, Seehund. Ein- und Zwei-Mann-U-Boote. Sind fast durch die Bank untergegangen. Wurden abgeschossen oder liefen gleich selbst auf Grund. Ich dachte, von allen wär' die gesamte Besatzung vermisst. Na ja, der eine oder andere wird's wohl geschafft haben.« Stöhnend zog er einen kniehohen Findling vom Eingang, rollte ihn zur Seite und wischte sich die Hände an der Uniformhose ab. »Deshalb also unten. Weil's wie im U-Boot ist?«

Ida nickte, riss jedoch den Kopf herum, als sie einen Schrei hörte. Doch es war nur Lasse, der aufgeregt nach unten deutete. »Da is' 'ne Treppe!«

Sie waren auf der richtigen Spur! Ida atmete tief durch und drückte ihre weichen Knie in die Gerade. Weiter ging es.

Eine Stunde später passte zuerst Lasse durch einen schmalen Spalt, dann Stiller, der dünner und kleiner als Ida war. Ein paar Minuten später stand auch sie keuchend auf der anderen Seite. Der Beamte und der Junge hatten am Fuß der Steintreppe gewartet. Eisig und dunkel war es in dem kurzen, schmalen Gang, in den nur ein paar verirrte Lichtstrahlen von oben fielen. Die Wände waren feucht, mit leisem Ploppen fielen Tropfen zu Boden und sammelten sich in rostroten Pfützen.

Stiller schaltete seine Taschenlampe ein. Der Lichtstrahl traf eine metallene Tür. Als Lasse vorpreschte und daran rüttelte, schwand sein triumphales Grinsen.

»Is' zu!«

»Haben Sie einen Dietrich dabei?«

Stiller schüttelte den Kopf. »Pjotr«, schrie er seinem Kollegen zu, der oben immer noch damit beschäftigt war, den Eingang abzusichern, damit nicht alles über ihnen zusammenkrachte. »Wir brauchen 'ne Brechstange!«

»Und woher soll ich die nehmen? Moment! Falls ihr verschüttgeht, müsst ihr piepsen.«

Sehr lustig.

Der Lichtkegel von Stillers Lampe erfasste nichts als blanken Stein und Wasser, nichts, das ihnen helfen konnte.

»Käthe!«, rief Ida. »Bist du da drin?«

Kein Laut war zu hören, obwohl alle drei den Atem anhielten.

»Fräulein Metzger! Herr Pape! Hier ist die Polizei!«

Doch nur das Säuseln des Windes über ihnen drang an ihre Ohren.

Dann rührte sich am Eingang wieder etwas.

»Norbert! Versuch's damit!« Larek reichte einen rostigen Zaunpfahl zu ihnen hinab, den er ausgebuddelt haben musste. Stiller versuchte, das Ende im Türspalt zu verkanten, doch allen Bemühungen zum Trotz tat sich gar nichts.

»Na ja, soll halt 'n paar Bömbchen abhalten«, murmelte Stiller zu seiner Verteidigung, doch Ida sah ihm deutlich an, wie unglücklich er war.

»Funktioniert nicht?«, schrie Larek von oben.

»Nein!«, brüllten Ida und Stiller unisono zurück. Frustriert warf Stiller den Pfahl beiseite.

»Hat irgendwer was zum Verbiegen? Draht?«

»Ich hol 'nen Dietrich!«, rief Larek, der den Kopf in die Öffnung gesteckt hatte. »Sonst fummeln wir uns hier doch nur die Finger wund.«

»Bringen Sie einen Wagen mit!«, rief Ida ihm nach. »Und Kollegen, wenn Sie doch welche finden!«

Die Minuten, die anschließend verstrichen, kamen ihr derart lähmend vor, dass sie es kaum ertrug. Sie war zu müde, um unruhig auf und ab zu laufen, dazu gab es auch entschieden zu wenig Platz. Stattdessen rasten ihre Gedanken in ihrem Kopf herum, umkreisten die immer selbe Frage, ob auf der anderen Seite der Tür noch jemand am Leben war, kehrten zu Köhler zurück, wie er röchelnd vor ihr gelegen hatte, und plötzlich schlug die Welle aus Mitleid und Trauer geballt über ihr zusammen, dass es ihr den Atem raubte.

»Was is' eigentlich passiert?«, fragte Stiller, dessen Gesicht sie im Dunkel nur schwer erkennen konnte.

»Erinnern Sie sich an den Winter 47?«, fragte sie nach einem Seitenblick auf Lasse. Aber warum sollte sie annehmen, den Jungen schonen zu müssen? Er lebte allein unter einer von einem Anhänger gehaltenen Plane. Mit Sicherheit hatte er genug Schlimmes gesehen und gehört, um keine schlaflosen Nächte zu bekommen von dem, was sie nun erzählte. »Den Unhold?«

»Den ham Sie heute gekriegt?« Neugierig beugte sich Stiller vor.

»Nein. Ich bin mir sicher, dass der Mann, der das hier angerichtet und ein Mädchen und zwei Erwachsene gefangen genommen hat, nicht der Unhold von damals ist.« Die vier Leichen waren zwischen Mitte Januar und Mitte Februar 47 in den Trümmern abgelegt worden. Edda aber hatte Köhler am 1. Februar in Baruth gesehen, wo er nach den Sievers gesucht hatte. Dass jemand in Zeiten wie diesen flugs von der britischen Besatzungszone in die sowjetische fuhr und gleich darauf wieder zurück, war schlicht unmöglich.

Müde fuhr sie sich über die Stirn. Außerdem liebte Köhler die Familie Sievers. Niemand hatte etwas anderes verlauten lassen. Warum sollte er nach Hamburg fahren und ihnen das angetan haben?

»Ganz im Gegenteil. Ich nehme an, dass die Opfer von damals – Sie erinnern sich, das kleine Mädchen, zwei Frauen und ein älterer Herr –, die Pflegefamilie des Mannes waren, der heute gestorben ist. Als er aus dem Krieg heimkehrte, waren sie verschwunden. Wie vom Erdboden verschluckt. Vielleicht wollten sie über Hamburg auswandern.«

»Nach dem Krieg? Wer hätte denn 'n paar Deutsche ins Land gelassen?«

»Die Sievers müssen Geld besessen haben. Mit Geld, das wissen Sie doch, ist immer etwas zu machen.« Unruhig blickte sie zu der Öffnung, von Larek aber war immer noch nichts zu sehen. Bloß ein kleines Viereck blassblauer Himmel. »Dieser Mann, Köhler, war drogenabhängig.«

Stiller schnaubte. »Is nich der Einzige, der so ausm Krieg wiederkam ...«

»Ich weiß.« Um sie marsch- und kampftüchtig zu halten, waren die Soldaten mit Drogen nur so vollgestopft worden. Es grenzte an ein Wunder, dass überhaupt ein Mann, lebend und den Drogen nicht gänzlich verfallen, zurückgekehrt war. Amphetamine, Morphium, Kokain, Kodein. Und D-IX, das sowohl wach machte als auch den Schmerz betäubte. »In seinem Wahn muss er auf die junge Frau getroffen sein, über die man jetzt in den Zeitungen liest. Vera Pape.«

Stiller nickte.

»Er muss geglaubt haben, er hätte seine Freundin von damals wiedergefunden. Die Frau, die er heiraten wollte, die aber längst tot war. Vera Pape sieht der Jüngeren der beiden, die von dem sogenannten Unhold getötet wurden, tatsächlich ein bisschen ähnlich.«

»Die Jüngere war das? Nicht das kleine Mädchen, aber die Frau so um die zwanzig?«

»Genau.«

Er schwieg, nagte an seiner Unterlippe herum. Müde erhob sich Ida und begann, gegen die Tür zu hämmern. Doch so laut sie auch rief, aus dem Innern kam keine Antwort.

»Und dann ... Hat er sie entführt? Nee, das kann ja nicht sein.«

»Ich nehme an, dass er es vorhatte. Aber erst hat er einen Fehler begangen. Er tötete Oliver Lindemann. Den Briten.«

»Also hat sie das gar nicht getan? In den Zeitungen steht ...«

»Sie hat es nicht getan. Ich bin mir sicher.« Marlise hatte es außerdem bestätigt. Andererseits: Wie viel Verlass war auf deren Worte? »Er brachte ihn um, weil Lindemann Fräulein Pape nachgesetzt hat. Lindemann war ein Konkurrent. Und was macht man mit Konkurrenten?«

»Ausschalten?«

»Genau.«

»Aber ...«

»Sie wurde festgenommen. Das war sicher nicht das, was er sich erhofft hatte.« Ida ging wieder in die Hocke und lehnte den Rücken gegen die kalte Mauer. Sie wusste genau, warum sie so ins Detail ging. Unter keinen Umständen wollte sie sich ausmalen, was hinter der schweren Bunkertür auf sie wartete: drei Leichen. Eine davon die eines kleinen Mädchens. »Keine Chance also, sie zu sich zu holen. Aber er muss sie länger beobachtet haben. Er wusste, dass sie eine Tochter hatte, und diese Tochter, das jedenfalls glaubte er, sah aus wie das kleine Mädchen aus seinem Heimatort, mit dem zusammen er aufgewachsen war. In Wirklichkeit gab es keine besondere Ähnlichkeit, außer dass beides Mädchen waren und im ähnlichen Alter. Sie war – in seiner Fantasie – die kleine Schwester seiner Braut. Sie zu entführen war der erste Schritt, dann folgte Vera Papes Vater, im Anschluss ihre Mitbewohnerin. Im Drogenwahn wollte er sich seine Familie wieder holen. Mit Vera Papes Vater als dem Mann, der ihn adoptiert hatte. Und der Mitbewohnerin als Mutter seiner geliebten Merle.«

»Und die drei – also die, die nicht tot sind, sind da drin?« Mit dem Daumen deutete er auf die Tür. Ida nickte. »Ich schätze, schon. Besser gesagt fällt mir nicht ein, wo sie sonst sein sollten.«

»Der wollte also gar nix Schlimmes machen?«, fragte Lasse.

»Doch. Er hat einen Mann umgebracht. Und eine Frau, die meine Kollegin und ich schwer verletzt in Sankt Pauli gefunden haben und die später an ihren Verletzungen gestorben ist. Wie sie ins Bild passt, weiß ich noch nicht.«

Bei dem Gedanken an Henni versiegte Idas Mitleid mit Köhler schlagartig, und nun konzentrierte sie sich auf ihren Zorn, der Köhler in gleichen Teilen galt wie Marlise.

Warum hatte die Bunkerkönigin nicht einfach abhauen können? Sie hatte, was sie wollte: Idas Polizeiuniform. Wieso noch Köhler töten? Er hätte Ida hierherführen können, er hätte die Tür öffnen und mit eigenen Augen sehen sollen, was bei seinen fruchtlosen Versuchen, die Vergangenheit ungeschehen zu machen, herausgekommen war.

Auf der anderen Seite musste sie ihm, was immer sie ihm

verabreicht hatte, gegeben haben, bevor Ida zurückkam. Doch dann war sie geblieben. Um zuzugucken. Und sicherzustellen, dass er wirklich starb und nichts mehr verraten konnte. Und jetzt hockte Ida vor einer verschlossenen Metalltür, und dahinter ...

»Nu lasst mal den Chef ran!« Mit diesen Worten kletterte Larek die Stufen herunter und hielt einen Sperrhaken in die Höhe.

Vor Erleichterung kamen Ida die Tränen. Sie sprang auf.

Das innen angebrachte Kastenschloss zu öffnen gelang ihm erst nach schier endlos vergehenden Minuten. Endlich machte es klack.

»Bitte.« Er trat beiseite, um ihr den Vortritt zu lassen.

Von einem weiteren Gang gingen mehrere Türen ab. Drei waren unverschlossen, an zweien rüttelte Ida vergeblich. Erneut ging Larek in die Knie, um einen Haken nach dem anderen auszuprobieren; als es ihm endlich gelang, das Schloss zu öffnen, sackte Ida das Herz in die Hose. Durchdringender Uringeruch und abgestandene, sauerstoffarme Luft schlugen ihr entgegen.

»Leuchten Sie!«

Stillers Licht glitt ins Innere. Hinter der Tür tat sich ein fünfzehn Meter langer röhrenförmiger Raum auf. An den halbrunden Wänden zogen sich zu beiden Seiten Holzbänke entlang. Der Gang dazwischen war so schmal, dass jemand Korpulenteres kaum hindurchpasste.

»Niemand?«, fragte Ida verzweifelt und folgte Stiller, der eintrat und die hintere Wand in unruhiges Licht tauchte.

»Doch. Da!« Er hatte etwas entdeckt und stürzte darauf zu. Jetzt erkannte auch Ida, dass unter einer der Holzbänke jemand lag, das silberne Haar klebte an seinem Kopf, er rührte sich nicht.

Sie ging in die Hocke, legte ihren Finger auf seine Halsschlagader und fühlte. War da ein Puls? Sie wüsste es nicht zu sagen, deutlich aber war, dass er stark unterkühlt wirkte.

»Legen Sie Ihren Mantel über den Mann, und dann versuchen Sie, ihn ganz vorsichtig herauszuziehen, immer nur einen Zentimeter, dann warten, und fühlen Sie dabei seinen Puls!«

Als Stiller nickte, stürzte Ida wieder hinaus. Larek kniete bereits vor der zweiten Tür. Konzentriert stocherte er mit dem Dietrich im Schloss herum.

»Es ist so verrostet, dass alles klemmt«, murmelte er. »Aber gleich … gleich …«

Ida hörte den Dietrich einrasten.

»Jetzt haben wir's!«

Wieder ein röhrenförmiger Raum. Blanker Steinboden, gerundete Wände, zwei Holzbänke, die an den Seiten entlang in die Dunkelheit mündeten. Auf dem Boden ein Kleiderhaufen. Als Ida näher trat, entdeckte sie eine schmale Gestalt. Das feine blonde Haar hing über den Rand der Holzbank. Sie rührte sich nicht.

»Käthe!«

»Hier ist die Frau«, ertönte aus kurzer Distanz Lareks Stimme. »Sie … Sie lebt nicht mehr.«

Ida hatte ihn kaum gehört. Sie betastete den schmalen Kinderhals, beugte sich hinunter, legte ihr Ohr an den Mund. Sie hörte Käthe nicht atmen, doch sie spürte einen feinen, kaum wahrnehmbaren Luftzug.

»Ich glaube, sie lebt«, sagte sie. Ihre Stimme brach weg. »Geben Sie mir Ihre Jacke.«

Larek brachte sie ihr, und gemeinsam wickelten sie das Mädchen behutsam hinein. Schlaff hing Käthes Kopf herunter, als der Wachtmeister sie anhob.

»Karen Metzger ist tot?«, fragte Ida bestürzt.

»Ja. Wenn sie so hieß. Und verdammt arg zugerichtet.« Auch seine Stimme klang rau und mitgenommen. »Totgeprügelt, schätze ich. Sollten Sie sich besser nicht angucken.«

Ida schloss die Augen, riss sie jedoch gleich wieder auf. »Haben Sie ein Auto auftreiben können?«

Er nickte, während er das Mädchen vorsichtig durch die schmale Tür balancierte. Unterdessen war die Verstärkung so vorgefahren, wie es angesichts der Trümmer draußen möglich war. Zwei Polizisten mit einer Trage polterten die Treppe hinab und stürzten in die Röhre, in der Kurt Pape lag.

Wenig später waren Käthe und Kurt Pape – bei dem Stiller tatsächlich einen schwachen Puls hatte feststellen können – in den Wagen verfrachtet. Er raste los, Staub und kleine Steine spritzten unter den Rädern hervor, dann bog er um die Ecke und verschwand aus ihrer Sicht.

Zum ersten Mal heute hatte Ida das Gefühl, tief Luft holen zu können. Trotzdem fühlte sich ihr Körper an, als sei er irgendwo eingeklemmt. Weil ihre Beine plötzlich entschieden, sie nicht länger tragen zu wollen, ließ sie sich auf einen Trümmerhaufen sinken. Dort saß sie.

»Kippe?« Dankbar sah sie auf, als Larek ihr seine Zigarette reichen wollte. Doch dann schüttelte sie den Kopf.

Normalerweise eignete sich das Rauchen ja prima als Nahrungsersatz. Aber jetzt würde sie wahrscheinlich in Ohnmacht fallen. Sie hatte noch keinen Happen gegessen, nichts getrunken.

»Lieber nicht.«

Sie nickte Larek zu, der sich mit dem Zeigefinger an den Tschako tippte. Als ihre Füße sie wieder trugen, kehrte sie in den

Bunker zurück. Stillers Taschenlampe in der Hand, leuchtete sie auf das, was sie zuvor für einen Kleiderhaufen gehalten hatte.

Tatsächlich lag dort, die Arme verkrümmt und abgewinkelt, sämtliche Knochen im Leib womöglich mehrfach gebrochen, Fräulein Metzger. Mit Tränen in den Augen beugte Ida sich hinunter, blickte in das zerschundene, wächserne Gesicht.

Sie musste in blanker Raserei getötet worden sein. All der Hass, nahm Ida an, der sich in Köhler gesammelt hatte, seine Verzweiflung darüber, nicht mehr bei seiner Familie zu sein, die Drogen, mit denen er sich vollgepumpt hatte und die alle anderen Gefühle beiseitegedrängt hatten, das Wissen, das doch zu ihm durchgedrungen sein musste, wenigstens manchmal, dass er nicht die Familie Sievers wiedergefunden hatte, sondern wildfremde Menschen, die seine Idee eines glücklichen Lebens nicht teilten …

All das hatte Fräulein Metzger zu spüren bekommen. Ida sank neben ihr auf die Knie und barg das Gesicht in ihren Händen. Später, viel später hörte sie Schritte. Dann eine Stimme.

»Ida.«

»Ares.« Die Erleichterung, die sich in ihr ausbreitete, war so gewaltig, dass sie nicht anders konnte, als aufzustehen und auf ihn zuzuwanken, um in seinen Armen zu versinken. Er streichelte ihr den Kopf, während sie weinte, und dafür empfand sie Dankbarkeit.

*

Zu dritt saßen sie auf Ares' Schute und ließen die Füße über dem Wasser baumeln. Ein lauer Windzug fuhr durch Idas Haar, und sie schloss die Augen, um den Geruch von Salz und

Rauch einzuatmen, der aus dem Binnenhafen herübergetragen wurde.

»Hildesund also«, hörte sie Ares sagen. »Ich habe ihm nie über den Weg getraut.«

»Wer hat das schon?«, erwiderte Heide leise, und Ida spürte, dass ihre Kollegin zu ihr hinübersah.

Sie öffnete die Augen. Der Horizont färbte sich rötlich, und wäre nicht jede Faser ihres Körpers noch von Trauer und Wut durchdrungen, sie würde womöglich so etwas wie eine sehr, sehr leise Hoffnung empfinden.

Nee. Dafür war es zu früh.

»Noch ein Gläschen?« Ares stand auf und steuerte, ohne eine Antwort abzuwarten, die Kajüte an.

»Kommst du klar?«, fragte Heide leise.

Ida drehte das Glas, aus dem sie auch den letzten Tropfen griechischen Teufelszeugs getrunken hatte, zwischen den Fingern. »Keine Ahnung.«

»Aber wie geht es dir?«

»Auch da: keine Ahnung«, gab Ida zu. »Ich habe nur Trauer im Kopf und dann noch ein paar Bilder. Von Karen Metzger. Oder Köhler, wie er stirbt.« Sie schluckte.

»Ida«, sagte Heide mahnend. »Du hast getan, was in deiner Macht stand. Das Mädchen und den Opa hast du gerettet. Ist das etwa nichts?«

»Doch.« Sie starrte wieder auf ihre Hände hinab. »Aber nicht genug.«

»O, o«, ertönte Ares' weiche Stimme, als er an Deck zurückkehrte. »Als echter Grieche und unechter Ire muss ich euch sagen: Schnaps hilft meistens, aber leider nicht immer.« Er balancierte eine Flasche mit glasklarem Inhalt sowie einen Teller, auf dem so seltsame Früchte lagen wie die, die sie schon einmal bei ihm gegessen hatte. Besorgt sah er Ida an.

Verlegen winkte sie ab. »Es geht schon wieder. Was hast du da?«

»Was Feines.« Stolz präsentierte er Heide und ihr dieselben klebrigen Dinger wie bei ihrem Besuch in der Gerichtsmedizin.

»Schmeckt das?«, wollte Heide argwöhnisch von Ida wissen.

»Sie sind so süß, dass dir die Zähne rausfallen.« Sie selbst hatte vorher schon etwas gegessen, Ares hatte sie dazu gezwungen und sie gefüttert, als wäre sie ein kleines Kind.

Beherzt griff Heide zu. »Pfui!«, rief sie gleich darauf, nachdem sie abgebissen hatte. »Was ist das?«

»Oliven. Was dachtest du denn?«, fragte Ares erstaunt. »Ich dachte, das wäre ironisch gemeint mit der Süße ...« Dann ging ihm ein Licht auf. »Ida muss sie mit Datteln verwechselt haben. Nein, tut mir leid, mit Süßem kann ich heute nicht dienen.«

Mit gequälter Miene biss Heide noch einmal ab. »Das hat was von Seife.«

»Spül es damit runter.« Ares füllte ihr Glas nach.

Auch Ida trank. Sie wollte sich betäuben. Nichts mehr spüren, nicht mehr denken.

Immerhin – das Wissen, dass Vera Pape zumindest vorläufig auf freien Fuß gesetzt worden war, tröstete sie. Bevor sie hergekommen war, hatte Ida in dem Krankenhaus vorbeigesehen, in das Kurt und Käthe Pape eingeliefert worden waren. Beide waren stark unterkühlt und dem Verdursten nahe gewesen. Aber der behandelnde Arzt war zuversichtlich, dass Käthe die allerbesten Chancen auf eine vollständige Genesung hatte. Auch dem Großvater gehe es den Umständen entsprechend gut. Dort hatte sie Vera getroffen, die sie scheu, vor allem aber auch unendlich erleichtert angeblickt hatte und mit ihr auf den Flur gekommen war.

»Ich muss Sie etwas fragen, Frau Pape. Darf ich?«

»Fragen Sie. Jetzt traue ich mich auch wieder, Ihnen zu antworten.«

Und so hatte Ida erfahren, dass ihre Vermutungen richtig gewesen waren. Vera Pape hatte gefürchtet, dass Lindemann Hans Köhler geschickt hatte. Als Warnung. Und da zwar Lindemann gestorben war, Köhler aber nicht, hatte Vera sich und ihre Tochter weiter in Gefahr gewähnt.

»Er war so ein Mensch«, hatte Vera Pape leise gesagt und an Ida vorbei den Krankenhausgang hinuntergesehen. »Ein echter Teufel, vor dem man sich noch fürchtet, wenn er gestorben ist. Ich weiß, dass es albern klingt, aber …« Sie war in Tränen ausgebrochen. »Er hatte zu mir gesagt, dass er meine Kleine in Ruhe lässt, solange ich nichts sage. Und da doch sein Handlanger immer noch da war … Ich hab ihn zwar nicht mehr gesehen nach Olivers Tod, aber er … Ich habe es gespürt. Er war in der Nähe.« Sie hatte so laut aufgeschluchzt, dass Ida nach ihrer Schulter griff und sie sanft drückte.

»Ida?«, riss Ares sie aus ihren Gedanken. »Was ist?«

»Ich dachte nur … Jetzt kommt alles zusammen, versteht ihr? Die ganzen Fäden, die unentwirrbar erschienen. Köhler hat Vera Pape auch beobachtet, habe ich euch das schon erzählt? Aus einem Fenster vom Haus gegenüber. Er muss Dinge an ihr gesehen haben, die wir nicht zu Gesicht bekommen haben.«

Fragend sahen Heide und Ares sie an. Ein Schiffshorn tutete ohrenbetäubend laut.

»Erinnerst du dich, was Vera Pape immer trug?« Damit hatte sich Ida an Heide gewandt.

Die starrte sie unschlüssig an.

»Alles derart hochgeschlossen, als wolle sie ins Kloster. Ist dir das nicht aufgefallen?«

»Doch, aber ich dachte … Keine Ahnung, was ich dachte.«

»Sie hat von Lindemann furchtbare Narben davongetragen. Kein Wunder, dass sie glaubte, er wäre zu allem fähig – selbst nach seinem eigenen Tod. Ihre Arme, außen und innen, waren vernarbt. Brandnarben.«

»Wie bei Merle Sievers«, schaltete sich Ares ein. »Obwohl es bei ihr ja die Beine waren.«

»Genau. Ich nehme an, dass Köhler sie aus dem Haus gegenüber sah, als sie, vielleicht zum Spülen, die Ärmel hochschob. Falls in der Küche der Frauen Licht brannte, hat er zumindest einen Eindruck der Verletzungen gewonnen. Von Nahem hat er sie aber auch gesehen. Als ich Vera eben explizit danach fragte, sagte sie, dass sie bei ihrem Spaziergang am Hafen die Ärmel aufgerollt hatte, weil es so warm war und dort unten ja nie eine Menschenseele außer ihr herumspazierte. Spätestens da muss er die Narben gesehen haben.«

»Warum hat sie uns das nicht erzählt?«

»Es erschien ihr nicht erwähnenswert. Geschämt hat sie sich außerdem. Und sie nahm ohnehin an, wir würden ihr nicht glauben.«

»Und dann setzte sich Köhler im Kopf dieses Puzzle zusammen«, sagte Heide nachdenklich. »Dass sie Merle wäre und Käthe Roswitha.«

Ida nickte. »Dass er sie beschützen müsse. Vor Lindemann. Weil er sie vor Meifert nicht beschützen konnte, dem Vater der echten Roswitha und Merle.«

»Was hatte Köhler denn mit Käthe und den anderen beiden

vor, weißt du das?«, fragte Ares, nachdem er sein Glas ausgetrunken und wieder nachgefüllt hatte.

»Er sagte nur immer wieder, er wolle sie beschützen. Und Merle heiraten.« Ida stieß einen Seufzer aus.

»Und Marlise?«, fragte Heide und warf Ares einen unsicheren Blick zu.

Ida traf eine Entscheidung – so schnell, dass es sie selbst erstaunte. Sie hatte ja schon bei Heide reinen Tisch gemacht. Nun würde sie vor niemandem mehr ein Geheimnis aus ihrer Vergangenheit machen.

Sie hatte einfach genug.

Nachdem sie geredet und diesmal restlos alles von früher berichtet hatte – anders als Heide kannte Ares schon ein paar Details, aber eben nicht die ganze Geschichte –, saß der Gerichtsmediziner lange still da. Dann zuckte er mit den Schultern. »Gut. Jetzt weiß ich Bescheid.«

»Ist das alles?«, fragte Ida ungläubig. »Mehr fällt dir dazu nicht ein?«

»Ja. Beziehungsweise nö. In der richtigen Reihenfolge deine Fragen beantwortend.«

»Willst du nichts Genaueres wissen?«

»Nein.«

Verwundert starrte sie ihn an.

Heide lächelte. »Ihr zwei seid irgendwie niedlich.«

»Da ihr beide gerade so toll mit Erkenntnissen um euch werft«, redete Ares weiter, als habe er Heide nicht gehört und Idas Geständnis längst abgehakt, »ich habe auch etwas auf Lager. Ein englisches Vögelchen hat mir gezwitschert, dass Mrs. Lindemann kurzzeitig festgenommen wurde, aber wieder auf freiem Fuß ist. Sie wurde vernommen und hat endlich Tacheles geredet.

Laut ihr hat ihr Gatte Hans Köhler mies behandelt. Nannte ihn Mr. *Haha*, weil Köhler wohl diesen nervösen Tick entwickelte, ständig mit ›Haha‹ auf alles zu antworten, was sein drogenvernebeltes Gehirn nicht einordnen konnte. Lindemann sah unverhohlen auf ihn hinab, machte sich in seinem Beisein über ihn lustig, und ich schätze, dass Köhler sich immer mehr in den Wunschgedanken hineinsteigerte, es ihm eines Tages heimzuzahlen. Anfangs hatte er sicher noch den Plan, ihm Informationen aus den Rippen zu leiern, um sie an Marlise weiterzureichen. Ich schätze, dass ihm das fürs Erste genügte. Doch dann sah er Vera Pape – weil Lindemann ihr wieder nachstellte. Es war ein absurder Zufall. Oder tragisches Schicksal. Und dann muss es etwas gegeben haben, das den Auslöser zu dem ganzen darauffolgenden Wahnsinn gab …«

»Vielleicht weiß ich etwas darüber. Miss Watson hat durchgesetzt, dass mein Vater Hildesund vernehmen konnte«, sagte Heide. »Unser ungeliebter Polizeimeister war es, der die Anzeige des Uhrmachers hat verschwinden lassen, genau wie du vermutet hast, Ida. Der arme Walter Schorlau hat alles schön säuberlich ins Wachbuch eingetragen, und Hildesund hat die Seite ebenso fein säuberlich wieder rausgetrennt. Marlise, Lindemann und er waren ein Dreiergespann. Marlise muss ihm Bescheid gegeben haben, dass Lindemann wieder mal zu weit gegangen war. Es war Lindemann, der Henni derart verprügelt hat, dass sie kaum mehr laufen konnte.« Heide schloss den Mund. Sie sah aus, als habe sie die Sache noch längst nicht verdaut. Genauso wenig wie Ida. »Köhler bekam von Marlise den Auftrag, Henni verschwinden zu lassen. Ich nehme an, dass er da den Entschluss fasste, seine Merle und Roswitha und auch Lotte, also Karen Metzger, in Sicherheit zu bringen. Anschließend hat er Lindemann getötet.«

»Es war also nicht Köhler, der Henni umgebracht hat?«, fragte Ida ungläubig.

»Hildesund behauptet, dass Lindemann sie auf dem Gewissen hatte. Und das, was wir über ihn herausgefunden haben, spricht ja nicht gerade dagegen. Wahrscheinlich sollte Köhler sie töten, und er hat es nicht über sich gebracht und sie stattdessen in den Trümmern vergraben.«

»Aber warum noch Käthe entführen, nachdem er Lindemann schon umgebracht hatte?«, fragte Ida eher sich als die anderen. Darauf gab es wohl keine Antwort. Beziehungsweise war der Einzige, der sie ihr geben könnte, tot.

Sie schwiegen, hingen ihren Gedanken nach.

»Dieser Mittwoch«, sagte Ida nach einer Weile. »Einen Tag zuvor war Köhler zum ersten Mal Vera Pape gefolgt ... Sie kam am Mittwoch zu uns, erinnerst du dich?«

»Ja. Worauf willst du hinaus?«

»Sie hat Käthe fortgebracht, weil wir ihr nicht geglaubt haben. Oder nicht genug geglaubt haben. Ich doch auch nicht«, sagte Ida, als sie die Betroffenheit in Heides Gesicht sah. »Ich hab ihr ein bisschen geglaubt, aber nicht genug. Und auch wenn ich mich selbst ungern in Schutz nehme: Woher hätten wir all das wissen sollen?«

»Dann«, sagte Heide tonlos, »war Käthe also plötzlich nicht mehr da, was Köhler in Panik versetzte? Weil er glaubte, seine Roswitha und auch seine Merle würden wieder verschwinden, jetzt, da er sie gerade erst gefunden hatte?«

»Wahrscheinlich. Er muss herausgefunden haben, wohin Vera Käthe gebracht hat – und dort ergab sich erst die Gelegenheit, das Mädchen anzusprechen. Vera hätte niemals zugelassen, dass ein Fremder sich ihrer Tochter nähert.«

»Dieser Meifert, vor dem die Sievers solche Angst hatten«, sagte Ares in die sich auftuende Stille hinein. »Was war das für einer?«

»Ein hohes Tier«, antwortete Ida. »Wie Oliver Lindemann, auch wenn Meifert nur Landrat war. Beide voll Brutalität und Gewissenlosigkeit. Beide gesellschaftlich hochgeachtete Männer. Und beide von Leuten umgeben, die sich deswegen blind und taub stellten. Weder Vera Pape noch Lotte oder Merle Sievers hatte jemand zuhören wollen. Und Edda, der Haushälterin der Familie Sievers, auch nicht.«

»Unsere britischen Freunde«, sagte Ares, »waren übrigens so freundlich, uns endlich Lindemanns Todesursache mitzuteilen. Weil man jetzt gezielt danach suchen konnte, hat man entdeckt, dass er mit Bayer E605 vergiftet wurde. Das Pflanzenschutzmittel zersetzt sich rapide. Das ist der Grund, warum man erst jetzt darauf kam – weil sie es zuvor in Hans Köhler gefunden haben, in dessen Körper es noch nicht komplett abgebaut war.« Er nickte Ida zu, die voll Zorn an Marlise dachte. »Das Zeug ist wirklich teuflisch. Frei käuflich. Und nicht mal, so wie zum Beispiel Rattengift, farblich gekennzeichnet. Die Berührung mit Haut reicht aus, um daran zu sterben. Ich weiß von einem Kind, das mit der Lösung eingerieben wurde, um es zu entlausen. Ein paar Stunden später klagte es über Atemnot und starb kurze Zeit später im Krankenhaus.«

Beklommen starrten Heide und Ida ihn an.

»Man bekommt es in jeder Drogerie, Köhler musste sich also nicht einmal besonders schlau anstellen. Doch wie es scheint, ging er noch einen Schritt weiter. Er rieb die Arme und das Gesicht von Lindemann zusätzlich mit den zerstoßenen Blättern von Riesenbärenklau ein, einer Pflanze, die an Wegesrändern wuchert. Daher die Blasen auf Lindemanns Haut. Ich nehme an, er wollte uns in die Irre führen. Auf Giftgas tippen lassen, was wir ja tatsächlich taten.«

»Und dann hat er ihn noch mit Efeu eingewickelt.« Ida schüttelte den Kopf. »Nicht dass der ihn umbrachte, aber …« Sie zuckte mit den Schultern. Stück für Stück jedoch fiel die Anspannung von ihr ab, und darunter trat Trauer darüber zutage, dass die Menschen waren, wie sie waren. Eigennützig und selbstsüchtig, andere wiederum in ihrer Verzweiflung zu allem entschlossen, so wie Köhler. Immer noch konnte sie kein Mitleid mit ihm aufbringen. Er hatte Karen Metzger umgebracht und Käthe zu Tode geängstigt. Wenn er sich nicht mit Marlise zusammengetan hätte, dieser elenden selbstsüchtigen Frau … Hatte die eigentlich irgendetwas erreicht? Das große Geld war ihr zumindest nicht in die Taschen geflossen; der Überfall in Rothenburgsort war gescheitert. Reichlich mittellos war sie jetzt also auf der Flucht. Sankt Pauli würde jemand anderes regieren, zumindest konnte Marlise die Strippen nie wieder in der Öffentlichkeit ziehen, dafür würde Ida sorgen.

Die neuen Leute aus Berlin waren ohnehin schon hier. Der Schwarze Markt würde sterben, zumindest laut den Prophezeiungen. Und was kam dann, mit dem sich auf unehrliche Weise Geld machen ließ? Es würde eine neue Hamburger Unterwelt entstehen. Das stand zweifelsfrei fest.

»Hast du Köhler angefasst, Ida?«, riss Ares sie aus ihren Gedanken.

»Nein«, log sie. Und dann, weil ihr einfiel, dass sie das mit dem Lügen doch sein lassen wollte: »Doch. Ganz kurz. Und nur an seinem Hemdkragen.«

Besorgt sah Ares sie an.

»Mir geht es gut. Ich bin quietschfidel. Aber was ist mit dir, Heide? Habt ihr euch an meine Anweisungen auf dem Spiegel gehalten?«

»Man kam ja kaum drum herum. Ja, haben wir. Keiner hat ihn berührt.«

»Ida«, sagte Ares warnend.

»Das Einzige, was ich spüre, ist die Wirkung von griechischem Schnaps. Und sie ist angenehm.«

»Wenn ich jetzt gehe«, meldete sich Heide zu Wort, »treffe ich dich dann morgen früh auf der Wache, oder fällst du tot von Bord?«

»Ich habe nicht vor, tot irgendwohin zu fallen. Wir sehen uns in aller Herrgottsfrühe im Büro. Nur kurz allerdings, bevor ich fahre.«

Sie musste nicht den Zug von Altona aus nehmen, sondern konnte ebenso gut am Dammtorbahnhof einsteigen. Der lag nicht weit vom Polizeipräsidium entfernt.

Heide und Ares hatte sie alles gebeichtet. Miss Watson aber stand noch aus.

Nachdem ihre Kollegin fort war, wandte sich Ida zu Ares um, der mit verlorenem Blick in sein Glas sah.

»Weißt du, es würde mich nicht wundern, wenn Meifert der Unhold wäre«, sagte sie. Es würde bedeuten, dass er seine Töchter umgebracht hätte. Konnte jemand so ruchlos sein?

Ja. Das wusste sie. Es gab solche Menschen. So furchtbar es war.

Falls sie aus dem Polizeidienst ausscheiden musste, würde sie sich auf die Suche nach Meifert machen. Irgendwo musste er stecken. Das nahm sie sich fest vor. Nach Meifert. Und Marlise.

Und falls sie Polizistin bliebe?

Dann auch. Sie hatte noch neunzehn Jahre, bis die Mordfälle vom vergangenen Winter verjähren würden. Und anders als im Januar 47 gab es nun einen Verdächtigen.

»Ida?« Ares streckte ihr seine Hand entgegen. Verwundert sah sie darauf hinunter. »Nimm sie«, sagte er. »Ich verspreche mir davon nichts. Ich würde nur gern deine Hand halten, wenn du möchtest, mehr nicht.«

Zögernd legte sie die Finger in seine. Sie wollte ihm so viel erklären, aber fand keine Worte dafür. Doch es fühlte sich schön an, dass er mit dem Daumen kaum merklich über ihre Fingerknöchel strich, und je länger sie es geschehen ließ, desto mehr wichen ihre Angst, ihr innerer Aufruhr, ihre Traurigkeit.

»Kannst du es ertragen?«, hörte sie Ares' warme Stimme.

Sie lächelte und spürte, wie erneut alles in ihr aufbrodelte: Wut, Verzweiflung, aber auch ein Hauch von Erleichterung darüber, hier zu sitzen. Mit ihm und nicht allein, obwohl sie Einsamkeit doch sonst vorzog.

»Ja«, sagte sie. »Kann ich.«

Epilog

Polizeipräsidium am Karl-Muck-Platz, Hamburg-Neustadt

Montag, 22.6.1948, 7:33 Uhr

»So leid es mir tut, Fräulein Rabe, aber Superintendent Watson ist nicht für Sie zu sprechen.«

»Weil sie noch nicht hier ist?«, fragte Ida, die vor Müdigkeit alles anderthalbmal sah. Hatte sie mehr als drei Stunden geschlafen? Nein, eher nicht.

»Sie ist zwar hier«, sagte der Pförtner nonchalant. »Aber nicht für Sie zu sprechen.«

Verblüfft suchte Ida nach Worten.

»Ich habe Instruktionen erhalten für den Fall, dass genau das geschieht: Sie, die vor mir stehen und überlegen, wie Sie an mir vorbei ins Treppenhaus kommen.«

Ein bisschen ertappt fühlte sie sich ja, zugleich aber fragte sie sich erstaunt, was hier gespielt wurde. Wollte Miss Watson sie abblitzen lassen? Aber wieso? Um ihr zu bedeuten, dass sie die Polizeibrosche und die Uniform gleich hierlassen konnte und gar nicht erst den Zug nach Niedersachsen zu besteigen bräuchte? Doch das könnte sie ihr schon ins Gesicht sagen!

»Ich soll Ihnen Folgendes ausrichten.« Der Pförtner verzog

das Gesicht, um sich scheinbar mühevoll der Details zu entsinnen. »Ihre Vorgesetzte sieht sich durchaus in der Lage, selbst Nachforschungen über ihre Untergebenen anzustellen. Wer für sie arbeitet, wurde auf Herz und Nieren geprüft. Überraschungen kennt sie, aber in diesem Fall gibt es keine.« Sinnierend tippte er sich an die Nasenspitze. »War da noch was?«, murmelte er in sich hinein. »Hmhm ...«

»Ja«, ertönte Miss Watsons kühle Stimme, die eben aus der Tür des Treppenhauses trat. »Nämlich, dass sie Ehrlichkeit und Mut zur Wahrheit zu schätzen weiß. Aber wie gesagt, es gibt in diesem Falle keine Überraschungen. Ihre Vorgesetzte weiß erheblich mehr, als Sie annehmen.«

Ungläubig suchte Ida nach Worten. War Heide heute vor ihr hier gewesen? Falls ja, hatte sie kein Wort darüber verloren. Konnten denn alle in ihr lesen wie in einem Buch und wussten, was Ida vorhatte?

Mit einer Miene, die so undurchdringlich war wie ihr Tonfall kühl, schritt Superintendent Watson an ihr vorbei. »Verpassen Sie nicht Ihren Zug, Fräulein Rabe. Ich sagte Ihnen doch schon, dass sich Ihnen so eine Chance kein zweites Mal bieten wird.«

Da sie immer noch keine Worte fand, nickte Ida nur. Die Schwingtür drehte sich, Miss Watson verschwand. Wenig später hörte Ida eine Autotür zuklappen.

Da erst brach die Erleichterung über sie herein. Miss Watson hatte die ganze Zeit Bescheid gewusst. Dennoch hatte Ida als Polizistin arbeiten dürfen. Und war auch jetzt nicht entlassen worden. Sie durfte den Lehrgang fortsetzen. Wie gut, dass sie für alle Fälle von Ares' Schute aus nach Hause geflitzt war, um ihre gepackte Reisetasche mitzunehmen, denn wenn sie sich nicht beeilte, würde der Zug ohne sie abfahren.

Mit einem Lächeln dachte sie an den Gerichtsmediziner zurück, der die ganze Nacht über ihre Hand gehalten hatte. Schön hatte es sich angefühlt, auf eine ihr unbekannte Weise leicht und unbeschwert.

»Da wäre noch etwas.« Plötzlich stand Miss Watson wieder vor ihr. Sie trug einen Beutel in der Hand, den sie offenbar aus ihrem Wagen geholt hatte, und ließ ihn vor Ida zu Boden gleiten. »Bitte sehr. Nicht neu, aber so gut wie.«

Ida hatte keine Ahnung, wovon sie sprach.

»Übrigens hoffe ich sehr, ein gutes Wort bei Ihrem neuen Vorgesetzten für Sie einlegen zu können. Noch weiß ich nicht, wer es sein wird. Aber Fräulein Rabe: Legen Sie sich ins Zeug. Wäre es nicht wunderbar, wenn eines Tages jemand wie wir den Platz von einem wie Hildesund einnehmen würde?«

Auf nichts davon fiel Ida eine geeignete Antwort ein, so sah sie Miss Watson nur verwundert hinterher, die erneut durch die Schwingtür verschwand. Dann senkte sie ihren Blick auf den Stoffbeutel. Darin lag ein Paar Stiefel. Ein bisschen abgenutzt, doch ansonsten in prima Verfassung, das Leder nur ein bisschen zerkratzt, die Sohle kaum abgelatscht.

Ida drehte den Schuh wieder um und hielt ihn an ihren Fuß. Wenn sie sich nicht täuschte, hatte er die Größe 41.